초기사림파문집
역주총서
3

허백정집 虛白亭集 3

홍귀달 저

부산대학교 점필재연구소
김남이, 김용철, 김용태, 김창호, 부영근 옮김

점필재

허백정집虛白亭集

조선 초기의 문신 洪貴達(세종 20년, 1438~연산군 10년, 1504)의 시문집. 9권(원집 3권, 속집 6권) 6책. 목판본. 사화로 산실되고 남은 저자의 유문을 후손들이 수합하여 家藏하였다가 광해군 2년(1610) 外玄孫 崔挺豪가 求禮縣監으로 부임하였을 때 현손 洪鎬에게 이 家藏本을 얻고 전라도 관찰사 鄭經世의 도움으로 이듬해인 광해군 3년(1611)에 간행하였다. 《原集 初刊本》 原集은 목판본 3권 3책으로 詩 1권, 文 2권으로 이루어졌으며, 鄭經世가 序文을, 崔挺豪가 跋을 썼다. 그 후 憲宗朝에 후손 洪宗九가 미처 收拾하지 못했던 저자의 유문을 모으고 동암공(?)이 작성한 연보를 아울러 續集 3책을 編輯하여 간행하려던 중 卒하자 洪麟璨 등이 이 일을 續行, 헌종 8년(1842) 柳致明의 校勘을 거친 후 洪殷標·洪箕璨·洪敬模가 繕修하여 1843년에 간행하였다. 《續集初刊本》 續集은 목판본 6권 3책으로 詩 4권, 文 1권 및 年譜, 行狀 등으로 되어 있다. 헌종 9년(1843) 柳致明이 後序를, 후손 洪麟璨·洪殷標가 跋을 썼다. 본 번역의 대본은 原集은 고려대 만송문고장본, 續集은 국립중앙도서관장본이다.

허백정 홍귀달虛白亭 洪貴達

세종 20년(1438) ~ 연산군 10년(1504)

본관은 부계(缶溪). 자는 겸선(兼善), 호는 허백당(虛白堂)·함허정(涵虛亭). 아버지는 효손(孝孫)이며, 어머니는 노집(盧緝)의 딸이다. 세조 6년(1460) 강릉 별시 문과에 급제, 겸예문을 거쳐 예문관봉교가 되었다. 1467년 이시애(李施愛)의 난을 평정하는 데 공을 세우고 이조정랑이 되었다. 예종 1년(1469) 장령으로 춘추관편수관이 되어 『세조실록』 편찬에 참여했다. 성종 10년(1479) 도승지로서 연산군의 생모 윤비(尹妃)의 폐출에 반대하여 투옥되었다. 1481년 천추사(千秋使)로 명나라에 다녀왔으며, 이후 충청도관찰사·형조참판·이조참판 등을 역임했다. 연산군 4년(1498) 무오사화 직전, 왕의 난정(亂政)을 들어 간하다가 사화가 일어나자 좌천되었다. 1500년 왕명으로 『속국조보감』·『역대명감』 등을 편찬하고 경기도관찰사로 나갔다. 1504년 손녀(彦國의 딸)를 궁중에 들이라는 연산군의 명을 어겨 장형(杖刑)을 받고 경원으로 유배되던 중 단천에서 교살되었다. 중종반정 후 복관되고 이조판서에 추증되었다. 시호는 문광(文匡)이다.

머리말

조선전기는 그 어느 시기보다 자명한 것처럼 보인다. 훈구파와 사림파라는 선명한 구도가 통설로 받아들여지고 있기 때문이다. 조선 건국을 주도하고 거듭된 정치적 격변을 겪으며 정치권력을 틀어쥐었던 훈구파, 그리고 그들의 배타적 독점과 누적된 병폐를 비판하며 성장한 재지사족 출신의 사림파라는 대립 구도가 그것이다. 전자는 文章華國을 문학론의 주요 논거로 활용했기에 사장파, 후자는 心性修養을 문학론의 핵심 논리로 내세웠기에 도학파라 명명하기도 한다. 이처럼 명확한 만큼 조선전기 연구는 조선후기와 비교할 때, 한산하기 그지없다. 관심으로부터 멀리 떨어져나간 고립된 섬과도 같다.

물론 조선전기라는 시대가 현재 우리의 삶과 상당한 거리를 가지고 있어 관심으로부터 멀어졌을 가능성이 있다. 하지만 다채롭기 그지없는 조선 후기의 눈부신 모습 때문에 시야가 흐려진 이유도 있을 것이다. 실제로 조선후기가 근대로 이행하는 시기임을 입증하기 위해는 조선전기를 '암흑의 시대'로 만들지 않을 수 없었다. 예컨대 실학이 이전 시기에 대한 자기반성 또는 누적된 병폐를 비판적으로 딛고 일어난 탈 중세적 또는 근대적 운동이라는 점을 입증하기 위해서는 조선전기를 부정적으로 묘사할 수밖에 없었던 것이 훈구파하면 으레 부화하고 퇴영적인 모습을 떠올리고, 사림파하면 으레 경직되고 고답적인 모습을 떠올리게 되는 것은 그런 까닭이다.

하지만 세종과 성종으로 대표되는 그 시기가 조선을 유교 문명국가로 완성시킨 시기였음도 누구나 인정하는 사실이다. 그렇다면 어느 것이 적확한 이해일까. 조선전기에 대한 우리의 관심은 이런 소박한 질문으로부터 시작되었다. 더욱이 조선전기 훈구파와 사림파의 구분이 사상적으로든 사회경제적으로든 통념처럼 명확하게 구분되지 않는다는 비판은 점차 설득력을 높여 가고 있다. 그렇다면 지금이야말로 조선전기의 실체적 진실을 재론하지 않을 수 없는 때이다. 당대 인물의 구체적인 삶에 대한 탐구가 필요하다고 판단하게 된 까닭이다.

그리하여 우리는 조선전기를 이끌어갔던 인물군상의 동태에 실증적으로 다가가려는 여정을 기획하게 되었다. 어느 때를 막론하고 인간이야말로 그 시대를 이끌어가는 핵심 동력이다. 그리고 그 인간을 제대로 이해하기 위해서는 그들 자신이 남긴 기록을 비껴갈 수 없다. 살아생전의 시문을 수습하여 엮은 문집은 그래서 중요하다. 물론 문집은 한 인간의 생애를 총체적으로 보여주는 정돈된 자료인 동시에 한 인간의 행적을 인상적으로 기억하게 만드는 완결된 서사이기도 하다. 때문에 문집에는 문집 주인공은 물론 문집을 편찬한 시대의 분투가 아로새겨져 있기 마련이다. 조선전기 문인의 문집을 꼼꼼하게 번역하며 그 시대를 읽어보겠다는 장대한 목표는 그렇게 해서 분명해졌다.

우리는 그 첫 번째 역주 대상을 무오사화와 갑자사화 때 화를 입은 인물들의 문집으로 잡았다. 이들은 성종 때 점필재 김종직에게 직·간접적인 학문적 영향을 받으며 성장했고, 연산군 때 자신의 정치적 이상을 실현해보려고 하다가 결국 좌절당했다는 공통점을 지니고 있다. 아니, 조선전기 훈구파와 사림파의 대결이 불러온 파국의 절정을 보여주는 사례로 꼽혔던 당사자들이었다. 그렇다면 바로 그들의 삶에서 조선전기라는 문제의 시대로 들어가는 단서를 찾을 수 있겠다고 판단했다. 그리하여 이런 문제의식을 공유한 연구자를 모으고, 방대한 분량의 문집을 지속적으로 역주할 수 있는 재정적 기반을 마련해야 했다. 마침내 미더운 연구자들이 하나 둘 모였고, 한국연구재단으로부터 역주 작업을 위한 재정 지원도 받게 되었다. 그때 그 기쁨, 지금도 생생하다. 그로부터 햇수로 8년이란 시간이 흘렀다. 그 짧지 않은 기간 동안 젊은 연구자의 진로가 다기했던 만큼, 작업을 함께 한 연구자들도 적지 않게 바뀌었다. 그리고 문집에 담겨있는 시문의 난해함은 우리의 의욕보다 훨씬 더 단단한 벽으로 다가왔다. 번역을 하는 작업이 얼마나 힘들고 어려운 작업인지 절실하게 깨달았다.

그럼에도 불구하고 온갖 우여곡절을 겪으며, 시간은 결국 번역 작업의 끝을 우리에게 보여주었다. 이제 출간을 앞두고 오래 전에 번역한 것들을 다시금 훑어보니, 잘못되고 아쉬운 대목이 이루 헤아릴 수 없을 만큼 많다. 하지만 더 미룰 수 없어 부끄러운 모습 그대로 세상에 내놓는다. 앞으로 공부해 나가면서 고치고 보완해나갈 것을 다짐하며. 그간, 힘든 역주 작업에 함께 했던 모든 분들께 깊이 감사드린다.

2014년 6월 20일

역주자를 대신하여 정출헌이 쓰다

차례

했는데 명년 정월 어느 날 후가 소매에 제공諸公의 송국松菊 시가 적힌 종이를 가지고 와서 나에게 보여주었는데, 바로 후가 예전에 성남城南에서 살 때 제공이 와서 감상하며 지은 것이었다. 심후가 "그대도 문인이니 어찌 잊지 아니하리오." 하였다. 내가 "시는 모름지기 본 것으로 인해 지어야 실상을 잃지 않을 수 있을 것이오. 지금은 국화가 필 때가 아니고, 또한 이곳에 국화가 있지 않으니 내가 무엇을 보고 감히 시를 지을 수 있겠소."라 하였다. 그러자 후가 말하기를 "또한 지금 본 것으로 인하여 지어도 괜찮을 것이니 나는 시를 구할 뿐이지 꼭 사물에 집착하지 않소." 하였다. 내가 "그렇다면 내가 마땅히 지어보리다." 하였다. 시의 내용은 다음과 같다

| 시詩

허백정집 속집 권1

시詩

임풍대에서 벗과 함께 화운하다 임풍대는 호계 가에 있다. 대사산에 선생의 모정茅亭 터가 있다. 『함녕지』에 나온다

臨風臺[1], 與友人同和 臺在虎溪[2]上. 大寺山[3], 有先生茅亭遺址. 出『咸寧[4]誌』

보이는 곳마다 푸른 산, 물도 돌아 흐르는데
바람 부는 백 길 높은 곳에, 다시 높다란 임풍대
훗날 이 곳에서 내 장차 늙어가며
술 병 손에 들고 기꺼이 찾아오리라.

面面青山水又回　　臨風百丈復層臺
他年此地吾將老　　剩肯携壺挈榼來

1 臨風臺: 홍귀달의 고향인 咸昌에 있던 누대이다.
2 虎溪: 臨風臺가 있던 咸昌 지역의 시내이다.
3 大寺山: 臨風臺가 있던 咸昌 지역의 산이다.
4 咸寧: 咸昌의 옛 이름이다.

동지 성시좌【준】와 함께 청학동에서 놀았는데 우부승지 계온 김종직이 마침 왕림했다가 만나지 못하고 돌아갔다. 다음날 아침 시를 지어 미안한 마음을 전했다

與成同知時佐[1]【俊】, 遊青鶴洞[2], 右副承旨金季昷宗直[3], 適枉臨空還. 翼朝, 詩以寄謝

평상시 학鶴과 함께 동부洞府에 노닐었나니
세상사람 진세塵世 너머를 기억해서이지.
왔다가 그냥 간 친구, 올 줄 미리 알았더라면
일찌감치 골짝 입구의 구름을 열어놓았을 것을

伴鶴尋常遊洞府　　世人相憶隔塵氛
早知訪戴空歸去[4]　　悔不曾開洞口雲

---

1 時佐: 成俊의 자. 세종 18년(1436)~연산군 10년(1504). 본관 昌寧. 참판 順祖의 아들이다. 1456년 사마시에 합격, 1458년 식년문과에 병과로 급제, 우부승지·우의정·영의정에 올라 世子師를 겸하였으나 갑자사화 때 직산에 유배되었고, 이어 配所에서 잡혀와 絞殺되었다.

2 青鶴洞: 홍귀달의 집 근처 남산 아래의 지역을 말하는 것으로 보인다. 『해동잡록』 卷5 「本朝·李荇」에 "도성의 終南山 아래에 青鶴洞이 있는데 거기에 屛岩이 있고 넓고 판판한 큰 돌[盤石]이 그윽하고 고요해서 좋아할 만하였다."라는 내용이 있다.

3 宗直: 金宗直. 세종 13년(1431)~성종 23년(1492). 본관 선산. 자 季昷. 호 佔畢齋. 밀양 출신. 아버지는 사예 叔滋이고, 어머니는 밀양 박씨로 司宰監正 弘信의 딸. 「조의제문」으로 剖棺斬屍를 당하였다. 저서로는 『佔畢齋集』, 『遊頭流錄』, 『青丘風雅』, 『堂後日記』 등이 있다. 시호는 文忠으로, 한때 文簡으로 바뀌었다가 숙종 때에 다시 환원되었다.

4 訪戴空歸去: 晉나라 王徽之가 山陰에 살 때, 어느 날 눈이 내리는 밤 달빛이 청랑하자 剡溪에 사는 친구 戴逵를 그리워하여 배를 타고 밤새 찾아갔다가 그의 집 문 앞에 이르러 되돌아왔다. 여기에서는 김종직이 자신을 만나러 왔다가 되돌아 간 것을 이른다.

초가집에서 붓 가는 대로 쓰다

茅廬卽事

해 지고 서풍 불어 초가지붕 날리는데
붉은 잎은 뜨락 가득, 날은 저물어 가네.
아이는 내가 시 읊던 곳 기억하고는
웃으며 동산에 떠오르는 달 가리키네.

落日西風茅屋飛　　滿庭紅葉又黃昏
兒童記我吟詩處　　笑指東山月有痕

연산 동헌의 운에 차운하다
次連山[1]東軒韻

바닷가 하늘은 남쪽으로 멀기만 하고
궁궐에 돌아갈 길 북쪽으로 아득할 뿐
절반은 부모님 그리운 뜻
나머지는 모두 보국報國의 마음

海天南去遠　　城闕北歸深
一半思親意　　餘皆報國心

1 連山: 지금의 忠南 論山郡 連山面이다.

송골산을 지나다가 말 위에서 우연히 읊다
過松鶻山[1], 馬上偶吟

춤추는 송골매 같은 봉우리, 개인 하늘에 솟아있는데
몇 번이나 오를 생각 했지만 끝내 오르지 못했네.
스스로 기쁜 것은 사인詞人에게 기력이 남아
우연히 옮겨다가 시 안에다 넣을 수 있다는 것

奇峯舞鶻上晴空　　幾擬躋攀計奈窮
自喜詞人餘氣力　　偶然移得揷詩中

1 松鶻山: 평안북도 義州에 있는 산이다.

형조 낭관이 연꽃을 감상하는 그림에 쓰다
題刑曹郎賞蓮圖

성조聖朝에 일이 없어 송정訟庭이 깨끗하니
상서성尙書省에는 때때로 휘파람 소리 들리네.
음식 담는 그릇, 건물 앞의 기둥 모두 낯익고
연못에 비바람 몰아치던 날도 맑게 개었네.
연꽃 향기, 술잔에 들어와 사람 뼈에 스며들고
난꽃 내음 마음에 다가와 진실한 정 불러일으키네.
나그네 또 돌아가지 못하고 날마저 저무는데
태평한 시대이니 흠뻑 취해도 무방하겠지.

聖朝無事訟庭淸　　畫省[1]時聞坐嘯聲
罇俎軒楹皆舊面　　池塘風雨又新晴
荷香入酒淪人骨　　蘭臭薰心發素情
客又不歸天又暮　　不妨濡首醉昇平

1 畫省: 尙書省의 별칭이다.

한가함 속에 붓 가는 대로 쓰다
閒中卽事

문 닫힌 빈 뜰에는 수준 높은 곡조
창문 아래에선 책상 위의 붓을 마주하네.
한가로이 고첩古帖 뒤적이다 남은 종이 없자
앉은 채 남산 보며 도연명陶淵明의 시를 읽네.

門掩空庭白雪[1]高　一牕相對案頭毫
閒臨古帖無餘紙　坐向南山讀老陶[2]

1 白雪: 아름다운 노래인 白雪曲을 이른다. 백설곡은 楚나라 歌曲의 이름으로, 曲調의 수준이 매우 높아 화답하는 사람이 아주 드물었다고 한다.
2 坐向句: '老陶'는 도연명을 이른다. 도연명 「雜詩」에 "동쪽 울타리 밑에서 국화를 캐다가, 아득히 남산을 바라보네. [采菊東籬下, 悠然見南山.]"라고 하였다.

제천정에서 강물을 바라보다. 교지를 받들어 쓰다
濟川亭[1]觀水. 奉敎撰

개인 날 저물녘 강정江亭에 물결치는데
허황虛皇께서 은혜로이 선계에 노닐도록 해주셨네.
내신內臣의 술 사신詞臣과 함께 따르고
새 정승의 잔, 옛 정승에게서 건네지네.
사공은 잔잔한 물위에서 물고기를 잡고
요리사는 술동이 앞에 두고 회膾를 써네.
취향醉鄕에 일 없다는 것 믿지 않나니
때때로 태평성대 영원하기를 기원하네.

霽晩江亭水拍天　　虛皇[2]恩許小遊仙
內臣酒共詞臣酌　　新相杯從舊相傳
舟子打魚當鏡面　　庖人斫鱠在罇前
醉鄕不信渾無事　　時禮堯天[3]上萬年

---

1 濟川亭: 한강 북쪽 언덕에 있던 정자이다. 북한강의 위에 있었는데, 풍경이 아름다워 중국 사신이 경치를 구경하고자 할 때 먼저 이 정자에 올라갔으며, 전송하거나 맞이하는 벼슬아치들이 날마다 모여들었다고 한다.《慵齋叢話 燃藜室記述 별집 제16권》

2 虛皇: 道敎에 나오는 神의 이름이다.

3 堯天: 제왕의 盛德이나 태평성세를 칭송하는 말이다.『論語』「泰伯」에 "높고 높도다. 오직 하늘이 위대하거늘 요임금만이 그것을 본받으셨네. [巍巍乎, 唯天爲大, 唯堯則之.]라고 하였다.

사헌부 계축에 쓰다

題驄馬[1]契軸

오대烏臺는 개인 하늘에 우뚝 솟아있고
관리들은 오르내리며 복장을 단정히 하네.
바람과 서리 같은 늠름한 얼굴
철석鐵石과도 같은 견고한 마음
정신은 원래 한데 모아있고
같은 취미臭味는 다시 향기가 나네.
총마는 쌍으로 옥玉을 날리며
긴 도로를 나는 듯 달리리라.

烏臺[2]揷晴昊　　陞降整冠裳
凜凜風霜面　　錚錚鐵石腸[3]
精神元會合　　臭味復馨香
驄馬雙飜玉　　飛騰道路長

---

1 驄馬: 靑色과 白色이 섞인 무늬의 말로, 侍御史나 司憲府를 가리킨다. 後漢 때 桓典이 侍御史가 되어 항상 총마를 타고 다녔다.《後漢書 桓典傳》

2 烏臺: 사헌부를 가리킨다.

3 鐵石腸: 굳세고 변치 않는 마음을 뜻한다. 蘇軾이 당시 강직했던 侍御史인 錢顗에게 준 「錢安道席上令歌者道服」에 "오부 선생의 간장은 무쇠로 만들어져, 風霜이 땅을 덮어도 추운 줄 모르네. [烏府先生鐵作肝, 霜風卷地不知寒.]"라고 하였다.

대동강 시에 차운하다
次大同江韻

갈아놓은 청동인 듯 잔잔한 강물에 석양이 빛나고
긴 바람 비를 거두어 저물녘 하늘이 맑네.
화려한 배들은 음악 소리 울리지 말지니
어룡魚龍이 물 밑에서 놀랄까 두렵네.

江面磨銅夕照明　長風捲雨晩來晴
畫船不遣喧絲竹　怕有魚龍水底驚

동년 박둔옹에게 주다

贈朴同年[1]屯翁

포의布衣의 사마, 옛 동년의 벗
삼십 년 전에 한 이불 덮고 잠을 잤었지.
그대 비단 옷감 짜나가듯 다시 학업 이루었고
나는 둔한 재주 채찍질 하며, 운 좋게 먼저 환로에 나갔네.
반생토록 세상 일로 멀리 떨어져 지냈지만
만 번 죽어도 변치 않을 우정, 철석처럼 단단하네.
진실됨과 부지런함으로 노력하게나.
나는 전사田舍 구했거니 자연 속에서 늙어가려 한다네.

布衣司馬舊同年　三十年前共被眠
織錦君還成匹後　鞭駑我幸就途先
半生世故參商闊[2]　萬死交情鐵石堅
好把忠勤須努力　我衰江海已求田[3]

---

1 同年: 같은 해 같은 과거 시험에 함께 급제한 사람을 이른다.

2 參商: 서로 멀리 떨어져 있음을 뜻하는 말. 參星은 동쪽 하늘에 있고 商星은 서쪽 하늘에 있어 각각 뜨고 지는 시각이 달라 서로 볼 수 없다고 한다.

3 求田: 家産에만 힘쓰고 원대한 뜻이 없음을 뜻한다. 『三國志』 「魏志·陳登傳」에서 劉備가 許汜에게 陳登이 허사를 박대한 이유를 설명하면서 "그대는 밭이나 집을 구하는 사람이기 때문에 채택할 만한 말이 없었기 때문이다. [君求田問舍, 言無可采.]" 하였다. 여기서는 隱居하려는 생각을 말한다.

정불건에게 부치다 정수곤이다. ○이 때에 불건이 다른 곳에서 있었기에 시를 지어 돌아오기를 바란 것이다

寄丁不騫[1] 壽崑 ○時不騫寓於他, 故詩以邀還.

청명한 가절佳節 분분히 지나가는데
무슨 일로 그대 그리워하면서도 만나지 못하나.
청학동 사는 나는 그대 기다리며
꽃이며 새들, 구름처럼 어지러이 펼쳐 놓았다네.

清明佳節過紛紛　　何事思君不見君
青鶴洞[2]君應待子　　已頒花鳥亂如雲

---

1 丁不騫: 丁壽崑의 자. 문종 2년(1452)~성종 17년(1486). 본관 羅州. 아버지는 昭格署令 子伋이며, 어머니는 黃處盛의 딸이다. 성종 3년(1472) 춘장문과에 병과로 급제. 성균관박사를 거쳐 감찰·승문원교리 등을 역임하였다.

2 青鶴洞: 홍귀달의 집 근처 남산 아래의 지역을 말하는 것으로 보인다. 『해동잡록』 卷5 「本朝·李荇」에 "도성의 終南山 아래에 青鶴洞이 있는데 거기에 屛岩이 있고 넓고 판판한 큰 돌[盤石]이 그윽하고 고요해서 좋아할 만하였다"라는 내용이 있다.

부기 - 차운시
附次韻

문마다 복숭아꽃 오얏꽃 무성히 피려하는데
지척에서 그대 그리워하나 만나지 못하네.
조은朝隱은 청학동에서 고고한 모습일 것이고
애선厓仙은 끝없는 구름 위에 취해 누웠으리.

千門桃李欲紛紛　　咫尺思君不見君
朝隱[1]孤高青鶴洞　　厓仙[2]應醉臥長雲

---

1 朝隱: 조정에서 벼슬을 하고 있으나 담박한 생활을 하는 것이 은거함과 다름없음을 뜻한다. 누군가를 가리키는 듯하나 분명치 않다.

2 厓仙: 『원집』 卷1 「次柳希明洵韻」에 '洪厓子'라는 말을 쓰고 있는 것을 볼 때, '厓仙'도 홍귀달을 가리키는 말인 듯하다.

벗이 정향 한 봉을 보내 준 것에 사례하다
謝友人贈丁香一封

한 움큼의 정향丁香은 백금의 값어친데
보내주신 고인故人의 진중한 마음
전날의 술기운 갓 깨어 꾸벅꾸벅 졸다가
생수로 진하게 달여서는 조금씩 떴네.
근심 가득한 장腸에 부어 막힌 것 몰아내고
병든 폐肺에 불어넣으니 음침한 기운 사라지네.
개인 날 창가에 앉아 문자를 토해내니
종이 가득 향긋한 기운, 다복하기 그지없네.

一握丁香直百金　寄來珍重故人心
宿酲初破昏昏睡　活水濃煎細細斟
瀉向愁腸驅障翳　吹開病肺散沈淫
晴牕起坐吐文字　滿紙芳菲藹不禁

부벽루 시에 차운하다
次浮碧樓[1]韻

천지의 중간에 한 부분이 맑으니
노닐며 본 것 많지만 평생에 으뜸이어라.
저물녘 서늘한 산기운은 강에 비치어 푸르고
해 저무는 하늘의 빛은 물에 스미어 환하네.
천상의 사성使星을 보니 초일한 흥 날아갈 듯
호리병 속의 선인仙人은 한가한 정을 부치네.
취한 채 영명사永明寺에 눕고 보니
달빛 가득한 누대에 어부의 피리소리만

天地中間一段淸　　自多遊賞冠平生
晩涼山氣臨江碧　　落日天光浸水明
天上使星[2]飛逸興　　壺中仙子寄閒情
醉來倒臥永明寺　　明月滿樓漁笛聲

1 浮碧樓: 평양 금수산 동쪽 淸流壁에 있는 누각. 고려 초 永明寺 南軒興和尙이 평양 乙密臺 아래에 창건하였다. 원래 이름은 永明樓였다.
2 使星: 使臣을 뜻한다. 漢나라 和帝가 民情을 순찰하는 使臣을 보내면서 微服으로 暗行하게 할 때, 두 사신이 益州에 들어가서 李郃의 집에 자는데, 이합이 두 사람에게 경사를 떠날 때 조정에서 두 사신을 보낸 것을 아는가 물으면서, 두 개의 使星이 익주의 分野로 향하였기 때문에 천문을 보고 안다고 하였다.《後漢書 李郃傳》

합포로 출진出鎭하는 안자진【침】을 보내며
送安子珍[1]【琛】出鎭合浦[2]

평생의 원대한 뜻 지녔더니
말을 타고 다시 남쪽으로 가네.
태양 아래에는 깃발의 그림자
푸른 산에는 북과 피리의 소리
가슴 속에 만 명의 갑사 감추고
바닷가에서 장성長城을 쌓으리.
태평 시절 계속됨을 믿지 말고
언제나 적을 보고 놀란 듯 대비하라.

平生弧矢志[3]　　鞍馬復南征
白日旌旗影　　青山鼓角聲
胸中藏萬甲　　海上作長城
莫倚昇平久　　常如見敵驚.

1 子珍: 安琛의 자. 세종 27년(1445)~중종 10년(1515). 본관 順興. 호 竹窓·竹齊. 부윤 知歸의 아들이다. 1466년 왕이 강원도에 행차하여 시행한 高城別試文科 2등으로 급제. 연산군 4년(1498) 전라도관찰사가 되었으며, 호조참판 겸 예문관제학·지중추부사 등을 역임. 중종 9년(1514) 특별히 공조판서에 발탁되었다가 바로 病死하였다.

2 合浦: 경남 昌原 馬山浦이다.

3 弧矢志: 남아의 장대한 포부를 뜻한다. 弧矢는 옛날에 國君의 世子가 태어나면 뽕나무활[[桑弧]과 쑥대화살[蓬矢] 여섯 개로 천지 사방을 향해 한 개씩 쏘아 四方을 경영하는 데에 뜻을 두게 하였다. 이는 남아의 태어남, 또는 남아는 어려서부터 큰 뜻을 품어야 한다는 뜻으로 쓰인다.《禮記 射義》

어떤 이의 만시
輓人

스스로 마음속에 시서詩書를 품어
업무를 볼 때면 언제나 여유 있었지.
중원에서 일찍이 어진 정사 베풀었고
서해에서 다시 청렴한 생활했지.
성상의 조서, 초안을 잡아 쓰고
사헌부에서 조사하여 아뢰는 글 적었지.
뉘 알았으랴 경조의 부府에서
갑자기 이때에 상여를 보낼 줄을

自倚詩書腹　　當官每有餘
中原曾馴雉[1]　　西海復懸魚[2]
鳳詔絲綸草　　烏臺覈奏書
誰知京兆府　　忽此送輀車

---

1 馴雉: 교화가 널리 베풀어져 짐승에게까지 미친 것을 뜻한다. 後漢 章帝 때에 魯恭이 수령으로 있는 中牟 지방이 유독 벼멸구의 피해를 입지 않자 河南尹 袁安이 肥親에게 감찰을 나가게 한 일 있다. 비친이 뽕나무 아래에서 쉴 때 꿩이 날아왔는데 옆의 아이에게 날아온 꿩을 왜 잡지 않느냐고 하자, 아이가 꿩이 새끼를 데리고 있기 때문이라는 말을 듣고 교화가 짐승에게까지 미친 것에 놀랐다.《後漢書 魯恭傳》

2 懸魚: 뇌물을 거절한다는 뜻이다. 羊續이 南陽太守로 있었는데, 한 번은 府丞이 생선을 바치자 받고서는 뜰에 매달아 두었는데, 부승이 또 가져오자 전에 매달았던 것까지 내주며 그의 뜻을 거절하였다.《後漢書 羊續傳》

양 도사를 전송하며, 충청도 관찰사 막부로 돌아감을 축하하다
送梁都事, 賀還忠淸觀察幕府

1

봉황지鳳凰池의 봄 물결 은하에 이어지더니
부어서는 서호의 만 이랑 파도 되었네.
봉황지의 아름다운 자태에 쌍옥을 차고
남으로 나는 먼 그림자, 개인 언덕에 떨어지리.

鳳池[1]春浪接銀河　　注作西湖萬頃波
池上羽儀雙玉佩　　南飛遠影落晴坡

2

오늘의 호서湖西는 옛날의 소남召南
그대 다시 감당나무 아래 말 멈추겠지.
곳곳의 산하마다 백성들 편한 삶을 사니
주가周家의 아름다운 교화 널리 퍼짐을 알겠네.

今日湖西舊召南　　棠陰[2]君復縶征驂
山河表裏渾耕鑿　　知有周家美化覃

3

중년에 절월節鉞 가지고 민풍을 살폈으나
병이 고황에 들어 은택을 펼치지도 못했지.

---

1 鳳池: 唐나라 때 中書省에 있던 못 이름으로, 중서성의 별칭으로 쓰인다.
2 棠陰: 지방관의 善政을 의미한다. 『詩經』「召南 · 甘棠」에 "울창한 저 감당나무 가지, 베지 말고 자르지 말라. 소백께서 쉬시던 곳이니. [蔽芾甘棠, 勿翦勿伐, 召伯所茇.]" 하였다. 이 시는 훌륭한 政事를 편 召公의 덕을 추모하여 부른 것이다.

백성들이 나의 참 모습 알까 두렵나니
당시의 들판에 내가 무슨 공이 있었던가.

中年節鉞忝觀風[3]　　病入膏肓澤未窮
怕向遺民呈面目　　當時原隰我何功

3 中年句: 홍귀달은 성종 10년(1479) 9월 충청도 관찰사로 부임했다가 얼마 후 병으로 체직된 일이 있다.

부정 안팽명 만시

輓安副正彭命[1]

하늘은 과연 망망히 아무 말 없나니
재주 있는 이 어찌하여 명을 늘려 주지 않는가.
천리마, 일찍이 도로 위를 오갔고
수리는 높은 하늘 가까이 날았네.
고개 너머에 겨우 역말을 달리더니
벌써 인간 세상의 허물을 벗었구려.
황량한 옛 서울에선
조정의 선비들 모두 눈물을 흘린다오.

天果茫無謂　　才何命不延
驊騮[2]曾道路　　鵰鶚近雲天
嶺外纔飛馹　　塵寰已蛻蟬
虛涼舊京國　　朝士盡潸然

1 彭命: 安彭命. 세종 29년(1447)~성종 23년(1492). 본관 廣州. 자 德甫. 開城府留後 省의 손자이고, 사헌부감찰 從生의 아들이며, 어머니는 이조정랑 裵素의 딸이다. 세조 14년(1468) 사마시에 합격하고 그 뒤 성종 2년(1471) 식년문과에 병과로 급제하였다. 주로 臺省에서 그 명성을 떨쳤다.

2 驊騮: 周穆王의 여덟 駿馬의 하나로, 보통 준마를 이른다.

양주 목사로 부임하는 권후【인손】를 전송하며
送楊州牧使權侯【仁孫[1]】赴任

구월의 서녘 바람, 나무 붉게 물들이는 가을
고인은 학鶴을 타고 양주에 오르네.
산천은 경성京城 일대에 둘 도 없는 곳
인물은 조정에서 제일가는 이
백성들은 남긴 사랑에 그리워하고
떠난 뒤에는 오래도록 사모하겠지.
남아의 회포, 실천이 중요한데
부끄럽구나, 밥만 축내며 흰머리로 늙어가니

九月西風紅樹秋　　故人乘鶴上楊州
山川畿甸無雙處　　人物朝廷第一流
遺愛舊民聞戀戀　　去思他日想悠悠
男兒懷抱貴施設　　愧我飯囊空白頭

---

1 仁孫: 權仁孫. 본관 安東. 아버지는 權致中. 성종 6년(1475) 乙科 4위. 이후 將仕郎, 戶曹參議 등을 역임.

이번중【봉】 만시
輓李藩仲[1]【封】

가정稼亭 선생 부자 연달아 이름을 날리더니
번중藩仲 형제도 둘 다 높은 명성 있었지.
옛날을 우러르는 풍모는 세속과 달랐고
지금 실추된 풍아風雅에 홀로 마음 아파했지.
성명聖明한 조정에서 다시 난세의 위용 볼 수 없고
성세의 봉세의 소리 들을 길 없네.
그대 무덤 보며 가지는 애틋한 마음
길이 전해질 사업일랑 비명碑銘에 붙이네.

稼亭父子[2]疊蜚聲　　藩仲弟兄雙有名
望古儀刑嗟隔世　　失今風雅獨傷情
明廷不復瞻鸞聳　　瑞世無從聽鳳鳴
軒冕可憐丘與隴　　流傳事業託碑銘

1 藩仲: 李封. 세종 23년(1441)~성종 24년(1493). 본관 韓山. 자 蕃仲. 호 蘇隱. 李甸의 아들. 세조 11년(1465) 별시문과에 장원급제. 이듬해 문과중시에 합격하고 우승지·좌승지를 거쳐 공조참판·이조참판을 역임했으며 문명이 높았다.
2 稼亭父子: 稼亭 李穀(1298~1351)과 牧隱 李穡(1328~1396)을 말한다.

동지중추부사 김【영유】이 소장한 이왕도에 쓰다
題金知樞【永濡[1]】所藏二王[2]圖

회계會稽의 산수가 산음山陰으로 이어지니
문아하고 풍류스런 선비들 여기에 모였네.
굽어 흐르는 물가의 봄놀이, 신이 붓을 돕고
섬계剡溪에서 배 돌릴 때, 달이 그 마음 알리라.
대바구니에 거위를 담은 기상, 한가한 가운데 생각하고
사마司馬의 의관은 그림 속에서 찾네.
고금의 인물이 다르다 말하지 마라
천년의 지음知音, 그대가 있나니

會稽山水簇山陰　　文雅風流此盍簪
曲水探春神助筆　　剡溪回棹[3]月知心
籠鵝[4]氣象閒中想　　司馬衣冠畫裏尋

---

1 永濡: 金永濡. 태종 18년(1418)~성종 25년(1494). 본관 경주. 자 澤夫. 知敦寧府事 金漸의 孫婿이다. 세종 29년(1447) 식년문과에 정과로 급제하여 승문원정자가 되었다. 시호는 恭平이다. 대사헌·예조참판·전라도관찰사·동지중추부사 등을 역임하였다.

2 二王: 王羲之와 그의 아들 王徽之를 이른다.
왕희지(王羲之): 307~365. 자는 逸少. 瑯邪 臨沂縣 사람, 아버지 王曠은 東晉 건국에 공을 세운 王導 사촌동생이다. 書聖으로 일컬어짐. 秘書郎을 시작으로 회계 351년(永和7)에는 右軍將軍·會稽內史에 임명되어會稽郡 山陰縣으로 부임했다. 이 관직 이름에 의해 王右軍으로도 불린다. 후손 가운데 가장 이름을 떨친 서예가는 막내아들 王獻之이다.
왕휘지(王徽之): ?~388. 東晉 琅邪 臨沂 사람. 자는 子猷이며 王羲之의 아들이다. 大司馬 桓溫의 參軍이 되었다. 성격이 放達했다고 한다.

3 剡溪回棹: 晉나라 王徽之가 山陰에 살 때, 어느 날 눈이 내리는 밤 달빛이 청랑하자 剡溪에 사는 친구 戴逵를 그리워하여 배를 타고 밤새 찾아갔다가 그의 집 문 앞에 이르러 되돌아왔다.

4 籠鵝: 王羲之가 거위를 몹시 좋아하여 山陰의 道士에게 『道德經』을 써 주고 거위

莫謂古今人物異　　知音千載有吾金

를 받아 대바구니에 담아 갔다.

금구의 수령으로 부임하는 이후【원성】를 전송하며
送李侯【元成[1]】宰金溝[2]

1

난새와 봉새 가시나무에 살지 않는 법
닭 잡는데 어찌 꼭 소 잡는 칼을 쓰랴.
자친慈親이 꿈에 보일 때 먼 고향을 생각하더니
성주께서 백성 걱정에 훌륭한 태수를 고르셨네.
격문을 받들고 문에 드니 쾌활할 만하고
거문고 울리며 자리에 앉으니 어찌 마음 애태우리.
한漢나라 조정의 재상은 모두 순리였거니
우두커니 서서 조정의 후직, 설, 고요 같은 이를 바라보네.

枳棘不棲鸞鳳毛　割雞何必用牛刀[3]
慈親入夢思鄉遠　聖主憂民擇守高
奉檄入門堪快活　鳴琴坐席肯焦勞
漢廷公輔[4]皆循吏　佇見朝家稷契皐

2

금구현金溝縣 객사의 붉은 난간
작은 섬 연못에는 수많은 대줄기들

---

1 元成: 李元成. 자는 成之. 본관은 長興. 1486년(성종 17) 丙午 式年試에 급제했으며. 進士, 正言 등을 지냈음.
2 金溝: 전라북도 김제지역의 옛 지명이다.
3 割雞句: 고을의 수령이 되었다는 뜻이다. 공자의 제자 子游가 武城의 邑宰가 되어 禮樂을 가르치니 공자가 가보고 웃으면서, "닭을 잡는데[割鷄] 무엇하러 소 잡는 큰 칼을 쓰느냐?" 하였다.
4 公輔: 三公과 四輔로, 모두 천자를 보좌했으므로 宰相을 가리킨다.

나도 나그네 되어 열흘을 머물렀는데
그대는 현령이 되어 육년을 바라보리.
뜰 앞에 심었던 나무는 지금쯤 늙었겠고
벽 위에 쓴 시, 오래되어 이미 낡았겠지.
흰 머리로 전송할 때 몹시도 뭉클한 것은
호남의 옛 길에 다시 가기 어렵기 때문

金溝客舍畫欄干　小島池中竹百竿
作客我曾旬日住　爲官君又六年看
庭前種樹今應老　壁上題詩久已漫
白髮送行偏感慨　湖南有路復歸難

함안 군수로 부임하는 이후【순명】를 전송하며
送李侯【順命[1]】赴任咸安[2]

낭관이 때로 읍재로 나가니
뭇별들 남쪽 하늘에 빛나네.
검劍으로 지키니 도둑 없음을 알겠고
구슬을 돌려주니 탐욕스럽지 않네.
기주冀州에서처럼 기뻐 할 두 개의 하늘이 있고
중모中牟의 정사처럼 신이한 일 세 가지가 생기겠지.
한 쌍의 신을 신은 왕교王喬에게 말하나니
모름지기 초하룻날의 조회에 참석하게나.

郎官時出宰　　列宿影天南
守劍知無盜　　廻珠爲不貪
冀天欣有二[3]　　牟政異傳三[4]
寄語王喬舃[5]　　應須月朔參

---

1 順命: 李順命. 자 若夫, 본관 古阜. 성종 5년(1474) 式年試 丙科 급제. 訓導, 司藝, 古阜貢生 등을 역임.

2 咸安: 지금의 경상남도 함안군이다.

3 冀州句: '二天'은 하늘 이외의 하늘같은 恩人을 이른다. 後漢 順帝 때에 蘇章이 冀州刺史가 되어, 친구 淸河太守가 不法으로 受賂한 한 사실을 조사했다. 이 때 소장이 태수에게 술을 청해 마시며 평소처럼 좋게 대하자, 태수가 기뻐하며 "남들은 하나의 하늘이 있는데 나에게는 두 개의 하늘이 있다." 하였다.

4 牟政句: 後漢 때 中牟令 魯恭이 德政을 베풀자 그 고을에 세 가지 기이한 일이 발생하였다. 당시에 河南尹 袁安이 그 소문을 듣고 肥親을 중모에 보내는데, 그가 와서 "해충이 고을을 침범하지 않은 것, 교화가 조수에까지 미친 것, 아이에게도 어진 마음이 있는 것, 이것이 세 가지 신이한 일이다. [今蟲不犯境, 此一異也. 化及鳥獸, 此二異也. 豎子有仁心, 此三異也.]"라고 하였다.《後漢書 魯恭列傳》

5 王喬舃: 後漢 때 仙人 王喬가 葉縣 令으로 있었는데 朔望 때마다 수레나 말도 타지 않은 채 조정에 오곤 했다. 이상하게 여겨 엿보게 하니, 그가 올 무렵 두

[원주]

어떤 판본에는 "검으로 지키니 백성 사이에 도둑이 없고, 구슬을 돌려주니 관리가 탐하지 않네. 기주에는 하늘이 두 개 있고, 중모현에는 신이한 일 응당 세 가지리라."고 되어 있다.

一本, 守劍民無盜, 迴珠吏不貪. 冀州天有二, 牟縣異應三云云

마리 집오리가 동남쪽에서 날아오므로 그물을 쳐서 잡고 보니, 신 한 짝이 들어 있었다고 한다.《後漢書 方術 王喬 조항》

상사 임【양서】의 원지園池에 쓰다
題林上舍【陽舒】園池

야옹野翁이 더욱 소산蕭散하여
집 근처 대숲에다 샘을 만들고
한 머리의 땅을 파서는
반 무畝의 하늘을 훔치네.
물고기는 거울 같은 물속에 노닐고
사람은 저물녘 서늘한 기운에 누웠네.
속세의 나그네는 무슨 일로
늘그막에 수고로이 오가는지.

野翁更蕭散[1]　　家傍竹林泉
鑿却一頭地　　偸他半畝天
魚游明鏡裏　　人臥晩涼邊
何事紅塵客　　勞勞走暮年

1 蕭散: 蕭灑함. 모습이나 행동, 정신이 한가하고 구애됨이 없음.

권숙강【건】이 헌수 후에 잔치를 베풀었는데 다음날 뒤미처 시를 지어 바치다

權叔强[1]【健】獻壽後設宴會, 翼日追賦錄奉

1

남산의 동부洞府에 불그스름한 노을
서왕모의 복숭아 꽃, 봄에도 쇠지 않네.
천상의 은파恩波, 술잔에 더해지는데
바람결에 재롱부리며 자친慈親을 축수하네.

南山洞府煙霞紫　　王母桃花不老春
天上恩波添作酒　　臨風舞彩[2]壽慈親

2

일문이 흥성하니 열 대의 화려한 수레
자리 가득 환한 얼굴, 내외의 친척들
손님 돌아가자 도리어 꽃 지는 것 근심스러워
빈우賓友를 또 불러 좋은 날 잔치를 열었네.

一門榮盛十朱輪　　滿座歡顔內外親
客散却愁花落去　　又呼賓友燕良辰

---

1 叔强: 權健. 세조 4년(1458)~연산군 7년(1501). 자 叔强. 본관 안동. 증조부는 近, 아버지는 우의정 擥이며, 중종의 열한 번째 아들인 全城君 邊의 장인이다. 1476년 별시문과에 을과로 급제하여 직강이 되어 사가독서하였다. 교리·응교·전한·예조좌랑 등을 지냈다. 『동문선』에 시문이 10여편 전한다. 『權忠敏公集』이 있다. 시호는 忠敏이다.

2 舞彩: 늙은 부모를 잘 위로하고 효도함을 이른다. 老萊子가 나이 70에 색동옷을 입고 늙은 부모 앞에서 재롱을 부렸다고 한다.

3

깊고 깊은 동이 속 공융孔融의 술
곱고 곱기가 사안謝安과도 같은 사람
사방 자리의 손님과 벗, 모두 기상이 있는데
이 한 몸 쇠하고 병들어 홀로 끙끙대네.

深深北海罇中酒[3]　　艶艶東山[4]箇裏人
四座賓朋皆意氣　　一身衰病獨嚬呻

3 深深句: '北海'는 後漢 때 北海相을 지낸 孔融이다. 공융은 선비를 좋아하여 손님이 항상 집에 가득했는데, "자리에는 빈객이 늘 가득하고, 동이에 술이 늘 떨어지지 않으면 나는 걱정이 없겠다." 하였다.

4 東山: 謝安을 가리킨다. 그는 東山에 은거하며 자신만의 즐거움을 추구하였다.

호서 관찰사로 부임하는 조태허【위】를 전송하며
送曺大虛[1]【偉】觀察湖西

호서湖西 땅 한창 아름다운데
상계上界의 신선이 하계로 내려가네.
옥황상제는 난간에 임해 송별하고
경림瓊林에서 잔치 마치고 돌아가네.
정성스레 비밀스런 교지 받들고는
가볍게 수레에 오르는데
하사하신 술기운은 얼굴에 있고
어깨에는 상제의 은혜 걸머졌네.
장강은 바퀴를 묻고서는 강개해 했었고
범방은 말고삐 쥐고서 허랑되이 다녔거니
태허는 손에 춘추의 붓을 잡고
몸에는 장상將相의 권세를 겸하였네.
바람 소리, 초목 보고 먼저 알고
비 기운은 이미 산천에 자욱하니
섣달 지나 추위는 응당 풀리고
봄기운은 벌써 널리 펼쳐 있으리.
아이들 부모에게 달려가고
조그마한 새들은 매를 피하는데
악기소리 군대의 위용을 이끌고
사물의 모습에서 시상詩想을 느끼리라.

---

1 大虛: 曺偉. 단종 2년(1454)~연산 9년(1503). 본관 昌寧. 자 太虛. 호 梅溪. 울진 현령 繼門의 아들이다.

천년을 내려온 이곳에는
백제의 옛 모습 남아있지.
웅진熊津 언저리에는 계룡산鷄龍山
탄현炭峴 한 쪽에는 낙화암落花巖.
신라군의 옛 보루는 아직도 남아있고
당나라 장수의 채찍, 버려져 있는데
고을마다 문물文物도 많아
공주公州며 홍성洪城, 음악소리 성대하다네.
지금의 세상 일 그저 다시 생각할 뿐
먼 옛날 떠올리니 마음 더욱 아득하네.
임금님 그리워 혼몽魂夢이 수고롭고
백성들 걱정에 편한 잠도 못자리라.
구름 바라보니 구름은 고개에 있고
효도할 날 얼마 없는데 해는 하늘에 가고 있네.
선영先塋의 선조들 기뻐하시고
고당高堂에 오고가는 것 편리하리라.
임금과 어버이에 최선을 다하니
충성과 효도를 그대 홀로 다하는구나.
덕업일랑 더 나은 이 없거니
그대 공명을 누가 다시 앞서랴.
그대를 보니 아직 검은 머리인데
돌아보건대 나는 허연 머리일 뿐
함께 삼공三公의 부를 헤아렸지만
누가 작은 밭뙈기 없으랴.
훗날 나를 찾아오거든
모름지기 낚싯배나 띄우세.

湖西正佳麗　上界下神仙
王帝臨軒送　瓊林罷宴還
丁寧承密教　容易上行軿
宮醞醺留面　天恩荷在肩
埋輪[2]虛慷慨　攬轡[3]謾蹁躚
手握春秋筆　身兼將相權
風聲先草木　雨氣已山川
臘盡寒應霽　春融化已宣
兒童趨父母　烏雀避鷹鸇
鼓角軍容引　詩騷物意牽
千年此天地　百濟舊風煙
雞岳熊津上　花巖炭峴偏
羅軍餘故壘　唐將[4]有遺鞭
郡縣多文物　公洪盛管絃
撫今聊復爾　懷故轉悠然
戀闕勞魂夢　憂民廢寢眠
望雲雲在嶺　愛日日行天
舊壟先靈喜　高堂往省便
君親能兩盡　忠孝獨雙全
德業無能右　功名更孰前
看君猶黑髮　顧我已華顚
共擬三公府　誰無二頃田[5]

2 埋輪: 權貴를 두려워하지 않고 직언을 하는 것을 이른다. 東漢 順帝 때에 大將軍 梁冀가 전횡을 하여 조정이 부패하였다. 張綱 등을 보내 관리를 규찰하게 했는데, 모두 명을 받았으나 장강은 수레바퀴를 낙양의 都亭에 묻고 "승냥이 같은 이가 권세를 쥐고 있는데, 어찌 삵괭이에게 물으랴. [豺狼當路, 安問狐狸.]" 하고는 글을 올려 양기를 탄핵하였다.《後漢書 張綱傳》

3 攬轡: 冀州에 흉년이 들었을 때 도적이 떼지어 일어나니, 범방이 淸詔使가 되어 그것을 案察하게 되었는데, 이 때 범방이 수레에 올라 고삐를 잡고서 개연히 천하를 혁신할 뜻을 가졌다고 한다.《後漢書 黨錮傳 范滂 조항》

4 唐將: 백제를 멸망시킨 당의 장군 소정방을 이른다.

5 二頃田: 농사지을 수 있는 조그만 땅이라는 뜻이다. 전국시대 유세가 蘇秦이 합종

他年尋訪我　　　須向釣漁船

설로 유세하여 六國의 相印을 한 몸에 차고는 "나에게 洛陽의 성곽 아래의 밭 두 頃만 있었다면 내가 어찌 오늘 육국의 상인을 찰 수 있었겠는가." 하였다.《史記 卷69 蘇秦列傳》

통천 군수로 부임하는 소경파【사식】를 전송하며

送蘇景坡[1]【斯軾】赴任通川[2]

예맥濊貊 산천의 옛 나라를 기억하노니
예전에 고삐잡고 깃발 세운 적 있었지.
사선四仙이 연단하던 화로가 남아 있지 않을까.
여섯 글자는 또렷하게 돌다리를 비추리라.
고개 동쪽 총석정叢石亭은 기이함이 으뜸
바다 오른쪽 통천通川은 예부터 비할 데 없었지.
미산眉山의 선백仙伯, 지금의 우두머리이거니
공무의 여가에 시주詩酒를 벗 삼아 커다란 붓 휘갈기리.

穢貊山川記舊邦　　憶曾攬轡豎旌幢
四仙[3]髣髴留丹竈　　六字分明照石矼
叢石嶺東奇第一　　通川海右故無雙
眉山仙伯今黃霸[4]　　詩酒公餘筆似杠

---

1 景坡: 蘇斯軾. 자 景坡, 본관 晉州, 아버지는 蘇禹錫 성종 5년(1474) 甲午 式年試 丙科 급제. 翰林 등을 역임.

2 通川: 강원도 동북단에 위치한 군으로, 북서쪽은 함경남도 안변군, 서남쪽은 회양군, 동남쪽은 고성군, 동·북쪽은 동해에 접해 있다.

3 四仙: 신라의 述郎·永郎·安詳郎·南郎의 네 仙徒 즉 화랑도를 이른다.

4 眉山句: '미산'은 宋代 大文學家인 蘇軾의 代稱으로, 소식이 四川省 眉山 사람이기 때문에 그렇게 부른다. 蘇斯軾이 소동파와 같은 소씨이기 때문에 이렇게 말한 것이다.

영남에 점마하러 가는 윤 내승【탕로】을 전송하며
送尹內乘【湯老[1]】點馬嶺南

1

아득한 산천 눈에 들어오는 듯하니
성곽에 누대까지 다 사랑할 만하네.
풍류스런 인물에 아름다운 곳까지 많으니
어느 곳에 올라간들 술잔 들지 않을 수 있으랴.

無限山川入眼來　可憐城郭更樓臺
風流人物多佳麗　何處登臨不酒杯

2

방수房宿의 빛, 해산海山을 비추니
산마다 뛰어난 말 많고도 많네.
백락伯樂의 말보는 눈 그대 가지고 있거니
응당 겉모습만 보고 판단하지 말게나.

房駟[2]精光射海山　被山龍種浩多般
孫陽[3]相法君今得　應不驪黃牝牡間

---

1 湯老: 尹湯老. 세조 12년(1466)~중종 3년(1508). 본관 坡平. 자 商卿. 호 懶軒. 우의정 壕의 아들이며, 성종 繼妃 貞顯王后의 아우이다. 성종 14년(1483) 음보로 敦寧府奉事가 되었다가 1486년 무과에 장원하였으며, 연산군 4년(1498) 世子翊衛司의 우익위를 거쳐 공조참의에 특진되었다.

2 房駟: 房宿로, 二十八宿의 하나이다. 옛날에 車馬를 주관한다고 했으며 天駟라고도 부른다.

3 孫陽: 春秋시대 秦穆公 때의 사람. 말을 잘 보았다는 伯樂이 바로 이 사람이다.

3

떠나는 날 우물가에 오동잎 지는데
올 때엔 울타리 아래 국화 누렇게 피었으리.
그대 오가며 지나는 그 곳
함창이라는 현이 바로 나의 고향이라네.

去日井邊桐葉落　　歸時籬下菊花黃
君歸君去經由處　　縣有咸昌是我鄕

한가한 때에 소회를 써서 김사렴【극검】에게 부치다

閒中書懷, 奉寄金士廉[1]【克儉】

사마시 동년同年들 점차 옛날 같지 않은데
서로 만나 느끼는 오랜 정情, 과연 누구인가.
그대의 맑은 기골은 남전藍田의 옥玉과 같고
나의 평범한 재주, 역사櫟社의 가죽나무 같네.
부끄럽구나, 둔한 재주로 먼저 길을 나섬이
어찌하여 천리마 오래도록 머뭇거렸나.
하염없이 흐르는 세월에 자주 거울을 보고
듬성듬성 한 흰 머리는 빗을 감당하지 못하네.
남으로 북으로 구름처럼 모였다 흩어졌다
빠르고 더디게, 물을 따라 부침을 거듭했지.
번화한 서울에서 겨우 은총을 입었더니
적막한 타향에서 잠시 귀양살이 하네.
그대를 만나니 허리와 머리에 관모와 띠
나는 장딴지에 살이 올라 수레를 타지 못하네.
적공翟公의 집처럼 아무도 찾아오지 않지만
도연명처럼 술잔에는 거품이 둥둥 떠 있네.
햇살이 창문에 비치니 때로 『주역』을 읽고
벽에 비친 푸른 등불 아래에서 한밤중 책을 읽네.
남산의 시원한 기운은 아침마다 오가고

---

1 士廉: 金士廉. 세종 21년(1439)~연산군 5년(1499). 자 士廉. 호 乖崖. 본관은 金海. 아버지는 剛毅이다. 세조 5년(1459) 식년 문과에 정과로 급제해 한림이 되었다. 호조참판에, 동지중추부사 등을 역임. 연산군 때에 지중추부사에 이르렀다가 졸하였다. 문장에 능했고 성품은 청렴 강직하였다.

북궐의 푸른 구름은 저물녘에 모였다 사라지네.
가난과 병, 하늘이 주신 것이니 어찌 사양하랴.
안온하고 편안함, 구불구불한 지세에 힘입네.
살아가며 가장 중요한 것은 이 한 몸 튼튼한 것
속세의 모든 일 헛된 것임을 응당 알아야 하리.
집을 묻고 밭 구하는 것 참으로 계획을 얻었거니
술 단지 앞에 두고 달에 묻는 것, 다시 어떠한가.

司馬同年浸不初	相逢舊意果誰歟
士廉淸骨藍田玉[2]	兼善凡材櫟社樗
慙愧駑駘先蹀躞	如何騏驥久趑趄
流年冉冉頻看鏡	華髮蕭蕭不滿梳
聚散如雲南復北	浮沈隨水疾還徐
繁華上國纔恩寵	寂寞他鄕暫謫居
値子腰頭還帽帶	又余脾肉謝車輿
翟公門外雖羅雀[3]	陶令杯中則有蛆[4]
白日照牕時讀易	靑燈映壁夜看書
南山爽氣朝來往	北闕靑雲晩卷舒
貧病敢辭天賦與	安閒賴有地紆餘
人生最要一身健	塵世應知萬事虛
問舍求田[5]眞得計	臨罇問月復何如

2 藍田玉: 명문 출신의 훌륭한 자제를 이른다. '藍田'은 陝西省의 縣 이름으로 아름다운 옥의 産地로 유명하다.

3 翟公句: 찾아오는 사람이 없다는 뜻이다. 漢나라 사람 翟公이 文帝 때에 廷尉가 되었을 때에는 손님이 문을 메우더니, 파직되자 찾는 사람이 없어 문 앞에 참새 그물을 칠 수 있었다고 한다.

4 有蛆: 술 위로 흰 거품이 떠오른다는 말이다.《史記 汲鄭列傳》

5 問舍求田: 家産에만 힘쓰고 원대한 뜻이 없음을 뜻한다.『三國志』「魏志·陳登傳」에서 劉備가 許汜에게 陳登이 허사를 박대한 이유를 설명하면서 "그대는 밭이나 집을 구하는 사람이기 때문에 채택할 만한 말이 없었기 때문이다. [君求田問舍, 言無可采.]"라고 하였다. 隱居하려는 생각을 말한다.

의금부랑 계회도에 쓰다
題義禁府郎契會圖

오년동안 의금부에 있으니
여러 낭관, 위엄 있는 한진韓縝이라 할 만하네.
마음의 기약 끝이 없거니
행동이 어찌 서로 어긋나리.
표범 꼬리 단 깃발로 천자 수레 호위하고
호두각虎頭閣에서는 죄수를 꾸짖네.
성조聖朝의 무위無爲의 다스림에
자연스레 감옥들도 텅텅 비어 있네.
맑은 바람 북헌北軒의 밖에서 불어오고
연꽃 핀 연못은 모래섬에 가깝네.
저물녘 서늘한 기운에
한 잔 술 함께 해도 무방하리.

五載坐金吾[1]　　諸郎堪玉汝[2]
襟期謝崖岸　　作爲肯齟齬
豹尾扈法駕　　虎頭[3]詰囚侶
聖朝理無爲　　自然空囹圄
淸風北軒外　　蓮塘逼洲渚
未妨趁晩涼　　相與對罇俎

---

1 金吾: 義禁府 관원의 별칭으로, 執金吾라고도 한다.
2 玉汝: 宋나라 韓縝의 字이다. 한진이 법에 따라 엄하게 다스려 당시 사람들이 "차라리 호랑이를 만날지언정 한옥여를 만나지 말라." 했다고 한다.
3 虎頭: 虎頭閣이다. 조선 시대 의금부에서 죄인을 訊問하던 곳으로, 義禁府 남쪽에 있었다.

남으로 돌아가는 최 찰방【한】을 전송하며

送崔察訪【漢】還南

예전 열여섯 나이 때
용궁현龍宮縣에서 독서를 할 때
그 때 그대를 처음 만나
객관의 등불 아래 함께 했었지.
자연스레 의기가 맞았으니
어찌 이전에 만날 필요 있었으랴.
물고기 꿴 것처럼 한 이불 덮고는
밤새 함께 뒤척이며 보냈지.
또한 이미 일가一家인지라
그대 나의 신혼 잔치에 왔었고
선비들 가득한 마을에서
나를 만나면 유독 정겨워했지.
거처할 때에 마소같지 않았고
종유함에 꾀꼬리, 제비처럼 다정했거니
그대 집 문 앞의 누대에서
마주하며 서로 부르곤 했지.
막걸리로 기갈을 달래며
고담준론을 나누었는데
저마다의 뜻 원대하여
출세해서 만날 것 기약했지.
타고난 것 몹시 같지 않아
각자의 길로 구름 따라 흩어졌는데
안타깝게도 그대 뜻 얻지 못해

반백년을 영락한 채로 지냈네.
나 다행히 먼저 말 채찍질 하며
높은 관 쓰고 대궐에 절을 올렸지.
지금까지 그릇되이 성은聖恩을 입으며
금초金貂가 헌면軒冕을 비추고 있네.
그대, 낡은 모자 언덕에 비할 정도이더니
늙어서야 역관 자리 얻었네.
흰 머리털 살쩍에 가득하지만
마음속엔 아직도 한 조각의 붉은 마음
아래에서는 역리驛吏가 기뻐하고
위로는 사군使君의 꾸지람 없으리.
어찌 관직에 높고 낮음이 있으랴
귀한 바는 직책을 잘 수행하는 것이네.
조천朝天 길에 빈모牝牡를 바치고
유월이라 더운 바람 부는 때
오랜 벗들은 서울에 가득한데
만나면 얼굴에 기쁨이 가득
아아, 나 어이하랴 늙고 병든 데다
총영寵榮과 우환이 뒤섞인 삶을
만나고 보니 온갖 감회 생겨나
반은 기쁨, 반은 근심의 탄식
동문東門 밖에서 한 잔 술로
길 떠나는 그대를 보내네.
상주에는 푸른빛 맴돌고
낙동강엔 하얀 비단 물결 질펀할텐데
보잘 것 없는 벼슬이라 그대 말하지 마라.

그대 가는 것 내 부러워하는 바이니

昔我年二八　　讀書龍宮縣[1]
與君初面目　　燈火共客館
自然意氣同　　何必曾相見
衾裯魚貫眠　　永夜同轉輾
旣又於我族　　君來新昏燕
衣冠滿鄕曲　　遇我獨眷戀
居處不馬牛　　遊從似鶯燕[2]
君家門前樓　　與君面相喚
村酒尉飢渴　　高談討黃卷
有志各遠大　　相期在雲漢
稟賦苦不齊　　參差逐雲散
憐君不得意　　汨沒百年半
我幸着鞭先　　峨冠拜漢殿
至今誤聖恩　　金貂映軒冕
破帽久皐比　　衰年得郵傳
白髮滿頭鬢　　丹心猶一片
下有驛吏驩　　上無使君譴
官豈有高下　　所貴職修善
朝天貢牝牡　　六月炎風扇
朋舊滿京華　　邂逅喜浮面
嗟余奈衰疾　　寵榮雜憂患
相逢百感生　　半欣半愁歎
一杯東門外　　送君出圻甸
商山[3]抹翠眉　　洛水橫素練
莫道君薄官　　君行吾所羡

---

1 龍宮縣: 경상북도 예천군 용궁면 · 개포면 · 지보면 · 풍양면 일대에 있었던 옛 고을이다.

2 鶯燕: 짝지은 꾀꼬리나 제비로, 다정한 벗이나 부부를 비유한다.

3 商山: 경상북도 상주시의 옛 별호이다.

김사렴에게 부치다

寄金士廉

기억하노니 예전 역관의 밤
서로 만나서는 꿈인가 했었지.
겉치레 없는 우리 둘의 모습
역관의 방 함께 쓰는 신세였지.
득실은 새옹지마와 같은 것
영고성쇠는 역사櫟社의 가죽나무와도 같은 것
술잔 들며 이별하지 못하고
등불 아래 늦은 밤까지 마주했었지.
역사驛使는 지금 편지를 전하며
그대 또 남쪽으로 간다고 하네.
어린 종, 불을 때 아침밥을 짓고
파리한 말은 새벽 남기嵐氣를 밟겠지.
정원 안에는 푸른 대가 무성하고
바닷가에는 황감黃柑이 한창 때
문 밖에 벼가 쑥쑥 자라고
산림은 또한 머물기에 충분하리라.

憶昨郵亭夜　　相看夢寐如
形骸雙土木[1]　　身世共蘧廬
得失塞翁馬　　榮枯櫟社樗
銜杯不能別　　燈火二更餘
驛使今傳信　　言君又道南

1 土木: 꾸미지 않은 본래의 모습을 이른다.

短僕炊朝飯　　　羸驂踏曉嵐
園中多綠竹　　　海上正黃柑
門外仍秔稻　　　山林亦足淹

안주목 시에 차운하다
次安州[1]韻

빼어난 경관의 누대는 동방의 으뜸
가득한 물상은 말할 수 없을 정도
황학黃鶴 날아오고 흰 구름 머무는데
다시 아름다운 손을 맞아 상서로움을 알리네.

一樓形勝擅東方	物象紛紛不可詳
黃鶴飛來白雲住	更邀嘉客報休祥

---

1 安州: 평안도에 있던 牧이다. 동으로는 价川郡·順川郡, 남으로는 肅川府, 서쪽으로는 老江鎭, 북으로는 博川郡·寧邊府에 접해있다.《新增東國輿地勝覽 卷52 平安道 安州牧》

대동강 시에 차운하다
次大同江韻

저 금 술독의 술을 따라 두 손에 가지고서
멀리 천사天使 맞아 나는 듯한 배를 띄우네.
한줄기 강, 동쪽으로 흘러 은하수처럼 널찍하고
오월 남풍 부는 때에 먼지떨이개는 기다랗기도 하네.
유람선 물결 스치며 우객羽客에게 다가오고
붉은 치마로 성城을 나서는 미인들 줄지어 있네.
흥겨움에 취묵을 비바람처럼 흩뿌리니
언덕의 향초, 물가의 난초 다 옛 향기를 잃었네.

酌彼金罍兩手將　遠迎天使泛飛航
一江東注銀河闊　五月南薰玉麈[1]長
青雀[2]拂波來羽客　紅裙出郭列毛嬙[3]
興來醉墨灑飛雨　岸芷汀蘭失舊香

1 玉麈: 아름다운 먼지떨이개이다. '麈'는 고라니의 꼬리털로 만든 먼지떨이인데, 魏晉 시대에 淸談을 하던 사람들이 이것을 많이 지녔다고 한다.
2 青雀: 青雀舫. 船首에 파란 참새를 그린 배로, 遊船할 때 쓰는 화려한 배이다.
3 毛嬙: 미인을 이른다. '모장'은 古代 美女의 이름으로, 『莊子』 「齊物論」에 "모장과 여희는 사람들이 아름답게 여기는 이들이다.[毛嬙·麗姬, 人之所美也.]" 하였다.

봉산 환취루 시에 차운하다
次鳳山環翠樓[1]韻

우뚝 솟은 하나의 누대
사방에는 높다란 산들
구불구불 열 두 개 난간에
이곳저곳 붉고 푸른 언덕들
아스라한 용마루, 나는 새 굽어보는데
나그네 와서는 구름 한켠에 묵네.
하늘가의 바람, 발 사이로 들어오니
자리에는 조금의 티끌도 없네.
여기에서 봉래산은 가까운 거리
가려하나 가는 길 끌어줄 이 없네.
주나라 옛 도읍 기주岐周인듯
화락한 소리 내는 한 쌍의 봉황이 오네.
오색의 깃털로 경쾌하게 나는데
닭이며 집오리 따라가기 부끄럽네.
얼마나 다행인가 파리가 천리마에 붙은 것처럼
함께 술잔을 기울일 수 있으니
그대의 고상하고 훌륭한 노래
화답하려 하지만 재주 없음이 부끄럽네.
어떻게 하면 겨드랑이에 날개 돋아
그대 따라 아득한 곳에서 노닐까.

1 環翠樓: 鳳山郡 객사 동쪽에 있는 누각이다. 명나라 端木智가 建文 4년(태조 2년)에 사신으로 와서 올라보고, 사면에 산이 둘러 푸르른 것을 사랑하여 환취라고 이름을 지었다고 한다.《新增東國輿地勝覽 黃海道 鳳山郡》

一樓起突兀　　四山環崔嵬
曲曲十二闌　　面面紫翠堆
危甍俯飛鳥　　客來宿雲隈
天風入簾幕　　座上無塵埃
此去蓬壺近　　欲往中無媒
髣髴岐周[2]墟　　雝雝雙鳳來
翩翩五色羽　　雞鶩羞追陪
何幸蠅附驥　　得共銜酒杯
陽春白雪調[3]　　欲和慙非才
安得翼兩腋　　隨君遊八垓

2 岐周: 周나라의 옛 도읍지로, 지금의 陝西省 岐山縣이다. 周初에 이곳 岐山 아래에 도읍을 하였으므로 西周의 뜻으로 쓰인다.

3 陽春句: 수준이 매우 높은 노래를 이른다. 어떤 사람이 郢中에서 처음에 「下里巴人歌」를 부르자 그 소리를 알아듣고 화답하는 사람이 수천 명이었고 「陽阿薤露歌」를 부르자 화답하는 사람이 수백 명으로 줄었고 「陽春白雪歌」를 부르자 화답하는 사람이 수십 명으로 줄었다. 노래의 수준이 높아질수록 그에 화답하는 사람이 더욱 적었다 한다.《文選 卷45 宋玉 對楚王問》

개성 태평관 시에 차운하다
次開城太平館韻

전조前朝의 문물 화려했던 성에 풀만 무성한데
여기가 오백 년 전, 왕이 경성京城 만들었던 곳
즐비한 집에 음악과 노래, 송덕頌德함 많았고
한 시대 백성들은 전쟁을 알지 못했지.
궁전이 폐허가 되어 벼와 기장 자라나고
태액지太液池는 메워져 반쯤은 벼가 자라네.
우리 조선의 영원한 기업을 알려거든
당시의 선명한 -원문 빠짐-

前朝文物草連城　　五百年前王作京
比屋弦歌多頌德　　一時民物不知兵
長楊殿[1]廢生禾黍　　太液池平半稻秔
要識我朝基業永　　當時□□□[2]分明

1 長楊殿: 南朝 陳나라의 궁전이었는데, 한나라 때에 수리한 행궁이다. 여기서는 고려의 옛 궁전을 이른다.

2 판독불가자

봉산루 절구시에 차운하다
次鳳山樓絶句韻

아름다운 누대에 올라 보니 해는 서녘으로 기우는데
선객의 시구는 글자마다 허공의 까마귀인 듯
취한 뒤에 다시 피리를 불게 하니
오월의 산성에 울려 퍼지는 매화락梅花落 한 곡조

畫樓登眺日西斜　　仙客詩騷字貼鴉
醉後更教吹鳳管[1]　　山城五月亦梅花[2]

---

1 鳳管: 笙簫 또는 笙簫로 하는 음악의 美稱.
2 梅花: 梅花落으로, 漢 樂府 橫吹曲의 이름.

태평관 시에 차운하다
次太平館韻

산하의 요새처인 제왕의 도읍
뭇별들은 북극성을 에워싸고 있네.
성상은 난간에 임해 보배로운 조책詔冊을 드날리고
태자는 등극하며 황도皇圖를 묶네.
봉새는 단조를 머금어 천하에 반포하고
자라는 푸른 산을 지고서 바다 모퉁이에 왔네.
예로부터 우리 조선, 술직述職에 부지런했으니
사신의 수레 몇 번이나 먼 길을 오갔던가.

山河百二帝王都　　環拱星辰北極樞
紫殿臨軒揚寶冊　　青宮正位鞏皇圖[1]
鳳含丹詔頒天下　　鼇負青山抃海隅
自古我東勤述職[2]　　星軺幾度載脩途

---

1 青宮句: 성종 7년(1476) 명나라 皇太子 책봉과 관련하여 正使 戶部郎中 祈順과 副使 行人司左司副 張瑾 등이 와서 詔書를 諭示했는데 이때에 쓴 것인 듯하다. 이 때 홍귀달은 接賓使 徐居正의 從事官이 되어 祁順 등을 맞이했다.

2 述職: 諸侯가 天子에게 職守를 아뢰는 것이다.

용천관 시에 차운하다
次龍泉館[1]韻

1
만 리 길 떠나온 그대 지금 원유遠遊를 노래하나니
흰 구름 이는 때, 부모님 그리는 시름 어이하랴.
산천의 길 아득하니 집은 어느 곳인가.
편지도 드문데 한 해 저물려 하네.
말 세우고 산을 보니 시는 그림과 같고
바람 앞에 술 부르자 달이 벗이 되네.
살다가 득의得意할 때면 마셔야 하는 것
사람들 취후醉侯라 부르는 것 싫어하지 말게나.

萬里君今賦遠遊	白雲其奈狄公愁[2]
山川路遠家何處	魚雁音稀歲欲秋
駐馬看山詩似畫	臨風喚酒月爲儔
人生得意唯須飮	莫厭人呼作醉侯

2
저물녘 까마귀 울면 쉬고 새벽 닭 울면 일어나니
무슨 일로 행장을 이처럼 서두르는지
비밀스런 천서天書를 일찍이 받들었고
간절한 임금님 말씀 또 친히 받았지.

---

1 龍泉館: 황해도 瑞興都護府 龍泉驛 곁에 있는 館院이다.
2 狄公愁: 타향에서 고향의 부모를 그리워함을 뜻한다 '적공'은 당나라 때의 梁國公 狄仁傑이다. 그의 부모가 河陽에 있었는데, 太行山에 올라 떠가는 흰구름을 보고 "부모님이 저 아래에 살고 계신다." 하며 한동안 슬프게 바라보다가 그 구름이 흘러간 뒤에 그 곳을 떠났다고 한다.《新唐 狄仁傑傳》

지인至仁은 부질없이 찡그리거나 웃지 않나니
큰 아량에 어찌 사랑과 미움에 치우친 적 있으랴.
물은 동쪽에서 흘러오고 구름은 북쪽으로 가는데
내 마음 아는 것은 벽에 걸린 한 점 등불

昏鴉而止曉雞興　底事行裝此驟騰
密勿天書曾手奉　丁寧宸語又親承
至人不敢浪嚬笑　大度何嘗偏愛憎
水自東流雲北去　知心一點壁間燈

거련관 시에 차운하다
次車輦館[1]韻

학이 어젯밤 언덕을 지났거니
뛰어난 재주로 이르는 곳부터 시를 지었지.
천지의 동남쪽 말 타고 두루 다녔고
아득한 하늘 구만리, 기러기처럼 날아왔네.
기운일랑 흥이 나니 어찌 피곤하랴
몸은 받은 성은聖恩 펼치느라 노고를 꺼리지 않네.
보잘 것 없는 견식으로 어찌 너른 바다를 엿보리.
넓고 넓은 만 이랑의 물결이 아득히 펼쳐있네.

玄裳[2]昨夜過臨皐　技癢從敎着處搔
天地東南窮馬跡　雲霄九萬翼鴻毛
氣因遇興何曾倦　身爲宣恩不憚勞
持蠡詎能窺大海　汪汪萬頃渺風濤

1 車輦館: 平安道 鐵山郡에 있는 객관이다.《新增東國輿地勝覽 卷53》
군의 북쪽 27리에 있는데, 館 앞의 盤松이 구불거리며 높이 솟아 그 맑은 그늘이 여러 두둑을 덮었다고 한다.
2 玄裳: 玄裳縞衣의 준말로 鶴을 이른다.

병주도 시에 차운함
次幷州刀[1]

손에는 금착도金錯刀를 쥐고
허리에는 붉은 비단 끈을 찼네.
금 술병은 바다처럼 깊고
옥 술잔은 기름처럼 매끄럽네.
붓의 기세는 거세게 내리치는 우레 같고
문장의 힘은 큰 물결을 터놓은 듯
화려한 봉황 같은 그대 모습을 보니
닭이나 집오리 같은 우리가 부끄럽구려.

手把金錯刀[2]　　腰懸紫錦條
金罇深似海　　玉酒滑如膏
筆陣輕驅電　　文瀾夬瀉濤
看君眞彩鳳　　雞鶩愧吾曹

1 幷州刀: 옛날 幷州 지역에서 만든 剪刀로, 날카로움으로 유명했다고 한다.
2 金錯刀: 칼의 이름인데, 여기에서는 幷州刀를 달리 표현한 것으로 보인다.

광주에서 자며
宿廣州

열흘 가운데 한기寒氣가 심한데
영릉英陵의 봉향사奉香使가 되었네.
내관은 위로하며 선온宣醞을 전하고
마부는 말을 채찍질하며 모네.
문밖에는 전송을 하는 태의太醫
강변에선 맞이하는 광릉廣陵의 아전
배 안의 천지일랑 허무虛無에 부치고
말 위에서 읊조리며 취한 듯 조는 듯
채찍질 한 번에 금세 삼십 리를 달리고
취기 오른 얼굴이라 매서운 가을바람도 우습네.
밤 되어 등불 비추는 객사에 묵을 때
해동의 요순이 잠결에 어리는 듯
여강驪江의 강가는 어디쯤인가.
새벽닭 소리에 손 걷어차며 말 대령하라하네.

十日之中寒氣至	去作英陵[1]奉香使
內官傳勅賜宣醞	僕夫控御策天駟
門外送別太醫僚	江邊迎迓廣陵吏
舟中天地寄虛無	馬上吟哦雜醉睡
一鞭倏忽三十里	酒面不受西風利
夜宿客舍燈影中	海東堯舜[2]恍夢寐
驪江江上杳何許	蹴客聞雞呼驛騎

---

1 英陵: 경기도 여주군 陵西面 旺垈里에 있는 세종과 昭憲王后 沈氏의 능이다.
2 海東堯舜: 世宗을 가리킨다.

여주 가는 길에
驪州[1]道中

말에 오르지만 늙어 힘이 없고
시를 짓지만 취해 제대로 할 수 없네.
흰 머리엔 바람만 휙휙 불어오고
병든 몸이라 앙상한 모습만
지는 해에 뭇 산들 어스름하고
이른 추위에 적은 물도 얼어붙었네.
멀리 강가의 사찰 바라보니
도리어 선정禪定에 든 스님이 부럽네.

上馬老無力　　裁詩醉未能
霜毛吹颯颯　　病骨瘦稜稜
落日群山皺　　初寒小水氷
遙看江上寺　　却羨定中僧

1 驪州: 驪州牧이다. 본래 고구려의 骨乃斤縣으로 조선 睿宗 원년에 英陵을 府의 北城山에 옮기고 川寧縣을 혁파하여 이 府에 소속시키고 驪州라 개명하여 牧으로 승격하였다.《新增東國輿地勝覽 卷7 京畿》

영릉에 제를 올리다
享英陵

청정한 제실의 청정한 밤
새벽 비에 먼지 묻은 옷을 씻네.
승하하시던 당년當年의 한恨
변변찮은 제수 올리는 오늘의 마음
신민이 받은 은택 두텁기만 하고
흐르는 세월에 그리움만 깊어지네.
흰머리 늙은이 아직도 분향하노니
오고 가는 사이에 고금을 이루었네.

清齋值淸夜　　曉雨洗塵襟
弓劍[1]當年恨　　蘋蘩[2]此日心
臣民恩澤厚　　歲月戀懷深
白首尙香祝　　往來成古今

1 弓劍: 임금의 죽음을 비유하거나, 또는 돌아간 先王을 哀悼하는 의미로 쓰인다. 黃帝가 龍을 타고 하늘로 올라갈 때, 群臣들이 잡고 올라가려고 하다가 떨어진 弓劍과 용의 수염만 안고 통곡했다고 한다.《史記 封禪書》
2 蘋蘩: 개구리밥과 흰 쑥으로, 변변치 못한 祭需를 이른다.

채기지【壽】가 술을 가지고 위로하기에 시로서 사례하다
蔡耆之[1]【壽】携酒枉慰, 詩以謝云

내 집엔 더 이상 손님도 오지 않는데
깊은 골목에 장자長者의 수레가 왔네.
반가운 눈빛으로 또 술친구 만나고
매화 병풍은 도리어 국화 화분을 마주했네.
이전의 성패成敗, 그대는 잘 말하나
차후의 승침升沈을 나는 논하지 못하겠네.
흠뻑 취해 쓰러지고 온갖 사물 잠잠한데
긴 밤의 몽혼夢魂은 고향을 맴돈다네.

門前已散翟公客[2]　深巷猶過長者軒
青眼又逢紅友面[3]　梅屛還對菊花盆
從前成毁君能說　此後升沈我不論
大醉頹然群動息　長宵魂夢繞田園

1 耆之: 蔡壽. 세종 31년(1449)~중종 10년(1515). 중종반정 공신. 본관 仁川. 자 耆之. 호 懶齋. 남양부사 申保의 아들이다. 세조 15년(1469) 문과에 장원. 성균대사성, 호조참판 등을 역임. 경상도 咸昌(지금의 경상북도 상주)에 快哉亭을 짓고 은거하여 독서와 풍류로 여생을 보냈다.

2 翟公句: 찾아오는 사람이 없다는 뜻이다. 漢나라 사람 翟公이 文帝 때에 廷尉가 되었을 때에는 손님이 문을 메우더니, 파직되자 찾는 사람이 없어 문 앞에 참새 그물을 칠 수 있었다고 한다.《史記 汲鄭列傳》

3 青眼句: '청안'은 반갑게 맞이하는 것이다. 晉나라 阮籍이 속인들을 만나면 白眼으로 대하고, 마음이 통하는 친구를 만나면 青眼으로 대하였다고 한다. '紅友'는 술의 別稱이다.《晉書 本傳》

황해도 관찰사로 부임하는 동년 이자방【손】을 전송하며
送李同年子芳[1]【蓀】觀察黃海路

평생의 반을 원유遠遊하는 이
문무의 재주 겸비한 장상將相의 몸
여러 해 동안 호상湖上에 깃발 머물렀고
한 해 동안 절월節鉞 가지고 바닷가 순행했지.
풍상風霜의 시절에 신령스런 위엄 드날리고
우로雨露가 산천을 적시듯 골고루 은혜 베풀었지.
그대 보내는 도성 문에 거마소리 시끄러운데
가련하구나 병석에서 혼자 끙끙 앓고 있으니

一生半作遠遊人　　文武全才將相身
數歲旌旗湖上住　　周年節鉞[2]海邊巡
風霜時節威靈暢　　雨露山川惠渥均
相送都門車馬鬧　　可憐牀席獨嚬呻

---

1 子芳: 李蓀. 1439(세종 21)~1520(중종 15). 본관 廣州. 자 子芳. 아버지는 평안도 절도사 守哲이며, 어머니는 관찰사 李孟常의 딸이다. 성종 1년(1470) 별시문과에 을과로 급제. 우찬성·좌찬성을 역임. 중종 8년(1513) 漢山府院君에 진봉되고 판중추부사를 지냈다.

2 節鉞: 符節과 도끼로, 옛날 外敵을 征討할 때에 威信을 보이기 위해 임금이 직접 장군에게 이것을 하사하였다.

김원신 만시

金元臣[1]輓

나복산인蘿葍山人 김도金濤 후예인지라
전해온 그 골상이 남아 있었지.
면면이 이어온 문호門戶는 성대하고
오이 줄기 쭉쭉 뻗듯 자손은 번성했지.
홀로 금규金閨의 선비가 있어
존귀한 홍문관에 고상히 머물렀네.
집안의 명성 응당 영원하리니
황천의 혼魂은 편히 가소서.

蘿葍山人[2]裔　　流傳骨相存
蟬聯門戶大　　瓜蔓子孫蕃
獨有金閨彥　　高棲玉署尊
家聲應永世　　瞑目九原魂

---

1 金元臣: 본관 延安. 司馬試에 급제하고 세조 원년(1456) 原從功臣에 책록되었고, 성종 13년(1482) 執義·喬洞 및 坡州縣監 등을 거쳐 安東大都護府使를 역임, 후에 大匡輔國崇祿大夫 議政府 領議政 贈職되었다.

2 蘿葍山人: 金元臣의 先祖인 金濤를 이른다. 김도가 明나라의 制科에 급제하여 벼슬을 제수 받았으나, 어버이가 늙었다는 이유로 본국으로 돌아오기를 청해 황제의 허락을 받았다. 본국에 돌아오자 恭愍王이 우리나라 사람으로 제과에 급제한 이가 드물다면서 김도의 명성을 드날려 우리나라에 인재가 있음을 알게 하라고 하였다. 그리고 친히 '金濤長源蘿葍山人'이란 여덟 글자를 써서 하사했다고 한다.《東史綱目 卷55》

이번중을 애도하다

悼李藩仲[1]

지금도 조정에서 평중平仲의 죽음 안타까워 하는데
어찌하여 아우인 번중까지 이렇게 간단 말인가.
조물주가 우리를 시기함인지
하늘이 혹 사문斯文을 단절시키려는 것인지
늘그막 온 몸의 병 견디기 힘든데
괴로운 눈물에 어찌 무성한 백발을 감당하랴.
두 총명함이 다 떠난 것 같은 일이 어디에 있을까.
인간세상의 이러한 괴로움 들어보지 못했네.

至今朝論惜平仲[2]　　藩仲如何復此云
造物正應猜我輩　　皇天或者喪斯文
衰年不耐全身病　　苦淚那堪白髮紛
何似兩聰兼閉塞　　人間無俚不曾聞

---

1 李藩仲: 李封. 세종 23년(1441)~성종 24년(1493). 본관 韓山. 자 蕃仲. 호 蘇隱. 季甸의 아들이며, 좌찬성 坡의 아우이다. 세조 11년(1465) 별시문과에 장원급제하여 세조의 총애를 받았다. 다음해 문과중시에 합격하고 1467년 우승지·좌승지를 거쳐 공조참판·이조참판을 역임.

2 平仲: 李封의 兄李인 李坡를 가리킴. 세종 16년(1434)~성종 17년(1486) 이파는 조선 전기 세종~성종 때의 문신으로 『동국통감』 찬수에 참여했고, 『삼국사절요』를 찬진하였음. 평안도관찰사, 예조판서, 좌찬성 등을 지냈다.

밤에 앉아 감회가 있어
夜坐有懷

쓸모없는 재목 감히 명당明堂의 기둥에 비하랴.
노둔한 말 어찌 먼 길을 내달렸으랴.
많은 병에 한가한 삶, 필요한 것은 약이고
곤궁한 시름에 술 있으니 시 없을 수 있으랴.
한 조각 붉은 마음, 밤의 등불이 있고
천 가닥의 흰 머리, 새벽 거울이 아네.
늙었겠지 고향의 원숭이와 학도
돌아갈 기약, 십 년이나 늦어짐이 후회스럽네.

散材[1]敢擬明堂柱　　駑騎何曾遠道馳
多病置閒應是藥　　窮愁有酒可無詩
丹心一片宵燈在　　白髮千莖曉鏡知
老矣故山猿與鶴　　歸期却悔十年遲

1 散材: 쓸모없는 나무로, 세상에 쓰이지 못하는 사람을 비유한다.

영돈녕부사 윤공【壕】만시
輓領敦寧尹公【壕[1]】

성종께서는 요순의 정치를 하시고
재상들은 보좌하여 화평한 세상 이룩했지.
이윤伊尹의 뜻, 모두 일덕一德을 가지게 하는 데에 있었고
주공周公의 마음, 더욱 공손히 돕는 데 있었네.
바람과 구름, 만난 것이 제 때
물고기와 물의 만남처럼 기뻐했지.
국구國舅로서 성대한 성광聲光
왕후의 덕택도 가득했었지.
영화로움 구족九族에 은혜가 미치고
복록은 천종千鍾을 누릴 정도
천도는 성쇠가 뒤섞이고
인생은 길했다가도 흉해지는 것
스스로 가련히 여기는 건 아각阿閣의 봉황이
정호鼎湖의 용에 미치지 못한 것
지붕 위에서는 문득 고복을 하고
성 안에서는 절구 노래도 부르지 않네.
살아서는 장수와 부귀를 겸하였고
죽어서는 다시 의용儀容을 갖추었네.

---

1 壕: 尹壕. 세종 6년(1424)~연산군 2년(1496). 자 叔保. 시호 平靖. 본관 坡平. 첨지중추부사 三山의 아들로, 성종비인 貞顯王后의 아버지. 성종 7년(1476) 문과에 병과로 급제, 벼슬이 병조참판에 이르렀다. 성종이 그의 딸을 왕비로 삼자 國舅로서 鈴原府院君에 봉하여졌다. 공조참판으로 正朝使가 되어 명나라에 다녀왔으며, 1488년 영돈령부사에 이르렀다. 저서로는 『坡川集』이 있다.

새벽 도성의 문에는 곡하는 소리
깊은 정, 그 누가 나만 하리오.

宣陵[2]堯舜理　列相佐時雍
尹志曾咸德[3]　周情更協恭
風雲時際會　魚水喜遭逢
國舅聲光大　坤闈[4]德澤濃
榮華恩九族　福慶祿千鍾
天道閒消息　人生互吉凶
自憐阿閣鳳[5]　莫及鼎湖龍[6]
屋上俄呼復　城中不相舂
生能兼壽貴　歿復備儀容
歌哭都門曉　深情孰似儂

2 宣陵: 成宗을 이른다.
3 尹志句: 윤호가 평소 國舅로서 國政에 대해 조언을 했던 것을 이르는 듯하다. 伊尹이 늙어 돌아가면서 太甲이 덕이 純一하지 않고 올바르지 않은 사람을 임용할 것을 염려하여 德에 대해 陳戒했는데, 그 말 가운데에 "이미 湯임금과 더불어 모두 순일한 덕을 닦아 하늘의 마음에 합당하게 하여 하늘의 밝은 명을 받았습니다. [躬暨湯, 咸有一德, 克享天心, 受天明命.]"라고 하였다.《書經 咸有一德》
4 坤闈: 왕후를 말한다.
5 阿閣鳳: 阿閣은 네 기둥이 받치고 있는 高館. 黃帝 때에 봉황이 이 아각에 둥지를 틀고 살았다고 한다. 여기에서 봉황은 윤호를 가리킨다.
6 鼎湖龍: 成宗의 승하를 이른다. 고대 전설 중에 黃帝가 鼎湖에서 龍을 타고 승천했다고 한다.

호남으로 귀양 가는 하남군 정효숙【숭조】을 전송하며
送河南君鄭孝叔[1]【崇祖】謫湖南

나는 늙고 병들어 낙향하기에 알맞은데
하남군은 무슨 일로 바닷가에 귀양을 가는가.
사물의 성쇠, 모두 분수가 있는 것이니
인사의 비환悲歡이 어찌 하늘의 뜻 아니랴.
아득한 길 석양 무렵 한 필 말로 갈 때에
먼 나무 찬 날의 까마귀는 저물녘 연기 속에 시끄러우리.
떠도는 몸이라고 지나치게 슬퍼하지 말게나.
예로부터 화복禍福은 돌고 도는 것이니

洪厓衰病合歸田　何事河南謫海邊
成毁物形皆有數　悲歡人事豈非天
脩途匹馬行斜日　遠樹寒鴉噪暮煙
莫把流離偏悵惘　從來倚伏互推遷

1 孝叔: 鄭崇祖. 세종 24년(1442)~연산군 9년(1503). 본관 河東. 자 孝叔. 호 三省齋. 아버지는 영의정 麟趾이며, 어머니는 판한성부사 李擕의 딸. 세조 4년(1458) 음보로 通禮門奉禮郞이 되고, 성종 2년(1471) 佐理功臣 4등으로 河南君에 봉해졌다. 경상도관찰사·경상좌도병마절도사·호조판서 등을 역임했다.

새 정언을 축하하며 칠휴 손경보[순효]상공에게 받들어 올리다
賀新正言, 奉呈七休孫相公敬甫[1]【舜孝】

정승 집안의 재자才子 일찍부터 벼슬을 하여
전주殿柱 아래에서 붓을 귀에 꽂고 있었지.
곧은 도道 집안에 전해오니 영윤이라 일컬어지고
바른 말 나라를 바로잡으니 정신貞臣에 속했네.
화락한 부자父子의 충심은 위로 옮아가고
제 때에 만난 군주와 현신, 은택이 백성에 미치네.
새 해 들어 더욱 새로운 복을 받으니
문 앞에는 축하객들의 붉은 수레 붐비네.

相門才子蚤簪紳　　柱下曾爲珥筆[2]人
直道傳家稱令胤　　正言匡國屬貞臣
怡愉父子忠移上　　際會明良澤及民
新歲益膺新福慶　　門前賀客集朱輪

1 敬甫: 孫舜孝. 세종 9년(1427)~연산군 3년(1497). 본관 平海. 자 敬甫. 호 勿齋·七休居士. 아버지는 군수 密이며, 어머니는 旌善郡事 趙溫寶의 딸이다. 단종 1년(1453) 증광문과에 을과로, 세조 3년(1457)에는 감찰로 문과중시에 정과로 각각 급제. 왕비 尹氏의 폐위를 반대하였다. 공조판서·대사헌·한성부판윤·병조판서 등을 역임하였다. 撰書로는 『食療撰要』가 있다.

2 珥筆: 옛날 史官이나 諫官이 조정에서 일을 할 때에 항상 冠의 곁에 붓을 꽂아 기록하기에 편리하도록 했다고 하니, 손순효의 자제가 사관이나 간관을 지냈음을 알 수 있다.

관찰사 이길보 모부인 만사
李觀察吉甫[1]母夫人輓

사람의 일은 끝내 믿기 어렵고
하늘의 마음도 알 수가 없어라.
일찍이 다섯 아들 자랑하시더니
끝내 한 아들 먼저 세상을 떠났지.
병으로 누우심에 물을 사람 없더니
백세百歲의 삶 누리시지 못했네.
구천九泉에서 응당 얼굴 마주하며
어머니와 아들, 서로 슬퍼하리라.

人事終難恃　天心不可知
曾誇五男子　竟乏一箇兒[2]
疾病無人問　期頤不自持
重泉應面目　子母正相悲

---

1 李吉甫: 본관 龍仁. 아버지는 李孝儉, 세조 3년(1457) 丁丑 別試 丙科 4위 京畿監司 역임.

2 竟乏句: 다섯 아들 중에 한 명이 어머니보다 먼저 세상을 떠났음을 이른다.

근체시 두 수. 내상 정자건【석견】이 새로 총명을 받들고 영남으로부터 옮을 축하하고, 또 내 처지를 쓰다

近體二首. 賀鄭内相子健[1]【錫堅】新承寵命, 自嶺南來. 又自敍

1

하늘에 닿을 듯 화악華嶽이 우뚝이 솟아
땅 가득한 봉우리들 스스로 하찮게 여기네.
구만리 먼 하늘 나는 것 원래 분수 있나니
보통의 가시나무에 어찌 머물 만 하랴.
남쪽에 사명 받들고 갈 때엔 행장이 담박하더니
북쪽으로 은혜 받아 오니 그 기세 엄숙하네.
단번에 하늘로 솟구치는 것 괴이할 것 없으니
현재賢才라 추천하는 말 조명朝命에 가득했다네.

捫天華嶽獨奇尖　　滿地群巒自視慊
九萬雲霄元有分　　尋常枳棘豈宜占
南歸奉使行裝淡　　北去承恩氣勢嚴
一蹴沖天無足怪　　當時鶚薦[2]滿朝僉

2

사마상여司馬相如처럼 병으로 문원文園에 누우니
몸은 야위어 가죽과 뼈만 남았네.

---

1 子健: 鄭錫堅. ?~연산군 6년(1500). 본관 海州. 자 子健. 호 寒碧齋. 由恭의 아들. 성종 5년(1474) 식년문과에 을과로 급제. 대사간을 거쳐 이조참판에 올랐다. 1498년 무오사화가 일어나자 파직 당하였다.

2 鶚薦: 賢才를 추천함을 이른다. 漢나라 孔融 「荐禰衡表」에 "鷙鳥 수백 마리가 한 마리 물수리[鶚]만 못하니, 衡을 조정에 서게 한다면 필시 볼만한 점이 있을 것입니다.[鷙鳥累百, 不如一鶚, 使衡立朝, 必有可觀.]"라고 하였다.

잠자리에 들어도 새벽까지 베개에 엎드려 있고
아침 밥 먹고는 저녁까지 문을 열지 않네.
노둔한 말 억지로 달리니 넘어지지 않을 수 있으랴
조그만 그릇 채우려만 하니 뒤집어 지는 것이 당연하네.
생각건대 지금 여기에 앉아 있는 것이 알맞지만
이 가운데 임금님 은혜 저버린 것이 부끄럽구나.

相如疲病臥文園　　肉盡留皮與骨存
夜寢到明渾伏枕　　朝餐竟夕不開門
駑蹄强驟能無蹶　　小器貪盈合受飜
自算正應今坐此　　就中慙愧負君恩

이【극규】가 새로 당상관에 배수됨을 축하하다
賀李【克圭[1]】新拜堂上

광릉廣陵에 아름다운 오얏꽃 활짝 피었는데
고고孤高한 한 나무만 늦도록 꽃피지 않았었지.
현포玄圃에서 백옥白玉 나누어준다는 말 문득 들었고
단소丹宵에서 조서 내린 것 어제 보았네.
성명聖明한 조정의 관리들, 새 정승에게 달려가니
성대聖代의 충량한 신하는 고가故家에서 나왔네.
구름 아득히 펼쳐진 천구天衢를 활보할 때
평지의 만인들 물고기 떼처럼 흩어지리라.

廣陵穠李最繁華　一樹孤高晚未花
玄圃[2]忽聞分白玉　丹宵昨見降黃麻[3]
明廷冠佩趨新相　聖代忠良出故家
闊步天衢雲杳杳　萬人平地散魚鰕

---

1 克圭: 李克圭. 자 公瑞. 본관 廣州. 아버지는 李長孫, 성종 3년(1472) 壬辰 春塘臺試 丙科 급제. 大司諫을 역임.

2 玄圃: 昆侖山 꼭대기에 있다는 神仙의 居處로 그곳에 奇花와 異石이 있다고 한다.

3 黃麻: 古代의 詔書用紙로, 詔書를 가리킨다. 옛날에 詔書를 쓸 때, 內事는 白麻紙를 쓰고 外事는 黃麻紙를 썼다.

연경에 성절을 하례하러 가는 조태허를 전송하며
送曺大虛赴京賀聖節

천하의 재주가 모두 한 섬이라면
반 이상은 우리 조후曺侯에게 갔다네.
구만리 나는 붕새처럼 상계上界로 솟아오르고
『시경』 익힌 실력으로 중국에 가네.
황금대黃金臺 높으니 현사賢士들 모여들고
백옥하白玉河 깊어 은혜의 물결 흐르리.
동로 돌아와 괄목상대 할 날 언제인가.
은하수 흐르는 가을 팔월, 성사星槎를 타고 오겠지.

天下之才共一石　太半輸與吾曺侯
鵬九萬里軼上界　詩三百篇遊中州
黃金臺[1]高賢士集　白玉河深恩波流
東還何時刮目對　八月星槎銀漢秋

---

1 黃金臺: 燕昭王이 황금대를 만들고 그 위에 千金을 두어 천하의 선비들을 초빙했다고 한다.

차운시
次韻

집은 영남 땅 안개비 내리는 마을에 있는데
십 년 동안 북산 구름 아래에서 돌아갈 꿈만 꾸네.
지금은 늙고 병들어 온통 쓸모없으니
신세일랑 취기 오르는 한 잔 술에 맡길 뿐

家在嶺南煙雨村　　十年歸夢北山雲
而今老病渾無用　　身世陶陶付一醺

연경에 천추절을 하례하러 가는 참판 송인보【영】를 전송하며
送宋參判仁寶[1]【瑛】赴京賀千秋

1

온 천하 지금 황제께서 굽어 살피시니
우리나라 예로부터 가장 먼저 정성을 바쳤네.
사다리 밟고 배타며 옥백玉帛 드리러 가는 천추절千秋節
송사訟事하던 이들도 칭송의 노래 부르는 사해四海의 마음
계찰季札은 주周의 음악 듣고 성대함과 아름다움을 다했고
장건張騫은 은하에 거슬러 오르며 높고 깊음 다했네.
마음속에 절로 시 삼백 편 있나니
험고한 산하 지날 때 거침없는 시를 읊조리겠지.

普率[2]如今入照臨　　青丘自古首輸忱
梯航玉帛千秋節　　獄訟謳歌四海心
季札觀周窮盛美　　張騫泝漢極高深
胸中自有詩三百　　百二山河發浩吟

2

기억하노니 옛날 서쪽 연燕 땅에서 성대한 문물 구경하며
오운五雲의 하늘 아래 황은皇恩에 감사의 절 올렸지.
먼 옛날 주周 선왕 때의 석고문石鼓文 어루만졌고
현사인 곽외郭隗를 초빙했던 황금대黃金臺 이야기 들었네.
해오라기처럼 나란한 고관의 열列, 제후의 줄에 참여했고

---

1 仁寶: 宋瑛의 자. 본관 礪山. 아버지는 宋玎壽, 성종 16년(1485) 乙巳 別試에 壯元급제했으며 府使, 判書 등을 지냈음.
2 普率: 普天率土. 天下, 四海를 말함.

봉래 영주 같은 신산神山에서 뭇 신선 만났지.
나는 지금 늙고 병들어 다만 한 곳에 머무를 뿐이니
그대 가는 길 전송하는 마음 배나 서글프구려.

憶昔觀光西入燕　　皇恩拜賜五雲天
摩挲石鼓[3]周宣遠　　見說金臺[4]郭隗賢
鵷鷺高班參百辟　　蓬瀛上界接群仙
而今老病徒匏繫　　送別君行倍黯然

---

3 石鼓: 東周시대 史籒가 선왕을 칭송하는 글을 지어 새긴 북처럼 생긴 돌이다. 현재 北京古宮博物院에 소장되어 있는데, 韓愈는 周宣王의 석고라 하고, 韋應物은 周文王의 석고라 하는 등 異說이 많다.

4 金臺: 燕昭王이 千金을 두어 천하의 선비들을 초빙했다는 황금대를 말한다.

참찬 이계동 모부인 만시
李參贊季仝[1]母夫人輓

존귀한 가문에 아름다운 덕을 가진 이 태어나
어린 나이에 이름난 현인과 짝했네.
한 시대에 두 아들이 뛰어났고
삼종三從의 도 따르며 오복五福이 온전했지.
집안을 다스릴 때 법도가 있었고
세상 살아가며 끝내 허물이 없었지.
나에게 선양宣揚의 붓이 있나니
이 글을 써서 길이 전하려네.

高門生淑德　　蚤歲配名賢
一代雙兒俊　　三從五福[2]全
治家曾有道　　閱世竟無愆
我有揄揚筆　　書之以永傳

---

1 季仝: 李季仝. 세종 32년(1450)~중종 1년(1506). 본관 平昌. 자 子俊. 성종 1년(1470) 무과에 장원으로 급제하여 훈련원 판관을 제수 받았다. 대사헌, 우찬성, 좌찬성과 영중추부사에 이르렀다.

2 五福: 다섯 가지의 福으로, 壽·富·康寧·攸好德·考終命이다.《書經 洪範》

서울에 왔다가 돌아가는 강원도 도사 정불붕【수강】을 전송하며
送江原都事丁不崩[1]【壽岡】朝京且歸

1

예전에 강원도 관찰사로 민풍民風을 채집할 때
천하의 기이한 경관, 영동 땅에 있었지.
쇠하고 병든 뒤라 만사萬事 모두 잊었지만
또렷한 그 모습은 내 마음 속에 있다네.

關東昔日採民風[2]　天下奇觀在嶺東
萬事都忘衰病後　分明此地掛胸中

2

말 타고 돌아가는 젊은 그대 보내나니
삼월의 버들개지는 길 가득 날리겠지.
종일토록 그림 같은 풍경속 가고 갈 때에
떨어지는 붉은 꽃잎 무수히 옷에 와 닿으리.

少年鞍馬送君歸　三月楊花滿路飛
盡日行行圖畫裏　落紅無數撲征衣

3

뾰족하고 기이한 열 길의 만경대萬景臺
올라 굽어보면 사람이 소봉래小蓬萊에 있는 듯

---

1 不崩: 丁壽岡의 자. 단종 2년(1454) 甲戌생. 본관 押海. 자 不崩. 호 月軒. 아버지는 丁子伋. 형은 丁壽崑. 성종 8년(1477) 春塘臺試 乙科 합격. 兵曹參判을 역임.
2 關東句: 홍귀달은 성종 15년(1484) 10월에 강원도 관찰사로 부임하였다.

그 옛날 관찰사 시절 감상하며 시 지을 때에
나는 본디 재주 없는 이라 술만 마셨다네.

十丈奇尖萬景臺　　登臨人在小蓬萊
昔年成相曾題賦　　我本非才但酒杯

4
삼일포三日浦에서 옛 신선의 자취 찾으니
붉은 글씨 여섯 자 호수에 환히 비추었지.
나도 다섯 글자 바위 위에 남겼나니
천년토록 오히려 성명을 기억하겠지.

訪古仙眞三日浦　　丹書六字[3]照湖明
五言我亦留巖石　　千載猶應識姓名

5
우뚝한 총석, 옥을 깎아 만들었나
선인이 망치와 끌 가지고 마음껏 다듬었네.
신기하고 특이한 모양, 무어라 형용하기 어려운데
가까운 하늘가에서 학 울음소리 들렸네.

叢石亭亭玉削成　　仙人椎鑿尙縱橫
奇形異狀難形狀　　咫尺雲霄笙鶴聲

3 丹書六字: 삼일포 부근 절벽에 붉게 새겨져 있던 글씨로 현재는 전하지 않는다. 기록에 따르면 '永郎徒南石行'이라고 씌어 있었다고도 하고, '述郎徒南石行'이라 쓰여 있었다고도 한다. 鄭澈(1536~1593)의 「關東別曲」에 "고성을 뒤로 하고 삼일포를 찾아가니 단서는 완연한데 사선은 어디 갔나." 하였다.

6

바닷가의 신령스런 언덕은 비단을 쌓은 듯
오가는 이들 말하길 이곳이 시중대侍中臺라 하네.
시중은 이미 가고 높은 누대만 남아
고관高官들 때때로 술 싣고 온다네.

海上神丘錦作堆　　行人說是侍中臺[4]
侍中已去高臺在　　冠蓋時時載酒來

4 侍中臺: 관동 팔경의 하나로, 강원도 통천군 흡곡면에 있으며 삼면이 호수로 둘러싸여 있다.

호서의 헌에 쓰다
題湖西軒

복숭아 꽃 오얏 꽃 다 지고 봄 농사도 그윽한데
난간 옆 기다란 대나무 몹시도 사랑스럽네.
취한 채 온자溫子의 팔차부八叉賦 같은 시를 짓고
편안히 원룡元龍의 백척루百尺樓에 누운 듯
잠깐 사이에 세월은 하염없이 지나가고
물거품 같은 세상, 가는 대로 내버려두지.
병든 몸이라 벼슬 버리고 가기에 알맞거니
수고로운 삶에 고을 따질 것 있으랴.

桃李闌珊春事幽　　臨軒偏愛竹脩脩
醉題溫子八叉賦[1]　　高臥元龍百尺樓[2]
駒隙光陰馳荏苒　　幻泡人世任浮休
病身端合投簪去　　何用勞生問邑州

1 溫子八叉賦: '온자'는 溫庭筠을 이른다. '팔차부'는 여덟 번 깍지를 끼는 사이에 賦를 짓는 것으로, 溫庭筠이 詩賦에 재주가 있어 매번 入試하여 賦를 지을 때마다, 여덟 번 깍지를 끼는 사이에 8韻을 지었다고 한다.

2 高臥句: 志氣가 높음을 이른다. '元龍'은 後漢 陳登의 字이다. 許汜가 일찍이 劉備와 함께 이야기를 나누던 중, 진등을 찾아갔을 때 진등 자신은 높은 와상으로 올라가 눕고, 자기는 아래 와상에 눕게 하였다는 말을 하자, 유비는 "그대의 말이 쓸 만한 것이 없었기 때문이다. 나 같았으면 百尺樓 위로 올라가 눕고, 그대는 땅바닥에 눕게 했을 것이다. 어찌 와상을 위아래의 차이로만 하였겠는가."라고 하였다.

안율보에게 부치다

寄安栗甫[1]

시름 탓에 머리 세고, 몸도 여위었는데
술병 난 간장肝腸에는 새 차를 올리네.
산천山川 아득한 길 오래도록 나그네 되었고
복숭아꽃 오얏꽃 피었지만 집 떠나 있네.
높고 높은 백악白岳은 해와 달에 의지하고
멀고 먼 남산은 연하煙霞에 잠겨있네.
그대 생각하고 북궐 그리워하나 마음만 상하니
나그네 길 어느 때에 또 임기가 다할런지.

鬢髮緣愁成太瘦　　肝腸病酒進新茶
山川路遠長爲客　　桃李花開不在家
白岳嵯峨依日月　　南山迢遰鎖煙霞
思兄戀闕傷懷抱　　客路何時又見瓜[2]

---

1 安栗甫: 생몰년 및 생애 미상. 『용재총화』 제9권에 洪允成과 함께 술을 마신 일화가 소개되어 있다. 홍윤성은 그에 대해 당대에 風情을 당할 이가 없다고 평하고 있다.

2 見瓜: '과'는 瓜期를 이르니, 부임 후 교대하는 시기이다. 齊侯가 오이 익을 때에 連稱과 管至父를 葵丘로 보내 지키게 하면서 "내년 외가 익을 때 교대해 주겠다."고 약속했었다.《左傳 莊公8年》

예천 군수로 부임하는 박천지【한주】를 전송하며 박후는 홍치 10년(1497, 연산군 3) 정사년에 사간원 헌납에서 형조 정랑이 되었다. 형조 정랑에서 외직으로 나가 평해 군수가 되었는데 부임하기도 전에 예천 군수에 다시 제수되었다

送醴泉郡守朴侯天支[1]【漢柱】赴任 朴侯, 弘治十年丁巳, 自司諫院獻納, 遷刑曹正郞. 由刑曹出爲平海郡守, 未之任, 移授本郡

기개와 풍류로는 사나이 대장부
문명文名과 경술經術로는 더욱 큰 선비
낭관으로 수령 나간 일, 그대 같은 이 드물고
헌납으로 충성 쏟는 마음, 이같음이 없었네.
평해平海의 산천은 서운하게 바라만 보고
예천醴泉의 백성들은 한창 환호하겠지.
눈에 가득한 수령들 다 조정에서 뽑혔지만
공적과 은혜로움, 필경 그 누가 뛰어날까?

氣槩風流作丈夫　文名經術更鴻儒
郎官出守如君少　獻納輸忠似此無
平海山川應悵望　醴泉民物正懽呼
專城滿目皆朝選　課績恩私竟孰殊

1 天支: 朴漢柱의 자. 세조 5년(1459)~연산군 10년(1504). 호 迂拙齋. 본관 밀양. 敦仁의 아들. 金宗直의 문인. 1485년 文科別試에 급제하였다. 사헌부감찰, 창녕현감 등을 지냈다. 1498년 무오사화가 일어나자 김종직의 門徒로 붕당을 지어 국정을 비방한다는 죄명으로 杖 80대에 碧潼으로 유배되었다. 1504년 갑자사화에 연루되어 처형당했다. 저서로는 『우졸재집』이 있다.

음성의 모임을 나중에 적어 제천 군수 권군요【경유】에게 보내며 감회를 붙이다

追述陰城會, 寄權堤川君饒[1]【景裕】, 以寓感意

1

산이 병풍처럼 에워싸고, 물이 고리처럼 휘어감은
길 멀고도 험한 벽촌, 설성雪城의 마을
날 흐리고 비 자욱이 내려 행장도 젖은 채
말을 탄 여러 사람, 이곳을 왔다갔지.

山似屛圍水似環　　雪城[2]村僻路脩艱
天陰雨暗行裝濕　　鞍馬多君此往還

2

저물녘 나그네 흩어지고 술동이 비었는데
다시 두 공公을 만나 함께 머물렀지.
술 한 차례 돌자 날은 또 어두워지는데
밤 길 돌아갈 때, 막다른 갈림길이 걱정스러웠지.

晩來客散酒尊空　　更與留連得二公
酒又一巡天又黑　　夜歸應患路歧窮

---

1 君饒: 權景裕의 자. ?~연산군 4년(1498). 본관 안동. 또 다른 자 子汎. 호 痴軒. 아버지는 판관 耋이다. 金宗直의 문인이다. 1485년 별시문과에 병과로 급제하였다. 예문관검열에 등용된 뒤 홍문관정자를 거쳐, 1490년에는 湖堂에서 賜暇讀書하였다. 1498년의 무오사화 때 아들 洸 및 김일손·權五福과 함께 능지처사되었다.

2 雪城: 충북 음성의 옛 이름 중의 하나이다.

[원주]

두 공은 괴산槐山과 제천堤川이다

二公, 槐山堤川也.

3

인생살이 모이고 흩어지는 것 본래 기약 없거니
후일에 이러한 모임이 또 있을런지.
한수漢水와 제천堤川은 지맥이 통하니
물고기 뱃속 몇 편의 시 보여 주시길

人生聚散本無期　　此會他年未可知
漢水堤川通地脈　　請看魚腹數篇詩

합천 군수 유극기【호인】만시
輓兪陜川克己[1]【好仁】

고상함은 시가詩家의 법이 되고
진실됨은 군자다운 선비였지.
-원문 빠짐-
훌륭한 문장은 가장 뛰어났고
도道와 의義를 아울러 갖추었지.
사림에서는 모범이라 드높였고
경연에서는 지모智謀를 아뢰었지.
당대에 사류士類가 많았지만
한 때의 은택 누구보다도 넉넉했지.
부모님 위해 북궐北闕을 떠나
고을 구해 남쪽을 도모했네.
석별의 정은 아직도 마음에 아린데
세상 떠났다는 소식, 마음 걷잡을 수 없네.
슬픔에 성상께선 조회를 열지 않으셨고
여러 선비들은 도우며 조문하네.
지난달엔 시아버지가 며느리를 잃더니
오늘 아침엔 어머니가 아들을 곡하네.
한 집안을 하늘조차 위로하지 않고

---

1 克己: 兪好仁의 자. 세종 27년(1445)~성종 25년(1494). 호 林溪·濡溪. 본관 高靈. 廕의 아들이며 金宗直의 문인. 성종 5년(1474)에 식년문과에 병과로 급제하고 성종 9년(1478) 賜暇讀書한 뒤 성종 11년(1480)에 거창현감으로 부임하였다. 好文君主 成宗의 지극한 총애를 받았다. 성종 25년(1494) 합천군수로 재직 중 병으로 세상을 떠났다.

아름다운 두 사람, 귀신이 다 데려갔구나.
유고遺稿를 남겼지만 자식이 없고
가시덤불에 머무르니 형제들 어찌할까.
지금 합장한다는 말을 듣고는
고개 들어 다시금 탄식하네.

高古詩家法　眞醇君子儒
-缺-
獨步文章盛　雙全道義俱
詞林呈准則　經幄進謀謨
當代士流衆　一時恩澤優
爲親辭北闕　求郡便南圖[2]
惜別情猶軫　傳亡痛忽紆
八珍悲不御　多士弔相扶
前月翁傷婦　今朝母哭孤[3]
一家天不弔　兩美鬼全輸
遺草空貽厥　留莉奈友于
今聞同穴葬　仰面再嗚呼

2 爲親~南圖: 성종 18년(1487) 1월에 모친을 봉양하기 위해 사직하고 義城縣令이 된 것을 이른다.

3 前月~哭孤: 성종 25년(1494) 2월 부인상을 당하고, 두 달 뒤에 유호인 자신이 병으로 세상을 떠난 것을 이른다.

호조 낭관의 계축에 쓰다
題戶曹郎官契軸

주대周代에는 관조가 여섯인데
그 중에 사공司空의 자리 한가했지.
낭중郎中은 엄격히 뽑혔던 이들
정원 밖 관원은 다시 청귀淸貴한 관원
기개는 진중陳重과 뇌의雷義를 이었고
친밀한 사귐은 백중伯仲의 사이라네.
금란金蘭과도 같은 사귐 여전하니
기쁨과 근심 영원히 함께 하리라.

周典官曹六　　司空地分閒
郎中曾妙選　　員外[1]更淸班
氣槩陳雷[2]後　　交親伯仲間
金蘭仍結契　　休戚永相關

1 員外: 正員이외의 官員이다.
2 陳雷: 陳重과 雷義이다. 이들은 東漢 때의 인물로 같은 고향에 살았는데, 두 사람의 우애가 하도 돈독하여 같은 고을 사람들이 "아교칠이 단단하지만, 진중과 뇌의만 못하다. [膠漆自謂堅, 不如雷與陳.]"고 하였다.《後漢書 獨行傳》

판부사 손경보 만시
輓孫判府敬甫[1]

도골道骨과 선풍仙風은 또한 고인의 마음
평생의 고의高義는 유림 가운데 빼어났네.
유서깊은 칠휴정七休亭에 평상시 누워 계셨고
맑디 맑은 사물재四勿齋, 가까이서 경계로 삼았네.
임금과 백성을 삼대三代에 이르게 하려 했고
구중심처에 충忠과 서恕 할 것을 권했네.
반성하게 하는 거울의 없어짐, 어찌 당唐나라만의 비통함일까
지음知音까지도 거문고를 잡지 못하게 하누나.

道骨仙風又古心　　一生高義挺儒林
七休亭古尋常臥　　四勿齋清左右箴
要致君民三代上　　勸行忠恕九重深
鑑亡[2]豈獨唐家痛　　兼使知音亦不琴

1 敬甫: 孫舜孝의 자. 세종 9년(1427)~연산군 3년(1497). 본관 平海. 호 勿齋·七休居士. 아버지는 군수 密이며, 어머니는 旌善郡事 趙溫寶의 딸이다. 단종 1년(1453) 증광문과에 을과로, 세조 3년(1457)에는 감찰로 문과중시에 정과로 각각 급제하였다. 이어 경창부승에 발탁되고, 병조좌랑·형조정랑·집의·전한 등을 역임하였다.

2 鑑亡: 賢相이었던 손순효의 죽음에 대한 안타까움을 말한 것이다. 魏徵은 唐 太宗 때의 賢相이었는데, 그가 죽은 뒤에 태종이 조정에서 탄식하기를 "구리로 거울을 만들면 衣冠을 바르게 할 수 있고, 옛 일을 거울로 삼으면 興亡盛衰를 알 수 있고, 사람을 거울로 삼으면 得失을 알 수 있는데, 내가 일찍이 이 세 거울을 가져 안으로 나의 허물을 막을 수 있었는데, 지금 위징이 죽었으니 하나의 거울을 잃었도다." 하였다.《新唐書 魏徵傳》

사간원의 연회도에 쓰다
題諫院燕會圖

구월의 아홉째 날 중양절이라 전하니
용산龍山의 즐거운 일에 어떤 이들 모였나.
성조聖朝에 일이 없어 간신諫臣이 한가하고
연하煙霞 어린 옛 골짜기, 산의 꽃은 누렇네.
우렁찬 풍악 소리, 고기 안주 날라 오고
좌우에 줄 지어 앉아 옥 술잔이 오고가네.
대간은 헌걸찬 난학鸞鶴의 자태
지간知諫은 늠름한 빙설氷雪같은 마음
품은 생각 반드시 아뢰니 헌납獻納이라 칭하고
어떤 일이든 감히 말을 하니 정언正言이라 하지.
그 가운데 예스런 모습 그 누구인가.
반백半白의 수염에 기이한 의론을 쏟아네네. 【정석견鄭錫堅을 가리킨다】
청산靑山은 저물어 가는데 돌아가지 않고
다시 아란배鵞卵杯를 써서 깊은 술동이 기울이네.
손을 잡고 한바탕 웃으며 취향醉鄕으로 들어가니
어찌 한 낮이 황혼이 되었음을 알리오.

九月九日傳重陽　　龍山勝事[1]誰聯芳
聖朝無事諫臣閒　　煙霞古洞山花黃
轟絲吹竹雜以肉　　列坐左右飛瓊觴
大諫昂昂鸞鶴姿　　知諫凜凜氷雪腸

---

1 龍山勝事: 晉나라 때 孟嘉가 征西將軍 桓溫의 參軍이 되었을 때, 중양절에 龍山의 酒宴에서 바람에 모자가 날아간 줄도 모른 채 풍류를 즐겼다고 한다.《晉書 孟嘉傳》

有懷必達稱獻納　　遇事敢言則正言
中間古貌誰氏子　　半白鬢髩吐奇論【指鄭錫堅.】
青山日暮不歸去　　更用鵝卵傾深罇
相携一笑入醉鄕　　豈知白日成黃昏

[원주]

이 때의 대사간은 허계許誡, 사간은 표연말表沿沫, 헌납은 홍한洪翰, 정언은 이세인李世仁, 유숭조柳崇祖였다

時任大司諫 許誡[2], 司諫 表沿沫[3], 獻納 洪翰[4], 正言 李世仁[5]·柳崇祖[6]

---

2 許誡: ?~연산군 8년(1502). 본관 河陽. 중추원부사 倜의 아들. 세조 5년(1459) 진사로 식년문과에 정과로 급제하였다. 부제학·우부승지·호조참의를 역임하였다.

3 表沿沫: 세종 31년(1449)~연산군 4년(1498). 본관 新昌. 자는 小游. 호 藍溪. 함양 출신. 감찰 繼의 아들로, 金宗直의 문인이다. 성종 3년(1472) 식년문과에 병과로 급제하여 예문관에 들어가고, 성종 17년(1486) 문과 중시에 다시 병과로 급제한 뒤 동지중추부사가 되었다. 무오사화 때 경원으로 유배가던 중 객사하였다. 연산군 10년(1504) 갑자사화 때 剖棺斬屍 당하였다

4 洪翰: 문종 1년(1451)~연산군 4년(1498). 본관 南陽. 자 蘊珍. 아버지는 수군절도사 貴海이며, 어머니는 閔孝悅의 딸이다. 金宗直의 문인이다. 성종 16년(1485) 별시문과에 병과로 급제하였다. 전한·부제학·이조참의가 되었다. 무오사화가 일어나자 김종직의 문인이라 하여 경흥으로 유배가다가 도중에서 죽었다. 그 뒤 연산군 10년(1504) 갑자사화가 일어나자, 剖棺斬屍를 당하였다.

5 李世仁: 문종 2년(1452)~중종 11년(1516). 본관 星州. 자 원지元之. 진사 璧의 아들이다. 성종 17년(1486)사마시에 합격하고, 식년문과에 병과로 좌승지·춘추관·수찬관 등을 역임하고, 중종 7년(1512)에 황해도관찰사로 나갔다. 이조참의로 재직하던 중 관찰사로 나갔을 때에 얻은 병으로 죽었다.

6 柳崇祖: 문종 2년(1452)~중종 7년(1512). 본관 全州. 자 宗孝. 호 眞一齋. 서령 之盛의 아들이다. 성종 20년(1489) 식년문과에 병과로 급제. 사간원정언 등을 역임. 저서로는 『진일재문집』 4권, 『大學箴』 1권이 있다.

김 좌랑【기손】 만시
輓金佐郎【驥孫[1]】

수로왕은 금관가야의 시조
먼 자손은 골격이 빼어나네.
훌륭한 재주 첫 번째로 뽑혔으니
성주聖主께서 깊이 알아주시네.
남에게는 충忠과 서恕를 하고
집 안에서는 효도하고 자애로웠네.
먼 길을 날아갈듯 달리더니
한참동안 낮은 자리에 머물러 있었네.
지방관으로 재주 굽히는 것 꺼렸고
선조仙曹의 지위 낮음 한스럽게 여겼네.
한 평생 오직 술을 즐겼나니
만사萬事에 시 없을 수 있었으랴.
상쾌한 임천林泉의 생각
머지않아 노닐 것을 기약했지.
안자顔子의 집처럼 쌀독은 자주 비었고
맹교孟郊처럼 몹시도 가난했네.
세상 뜰 무렵 한참 읍을 불렀고
종신토록 사사로움 말하지 않았지.
방 안에는 곡哭을 할 아내 없고
거울 보며 슬퍼할 첩妾만 있을 뿐

1 驥孫: 金驥孫. 字는 仲雲. 號는 梅軒. 본관은 金海. 金克一의 손자이며 南溪 金孟 아들. 성종 13년(1482) 알선과에 급제하여 병조좌랑을 역임함.

북당北堂의 어머님은 늙으셨고
누대에는 훌륭한 형제들이 있지.
하찮은 부의를 바치고자 하니
이웃의 피리일랑 불지 말기를
한 조각 푸른 산의 돌에
서글픈 마음으로 홀로 말을 붙이네.

首露金官祖　雲仍[2]骨格奇
高才膺首選　聖主結深知
與物忠而恕　於家孝且慈
飛騰途道遠　淹滯歲年移
花縣[3]嫌才屈　仙曹恨秩卑
一生唯有酒　萬事可無詩
蕭散林泉想　拘牽卯酉期
屢空顔子宅[4]　兼乏孟郊兒
臨絶長呼邑　終身不語私
無妻房裏哭　有妾鏡中悲
堂北萱花老　樓頭棣蕚[5]披
生芻[6]吾欲致　隣笛莫教吹[7]

2 雲仍: 먼 자손을 뜻한다.
3 花縣: 縣을 다스림에 대한 美稱이다. 晉의 潘嶽이 河陽令이 되었을 때 縣 가득 桃花를 심었는데 사람들이 “하양현 전체가 꽃이다.[河陽一縣花.]” 하였다.
4 屢空句: 늘 빈곤하나 즐거움이 그 안에 있음을 뜻한다. 『論語』「先進」에 “안회는 거의 성인의 도에 가깝도다. 쌀독이 자주 비어 있었다.[回也其庶乎! 屢空.]” 하였다.
5 棣蕚: 兄弟를 비유하니, 당대에 문명이 높았던 형제 金駿孫·金馹孫을 가리킨 것으로 보인다. 『晉書』「孝友傳序」에 “무릇 천륜의 중요한 것으로 氣를 함께 하고 몸을 나누어 가졌으니, 마음이 어긋나면 가시나무 가지에 잎이 마른 것이나 다름없고, 심성이 서로 합치되면 당체 꽃의 꽃받침이 꽃송이를 받친 것과 같다. [夫天倫之重, 共氣分形, 心睽則葉頓荊枝, 性合則華承棣蕚.]” 하였다.
6 生芻: 조문하는 예물을 뜻한다. 後漢시대 郭林宗이 모친상을 당했을 때, 徐穉가

一片青山石　　　傷心獨寓辭

가서 조문을 하고 집 문 앞에 生芻 한 묶음을 두고 갔다고 한다.《後漢書 徐穉傳》

7 隣笛句: 옛날이나 옛 벗을 그리워한다는 뜻이다. 晉나라 向秀가 가까이 살며 친하게 지냈던 嵇康·呂安의 舊廬를 지날 때, 이웃 사람의 구슬픈 피리소리를 듣고 옛날을 생각하는 내용의 「思舊賦」를 지었다.

용인에서 묵으며 우연히 읊다
宿龍仁偶吟

이 몸 언제나 길 위에서
흰머리 되도록 오고 가네.
낙엽 지는데, 날은 개이는 듯 비오는 듯
텅 빈 뜰에는 밤에도 바람이 부네.
요리사는 오가는 나그네에 익숙해
술잔 권하며 이 늙은이 위로하네.
누워 새벽닭 울음소리 듣는데
떠오르는 동녘 해에 창문이 밝아오네.

此身常道路　　髮白往還中
木落晴疑雨　　庭空夜亦風
廚人慣行客　　巵酒慰衰翁
臥到雞聲曉　　牕明日出東

표 소유【연말】가 배를 보내줌에 감사하며
謝表少游【沿沫】惠梨

조그만 종이에 깨알 같은 글씨 적고는
큰 골짜기에서 가을 과실을 땄으리.
상여처럼 소갈병 든 내게 보내주시니
뱃속엔 온통 서리와 눈 가득한 듯

小楮落蠅頭[1]　　大谷摘秋實
寄與病相如　　滿腹渾霜雪

1 蠅頭: 파리의 머리 같은 아주 작은 글씨를 이른다.

이경원의 시에 차운함
次李景元韻

1

청명淸明한 시대의 맛을 아는 한가한 이
눈 마주하며 시 읊조리니 흥겨움에 신이 나네.
게다가 벗이 술을 가지고 오니
마주하며 한바탕 웃음에 봄기운 생겨나는 듯

淸時有味是閒人　　對雪吟詩興有神
剩有故人携酒到　　相看一笑座生春

2

평소의 의기意氣, 영郢 땅의 장인과 같아
때때로 만날 때면 통하는 마음 있었네.
아양곡峨洋曲의 아취雅趣 알아줄 사람 없어
들의 풀과 한가로운 꽃도 아직 봄이 아니었지.

意氣平生郢匠人[1]　時睽面目有心神
無人解聽峨洋趣[2]　野草閒花未是春

---

1 郢匠人: 자신을 알아주는 진정한 벗을 뜻한다. 郢 지방 사람이 코끝에 백토를 파리 날개처럼 묻혀 놓고 匠石을 시켜 그것을 깎아 내게 하였다. 그러자 장석이 바람을 일으키며 도끼를 휘둘러 마음대로 깎아 내기 시작하였는데, 백토를 다 깎았는데도 코를 다치게 하지 않았고, 그 영 지방 사람도 조금도 동요하지 않고 그대로 서 있었다. 그런데 그 친구가 죽은 뒤에는 "나의 짝이 죽었다.[臣之質死.]" 하면서 그 기술을 다시는 발휘하지 않았다고 한다.《莊子 徐无鬼》

2 峨洋趣: 知己 사이에 통하는 마음을 이른다. 『列子』「탕문」에 "백아는 거문고를 잘 탔고, 鍾子期는 소리를 잘 들었다. 백아가 거문고를 타면서 뜻이 높은 산에 있으면 종자기가 말하기를, '좋구나! 峨峨하기가 泰山과 같구나.' 하고, 뜻이 흐르

한성부낭청 계축
漢城府郞廳契軸

한나라 관리 중에 경조윤京兆尹만이
위망威望이 조정에서 드높았지.
낭관郎官들 뭇별자리에 응하니
모두들 빛나는 의관을 바라보았네.
참군參軍은 낮지만 빛나고
서윤庶尹은 높으면서도 자연스럽네.
판관判官이 중간에 있어
함께 마음을 비추니
날카로움은 쇠를 자를 뿐이랴
그 향은 난초蘭草와도 같다네.
잘하는 것, 못하는 것 도와 이루니
어떤 일인들 이루기 어려울까.
한 번에 열두 마리의 소를 잡는 듯한 솜씨
헤집는 칼에 뼈마디 사이 여유가 있는 듯
거마車馬 오가는 붉은 먼지의 길
세월은 탄환과도 같나니
좋은 때에 이르러
마주하고 술잔을 기울여도 무방하리.

漢官獨京兆　　威望崇朝端
郎官應列宿　　文采瞻衣冠

는 물에 있으면 종자기가 말하기를, '좋구나! 洋洋하기가 江河와 같구나.' 했다. 그 뒤에 종자기가 죽자 백아는 다시는 거문고를 타지 않았다." 했다.

參軍卑而光　　庶尹尊而安
判官在中間　　相與照心肝
奚翅利斷金　　其臭復如蘭
可否以相濟　　何事濟之難
一屠十二牛　　恢恢餘地寬[1]
紅塵車馬路　　歲月如跳丸
未妨及時節　　相對卽杯盤

1 恢恢句: 政務에 대해 자유자재로 잘 처리하는 것을 이른다. 庖丁이 文惠君을 위해 소를 잡으니 문혜군이 잘한다고 감탄하였다. 포정이 "소의 마디에는 틈새가 있고 칼날은 두께가 없으니 없는 것으로 있는 것에 들어가면 넓고 넓어서 칼날을 놀릴 수가 있다."고 했다.《莊子 養生主》

나의 벗 안공 국진【선】이 만경萬頃의 수령으로 있었는데 정사를 잘 한다는 명성이 있었다. 갑인년 신년 하례를 위해 전箋을 받들고 경도에 왔다. 마주하여 마음속의 이야기를 나누고서 돌아가는 길에 시를 지어 주다

吾友安公國珍[1]【璿】宰萬頃[2], 有政聲. 爲賀甲寅正朝, 奉箋來京. 旣相對敍懷, 其還, 詩以贈之

어릴 때의 재명才名, 그 값을 금에 견줄만하더니
중년에 영락하여 한참을 벼슬 없이 지냈지.
사람을 논하는 것, 어찌 성패로 따지랴.
도道를 보는 것, 심천深淺이 있음을 알아야 하리.
부끄럽네 나의 직위가 벗보다 높은 것이
대단하구나 그대의 정성政聲 지금에 으뜸임이
백성을 사랑하여 명주明主에 보답해야 하거니
백성을 잘 먹이고 입히는 것, 이것이 성인의 마음이라네.

蚤歲才名價比金　中年淹滯久投簪
論人豈可因成敗　見道須知有淺深
愧我官銜優故舊　多君治行冠當今
應加撫字酬明主　衣食吾民是聖心

---

1 國珍: 安璿. 세종 22년(1440)~연산군 4년(1498). 본관 順興. 자 國珍. 전주부윤 知歸의 아들이다. 세조 11년(1465) 中部錄事에 제수되고, 이어서 벼슬이 높아져 성종 9년(1478) 사헌부지평에 이르렀다.

2 萬頃: 지금의 전라북도 김제군에 있던 縣이다. 본래 백제 豆乃山縣이었는데, 신라 때 지금 이름으로 고치어 김제군의 영현으로 만들었다.《新增東國輿地勝覽 卷34 全羅道 萬頃縣》

충청 감사에게 부치다
寄忠淸監司

봄빛 화려한 한창의 봄날이니
사군使君이 말을 타고 가기에 참으로 좋으리.
아침 구름, 저녁 비는 늘 꿈속에 있고
들의 풀, 한가한 꽃에 마음껏 시를 짓겠지.
북극의 성신星辰 향해 한참 고개를 들 때
서호西湖의 백성들 온통 기뻐하는 모습
홍애洪厓의 늙은이는 어떠한가.
흰 머리로 종남산에 병들어 누워 있다네.

正是春光爛熳時　　使君鞍馬特相宜
朝雲暮雨尋常夢　　野草閒花取次詩
北極星辰長矯首　　西湖民物盡軒眉
洪厓老子何如者　　臥病終南白鬢髭

붓가는 대로 써서 이형중【균】에게 부쳐 초청하다

卽事, 寄李衡仲[1]【均】邀枉

병중에 좋은 철을 만나
지팡이 잡고 일어나 서성이네.
살구꽃 곱고 붉은 노을은 따뜻한데
배꽃은 마치 향기 나는 흰 눈인 듯
한 해의 봄도 저물어 가는데
세상일 겪다보니 흰 머리 되었네.
아내가 술 익기 시작했다 알리니
응당 나그네 --하여 맛보게 하리라.

病中遇佳節　　倚杖起彷徨
杏艶紅霞暖　　梨華白雪香
一年春欲暮　　萬事鬢成蒼
婦報酒初熟　　應須□[2]客嘗

1 衡仲: 李均. 단종 원년(1452) 壬申生. 자 衡仲. 본관 韓山. 아버지는 李季町, 증조부는 李穡. 성종 8년(1477) 春塘臺試 丙科 급제. 從仕郎, 副提學, 翰林 등을 역임.

2 판독불가자

양주 목사가 위로하며 물건을 보내주심에 감사하며
謝楊州牧使問遺

흰 머리로 병든 채 봄날에 누워있으니
문 앞엔 오는 거마車馬 끊긴지 오래
똑똑 문 두드리며 한낮의 꿈을 깨는데
선생께서 멀리 위문하심 깊이 감사드리네.

臥病三春兩鬢絲　　門無車馬已多時
午門敲破莊周夢[1]　　深謝先生遠問之

1 莊周夢: 꿈인지 생시인지 정신이 혼몽한 상태를 이른다. 莊周 꿈에 나비가 되어 훨훨 날았는데, 깨어보니 깜짝 놀란 모습의 장주 자신이었으므로, 장주가 꿈에 나비가 된 것인지 나비가 꿈에 장주가 된 것이지 알 수 없었다고 한다.《莊子 齊物論》

평안 감사 정효곤【경조】 만시

輓平安監司鄭孝昆[1]【敬祖】

육조六朝의 원로 하동河東 선생을 기억하노니
한 시대의 뛰어남, 다시 그대가 있었네.
홍문관에서의 시는 굴원屈原, 송옥宋玉 같았고
승정원에서의 충언은 기夔와 룡龍 같았네.
관서關西의 초목이 빛을 내기 시작할 때
한북漢北의 운연雲煙은 갑자기 그 모습을 잃었네.
헤어질 때 그대와 함께 술잔을 들었는데
지금 명정銘旌을 보는 이 마음 어떠하겠는가.

六朝元老記河東　　一代英豪復有公
玉署詩騷曾屈宋　　銀臺獻納即夔龍[2]
關西草木初生色　　漢北雲煙忽失容
昔別與君同把酒　　銘旌今見若爲衷

1 孝昆: 鄭敬祖. 세조 1년(1455)~연산군 4년(1498). 조선 전기의 문신. 본관은 河東. 아버지는 河東府院君 鄭麟趾이다. 어머니는 李携의 딸. 성종 16년(1485) 乙巳別試文科에 2등으로 급제하여 홍문관교리, 동부승지, 예조참판, 동지중추부사 등을 역임.
2 夔龍: 舜임금의 두 신하로 夔는 樂官, 龍은 諫官이었다.

주계군【深源】의 영매 시에 화운하다
和朱溪君【深源[1]】詠梅

왕소군王昭君 자라던 마을 지금 남아 있고
양귀비楊貴妃의 혼魂은 아직도 마외馬嵬에 있네.
천상의 세계에 내 시름을 보내노니
은은한 향기는 지금까지도 황혼녘에 전해오네.
강남 땅 역로驛路에 심부름 간 이 돌아오니
한창 설부賦雪를 지으며 양원梁園을 읊조릴 때
맑고 옅은 옥계玉溪의 물에 밝은 달 비추고
담담히 단장한 서호西湖에 따뜻한 봄기운 도네.
청고함은 살구꽃 비에 물들지 않고
고결한 모습에 부상扶桑의 해 비치네.
홍애洪厓의 늙은이 시로 인해 야위어
세모歲暮의 차가운 날에 오래도록 문을 닫네.
열 폭 매화 병풍, 펼치고 눕노라니
바라보면 고인高人과 말을 나누는 듯
훌륭한 그대는 나의 오랜 지기知己
때로 와서 한바탕 웃으며 맑은 술잔 드는구나.

明妃[2]尙有生長村　　玉環猶餘馬嵬魂[3]

---

1 深源: 李深源. 단종 2년(1454)~연산군 10년(1504). 본관 全州. 자 伯淵. 호 醒狂·默齋·太平眞逸. 枰城君 俸의 아들이며, 어머니는 仁川蔡氏로 부사 申의 딸이다. 金宗直의 문인이며, 성종 9년(1478) 朱溪副正에 제수. 연산군 10년(1504) 갑자사화에 연루되어 두 아들과 함께 죽음을 당함. 저서로는 『성광유고』가 있음.

2 明妃: 漢元帝의 後宮 중에 美色이 가장 뛰어났던 王昭君을 이른다.

3 玉環句: '玉環'은 楊貴妃의 小字이다. '馬嵬'는 唐玄宗이 安祿山의 亂을 피해 巴蜀

雲階月地寄愁寂　　暗香至今聞黃昏
江南驛路信使回　　正値賦雪[4]吟梁園
玉溪清淺着月明　　西湖[5]淡粧生春溫
清高不染杏花雨　　皎潔只照扶桑暾
洪厓老子坐詩瘦　　歲暮天寒長閉門
梅花十疊臥屛風　　相看如與高人言
麒麟公子[6]舊知己　　時來一笑臨淸罇

으로 蒙塵하는 길에 신하들의 요구로 馬嵬驛에서 楊貴妃를 죽인 곳이다.

4 賦雪: 南朝 宋나라의 謝惠連이 梁園[兎園]을 배경으로 「雪賦」를 지었다.

5 西湖: 宋의 隱士 林逋가 이곳 孤山에서 20년 동안 은거하며 梅花와 鶴을 몹시 좋아하였다.

6 麒麟公子: 재능이 뛰어난 사람을 이른다.

취하여 괴산 태수에게 주다
醉贈槐山太守

누런 잎 괴산에 떨어지고
푸른 산은 음성陰城을 둘러쌌네.
행인이 여러 날 머무는 것은
태수의 오랜 정 때문
세상사, 그대 만나 이야기하는데
마음 담은 잔 나와 함께 기울이네.
서로의 몸 헤어지는 곳
산 기운, 물빛도 맑기만 하네.

黃葉落槐郡　　青山圍雪城
行人數日住　　太守昔年情
世事逢君話　　心杯與我傾
形骸別離處　　山氣水光淸

성산에서 감사 양가행【희지】에게 주다
星山贈楊監司可行[1]【熙止】

푸른 월악산月岳山의 봄, 한 잔 술에 취했었는데
가야산伽倻山의 그림자 속에 또 그대를 만났네.
평소의 관포지교, 그대 나를 알아주는 이
헤어지려 할 때면 애간장이 끊어지는 듯

月岳春青醉一尊　　倻山影裏又逢君
平生管鮑君知我　　到處分携則斷魂

1 可行: 楊熙止의 자. 세종 21년(1439)~연산군 10년(1504). 본관 中和. 호 大峰. 한때 稀枝라는 이름 사용. 군수 孟淳의 아들이다. 성종 5년(1474)에 식년문과에 병과로 급제하여 대사간 등을 역임. 왕으로부터 熙止라는 이름과 楨父라는 자를 하사받았음. 저서로는 『대봉집』이 있다.

강진산의 시에 차운하다
次姜晉山韻

1

가야산伽倻山의 산수 더없이 아름답거니
삼십 년 동안 한두 번 지났지.
보전寶典을 편안히 모시자 돌아갈 길 바쁜데
선릉宣陵에 들어가 바라보니 마음이 뭉클하네.

伽倻山水美無加　　三十年來一再過
寶典纔安歸期促　　宣陵[1]入望感懷多

2

맑은 낮 화려한 들보, 제비 지저귀고
푸른 나무 짙은 그늘에선 꾀꼬리 날아가네.
아침마다 저녁마다 술 마시며 보내나니
시시비비 따지는 것이 바로 인간 세상이지.

畫樑淸晝語烏衣[2]　　綠樹重陰黃鳥飛
酒裏朝朝兼暮暮　　人間是是與非非

3

나그네 길, 봄을 찾다 또 봄을 보내나니
새 울고 꽃 지자 가련한 사람뿐
오히려 술 마시며 호기를 부릴 만하니

---

1 宣陵: 성종과 그의 繼妃 貞顯王后 윤씨의 능이다.
2 烏衣: 제비를 이른다.

반쯤 취해 시를 짓자 붓은 신이 들린 듯

客路探春又送春　　鳥啼花落可憐人
猶應對酒生豪氣　　半醉題詩筆有神

4
선조先朝께 사랑을 받은 지 이십 육년
다른 이들 문인이라 불러줌이 부끄럽네.
재상들과 함께 밥 먹는 것 어찌 감당할까
다시 붉은 충심으로 성신聖神을 받드네.

誤寵先朝廿六春　　愧他人喚作文人
那堪又伴公孤[3]食　　更把丹心奉聖神

5
영외嶺外의 산천에 몇 개의 큰 고을인가
한 점의 성주星州, 천년동안 자리잡고 있네.
오리는 날아 북으로 가고 성신星辰은 먼데
역사驛使는 아득한 길을 따라 남으로 왔다네.

嶺外山川幾大州　　星山[4]一點鎭千秋
鳧飛北去星辰遠　　驛使南來道路脩

6
세상일에 말이 없고 나라 위한 생각뿐

3 公孤: 재상을 이른다. 公은 三公, 孤는 少師·少傅·少保이다.
4 星山: 경상북도 남서쪽에 위치한 星州의 옛 지명이다.

평소에 뜻 있으니 어찌 자신만 생각할까.
날로 야위어 가는 것은 시 짓는 괴로움 때문인데
붓을 들어서는 다시 원유遠遊의 시를 짓는구나.

萬事無言還國計　　平生有志肯身謀
日來太瘦緣詩苦　　剩得抽毫賦遠遊

괴산 시에 차운하다 육언시이다
次槐山韻 六言

땅은 오래되었으나 산천은 늙지 않고
시대가 평화로워 고을에 성城이 없네.
누대에서의 술과 시에 흥을 타고
가축 기르고 농사지음에 즐거움 생겨나네.
반평생 고단한 나그네의 허연 귀밑머리
십년 동안 알고 지낸 사람 사이의 정情
강호의 약속 그릇되이 저버렸나니
인간 세상의 명리名利란 도대체 어떤 것인지.

地久山川不老　　時平郡國無城
樓臺詩酒乘興　　雞犬桑麻樂生
半世勞形客鬢　　十年識面人情
江湖有約辜負　　何物人間利名

연풍 시에 차운하다

次延豐[1]韻

삼월에 남으로 가 사월에 돌아오니
산꽃은 다지고 들 팥배나무는 꽃을 피웠네.
지나는 곳마다 아는 이들도 많아
모두들 유신劉晨이 다시 왔다 하네.

三月南行四月回　　山花落盡野棠開
經過處處多相識　　共指劉郎[2]今再來

1 延豐: 충청북도 괴산 지역의 옛 지명이다.

2 劉郎: 떠났다가 다시 온 사람을 이른다. 後漢 때 劉晨·阮肇가 天台山에 들어가 신선을 만나고 고향에 돌아가니 시대는 이미 晉代였는데, 그들은 뒤에 다시 천태산에 들어가 자취를 알 수 없었다고 한다.《劉義慶 幽明錄》

임 상사【양서】의 연못 정자에서
林上舍【陽舒】池亭

상쾌한 숲 연못 가 처사의 집
깊은 밤의 등불이 개인 물결에 어리네.
작은 물고기 그물로 잡아 맛난 음식 내오니
천진天眞이 초야에 많음을 또한 알겠네.

蕭灑林塘處士家　　夜深燈火蘸晴波
小魚網得供滋味　　也識天眞草野多

풍영루 잔치에서 상주객관 북쪽에 있다

風詠樓[1]宴 在尙州客館北

부로父老들 호리병의 술 손수 가지고 오니
우뚝하게 솟은 누대 위로 함께 올랐네.
양관兩官이 앉은 자리, 석 줄의 기생도 가지런한데
음악소리는 느릿느릿, 해는 서녘을 향하네.

父老壺漿手自提　　雲樓矗矗共攀躋
兩官押坐三行整　　絲管聲遲日向西

1 風詠樓: 경상도 尙州에 있던 누대이다.

함창의 집에서 여러 고을의 사군들이 위문하심에 감사의 마음을 부치다

咸昌家, 寄謝諸州使君枉慰

좁은 시골 마을에 시끄러운 거마車馬 소리
고을의 사군들 날 저버리지 않음에 깊이 감사드리네.
자리 가득한 노인들 머리 허옇게 세었는데
취한 채로 너울너울 긴 옷자락 끌며 춤추네.

喧闐車馬隘村墟　　深謝諸州不負余
滿座老人鬢髮皓　　娑娑醉舞曳長裾

전라도 관찰사로 부임하는 감사 장【순손】을 전송하며
送張監司【順孫[1]】出按全羅

1

장식張栻이 어찌 학술의 훌륭함 독차지 하랴
장구령張九齡의 풍운이 다시 여기에 온전한 걸
유림에선 자자한 명성 일찍부터 있었고
환로에서는 한참이나 세월이 더디었지.
굳센 깃, 신하의 반열 가운데 홀로 뛰어났고
빛나는 터럭, 봉황지鳳凰池에 몸뚱이 깊이 적셨지.
또 절월節鉞을 가지고 하늘 남쪽으로 가니
들판에 봄바람 일 때 민요를 잘 채집하시게나.

學術南軒[2]豈專美　　曲江[3]風韻復全玆
儒林藉藉聲名早　　宦路長長日月遲
健翮獨高鵷鷺序[4]　　彩毛深浴鳳凰池[5]
又攜節鉞天南去　　原濕春風好採詩

2

일찍이 사관史館에서 함께 붓 잡았거니
몇 번이나 네거리에서 술 함께 마셨나.

---

1 順孫: 張順孫. 단종 1년(1453)~중종 29년(1534). 본관 仁同. 자 士浩 또는 子活. 星州 출신. 군수 重智의 아들. 성종 16년(1485) 별시문과에 급제. 이조판서·판의금부사를 우의정, 좌의정, 영의정을 지냈다.

2 南軒: 宋나라 張栻의 호이다.

3 曲江: 唐나라 張九齡의 별호이다.

4 鵷鷺序: 해오라기가 날아갈 때 질서가 있는데, 이것으로 조관들이 열을 지어 가는 모습을 비유한 것이다.

5 鳳凰池: 궁궐에 있는 연못으로, 禁中을 이른다.

문경聞慶의 산천은 참으로 빼어나고
함창咸昌의 토속은 내력이 있네.
성신星辰이 북극성 향하듯 오래 조정의 벗으로 지냈고
꿈속의 혼, 남으로 갈 때 또한 함께 했지.
오늘 도리어 강해江海의 이별을 하게 되니
한 잔 술 서로 권하는 그 마음 아득하여라.

曾於史局同抽筆　　幾度衢罇共把杯
永順[6]山川眞絶致　　咸寧[7]土俗有從來
星辰北拱長爲伴　　魂夢南飛亦與偕
今日却成江海別　　一杯相屬正悠哉

3
소년시절에는 막중幕中의 손님이었고
고삐잡고 민풍 살핀 일은 십 년도 안 되었지.
초목은 새로운 우로雨露에 온통 젖어있고
누대에는 옛 신선들 다시 오르겠지.
푸른 비단, 그 옛날의 시詩를 덮고 있고
해 지나도록 못 본 친우들 분명 있으리라.
연자루燕子樓 입구에 말 멈춰야 하니
귀양 온 신선은 귀밑머리 허옇게 새어 있으리.

少年曾是幕中賓　　攬轡觀風未十春
草木盡霑新雨露　　樓臺重上古仙眞
碧紗掩映當時字[8]　　青眼分明隔歲人

6 永順: 경상북도 문경 지역의 옛 지명이다.
7 咸寧: 咸昌의 옛 이름이다.

燕子樓頭須駐馬　　　金陵謫客[9]鬢華新

[원주]

귀양 온 신선은 매계梅溪이다
謫客梅溪[10]

8 碧紗句: 홍귀달이 성종 3년(1472) 안핵사로 전라도 지역에 갔는데, 지금 장손순이 이곳에 가므로 이렇게 말한 것이다. 唐代 王播가 가난했을 때에 揚州 惠昭寺의 木蘭院에 寓居하면서 중의 齋食을 얻어먹고 지냈었는데, 중들이 그를 싫어하여 그가 오기 전에 밥을 먹어 버리곤 했다. 20여 년 뒤에 그가 高官이 되어 그 지방을 鎭撫차 내려가 그 절을 찾아가 보니, 옛날에 썼던 詩가 모두 귀한 푸른 깁[碧紗]으로 덮여 있었다고 한다.

9 金陵謫客: 李白을 이른다.

10 梅溪: 曺偉의 호. 단종 2년(1454)~연산군 9년(1503). 본관은 昌寧. 자는 太虛, 호는 梅溪. 울진현령 繼門의 아들. 성종 5년(1474) 식년문과에 병과로 급제. 성종 때 실시한 賜暇讀書에 첫 번으로 뽑혔음. 무오사화가 일어나 오랫동안 의주에 유배되었다가 순천으로 옮겨진 뒤, 그곳에서 죽음. 저서로는 『매계집』이 있다.

서북면 도원수 이방형【극균】에게 부치다

寄西北面都元帥李邦衡[1]【克均】

범중엄范仲淹의 가슴 속엔 백만의 군대
서북쪽에 우뚝하게 한 장성을 쌓았네.
앉은 채 오랑캐 머리 바치게 하니
멀리 가 장막 치면서 정벌할 필요 없으리.

范老[2]胸中百萬兵　　屹然西北一長城
坐令驕虜來輸首　　不用穹廬[3]遠入征

---

1 邦衡: 李克均의 자 세종 19년(1437)~연산군 10년(1504). 본관 廣州. 우의정 仁孫의 아들이다. 세조 2년(1456) 식년문과에 정과로 급제하였다. 대사헌을 거쳐 1486년 형조판서·이조판서·우의정 등을 역임. 갑자사화 때 조카 世佐와 함께 연루되어 仁同으로 귀양 가서 사사됨.

2 范老: 北宋代 范仲淹이다. 범중엄이 知延州에 자청하여 가서는 군대의 규율을 확립하고 군사들을 밤낮으로 훈련시키자, 오랑캐 夏人들이 그 일을 듣고 서로 당부하며 말하기를 "연주는 생각 말아야 한다. 지금 범중엄의 가슴 속에는 수만의 군사가 있으니, 우리가 속일 수 있는 보통 늙은이에 비할 바가 아니다. [毋以延州爲意, 今小范老子, 胸中自有數萬甲兵, 不比大范老子可欺也.]"고 하였다.

3 穹廬: 옛날 유목민족이 살던 거주용 장막이다.

평안 -빠짐- 사에게 부치다

寄平安 -缺- 使

진세塵世를 벗어나 경주에 유람할 때
바닷가 푸른 산에서 나란히 말 몰았지.
세상엔 있지 않은 몹시도 빼어난 곳
한 가락 피리 소리에 꽃은 바위 위로 떨어지고 있었지.

東都遊賞出塵凡　　海上青山共轡銜
別有人間奇絶處　　一聲長笛落花巖

지중추부사 권숙강 만사

輓權知樞叔强[1]

빙옥氷玉의 자태에 가을 물 같은 정신
하늘이 세상에 내신 한 명의 신선
가업家業인 문장文章, 그대 몹시도 뛰어났고
당세의 추천은 옛날에도 견줄 이 없었네.
여러 성왕聖王의 은혜 깊은 뜻 있었거니
재상의 위망位望 누구에게 속할까.
남녘에 돌아가는 길, 혼기魂氣도 비었거니
쓸쓸한 고향에선 눈물이 수건을 가득 적시리.

氷玉之姿秋水神　天生於世一仙眞
文章家業君殊勝　人物時推古莫倫
累聖恩私深有意　三台位望屬何人
南行歸路空魂氣　故國凄涼淚滿巾

1 叔强: 權健. 세조 4년(1458)~연산군 7년(1501). 본관 안동. 자 叔强. 아버지는 우의정 擥이며, 중종의 열한 번째 아들인 全城君 邊의 장인이다. 성종 7년(1476) 별시문과에 을과로 급제. 예조참판·대사헌·병조참판 등을 역임. 저서로는 『權忠敏公集』이 있다.

채기지에게 부치다. 육언시로 육운이다
寄蔡耆之[1]. 六言六韻

한 해 가운데 아름다운 팔월
장안의 좋은 집 화려한 자리
세 줄로 늘어선 장식한 여인네들
사방 자리의 여러 신선들
북해北海의 단지 여니 술이 살랑살랑
남산南山의 술을 짜니 그윽한 맛
연못 따뜻한 물결에 해 일렁이고
느릿한 음악 소리에 사람 마음 흔들리네.
적막한 사마상여司馬相如의 소갈병
처량한 송옥宋玉의 서글픈 마음
연이어 불러도 가지 못함은 무슨 일인가.
노쇠한 이 몸을 비웃을 만하네.

一歲佳辰八月　　長安甲第華茵
三行雜沓珠翠　　四座多少仙眞
北海[2]開罇瀲灩　　南山壓酒嶙峋
池塘波暖漾日　　絲管聲遲蕩人
寂寞文園[3]病渴　　淒涼宋玉[4]傷神
連呼不起何事　　堪笑衰遲此身

---

1 耆之: 蔡壽의 자. 세종 31년(1449)~중종 10년(1515). 중종반정공신. 본관 仁川. 호 懶齋. 남양부사 申保의 아들이다. 세조 15년(1469) 문과에 장원. 저서로는 『나재집』이 있다.

2 北海: 後漢 때 北海相을 지낸 孔融을 이른다. 공융은 선비를 좋아하여 손님이 항상 집에 가득했는데, "자리에는 빈객이 늘 가득하고, 동이에 술이 늘 떨어지지 않으면 나는 걱정이 없겠다."고 하였다.《後漢書 孔融傳》

3 文園: 孝文園令을 지낸 漢나라의 문장가 司馬相如인데, 소갈병을 앓았다고 한다.

4 宋玉: 전국시대 楚나라 사람. 屈原의 제자로 「悲秋賦」를 지었다.

동년 상사 최숙문의 신당 시에 차운하다
次同年崔上舍淑文[1]新堂韻

1

긴 줄기 곧은 낚시로 개인 물결 희롱하며
강천江天에 한 번 누워 보낸 세월이 많네.
생각도 없고 경영함도 없이 들의 학鶴 따르고
친하게 지내며 가까이 지내는 것 거위 무리가 있네.
풍환馮驩처럼 탐욕을 부릴 필요 없거니
영척甯戚마냥 알아달라는 단가를 부를 필요 있으랴.
물외物外에서 노니는 세월 반백년 남았나니
이 산하山河일랑 삼공三公과도 바꾸지 않으리라.

長竿直釣弄晴波　　一臥江天歲月多
無慮無營隨野鶴　　相親相近有群鵝
馮驩不用彈長鋏[2]　　甯戚何須放短歌[3]
物外優游餘半百　　三公未換此山河

2

한 평생 꿈속에서도 만나기 어려워
반대편에서 밝은 달만 함께 바라보았을 뿐

---

1 淑文: 崔淑文. 자는 子彬. 연산군 1년(1495) 乙卯 增廣試 生員. 訓導를 역임.
2 馮驩句: 곤핍한 환경에 있으면서 자꾸 탐욕을 부림을 말함. 孟嘗君의 食客이었던 馮驩이 칼을 튕기며 '식사에 생선이 없다, 수레가 없다, 집이 없다.' 계속 노래하자 맹상군이 그것을 들어주었는데, 옆의 사람들이 탐욕을 그칠 줄 모른다고 미워했다고 한다.《戰國策 齊策》
3 甯戚句: 자신을 알아주기를 바라는 행동 또는 의사표시를 가리킨다. 春秋시대에 甯戚이 남의 소를 먹이면서 쇠뿔을 두드리며 노래를 불렀는데, 齊桓公이 그것을 듣고 그를 등용했다고 한다.

출처出處는 하늘의 뜻이라 길 비록 다르지만
산 좋아하고 물 좋아하는 것은 한결같은 마음

一生魂夢會難成　　兩地參商共月明
出處由天雖異路　　愛山愛水一般情

독수헌 시에 차운하다
次獨秀軒韻

한 집에 꽃과 나무가 많아서
사철 내내 아름다운 모습 감상하네.
버들가지는 솜털이 날리는 듯
연꽃은 거울 같은 연못을 덮었네.
벼 밭엔 저물녘 이삭이 고개를 숙이고
국화꽃 언덕에는 가을 향기 어려 있네.
이밖에 홀로 빼어난 소나무 대나무
눈서리 맞으며 푸른 모습으로 서있네.

一軒富花木　　四節賞年芳
柳絮吹綿樣　　荷花覆鏡光
稻畦垂晚穎　　菊塢掛秋香
獨秀更松竹　　青青凌雪霜

좌의정께 바치다

奉呈左議政

붉은 잎 누런 국화 구월의 날에
남산의 가을빛은 그림처럼 신선하네.
저물녘 높은 곳에서 멀리 볼 만하거니
한 조각 달은 밤 되자 더욱 둥글어지네.

紅葉黃花九月天　　南山秋色畫圖鮮
憑高向晩堪遐矚　　一片氷輪夜更圓

유희명[洵]의 시에 차운하다

次柳希明[1]【洵】韻

인재 많은 성세의 조정에서도 세상 구할 만한 인재
성상의 온화하신 말씀으로 깊은 잔을 권하셨네.
가련하구나, 늙고 병든 나는
인간세상 향하여 웃으며 입 벌리지 못하니.

濟濟明廷濟世才　　溫溫天語侑深杯
可憐衰病洪厓子　　不向人間笑口開

1 希明: 柳洵의 자. 세종 23년(1441)~중종 12년(1517). 본관 文化. 호 老圃堂. 세마 思恭의 아들이다. 19세에 사마시에 장원하고, 이어서 세조 8년(1462) 拔英試에 합격. 이조판서·형조판서 등을 역임했으며 文城府院君에 봉해졌다.

동짓날 조정에서 어떤 일에 느낀 것이 있어 시를 지어 -원문 빠짐- 시우侍右에 바치다

至日闕庭, 感遇有詩, 錄奉 -缺- 侍右

1

나와 그대 벌써 육갑을 지났나니
그대 나이 나보다 한 살이 적을 뿐
공명에 분수 있으니 내 그침을 알겠고
천지는 정情이 없어 그대 또한 쇠했구려.
두 눈의 흐릿한 기운 마치 안개 너머로 보는 듯
가득한 흰 머리털, 한창 아래로 늘어졌네.
오히려 군자를 만나 종일토록 이야기하고
옛날처럼 붓 휘두르며 시를 짓네.

我已與君經六甲　君生後我只一期
功名有分吾知止　天地無情子亦衰
兩眼昏花如隔霧　渾頭白髮正垂絲
猶逢君子道長日　依舊揮毫起作詩

2

땅속의 우레 소리에 벌레들 꿈틀거리니
하늘이 이때에 양陽의 기운을 싹 틔우네.
만물은 다시 태어나며 이것을 시조로 삼고
양기陽氣 점차 불어나는 것, 이것의 자손이라네.
군왕께선 일 없이 깊은 궁궐에 앉아계시고
장사들은 오가지 않고 먼 마을에 묵네.
늘그막에 흰머리로 물러남이 마땅한데

어찌하여 아직도 벼슬하며 은혜를 탐하는지.

地中雷奮動群蟄　天向此時萌一元
萬物復生玆始祖　諸陽漸進是兒孫
君王無事坐深殿　商旅不行藏遠村
白首殘年宜退縮　如何簪紱尙貪恩

3
흐르는 세월, 풍상風霜의 괴로움 견디지 못하는데
오늘에 또 천지의 봄이 돌아왔네.
맑은 물과 아름다운 음악으로 양전兩殿에서 즐기시고
풍성한 음식으로 은혜롭게 신하에게 잔치 베푸시네.
늙은 얼굴 모두 홍안의 나그네 되었고
겨울의 해는 바뀌어 둥그런 태양이 되었네.
황감黃柑을 소매에 담아다 아내에게 주려는데
자리에 탐하는 이 있을까 도리어 꺼려지네.

流年不耐風霜苦　今日又回天地春
玄酒大音[1]娛兩殿　需雲湛露[2]燕群臣
蒼顔盡作紅顔客　愛日飜成化日輪
欲袖黃柑歸遺室[3]　却嫌座上有饞人

---

1 玄酒大音: '현주'는 제사 때에 술 대신에 쓰는 냉수이다. '대음'은 아름답고 오묘한 음악이다.

2 需雲湛露: '수운'은 군신 간의 宴樂을 가리킨다. 『周易』 需卦의 象傳에 "구름이 하늘로 올라감이 需이니, 군자가 보고서 음식을 먹고 宴樂을 한다. [雲上於天, 需, 君子以, 飮食宴樂.]"라고 하였다. '담로'는 『詩經』 「小雅」의 편명으로, 천자가 제후에게 연회를 베풀어준다는 내용인데, 군주의 은택을 비유하는 말로 쓰인다.

3 欲袖句: 蘇軾의 「上元侍飮樓上」에 "돌아오자 꺼져가는 한 등잔불 남아 있는데, 오히려 받은 감이 있어 아내에게 주었네.[歸來一盞殘燈在, 猶有傳柑遺細君.]" 하였다.

이 국이【창신】가 준 시에 차운하다
次李國耳[1]【昌臣】惠韻

1

아득한 반생에 귀밑머리 허옇게 되었나니
허명虛名이라 쓸데없는 것, 바로 사장詞章이지.
늘그막에 몹시 또 다른 바람 있어
자잘한 것만 많이 볼 뿐, 스스로 헤아리지 못하네.

半世悠悠鬢已蒼　　虛名無用是詞章
老來苦復有他望　　多見區區不自量

2

실상보다 지나친 칭찬을 어찌 감당할까.
성상聖上의 가득한 은혜, 그저 부끄러울 뿐
은혜에 보답하려 하지만 근력은 부족하고
꿈속의 혼만 언제나 고개 구름 남녘에 있다오.

揄揚過實正何堪　　宸眷紆來只自慙
報效亦知筋力少　　夢魂長在嶺雲南

---

1 國耳: 李昌臣의 자. 세종 31년(1449)~?. 본관 全義. 호 克庵. 亮의 아들이다. 성종 5년(1474) 식년문과에 을과로 급제. 한성부우윤·호조참판을 지내고 연산군 10년(1504) 갑자사화 때 섬으로 유배되었다. 중국어·이문에 있어서 당대의 일인자였다고 함.

예조판서에서 관서 관찰사로 나가는 박【安性】상공을 전송하며
送朴相公【安性[1]】由禮判出按關西

1

관찰사의 풍채, 부친과 비슷하거니
부친 연성군延城君의 훈업은 제공의 으뜸이었지.
삼년동안 능묘陵墓에서 슬피 부르짖더니
한 줄기 길 산천에 기쁜 기운이 있네.
언제나 붉은 마음 북궐을 향하거니
어찌 예조에 이르는 맑은 꿈 없으랴.
뒷날 공 돌아올 때 알맞은 자리 어찌 없을까.
삼정승 가운데 한 자리 비어있으리라.

使相[2]風儀似乃翁　　延城[3]勳業冠諸公
三年陵寢悲號裏　　一路山川喜氣中
長有赤心懸北闕　　豈無淸夢到南宮[4]
公歸他日寧無所　　天上三台[5]一座空

---

1 安性: 朴安性. 생몰년 미상. 본관 竹山. 영의정 元亨의 아들. 세조 5년(1459) 문과에 정과로 합격. 호조판서·전라도관찰사·한성부좌윤 등을 두루 역임하였음.

2 使相: 勳功이 있는 老臣, 또는 前職 宰相으로서 관찰사가 된 사람을 일컫는다.

3 延城: 朴元亨. 태종 11년(1411)~예종 1년(1469). 朴安性의 아버지. 본관 竹山. 자 之衢. 호 晩節. 병조참의 翺의 아들이며, 어머니는 陽城李氏 判司僕寺事 瀚의 딸이다. 세종 16년(1434) 알성문과에 을과로 급제하여 여러 관직을 거쳐 세조 2년(1456) 이조참판으로 延城君에 봉해졌다. 예종이 즉위하자 翊戴功臣 2등에 책록되고 延城府院君에 봉해졌으며, 이해 영의정이 되었다.

4 南宮: 예조의 별칭으로, 보통 南宮으로 불려진다.

5 三台: 정승의 자리를 이른다.

2

예전에 대동강 지나던 일 생각하노니
신선의 언덕엔 풍류스런 인물들 있었지.
단군檀君 신선 떠나자 남은 터도 사라졌지만
기자箕子의 팔조목八條目 남아있고 옛 우물터도 있네.
사람들 생가笙歌를 안고 별관으로 돌아가고
하늘은 바람과 달을 높은 누대에 이어놓았지.
지금까지도 길이 영명사永明寺를 기억하노니
저물녘 산 빛은 강물 위에 떠있으리.

憶昔經過浿水[6]頭	風流人物羽人丘
檀君仙去遺基掃	箕子條[7]存舊井留
人擁笙歌歸別館	天敎風月屬飛樓
至今長記永明寺[8]	江晩山光水氣浮

6 浿水: 대동강이다.

7 箕子條: 箕子가 만들었다고 하는 고조선의 八條禁法을 이른다.

8 永明寺: 금수산 부벽루 서편, 麒麟窟 위에 있는 사찰이다.《新增東國輿地勝覽 卷51 平安道 平壤府》

동지중추부사 김【克儉】 부인 만시

金同知【克儉[1]】夫人輓

부인이 덕 있는 이에게 시집가
붕새, 곤새로 화하는 것 보았지.
상 들어 눈썹에 맞추는 것은 양홍梁鴻 아내의 순함
다른 마을로 이사 간 것은 맹모孟母의 돈독함
집안에는 인사가 넉넉했고
작위를 받음은 다시 성상聖上의 은혜였지.
누가 알았으리 장자莊子가
바람 마주하며 여기에서 슬퍼할 줄을

夫人歸有德	眼見化鵬鯤
擧案梁妻順[2]	遷坊孟母[3]敦
門闌足人事	爵命更天恩
誰料南華叟[4]	臨風此鼓盆[5]

---

1 克儉: 金克儉. 세종 21년(1439)~연산군 5년(1499). 본관 김해. 자 士廉. 호 乖崖. 아버지는 剛毅이다. 세조 5년(1459) 식년문과에 정과로 급제하여 한림이 되었다. 한성부우윤·호조참판·지중추부사 등을 역임.

2 擧案句: 남편에게 공순하게 예를 다한다는 뜻임. '梁鴻'은 東漢 때 사람으로 字는 伯鸞. 아내가 밥상을 들고 올 때에 눈썹 높이와 가지런하게 들어 공손한 예를 다하였다고 한다.

3 孟母: 孟子의 어머니. 三遷之教로 맹자를 가르쳤다고 한다.

4 南華叟: 南華眞人이라 불리는 莊子를 이른다.

5 鼓盆: 아내가 죽은 슬픔을 비유하는 말이다. 莊子가 妻喪을 당했을 때 친구 惠子가 조문을 가서 보니, 두 다리를 죽 뻗고 앉아서 동이를 두드리며 노래를 부르고 있었다고 한다.

구월 구일 내전에 잔치를 베풀고 겸하여 대궐에서 종친에게 음식을 베풀어 주셨는데, 내가 병으로 가지 못하고 시를 지어 생각을 붙였다

九月九日, 設宴內殿, 兼餉宗宰于闕庭, 貴達病未赴, 賦詩寓懷

일생 동안 몇 번이나 중구일을 지났나.
예순 하고도 다섯 번 국화를 보았네.
정情 없는 천지에 쇠약함 뼈에 이르니
어느 날 강호에 늙은 이 몸 돌아갈까.
용산龍山에 해 저무는데 풍류는 전만 못하고
대궐의 연회에 참석하는 승사勝事도 어긋났네.
엎드린 채 생각하니 궁정에서 취부翠釜를 나눠줄 때
성상께서 권하시는 많은 술에 비틀비틀 하겠지.

一生度了幾重九　　六十五回看菊華
天地無情衰到骨　　江湖何日老歸家
龍山[1]落日風流減　　鳳闕參筵勝事差
伏想彤庭分翠釜[2]　　百壺宣勸醉欹斜

---

1 龍山: 晉나라 때 孟嘉가 征西將軍 桓溫의 參軍이 되었는데, 중양절에 龍山의 酒宴에서 바람에 모자가 날아간 줄도 모른 채 풍류를 즐겼다.《晉書 孟嘉傳》

2 翠釜: 精美한 炊器이다.

안자진의 시에 차운하다
次安子珍[1]韻

1

한유韓愈의 문장은 만장이나 드높으니
북두성 사이의 자줏빛 기운, 바라봄에 아득하네.
성상께서 한창 산도山濤의 계주啓奏를 바라시니
꼿꼿이 앉은 천관, 언제나 붓을 적시고 있네.

吏部[2]文章萬丈高　　斗間紫氣望中遙
冕旒正要山公啓[3]　　危坐天官每染毫

2

지세 높은 곳에 새로 지은 모정茅亭
먼 산은 푸른 병풍인양 낮게 늘어서 있네.
황혼 무렵 달 떠 올라, 먼저 와서 비추는데
지척의 섬궁엔 토끼의 털도 보이지 않네.

新搆茅亭地勢高　　遠山低列翠屛遙
黃昏月上先來照　　咫尺蟾宮見兎毫

---

1 子珍: 安琛의 자. 세종 27년(1445)~중종 10년(1515). 본관 順興. 호 竹窓·竹齊. 부윤 知歸의 아들이다. 1466년 왕이 강원도에 행차하여 시행한 高城別試文科에 2등으로 급제. 부제학·동부승지·우승지를 역임.

2 吏部: 韓愈를 가리킨다. 한유가 唐憲宗 때 吏部侍郞을 지냈다.

3 山公啓: 晉의 山濤가 관리 선발 때에 임금께 올린 啓奏이다. 그가 吏部尙書로 있을 때, 어떤 관직이 비게 되면 여러 사람들의 특징에 대해 조사, 분류하고 제목을 만들어 奏上하였는데, 이것을 山公啓事라 불렀다.《晉書 山濤傳》

3
좋은 때 좋은 벗과 높은 곳에 올라서는
천고千古의 풍류를 아득히 생각하네.
금년의 중양절은 바로 오늘이거니
맛난 술로 취하여 붓을 적셔야 하리.

佳辰勝友更登高　　千古風流想像遙
今歲重陽今日是　　應須美酒醉揮毫

4
국화꽃 따며 산을 보니 가을빛 한창인데
가을바람에 낙엽 지니 고향이 아득해라.
만사일랑 잊고서 오직 마셔야 하거니
마음 생각 그려내는 오색의 붓이 있다네.

采菊看山秋色高　　西風落木故鄉遙
消除萬事唯須飮　　描出胸中有彩毫

5
북극성엔 구름 깊고 궁궐은 드높은데
성城 남쪽 한 자 오촌, 궁궐이 멀지 않네.
몸은 미천한데 은택은 구산丘山처럼 크기만 하니
평생 조금도 보탬 못된 것 몹시도 부끄럽네.

北極雲深雙闕高　　城南尺五[4]未云遙
身微恩澤丘山重　　慙愧平生補乏毫

4 尺五: 제왕과의 거리가 매우 가까움을 비유한 말이다.

조숙분【척】이 경사에서 돌아옴에 시를 보내 대화를 청하다
曺叔奮[1]【倜】回自京師, 寄詩邀話

부러워하노니 그대 두 눈과 두 다리로
천하를 두루 다니며 큰 바다 보았음을
험고險固한 산하는 진秦나라의 땅
삼천三千의 예악은 한漢나라 조정
나는 맷돌 끄는 당나귀의 발처럼 묵은 자취만 따르고
대롱으로 보는 표범을 한 점이라 하며 뭇별들 빠트렸지.
장건張騫의 뗏목 은하에서 돌아왔다기에
나는 벌써 탁주 한 병 준비해 두었다오.

羨君兩眼與雙脚　　踏遍乾坤見大瀛
百二山河秦土地　　三千禮樂漢朝廷
磨驢四足踵前迹[2]　　管豹一斑遺衆星[3]
博望[4]槎從銀漢落　　洪厓已辦濁醪甁

1 叔奮: 曺伸의 자.

2 磨驢句: 나아짐이 없이 항상 제자리에 머물거나 진부한 것을 되풀이 한다는 뜻이다. '마려'는 맷돌 끄는 당나귀이다. 蘇軾 「送芝上人」에 "제자리에 맴도는 것 맷돌 끄는 소와 같아, 걸음걸음 묵은 자취만 밟네. [團團如磨牛, 步步踏陳跡.]"라고 하였다.

3 管豹句: 대롱으로 표범을 보면 한 점만 보이듯, 所見이 좁음을 뜻한다.

4 博望: 漢나라 張騫의 봉호이다. 漢 武帝 때 大月氏國에 사신으로 갔던 장건이 뗏목을 타고 은하수까지 갔다고 한다.

첨지 박거경【처륜】이 새로 당상관에 제수되었음을 축하하며
賀朴僉知巨卿[1]【處綸】新拜堂上

예전에 종유하던 때를 기억하노니
몇 년이나 각자 떨어져 있었나.
봄가을 어긋나는 기러기와 제비 같았고
남북으로 떨어진 것 진秦・월越 사이 같았네.
서로 간에 정신精神이 통하기에
천리의 거리에서도 밝은 달 함께 했지.
내가 서울로 돌아올 때면
그대는 이미 외직으로 나갔지.
바라보면 백리의 가까운 거리
마소 타고 오히려 내달릴 수 있었거니
그대 조그마한 편지로 위문할 땐
완연히 참모습을 보는 듯 했지.
야위고 병들어 여러 달 앓을 때에
와서는 잘 볼 수 있도록 도와주었네.
들으니 어제 조서가 내려와
남양군南陽郡의 공적으로 상을 받았다지.
푸른 말 안장은 자줏빛 말에 비치고
백옥白玉은 검은 머리에 빛나겠지.
얼마나 많은 주현州縣의 사군使君들
늙어갈수록 하릴없이 막막하겠나.

---

1 巨卿: 朴處綸의 자. 세종 27년(1445)~연산군 8년(1502). 본관 高靈. 성균관전적 思欄의 아들이며, 어머니는 郡事 柳閑의 딸이다. 성종 1년(1470) 문과에 급제. 대사간·홍문관부제학·지제교를 역임하였다.

완악한 사내도 나약한 사내도 이 소식 듣고는
격렬한 마음, 부끄러운 마음 가지겠지.
그러나 이것은 논할 것도 없나니
나라의 아름다움에 첫 째 가는 일이네.
그대는 법도法度가 뛰어난 사람
지금도 이미 더딘 것이지.
앞으로는 천리마의 걸음 펼쳐
높은 하늘의 길로 꾸준히 나아가기를

遊從記昔日　　幾年各相失
春秋自鴻燕[2]　　南北正秦越[3]
賴有精神通　　千里共明月
及我京國還　　君已剖符節
相望百里近　　馬牛尙風逸
尺素一相問　　宛然眞面目
羸病臥數月　　君來助良覿
昨聞宣庥[4]下　　褒賞南陽[5]績
靑驪映紫騂　　白玉輝黑頭
幾多州縣綬　　老大空悠悠
頑夫懦夫聞　　激烈或包羞
然此不足論　　第一於國休
知君異矩度　　有今已遲暮
從今展驥足　　冉冉雲霄路

---

2 鴻燕: 기러기와 제비는 둘 다 철새인데, 기러기는 長江 지역에 가을 무렵 왔다 봄에 떠나고, 제비는 가을에 떠났다가 봄에 온다.

3 秦越: 춘추시대에 秦나라는 西北 쪽에 있었고, 越나라는 東南 쪽에 있었다. 두 나라의 거리가 매우 멀므로 사이가 疏遠하거나 서로 관련이 없는 것을 비유한다.

4 宣庥: 임금의 조서를 이른다.

5 南陽: 지금의 경기도 화성 지역의 군이다.

신 승지가 새로 동부승지에 제수됨을 축하하며
賀愼承旨新拜同副

상청上淸의 궁궐은 아홉 개의 관문
해 있는 곳으로 오르는 걸음마다 한가롭네.
세상에 서캐와 이 같은 이 얼마나 많은가.
높은 곳 기러기의 소리, 쉴 틈이 없으리라.

上淸宮闕九門關　　白日昇登步步閒
下土幾多蟣與蝨　　冥冥鴻叫有無間

김자고【뉴】와 이백승【감】이 술을 가지고 찾아왔으나 만나지 못하고 돌아간 것에 대해 사례하며

謝金子固[1]【紐】李伯勝[2]【堪】攜酒枉訪, 不遇空還

1

나의 집 남산의 구름 기운 어린 곳
평소에 거마 타고 오는 이도 드무네.
주인은 게을러 문 앞조차 쓸지 않아
가을이면 낙엽이 나무뿌리를 덮는다네.

家在南山雲氣處　　尋常車馬少敲門
主人懶不掃庭戶　　落葉秋來擁樹根

2

종남산에 약 캐러 가 저물도록 돌아오지 않았더니
누가 고삐를 나란히 한 채 구름 속에 들어왔었나.
저물녘 손은 가고 문 도리어 닫혀 있는데
두 동이 술 바라보다 달 뜰 무렵 열어보네.

采藥終南晩未廻　　何人竝轡入雲來
黃昏客去門還掩　　留看兩罇當月開

1 子固: 金紐의 자. 세종 2년(1420)~?. 본관 안동. 호 琴軒·翠軒·雙溪齋·觀後庵 또는 上洛居士. 아버지는 仲淹이고, 어머니는 趙浚의 손녀이며 大臨의 딸이다. 세조 10년(1464) 녹사로서 별시문과에 병과로 급제했다.

2 伯勝: 李堪의 자. 본관 慶州. 아버지는 李吉安. 세조 12년(1466) 丙戌 高城春試 二等 4위. 府尹·翰林을 역임했다.

3

활짝 핀 국화꽃, 오른 편에 있는데
높게 뜬 밝은 달, 하늘 가운데에서 비추네.
후일에 뜻 있거든 다시 찾아 주시길
여유롭게 한 잔 술 나누기를 몹시 바란다오.

盛開菊花當座右　　高懸明月照天心
他時有意須重枉　　甚欲攜君細細斟

군적낭관 계도契圖에 쓰다
題軍籍郎官契圖

국가가 진실로 반석처럼 튼튼하나
오히려 평안하다고 말할 수 없네.
우환이 생기기 전에 미리 방비해야 하니
이것이 군사들이 모인 이유라네.
당당한 지금의 병조兵曹는
바로 옛날의 사마관司馬官이지.
모인 이들은 지금 시대의 선비로
속마음 서로 환히 통한다네.
아침저녁으로 감히 수고로움 사양하랴
한 조각 붉은 마음으로 애쓴다네.
먹물 휘날리며 적삼의 소매 까맣게 되니
군사들은 손끝에 펼쳐져 있네.
군적軍籍 이루어져 성상께 바치니
온화한 얼굴로 난간에서 보시네.
수고로움 치하하며 선물 주시고
아울러 술과 안주 내리시네.
취하여 무하유지향無何有之鄕으로 돌아가니
굽어보고 우러름에 천지는 널찍하네.
서호西湖의 배에 술을 싣고는
다시 종일토록 기쁨을 즐기리라.

國家固盤石　　尙不謂治安
綢繆未陰雨[1]　　卒伍所以團
堂堂今兵曹　　卽古司馬官[2]

盍簪一時彥　　相照兩肺肝
夙夜敢辭勞　　辛勤一心丹
墨黐衫袖烏　　甲兵羅手端
籍成獻至尊　　玉色臨軒看
錫與酬其勞　　兼之以杯盤
醉歸無何鄕[3]　　俯仰天地寬
載酒西湖船　　復作一日歡

---

1 綢繆句: 事前에 대비해야 함을 의미한다. 『詩經』「豳風·鴟鴞」에 "날 흐리고 비 내리기 전에, 저 뽕나무 뿌리를 캐어다가 문을 얽어 두면, 지금 너희 백성이 감히 우리를 업신여길 수 있으랴. [迨天之未陰雨, 徹彼桑土, 綢繆牖戶. 今女下民, 或敢侮予.]"라고 하였다.

2 司馬官: 周代에 兵務를 관장하던 관청으로, 後代의 兵部에 해당한다.

3 無何鄕: 어떤 것도 있는 것이 없는 곳으로, 莊子가 그리워하던 理想鄕이다.

이형중에 수응하다
酬李衡仲[1]

천금 값어치에 비할만한 열 편의 절구 시
중서中書의 광채는 전보다 배나 더하네.
사인舍人의 정자亭子, 가을이라 몹시 빼어나니
맑은 술동이 앞에 두고 화답하려 한다오.

價比千金十絶詩　　中書光彩倍前時
舍人亭子秋奇絶　　欲對淸罇試和之

1 李衡仲: 李均의 자. 단종 즉위년(1452) 壬申生. 본관 韓山. 성종 8년(1477) 26세 때 春塘臺試 丙科 5위. 副提學·翰林을 역임. 아버지는 李季町. 증조부는 李穡.

지사 김【심】 만시
輓金知事【諶[1]】

나복산인蘿葍山人의 후예이니
조상의 사업 절로 전함이 있네.
재명才名은 두 동생과 가지런하고
사업은 여러 현인 가운데 으뜸
흰 데다 티도 없는 옥인 듯 했고
견고함 변치 않는 쇠와도 같았네.
어찌하여 갑자기 이렇게 떠난단 말인가.
눈물 움켜쥐고 푸른 하늘에 물어보네.
대붕이 구만리 날아가는 것을 보았는데
뜻을 이루지 못하고 떨어졌구나.
자식 잃어 통곡하느라 시력을 잃고
그 시름에 애간장마저 녹았지.
조정에서 한 명의 정승을 잃으니
한 막내를 여러 형이 통곡하네.
해 저물녘 산양의 피리소리 들리는데
서글픈 마음으로 옛 마을을 지나가네.

蘿葍山人[2]裔　　箕裘[3]自有傳

---

1 諶: 金諶. 세종 27년(1445)~연산군 8년(1502). 자 君諒. 시호 文貞. 본관 延安. 金宗直의 문인. 성종 5년(1474) 식년문과에 병과로 급제하고, 성종 10년(1479)에는 좌랑으로서 문과중시에 을과로 급제하였다. 1483년 司贍寺僉正이 되었으며 성종 21년(1490) 直提學이 되었고, 이어 부제학이 되었다. 연산군이 폐비 윤씨를 위하여 孝思廟를 세우려고 하자, 여러 대관을 거느리고 그것을 반대하였다.

2 蘿葍山人: 先祖인 金濤를 이른다. 김도가 明나라의 制科에 급제하여 벼슬을 제수

才名齊二弟　　器業冠群賢
玉白無瑕玷　　金堅不變遷
云何遽如許　　掬淚問蒼天
大鵬看九萬　　陶翼墮天門[4]
哭失卜商眼[5]　　愁銷鄧攸魂[6]
九重亡一相　　一季慟諸昆
日暮山陽笛[7]　　傷心過故村

받았으나, 어버이가 늙었다는 이유로 본국으로 돌아오기를 청해 황제의 허락을 받았다. 본국에 돌아오자 恭愍王이 우리나라 사람으로 제과에 급제한 이가 드물다면서 김도의 명성을 드날려 우리나라에 인재가 있음을 알게 하라고 하였다. 그리고 친히 '金濤長源蘿葍山人'이란 여덟 글자를 써서 하사했다고 한다.《東史綱目 卷55》

3 箕裘: 先代의 家業을 계승한다는 의미. 『禮記』「學記」에 "뛰어난 冶工의 아들은 아버지를 보고 일을 배워 반드시 갖옷[裘]을 만들 줄 알고, 훌륭한 弓人의 아들은 아버지의 하는 일을 보고 배워 반드시 키[箕]를 만들 줄 안다.[良冶之子, 必學爲裘, 良弓之子, 必學爲箕.]"라는 내용이 있다.

4 陶翼句: 뜻을 이루지 못함을 뜻한다. 陶侃이 꿈에 여덟 날개가 나와 날아서 하늘에 올라갔는데, 천문이 아홉 개인 것을 보고는 이미 여덟째 문까지 올라갔으나 마지막 문만 들어가지 못하고 문지기의 막대기에 맞아 땅에 떨어져 그 왼쪽 날개가 부러졌다고 한다.《晉書 陶侃傳》

5 哭失句: 자식을 잃은 비통한 마음을 이른다. 공자의 제자인 子夏가 그 자식을 잃고 눈이 멀었다고 한다.《禮記 檀弓上》

6 愁銷句: 자식을 잃음을 뜻한다. 晉나라의 鄧攸가 石勒에게 잡혔다가 뒤에 강남으로 도망갈 때 아들과 조카를 업고 갔는데, 둘 다 데리고 갈 수 없게 되자 아들을 버리고 조카를 데리고 갔다고 한다.《晉書 良吏傳 鄧攸 조항》

7 山陽笛: 晉나라 向秀가 山陽을 지나다가 날이 저물었을 때, 피리 소리를 듣고 죽은 옛 친구 嵇康·阮籍을 생각하여 「思舊賦」를 지었다.

동지 이국이에게 주다
贈李同知國耳

평소의 시詩와 예禮, 비길만한 이 없나니
그대는 사마천처럼 만 리의 산하를 유람했지.
상국上國의 의관에 그 모습 새로이 하고
동향의 관료에겐 변함없는 마음
그대 집의 화관華館은 별자리에 가까웠고
우리 집 높은 정자, 나무가 푸르렀지.
헛되이 이 시절 지나칠 수 없거니
훈풍은 살랑살랑 옥 술잔에 불어온다네.

平生詩禮無雙俊　　萬里河山一子長[1]
上國衣冠新面目　　故鄉僚友舊心腸
君家華館星辰近　　我屋危亭樹木蒼
不可虛抛此時節　　薰風搖酒汎瑤觴

1 子長: 司馬遷의 字이다.

감회를 써서 고 부사 【수인】에게 부치다
書懷, 寄高副使【壽仁[1]】

나, 그대와 동갑이거니
여든 하고도 여섯의 나이
젊을 때부터 서로 반가운 사이
늘그막이라 둘 다 흰머리 되었네.
혼인을 맺으니 정情 더욱 간절하고
어려운 시절이라 눈물이 하염없이 흐르네.
어느 날에 한 잔의 술로
함께 만곡萬斛의 시름을 씻을까.

與君皆甲子　六十六春秋
少歲各青眼　殘年俱白頭
婚姻情倍切　喪亂淚長流
何日一罇酒　同消萬斛愁

1 壽仁: 高壽仁. 생몰년 미상. 본관은 開城. 성종 조에 校書館, 博士를 지낸 高彦謙의 조부.

안변 부사로 부임하는 박【始行】을 전송하며
送安邊府使朴【始行[1]】赴任

동변東邊의 고을 중에 이곳이 제일이니
수령 고르는 것 모름지기 제일류여야 하네.
이 날에 조정은 추천하는 사람 많았고
당년에 군읍郡邑은 정성政聲이 자자하리.
지초 나게 하는 것 어찌 왕순王珣뿐이랴
아이들은 죽마竹馬 타고 곽급郭伋을 맞이하리라.
그 곳에 남 태수南太守가 남기신 법도 있으리니
훗날 성상의 은총恩寵일랑 더욱 특별하리라.

東邊州府此爲頭　　擇守還須第一流
是日朝廷公論衆　　當年郡邑政聲優
産芝豈獨王方翼[2]　　騎竹應迎郭細侯[3]
厥有前規南太守[4]　　他年恩寵定殊尤

1 始行: 朴始行. 본관 강릉. 아버지는 朴中信. 예종 1년(1469) 秋場試 병과에 급제했다. 관직은 院正을 지냈다.

2 王方翼: 唐나라 王珣이다. 字는 伯玉으로, 형 璵, 동생 瑨과 함께 문학으로 명성이 있었다.《新唐書 王珣傳》

3 騎竹句: 政事에 功績이 있을 것임을 이른다. '郭細侯'는 東漢의 郭伋으로, 세후는 그의 字이다. 곽급이 정사를 잘 한다는 명성이 있었는데, 가는 縣邑마다 노인과 어린이가 서로 손을 잡고 길가에서 맞이했다. 한번은 그가 西河 美稷에 이르렀는데, 아이 수백 명이 저마다 竹馬를 타고 길가에서 맞이하며 절을 했다고 한다.《後漢書 郭伋傳》

4 厥有句: 전임자로 선정을 베푼 南氏 성의 부사를 이른 듯하다.

평택 동헌 시에 차운하다. 서문도 있다

次平澤東軒韻 並序

홍치 계해년(1503, 연산군 9) 내가 경기도 관찰사가 되었고, 안자진安子珍 공도 충청도 관찰사로 나갔다. 도민 중에 글을 올린 이가 있었는데 평택 경계 일대의 땅을 개간하여 경작하고 싶다는 것이었다. 조정에서 조관朝官을 파견하여 양도兩道의 관찰사와 함께 살펴보고 아뢰게 하였다. 이에 신표직愼標直이 실제로 명을 받아 왔는데, 7월 6일이 함께 살펴보는 날이었다. 이르고 보니 읍수邑守가 이미 높은 곳에 장막을 치고 술과 음식을 늘어놓았는데, 멀리 바라보며 마음을 펼칠 만한 참으로 빼어난 곳이었다. 술잔이 몇 차례 돌고 담론이 다투어 일어나 함께 즐기며 돌아가는 것을 잊었다. 돌아오니 객관에는 이미 등촉이 켜져 있었다. 취한 채 잠자리에 들었다가 깨어 일어나 벽에 쓰여 있는 운자를 따라 절구 두 수를 읊조려 한 때 만남의 과정을 적는다. 자진子珍의 이름은 침琛이고 표직標直의 이름은 자건自建이다.

弘治癸亥, 秉善爲京畿觀察使, 安公子珍[1]亦出按忠淸. 道民有上書言者, 願於平澤境, 鑿開其地而耕食之. 朝議遣朝官, 與兩道觀察使同審以啓. 於是愼侯標直[2]實承命以行, 七月初六, 是其同審日也. 至則邑守已憑高帳幕, 杯盤之坐, 可以騁目開懷, 眞勝界也. 酒數行, 談鋒競起, 相與樂而忘歸. 及歸, 客館已燈燭矣. 醉而寢, 醒而起, 步壁上韻,

1 子珍: 安琛의 자. 세종 27년(1445)~중종 10년(1515). 본관 順興. 호 竹窓·竹齊. 부윤 知歸의 아들. 세조 8년(1462) 중형 璿과 함께 생원·진사 양시에 합격하고 대사헌, 호조참판 겸 예문관대제학 등을 역임함.

2 標直: 愼自健의 자. 세종 25년(1443)~중종 22년(1527). 본관 居昌. 예조참의 後甲의 아들. 세조 5년(1459)에 17세로 사마시에 합격한 뒤 지평·한성부판관·강원도관찰사 등을 지냄.

吟得二絶, 記一時聚散之由. 子珍名琛, 標直名自建.

1

고을 민가의 연기, 태평시대를 알리니
구름을 헤치는 농기구로 봄 농사를 시작하네.
집집마다 배 두드리고 현가弦歌를 부르니
해마다 못에서 우는 기러기 보이지 않네.

闔境人煙表太平　　鑿雲耒耟趁春耕
家家鼓腹弦歌[3]裏　　不見年年澤雁鳴

2

물이 빠진 호전湖田은 손바닥처럼 평평하니
여기에 와 함께 살핌은 백성 농사 위함이네.
높은 곳에 올라 보면 마음이 툭 트이는 듯
먼 하늘 울며 가는 기러기, 눈으로 전송하네.

潮落湖田似掌平　　此來同審爲民耕
登高望遠豁胸次　　目送長空鴻雁鳴

3 弦歌: 예법에 맞는 노래이다. 이는 백성들이 禮樂으로 敎化되었음을 뜻한다. 孔子의 제자 子游가 武城의 읍재로 있을 때, 공자가 갔는데 弦歌의 소리가 들렸다고 한다.《論語 陽貨》

마전현에 쓰다
題痲田縣[1]

하늘이 몹시도 청정淸淨하게 만든 이곳에서
몇 가닥 수염만 꼴 뿐, 시詩 이루지 못하네.
까마귀 우는 저물녘, 정신도 피곤한데
주인의 마음, 술상에다 넉넉한 인정까지

一區天作十分淸　　撚斷數莖詩未成
坐到昏鴉神已倦　　主人罇俎復多情

1 痲田縣: 지금의 경기도 연천군이다.

양주 동헌 시에 차운하여 동행하는 제상諸相들에게 보여주다
次楊州東軒韻, 示同行諸相

성을 나서 동으로 가는 첫 번째 고을
전가田家의 사월엔 보리가 익었네.
반평생 신발 신고 머무른 적 있으랴.
여러 날 나란히 말 타고 가는 것, 생각지도 못했네.
참으로 좋아라 바람 부는데 함께 난간에 기댐이
홀로 누대에 올라 고향 그리워할 필요 없으리.
청산에 날 저물고 한 동이의 술 있는데
푸른 나무에서는 또 꾀꼬리 소리 들려오네.

出郭東行第一州　田家四月麥成秋
半生兩屐何曾住　數日連鑣本不謀
正好臨風同倚檻　不須懷土獨登樓
青山日暮一罇酒　碧樹又聞黃栗留

방옹 이[륙] 만시

輓李放翁[陸[1]]

이암李嵒 공의 문아文雅함과 이원李原공의 공훈
다시 가성家聲을 떨친 이로 그대가 있었지.
한유韓逾 같은 문장, 찬란함이 태양 같았고
사마상여司馬相如 같은 사부, 그 기세 구름 위로 솟았네.
네 조정 차례로 섬겨 붉은 마음 빛났고
육부六部를 두루 거치니 흰 머리칼 무성했지.
집무실에서 그대 기다리나 그대 이르지 않더니
가련케도 먼저 북망산에 가다니

杏村儒雅鐵城勳[2]　　復振家聲更有君
吏部文章光照日　　相如[3]詞賦氣淩雲
四朝歷事丹心耿　　六部周行白髮紛
黃閣[4]待君君未至　　可憐先起北邙墳

---

1 陸: 李陸. 세종 20년(1438)~연산군 4년(1498). 본관 固城. 자 放翁. 호 靑坡. 좌의정 原의 손자이며, 사간 墀의 아들이다. 문종 2년(1452) 사마시에 합격. 한성부우윤·예조참판·병조참판 등을 역임하였다. 저서로는 『청파집』, 『靑坡劇談』이 있다.

2 杏村句: 李嵒. 初名 君侅. 충렬왕 23년(1297)~공민왕 13년(1364) 고려시대의 문신. 호는 杏村. 鐵城府院君, 본관은 固城. 찬성사, 좌정승 등을 지냄. 묵죽에 뛰어났고, 예·초서를 잘 썼음.
'鐵城'은 李原. 공민왕 17년(1368)~세종 12년(1430). 고려말 조선초의 문신. 본관은 固城. 자는 次山, 호는 容軒. 守門下侍中 嵒의 손자이며, 밀직부사 岡의 아들이다. 鄭夢周의 문인이다. 1385년 문과에 급제하였다. 司僕寺丞을 거쳐 예조좌랑과 병조정랑 등을 역임하였다. 태종 1년(1401)에 君에 봉작됨.

3 相如: 司馬相如. 前漢의 문인으로, 부에 뛰어났다.

4 黃閣: 정승이 집무하는 청사를 이른다. 漢나라 때 승상의 청사 문을 황색으로 칠하여 궁궐과 구분하였다.

평사 이희강【長坤】에게 주다

贈李評事希剛[1]【長坤】

한 해도 저물 무렵, 구불구불 먼 길 가며
생각건대, 벌써 변새의 성城에 다다랐겠지.
온성穩城의 통판通判, 사람이 괜찮으니
장막 안에서 나그네 정을 논할 만 하리.

歲晏脩途迤逶行　　計程應已到邊城
穩城通判爲人可　　帳裏堪論客裏情

1 希剛: 李長坤의 자. 성종 5년(1474)~중종 14년(1519). 본관 碧珍. 호 鶴皐·琴軒·琴齋·寓灣. 金宏弼의 문하에서 수학하고 연산군 7년(1502) 알성문과에 을과로 급제. 중종 13년(1518) 대사헌을 거쳐 이조판서, 元子輔養官등을 지냄. 저서로 『금헌집』이 있다.

연안 옛 은거지로 돌아가는 참교 최【린】을 전송하며
送崔參校【璘[1]】歸延安舊隱

노년의 쇠락함 물리치기 어렵고
병들어 초췌함은 금할 수가 없네.
성균관에서 그대 처음 만났고
승문원에서 또 마음을 알았지.
늘그막에 가까운 곳에서 살며
남은 생애 의지하는 마음 깊어
맑은 술동이 달빛 어릴 때면
지팡이 집고서 얼마나 찾았던가.
돌아가는 배, 눈에서 멀어지며
팔월의 장풍長風 따라 가네.
기러기 너머로 아득한 가을 하늘
갈매기 주위에는 아득한 물결
거문고에 대피리 가지고서
술이며 시통詩筒을 실었거니
취한 눈은 한창 어릿어릿한데
고향은 아득한 안개 속에 있을 뿐
연안延安은 예부터 이름난 고을
관우關右 땅에서도 가장 이름이 났지.
북악北岳 산에는 개인 날 봉황이 날고
비 올 때면 남지南池에는 용이 눕겠지.

1 璘: 崔璘. 字는 應玉, 본관은 海州. 세조 6년(1460) 平壤別試에 합격하고 이후 校理를 지냄.

밭에는 언제나 곡식이 여물어가고
해산물 풍성해 소반 빌 때 없으리니
즐거운 곳으로 그대 돌아가
호산湖山의 주인이 되는구려.

衰颯老難却　　支離病不禁
芹宮[2]初識面　　槐院[3]又知心
晩歲卜居近　　殘生託契深
淸罇仍月色　　杖屨幾回尋
歸舟一帆遠　　八月駕長風
雁外秋無際　　鷗邊水不窮
携琴兼笛竹　　載酒與詩筒
醉眼正凌亂　　家山杳靄中
鹽州[4]古名府　　關右此稱雄
北岳晴飛鳳　　南池雨臥龍
田疇常穀熟　　魚蟹不盤空
樂土君歸去　　湖山作主翁

2 芹宮: 성균관을 이른다.
3 槐院: 承文院을 이른다.
4 鹽州: 황해도 延安이다.

감회에 젖어
感懷

한 번 귀양 온 뒤로
고개 돌리니 집은 보이지 않네.
경성엔 봄날 벌써 저물어
물 따라 흘러가는 낙화도 많겠지.

一自長沙[1]去　　回頭不見家
長安春已暮　　隨水落花多

---

1 長沙: 中國 湖南省의 州都. 賈誼가 周勃 등 당시 고관들의 시기로 長沙王의 太傅로 좌천된 적이 있다. 이후 유배지를 가리키는 말로 쓰였다.

흐렸다 개였다 하는 날씨에 느낀 바가 있어
感陰晴

변방의 성 조그만 집도 의지할 만하니
앉은 채 띠 집 처마 마주하니 저녁 안개가 자욱
비바람 내리려 할 때 구름 흐릿하더니
강가의 하늘 잠깐 사이에 햇살이 비치네.
인간세상 절로 이랬다 저랬다 하는 일 많거니
세상사 수고로이 시비를 물을 필요 없으리.
흥하고 쇠하는 것, 천명에 순응해야 하거니
천공의 조화에는 신기神機가 있다네.

邊城小屋亦堪依　　坐對茅簷到夕霏
風雨移時雲漠漠　　江天小頃日暉暉
人間也自多飜覆　　世事無勞問是非
得失榮枯要順受　　天工造物有神機

달을 마주하며
對月

두만강 머리에 머리 허연 노인네
한밤중 달 환할 때에 밖에 나와 앉았네.
달은 비록 말하지 않으나 응당 나를 알리니
내 집은 본래 하늘 남쪽 고개나무 동쪽에 있다네.

頭滿江頭頭白翁　　中宵露坐月明中
月雖不語應知我　　家本天南嶺樹東

괜스레 짓다
謾成

동쪽 창, 일찌감치 환히 밝아올 때
홀로 일어나 희미한 가운데 앉았네.
아침나절 비 내려 땅 축축하고
날 개어 저물녘 햇살 비치네.
담장 위에는 닭이 울어대고
처마 끝의 제비는 날아오르네.
스스로 석 잔의 술 마시고는
오롯한 취기에 세상 시비를 잊네.

東牕生白蚤　　獨起坐熹微
地濕終朝雨　　天晴向晩暉
墻頭雞喔喔　　簷額燕飛飛
自酌三杯酒　　陶然忘是非

영안도 관찰사로 부임하는 고양 신공[준]을 전송하다
送高陽申公[浚[1]]赴永安道觀察使

1

시대에 어진 인재 모자라지 않으니
고양高陽의 노인네와 매우 비슷하네.
청허함은 군자의 그릇
관후함은 고인의 풍모
검은 머리는 청년의 모습
붉은 마음은 성상을 향한 충심
동북쪽 바닷가의 지방을 안정시키리니
조정의 의론 명공明公에게 있으리.
풍패豊沛에는 아직도 구름 기운 서려있고
기산岐山과 빈豳 땅에는 봄풀 다시 돋네.
산천山川에서 절월節鉞을 가지며
능묘陵墓의 정신에 예를 다하리.
하늘에 닿을 듯 한 마천령磨天嶺
바닷가에는 점점의 여러 성城
은혜도 베풀고 위엄도 가져야 할 것이니
물 건너에 짐승의 마음 가진 이들이 있다네.

代不乏良佐　　高陽甚類翁[2]

---

1 浚: 申浚. 세종 26년(1444)~중종 4년(1509). 본관 高靈. 자 彦施. 호 懶軒. 아버지는 叔舟. 성종 1년(1470) 별시문과에 장원하였으며 승지·좌승지를 거쳐 대사헌, 좌찬성 등을 지냈음.

2 高陽句: 태평시대를 이른다. 沛公이 군사를 이끌고 陳留를 지나갈 때 酈生이 찾아와 만나려했으나 儒人을 만날 시간이 없다고 하며 거절하자 "나는 고양의 술꾼이지

淸虛君子器　　寬厚古人風
黑髮靑年相　　丹心白日忠
澄淸東北海　　朝論屬明公
豐沛[3]雲猶氣　　岐豳[4]草復春
山川持節鉞　　陵墓禮精神
大嶺磨天腹　　諸城點海濱
恩威應兩立　　隔水獸心人

2

기억하노니 예전 어려웠던 때에
외람되이 병마평사가 되었지.
의관 차림 하고 있다가 무장武將의 차림 하였고
글씨 쓰던 손으로 날카로운 칼을 잡았지.
격렬한 싸움에 천지는 온통 붉었고
광기서린 분위기에 해와 달도 누런 빛이었지.
길가에 큰 나무 남아 있으니
그대 떠난 뒤 칭송이 자자하리라.

憶昔艱虞際　　叨曾幕府郞[5]
衣冠穿甲冑　　鉛槧化鋒鋩

儒人이 아니다." 하였다. 여기서는 태평성대에 인재가 넉넉해 훌륭한 사람이 술을 마시며 세월을 보낸다는 뜻이다.

3 豐沛: 漢 高帝의 고향인 秦 沛縣의 豐邑으로, 지금의 江蘇省 徐州市 豐縣이다. 신준이 부임하는 영안도가 조선 祖宗이 왕업을 일으킨 곳이므로 이 말을 쓴 것이다.

4 岐豳: '기'는 岐山으로, 중국 陝西省에 있는 산이다. 周나라 古公亶父가 이 산 남쪽에 옮겨 와서 周室의 본거지로 삼았다. '빈'은 周의 祖先인 公劉가 周人들을 이끌고 옮겨와 산 곳이다.

5 憶昔~府郞: 李施愛의 難에 참전했던 일을 회고한 듯하다. 세조 13년(1467) 5월 이시애의 난이 일어나자 홍귀달은 함경도 절도사 許琮의 천거로 兵馬評事가 되었으며 9월에는 軍功으로 정랑이 되었다.

血戰乾坤赤　　狂氛日月黃
道傍留大樹　　公去作甘棠[6]

6 作甘棠: 善政을 베풀어 백성들이 그 덕을 추모한다는 뜻이다. 『詩經』「召南·甘棠」에 "울창한 저 감당나무 가지, 베지 말고 자르지 말라. 소백께서 쉬시던 곳이니. [蔽芾甘棠, 勿翦勿伐, 召伯所茇.]"라는 내용이 있다. 이 시는 훌륭한 政事를 편 召公의 덕을 추모하여 부른 것이다.

왕명을 받들어 영남에 가는 좌랑 정자건을 전송하고, 아울러 가형의 안부를 묻다

送鄭佐郎子健[1]奉使嶺南, 兼候家兄起居

그대로 인해 또 고향 생각 일어나니
나의 집은 함창咸昌 서쪽 물가에 있다네.
옛 동산 봄도 다해 당체 꽃 떨어질 때
봄날 한 그루 늙은 나무에 남풍南風 불어오리.

因君又起思鄉思　　家在咸寧西水濱
故苑春殘唐棣落　　南風吹老一株春

1 子健: 鄭錫堅의 자. ?~연산군 6년(1500). 본관 海州. 성종 5년(1474) 式年試 급제. 아버지는 鄭由恭. 吏曹參判을 역임.

횡성 좌소헌에서
橫城坐嘯軒

말 머리를 동쪽으로 들판을 달려서는
농부를 재촉하여 농사일을 권하네.
올해엔 남쪽 밭에 수확이 많으리니
어젯밤 넉넉한 비, 우리 공전公田에 내렸다네.

原隰驅馳馬首東　　催呼田畯勸農功
今年南畝知多稼　　昨夜祁祁雨我公

김사렴에게 주다

贈金士廉

1

쌍벽루 서쪽에 봄물이 생겨나고
징심헌 바깥에 대숲 바람이 맑네.
거듭 옛 고을에 이르러 남긴 사랑 많거니
남쪽 고을 중에 첫째가는 이름을 얻었네.

雙碧樓[1]西春水生　　澄心軒[2]外竹風淸
重臨古郡多遺愛　　贏得南州第一名

2

십년동안 말을 타고 진세를 달렸거니
의기意氣 통하는 이는 그대와 계온季昷 뿐
근래에는 남에도 북에도 알아주는 이 적으니
달 밝은 때에 다시 고요히 난간에 기대네.

十年鞍馬走塵喧　　意氣唯君與季昷[3]
南北邇來知我少　　月明時復靜憑軒

3

지난 해 만나는 일 뜻과 같지 않더니

---

1 雙碧樓: 慶尙道 梁山郡에 있는 누대로 澄心軒 남쪽에 있다. 누대 아래에 물과 대나무가 서로 비치므로 '쌍벽'이라 한 것이다.《新增東國輿地勝覽 卷22 慶尙道 梁山郡》

2 澄心軒: 慶尙道 梁山郡 객관 서쪽에 있다.

3 季昷: 김종직의 字.

올해엔 그리운 마음에 배나 마음 상하네.
몽혼夢魂은 시내며 산 아랑곳하지 않고
양산梁山 가장 높은 봉우리를 지나 날아가네.

去歲相逢不如意　　今年相憶倍傷心
夢魂不被溪山礙　　飛度梁山最上岑

차운하여 성광자에게 주다

次贈醒狂子[1]

벼슬에 속박되어 귀전歸田에 게으르니
종남산에 살면서 몇 년을 허비했나.
산림이라야 참된 은일隱逸인 것 아니니
도리어 성시城市에도 신선이 있다네.
인가 연기 너머 구불구불한 땅에 조그만 정자
저물녘 험준한 산길 가 먼 하늘 보며 조네.
산마을 저녁에 마실 술 없지 않거니
내일 아침이면 옥을 차고 또 조회하러 간다네.

簪紳縛我懶歸田	卜築終南費幾年
未必山林眞隱逸	却於城市有神仙
小亭地廻人煙外	晩睡天長鳥道邊
山夕未應無我飮	明朝環佩又朝天

1 醒狂子: 李深源. 단종 2년(1454)~연산군 10년(1504). 본관 全州. 자 伯淵. 호 醒狂·默齋·太平眞逸. 효령대군의 증손이며 枰城君 偉의 아들이다. 성종 9년(1478) 朱溪副正에 제수, 1487년 宗親科試講經史에서 장원급제하여 正義大夫에 제수되었음. 저서로 『성광유고』가 있다.

한가로이 있으면서 붓 가는 대로 쓰다
閒居卽事

그윽한 집 찾아오는 거마도 드물고
산 빛만 나의 집 안에 가득하네.
눈을 떠 책 보는 일에 게으르고
더부룩한 머리털 게을러 빗질조차 않네.
솔바람 가을이라 휙휙 불어오고
오동에 내리는 비는 저물녘에 뚝뚝
술 있지만 마시지 못하고
그대 그립지만 마음만 가득할 뿐

幽居車馬少　　山色滿吾廬
眼膜慵開卷　　頭鬆懶不梳
松風秋颯颯　　桐雨晩疏疏
有酒不成酌　　思君意有餘

응교 권지경【柱】을 전송하며

送權應敎支卿[1]【柱】

바람 부는 아득한 동쪽바다, 배를 타고 가나니
봄 깊은 남포南浦에 이별의 노래 일렁이네.
슬프게도 백발노인 누워 산수화만 볼 뿐이니
쇠하고 병든 몸으로 흩날리는 꽃 마주할 수 있을런지.

東溟風闊引星槎[2]　　南浦[3]春深動別歌
惆悵臥遊[4]今白髮　　可堪衰病對飛花

---

1 支卿: 權柱의 자. 세조 3년(1457)~연산군 11년(1505). 본관 安東. 호 花山. 성종 11년(1480) 親試文科에 갑과로 급제하여 홍문관직제학지제교 겸 경연시강관 등을 역임. 甲子士禍가 일어나자 평해로 유배되고 이듬해 교살됨. 저서로 『花山遺稿』가 있다.

2 東溟句: 권주가 성종 24년(1493) 對馬島에 敬差官으로 간 일이 있는데, 당시 길을 떠날 때 준 시인 듯하다.

3 南浦: 평안남도 남서부에 있는 항구이다.

4 臥遊: 山水畫를 감상함으로써 遊覽을 대신하는 것이다.

한가로이 있으면서 붓 가는 대로 써서 이형중에게 부치고 화답을 구하다
閒中卽事, 寄李衡仲求和

세월 흘러 또 동지冬至가 되니
천심天心이 만물을 내는 처음
미약한 양기 고요함이 마땅하니
한가한 나그네 절로 여유롭네.
낮에는 문에 찾아오는 이 없고
밤 등불아래 책상에 책이 있네.
술 거르는 소리 똑똑 들리고
화로의 재를 불어 불씨 살리게 하네.
허연 정수리 빗으니 대머리 다 되었고
언 수염은 거울 속에 듬성듬성
강호江湖는 꿈속에나 있을 뿐
경성京城에서 허랑되이 세월만 보내네.
병든 몸, 건강할 방법이 없고
근심스런 마음 펼치기 쉽지 않네.
그대 생각하다 바라보니 가까운 곳
서로 바라보는 그 마음이 어떠한가.

歲序又冬至　　天心生物初
微陽宜靜寂　　閒客自虛徐
晝日門無客　　宵燈案有書
酒糟聽點滴　　爐炭教吹嘘
雪頂梳來禿　　氷髭鏡裏疏
江湖空夢寐　　京國謾居諸

病骨無由健　　　愁腸未易攄
思君看咫尺　　　相望意何如

괴산 군수로 부임하는 김의동을 전송하며
送槐山郡守金侯義童赴任

괴산은 명군으로 이름난 곳이라
태수가 청반淸班에서 나가네.
땅 오래되고 풍경도 오래된 곳
한가을이라 풀과 나무는 아롱진 빛
곳곳마다 기름진 전지田地가 있어
백성들 농사에 어려움 없고
마을에는 부역이 관대하며
관부에는 한가함이 가득하지.
복자천宓子賤처럼 훌륭한 교화 이룰 것이고
구양수歐陽修처럼 흥겹게 백성과 어울리겠지.
사방 산에선 상쾌한 기운 전해오고
두 줄기의 물은 졸졸 흘러오며
외로운 학은 언제나 짝을 찾고
두 마리 오리는 초하룻날에 돌아오겠지.
육년의 넉넉한 정치 알려지면
어느 날 성상의 조서 내리리니
때마침 보겠지 패옥소리 짤랑이며
기쁜 표정으로 엄숙한 얼굴 뵙는 것을

槐山號名郡　　太守出淸班
地古風煙老　　秋高草木斑
土有田疇沃　　民無稼穡艱
閭閻寬賦役　　官府足淸閒
單父弦歌裏[1]　　滁州醉睡間[2]

四山輸爽塏　　兩水送潺湲
隻鶴尋常伴　　雙鳧月朔還[3]
六年優政報　　一日寵章頒
會見鏘環佩　　欣承肅穆顔

---

1 單父句: 김의동이 고을을 덕화하리라는 뜻이다. 춘추시대 魯나라 사람 宓子賤은 공자의 제자인데, 單父의 수령이 되어 거문고를 타면서 관아의 堂 아래로 내려가지 않고도 고을을 잘 다스렸다.《呂氏春秋 開春論》

2 滁州句: 김의동이 백성과 즐거움을 함께 하며 풍류를 즐기리라는 뜻이다. 宋나라 歐陽脩가 滁州知事로 있을 때 醉翁亭에서 백성들과 함께 宴飮을 하였다.

3 雙鳧句: 後漢 때 仙人 王喬가 葉縣 令으로 있었는데 朔望 때마다 수레나 말도 타지 않은 채 조정에 오곤 했다. 이상하게 여겨 엿보게 하니, 그가 올 무렵 두 마리 집오리가 동남쪽에서 날아오므로 그물을 쳐서 잡고 보니, 신 한 짝이 들어 있었다고 한다.《後漢書 方術 王喬 조항》

더위에 괴로움을 탄식하며 권숙강과 안자진 두 벗에게 부치다
苦炎嘆. 寄權叔强[1]·安子珍[2]兩友

유월의 더위는 괴로운 법인데
올해는 갑절이나 푹푹 찌네.
산속의 아침, 가랑비와 안개 가득하더니
한낮엔 불 구름이 피어오르네.
새벽녘 여귀 있는 물가에서 목욕을 하고
종일토록 띠집 정자에 올라있으니
-원문 빠짐- 담장은 짧디 짧고
해를 가리는 나무는 층층이 있네.
잠이 오면 책을 베개 삼고
피곤하면 오피궤烏皮几에 기대네.
배고파도 더운 밥 사양하고
갈증 나면 언제나 맑은 얼음 달라하네.
도리어 스스로 마음 취한 듯하니
술 많이 마시지 않으려네.
얄미운 것은 방석에 기어오는 개미
옷에 붙는 파리 더욱 싫어라.
띠가 있지만 허리에 묶기 어렵고

---

1 叔强: 權健의 자. 세조 4년(1458)~연산군 7년(1501). 본관 안동. 아버지는 우의정 擥이며, 중종의 열한 번째 아들인 全城君邊의 장인. 1476년 별시문과에 을과로 급제. 대사헌·한성부좌윤·호조참판 등을 지냈다. 저서로는 『權忠敏公集』이 있다.

2 子珍: 安琛의 자. 세종 27년(1445)~중종 10년(1515). 본관 順興. 자 子珍. 호 竹窓·竹齊. 부윤 知歸의 아들이다. 1466년 高城別試文科에 2등으로 급제. 부제학·동부승지·우승지를 역임.

관 쓰지 않으니 정수리 무너지는 듯
눈 어두우니 소경될까 걱정스럽고
머리 가려우니 비로소 스님 부러워하네.
처자妻子와 말 나누는 것도 귀찮아하고
찾아오는 벗도 거절하네.
등불을 등지고 때로 밤에 누워 있다가
달 보려 한밤중에 일어나기도 하네.
홀로 서니 하늘과 땅 깨끗하고
늦은 밤하늘 이슬은 맑기도 해라.
이때에 몇 사람 그리워하는데
가로막은 산은 험준하기만 하네.

六月煩炎燠　　今年倍鬱蒸
山朝濛霧塞　　天午火雲昇
蓼水侵晨浴　　茅亭盡日登
障□垣短短,　　礙日樹層層
黃卷眠來枕　　烏皮[3]困則憑
飢猶辭熱飯　　渴每喚淸氷
却自心如醉　　休敎酒似澠
生憎緣席蟻　　尤忌點衣蠅
有帶腰難束　　無冠頂欲崩
目昏仍悶瞍　　頭癢始憐僧
與語辭妻子　　來尋絶友朋
背燈時夜臥　　看月或宵興
獨立乾坤淨　　三更沆瀣澄
此時懷數子　　岳色倚崚嶒

3 烏皮: 검은 염소 가죽을 깐 隱几이다.

나주로 부임하는 박 목사를 전송하다
送朴牧使赴任羅州

조정에서 선발한 보배로운 이
번화한 바닷가 고을로 가네.
해마다 어염魚鹽의 수입 많고
가을이면 곡식도 넉넉히 거두는 곳
문서는 책상에 쌓여있고
손님들 주루酒樓에 가득하니
담소하며 한가로이 맞이하며
결재하는 것 어찌 뒤로 미루리.
마을에는 많은 일 없고
뽕나무며 삼도 절로 한 구역을 이루겠지.
사람들 예를 지키며 겸양할 줄 아니
그 누가 근심을 마음에 품고 있으랴.
절로 크나큰 명성 자자하여
응당 넉넉한 성상의 은총 있으리.

珍重朝中選　　繁華海上州
魚鹽多歲入　　秔稻富秋收
簿領堆書案　　賓朋滿酒樓
笑談閒應接　　裁決肯遲留
田里無多事　　桑麻自一區
俗知興禮讓　　人孰抱幽憂
自有聲名大　　還應寵渥優

벗의 방문에 감사하다
謝友人枉訪

내 집에 찾아오는 이 없어
푸른 남산 아래 흰머리로 편히 누웠네.
어느 누가 호접몽胡蝶夢을 깨우나
좋은 벗 아름다운 옥 짤랑이며 왔네.
진번陳蕃의 탑 위에 서자徐子처럼 편히 앉게 하고
두보杜甫의 소반엔 수정염水精鹽 내어 놓았네.
취향의 도도한 흥취 물아가 따로 없거니
필경 어느 누가 시시비비 따지랴.
한바탕 웃고 길이 읍하며 제 갈 길로 가니
사람 없는 빈 방엔 다시 적막함만이

廷尉門無車馬跡[1]　　白頭倒臥南山綠
何人喚夢驚周蝶[2]　　柳州瓊琚戛蒼玉[3]
陳蕃榻上安徐子[4]　　杜陵盤中水晶耳[5]

---

1 廷尉句: 영락한 이의 집에 찾아오는 이가 없음을 이른다. 廷尉는 한나라 때 정위를 지낸 翟公을 가리키는데, 적공이 정위로 있을 때에는 문에 손님이 많았으나 관직을 잃자 문 밖에 새그물을 칠 정도로 한산했다고 한다.《史記 卷120 汲鄭列傳》

2 周蝶: 胡蝶夢을 이른다. 莊周가 꿈에 나비가 되어 훨훨 날았는데, 깨어보니 깜짝 놀란 모습의 장주 자신이었으므로, 장주가 꿈에 나비가 된 것인지 나비가 꿈에 장주가 된 것이지 알 수 없었다고 한다.《莊子 齊物論》

3 柳州句: 찾아온 벗에 대한 칭송의 말이다. 韓愈 「祭柳子厚文」에 "옥소리 짤랑이며, 몹시도 많은 아름다운 문장 지었네." [玉佩瓊琚, 大放厥辭.]"라고 하였다.

4 陳蕃句: 상대방에 대한 특별한 대우를 의미한다. 後漢시대 豫章太守 陳蕃이 빈객을 잘 접대하지 않았는데, 徐穉가 방문하면 특별히 한 걸상을 내려 정중히 접대했다고 한다.《後漢書 卷83 周黃徐姜申屠列傳 서치 조항》

5 杜陵句: 수정은 수정염으로, 수정처럼 맑고 하얀 소금을 이른다. 李白 「題東溪公幽居」에 "손이 오면 머물러 취하게 할 줄만 아는데, 소반에는 다만 수정염만 있었

醉鄕陶陶物我無　　竟誰非非復是是
一笑長揖各南北　　虛室無人返寂寞

네. [杜陵賢人淸且廉, 東溪卜築歲將淹. …… 客到但知留一醉, 盤中秖有水精鹽.]" 라고 하였다.

첨정 김【훈】 만시

輓金僉正【薰[1]】

장藏이나 곡穀이나 양 잃은 건 마찬가지
인간의 삶이라는 것이 한 바탕 꿈이지.
백면서생 유학을 하며 공자孔子와 맹자孟子 스승 삼고
홍진 세상에 관리되어 공수龔遂와 황패黃覇를 배웠네.
반세동안 부침하며 내 지금 늙었거니
여러 해 앓던 그대도 저 세상에 가는구려.
그래도 기쁜 것은 그대 가문 성대하여
집안에 우수한 자제들 많은 것이지.

看來藏穀兩亡羊[2]　萬事人間夢一場
白面業儒師孔孟　紅塵作吏學龔黃[3]
浮沈半世吾今老　疾病多年子亦亡
尙喜君家門戶大　庭前玉樹[4]正年芳

---

1 薰: 金薰. 대사헌·이조참판을 지낸 十清軒(별호는 知非翁) 金世弼(성종 4, 1473~중종 28, 1533)의 부친. 본관은 경주이며, 부인은 宋翯의 딸. 생애가 자세하지 않음.

2 藏穀兩亡羊: 좋아하는 바를 따르다가 자기의 일을 버린다는 뜻으로, 외물을 좇다가 자연스런 본성을 해친다는 의미. 여기서는 어떤 일을 하든 결국 죽음에 이르기 마련이라는 뜻이다. 臧과 穀이 함께 염소를 치다가 모두 염소를 잃었는데, "무슨 일을 하다가 염소를 잃었느냐"? 묻자, 장은 "글을 읽었다." 하고, 곡은 "장기를 두고 놀았다." 대답했다. 장자는 "두 사람이 한 일은 같지 않았지만 염소를 잃기는 마찬가지다." 하였다.《莊子 騈拇》

3 龔黃: 漢나라 때 훌륭한 지방관 龔遂와 黃覇이다.

4 玉樹: 玉樹瓊枝의 준말로, 훌륭한 자제를 이른다.

장수 현감 이희맹에게 주다

贈長水縣監李希孟[1]

장수 땅 현감으로 가는 그대를 전송하노니
고을 부근에는 좋은 산도 많다네.
백성들 자상하게 보살펴야 하나니
부모님 뵈러 오고 가는 길 좋으리.
인仁은 말라붙은 것도 소생하게 하고
효孝는 완악한 무리도 감화시키네.
송사訟事 들어 송사 없는 데 이르게 하고
어려운 일 있거든 어려운 일 없애야 하지.
책상 위엔 문서가 드물고
마을엔 거문고 타고 글 읽는 소리 가득하리.
관청 누각에서 시 처음 지을 때
풍헌 위엔 굽은 모양의 달 떠 있으리니
처음엔 비록 특이한 것 없더라도
필경에는 넉넉한 한가로움 있으리.
세월따라 좋은 벗들 생각하고
하늘가의 궁궐을 그리워하겠지.
훗날 은혜스런 명命에 응해
가벼운 걸음으로 숭반崇班에 들어가리.

送君宰長水　　旁縣多好山
田里要安撫　　庭闈任往還

1 李希孟: 생몰년 미상. 본관 古阜. 자 白淳. 호 益齋. 從根의 아들. 성종 23년(1492) 별시문과에 장원급제하였다. 홍문관수찬·성균관대사성·이조참의 등을 지냈다.

仁應蘇久枯　　孝以化群頑
聽訟歸無訟　　思艱則去艱
簿書稀案上　　弦誦鬧民間
琴閣[2]詩初占　　風軒月正彎
初雖無甚異　　竟得有餘閒
日月懷三益　　雲霄憶九關
他年膺寵命　　飛步入崇班

2 琴閣: 수령이 정사하는 곳이다. 춘추시대 魯나라 사람 宓子賤은 공자의 제자인데, 單父의 수령이 되어 거문고를 타면서 관아의 堂 아래로 내려가지 않고도 고을을 잘 다스렸다.《呂氏春秋 開春論》

칠휴 상공께서 찾아주심에 감사하다

謝七休[1]相公枉訪

가마가 골목을 찾아주시니
신 신고 나가 문에서 맞이했네.
땅바닥 자리에다 하늘 휘장
산은 병풍처럼 둘러있고 나무는 울타리 되네.
마음을 열어 정겨운 얼굴로
바싹 다가앉아 청론을 시작하네.
해 기울어 푸른 적삼에 주름 생기고
바람은 반짝이는 푸른 잎에 부네.
드높은 생각 멀리 나는 새를 따르고
먼 곳의 태양 아득한 마을에 지네.
북궐에는 용이 오르는 기운이 있고
남산은 호랑이가 걸터앉은 모습
흰 머리의 두 사람 서로 바라보며
의기意氣일랑 외로운 술잔에 두었네.
앞뒤의 중승中丞이 나란히 앉아
교유하며 고의를 돈독히 하네.
마음을 아는 이 만나기 어렵거니
손잡고 요란스레 웃으며 이야기 하네.
나, 취하여 만류하는 걸 잊었는데

---

1 七休: 孫舜孝. 세종 9년(1427)~연산군 3년(1497). 본관 平海. 자 敬甫. 호 勿齋·七休居士. 아버지는 군수 密. 단종 1년(1453) 증광문과에 을과로, 세조 3년(1457)에는 문과중시에 정과로 급제. 공조판서·대사헌·한성부판윤·병조판서 등을 역임. 撰書로는 『食療撰要』가 있다.

그대 문득 견여肩輿에 올라 돌아갔네.
어찌 감당할까, 외로운 그림자 끌고
외로이 소나무에 기대어서는 이 마음을

肩輿來過巷　　踵履出迎門
地座天爲幄　　山屛樹作樊
披襟開舊面　　促席發淸論
日落青衫皺　　風來綠葉飜
高懷隨去鳥　　遠日落遙村
北闕登龍氣　　南山勢虎蹲
形容看兩鬢　　意氣置孤罇
前後中丞倂　　遊從古義敦
知心遭遇罕　　握手笑談喧
我醉忘投轄[2]　　君歸忽上軒
那堪携隻影　　孑立倚松根

2 投轄: 손님을 가지 못하게 만류한다는 뜻이다. 漢나라 때 陳遵이 손님을 불러 술을 마실 때마다, 손님들 수레 굴대의 비녀장을 뽑아 우물에 던져 가지 못하게 했다고 한다.

떠나는 유극기에게 주다
贈兪克己[1]行

합천陜川은 참으로 신선 사는 곳이니
관리가 바로 신선이라네.
푸른 산 그림자 아래 한가롭고
흰 물가의 누대樓臺에 기댈 만하네.
외로운 구름은 풍광 좋은 곳에 머무르고
한가한 날이면 고덕高德의 선사를 찾겠지.
발걸음 디디면 모두가 아름다운 곳
남아있는 작품들 모두 몇 편일까.
다스리는 고을, 고향에 가깝나니
봄날이면 원추리 꽃이 뜰에 가득
가마로 흰 머리의 노모 맞이하여
관청의 누각에서 장수長壽토록 모시겠지.
반찬으로는 희디 흰 강의 물고기
섬돌에는 푸르고 푸른 죽순
요지瑤池에는 꽃 떨어지지 않고
서왕모西王母는 술 깨이지 않게 하리라.
늙고 병든 몸 벼슬길에 얽매여
부질없이 강호江湖만 꿈꿀 뿐
그대 남녘으로 가는지라
고향의 앞마을을 생각하네.

---

1 克己: 兪好仁의 자. 세종 27년(1445)~성종 25년(1494). 본관 高靈. 호 林溪·뇌계. 䕀의 아들이며, 金宗直의 문인이다. 성종 5년(1474)에 식년문과에 병과로 급제. 봉상시부봉사·공조좌랑·홍문관교리 등을 지냈다.

동네 어귀엔 비단처럼 펼쳐진 강물
시냇가엔 버들이 문을 가리겠지.
어느 날에 야로野老의 손을 잡고서
마주하며 탁주 한 잔 마실까.

江陽眞洞府[2]　　爲吏卽神仙
拄笏[3]青山影　　憑樓白水邊
孤雲留勝跡　　暇日訪高禪
擧足皆佳境　　留題總幾篇
作郡近桑梓　　萱花春滿庭
板輿迎鶴髮　　琴閣貯龜齡
入饌江魚白　　當階竹筍青
瑤池[4]花未落　　王母[5]莫教醒
老病縛軒冕　　江湖空夢魂
因君去南國　　憶我舊前村
洞口江拖練　　溪頭柳掩門
何時携野老　　相對濁醪罇

---

2 江陽句: '강양'은 지금의 경상남도 합천군이다. '洞府'는 道敎의 용어로, 신선들이 사는 지역을 이른다.

3 拄笏: 관직에 있으면서 맑고 한가한 정취를 즐긴다는 뜻이다. 晉나라 王徽之가 요사이 무슨 일을 보느냐는 桓沖의 질문에, 笏을 턱에 괴고는 "서산에 아침이 오면 맑고 시원한 기운이 돈다." 하였다.《世說新語 簡傲》

4 瑤池: 西王母가 산다는 仙境의 연못이다.

5 王母: 西王母. 옛날 崑崙山에 있던 仙女이다.

정승 허【琮】의 만시

輓許政丞【琮[1]】

지금 시대에 명상名相이 많지만
어느 누가 우리 공公만 하랴.
황하의 근원이 은하수로 이어진 듯
삼각산은 푸른 하늘에 의지해 있는 듯
도량은 천지를 좁게 여기고
심사는 크고 작은 일에 두루 통했네.
장화張華도 오히려 박식하지 않고
관로管輅도 홀로 총명하다 할 수 없지.
삼천 가지나 되는 예악 넉넉하고
백만이나 되는 군대 씩씩하네.
순임금 소韶 음악에 봉황 와서 춤추었고
주 문왕 점을 치니 뛰어난 지략가라 했지.
군신간의 만남, 참된 군주를 만났고
어려운 일에 자신의 몸 돌보지 않았네.
곧고 충성됨 등 위에 새기고
계책은 마음속에 있었네.
전후의 출정에 모두 참여했고
수고로움 처음부터 끝까지 했네.
편안할 때나 위태할 때나 꿋꿋함 잃지 않고

1 琮: 許琮. 세종 16년(1434)~성종 25년(1494). 본관 陽川. 자 宗卿·宗之. 호 尙友堂. 군수 蓀의 아들이며. 세조 3년(1457) 별시문과에 3등으로 급제 대사헌·병조판서·예조판서 등을 역임했으며 여러 차례 北邊의 功을 세움. 문집으로는 『상우당집』이 있다.

출장입상出將入相하며 몸시도 바빴네.
이미 장량張良과 진평陳平의 지모를 바쳤고
위청衛靑과 곽거병霍去病의 공적을 세웠네.
공훈은 종정에 크게 새겨지고
작위는 조정에 드높았네.
천상에서 경륜하심과 부합했고
인간세상 찬사가 한결같았네.
명성은 하늘의 해와 달과 같았고
위덕은 화이華夷를 뒤덮었지.
담박한 성품, 생애는 차가웠지만
기리어 칭찬하시는 성상의 은혜 융성했네.
시국의 근심, 흰 머리칼에 놀랐고
나라 사랑하는 붉은 그 마음 빛났네.
응당 학처럼 천 년을 사셔야 하거니
오총의 거북 나이에 비길 만 했네.
사람들 한창 믿고 의지했는데
천수天數가 갑자기 다 하였네.
하늘에 삼태성三台星 흩어지더니
조정이 하룻밤 사이에 텅 비게 되었네.
조정은 슬픔에 조회를 보지 않으셨고
많은 선비들 서로 만나 눈물만 짓는구나.
병든 옛 서기書記
바람 앞에 서니 가슴이 찢어질 듯하네.

今代多名相　何人似我公
河源連上漢　華岳[2]倚蒼穹
大度乾坤隘　深機巨細通

張華[3]猶不博　管輅[4]未專聰
禮樂三千富　兵戈百萬雄
虞韶儀彩鳳[5]　周卜協非熊[6]
際會逢眞主　艱憂許匪躬
貞忠鐫背上　籌策在胸中
戰伐兼前後[7]　劬勞携始終
安危身兀兀　出入事悤悤
已效良平算　仍收衛霍功
勳庸鍾鼎巨　爵位廟堂崇
天上經綸合　人間慶頌同
聲名懸日月　威德冒華戎
淡泊生涯冷　褒嘉寵渥隆
憂時驚白髮　愛國耿丹衷
鶴壽應千歲　龜齡擬五總[8]
人心方倚賴　天數忽終窮

---

2 華岳: 三角山을 이른다.

3 張華: 晉나라 惠帝 때 光祿大夫를 지냈으며 박학다식하기로 유명했다. 저서로 『博物志』가 있다.

4 管輅: 三國시대 魏나라 術士로, 天文·地理·易占 등에 정통하였다고 한다.

5 虞韶句: 세상이 잘 다스려져 신이한 일이 나타난다는 뜻이다. 『書經』「虞書」·「益稷」에 "소소가 아홉 번 이루어지니 봉황이 와서 춤춘다. [簫韶九成, 鳳凰來儀.]" 하였다.

6 周卜句: 강태공 같은 뛰어난 지략가라는 뜻이다. '非熊'은 姜太公의 代稱으로, 허종이 임금에게 강태공 같은 존재였음을 뜻한다. 周文王이 사냥을 나가려고 점을 치자 점사에 "곰도 아니요 큰곰도 아니다. …… 얻을 것은 霸王을 도울 자이다." 하였는데, 渭水 가에서 낚시를 하던 강태공을 만났다고 한다.《六韜 文師》

7 戰伐句: 여러 차례의 출정을 이른다. 세조 6년(1460) 여진족의 침입 때 평안도병마절제사도사로 출정했고, 세조 12년(1466)에는 함길도병마절도사가 되었으나 아버지상을 당해 사직했다가, 1467년 이시애의 난을 계기로 起復되었다. 성종 8년(1477) 10월 建州衛 여진족이 침입하자 평안도순찰사로 파견되었으며, 성종 22년(1491) 兀狄哈가 함길도 방면으로 침입했을 때에는 北征都元帥가 되어 이를 격파하기도 했다.

8 龜齡句: 唐나라 때 5인의 博識한 사람으로, 顔元孫·韋述·賀知章·陸象先·殷踐猷이다.《唐書 殷踐猷傳》

霄漢三台坼　　朝廷一夕空
九重悲不御　　多士泣相逢
抱病舊書記　　臨風欲裂胸

어은을 애도하며 형중에게 부치다. 어은은 이번중李藩仲의 호다

悼漁隱, 寄衡仲[1] 漁隱李藩仲號

음陰이 다하는 세모라 살기殺氣가 엄한데
중천에 솟은 송백, 빈 바위에 거꾸러졌네.
사림詞林의 한없이 애달파 하는 이들
여기에 홍애洪厓가 있어 눈물이 적삼을 적시네.

歲暮窮陰殺氣嚴　　半天松柏倒空巖
詞林無限傷心者　　別有洪厓淚濕衫

1 衡仲: 李封의 자. 세종 23년(1441)~성종 24년(1493). 본관 韓山. 호 蘇隱. 季甸의 아들이며, 좌찬성 坡의 아우이다. 세조 11년(1465) 별시문과에 장원급제. 이듬해 문과중시에 합격하고 1467년 우승지・공조참판・이조참판을 역임하였다.

성종대왕 만시 다른 사람을 대신하여 지었다○을묘년(1495)이다
成宗大王輓詩 代人作○乙卯

동방의 백성들 대운大運을 만났으니
성상께서 건양乾陽에 자리하셨지.
지극한 덕은 지금의 요堯·순舜
심후한 인은 옛날의 우禹·탕湯
너그럽게 포용하심 하늘처럼 넓디넓고
비추기는 태양이 환히 빛나듯
간사한 이들 모두 물리치셨고
어질고 뛰어난 이들 모두 등용하셨네.
산천은 우로雨露에 적셔 있고
초목은 문장文章에 덮여있거니
문물은 온통 교화의 안
화이華夷는 한창 신의信義가 돈독하네.
어느 누군들 먹고 입지 않으랴
온 땅이 모두 농상農桑을 일삼네.
임금께서 하신 일 있었나.
나의 삶 또한 나도 잊었지.
함께 하늘과 땅 같은 은혜를 입었나니
어찌 부모 잃은 듯한 마음 감당하랴.
곡하는 소리 우레소리처럼 크고
눈물은 거침없이 흐르는 물 같네.
흰 머리의 벼슬 높은 늙은이
한 조각 붉은 마음 끝이 없구나.
하늘을 부르며 스스로 말하노니

무슨 일로 내 먼저 죽지 못했나.

東民逢泰運　　上聖御乾陽
至德今堯舜　　深仁古禹湯
含容天廣大　　照耀日輝光
斥去皆邪佞　　登崇盡俊良
山川沾雨露　　草木被文章
民物陶甄內　　華夷信義方
何人不衣食　　遍地是農桑
帝力曾何有　　吾生亦我忘
共荷乾坤惠　　那堪考妣喪
哭成雷殷殷　　淚作水湯湯
白髮三台老　　丹心一寸長
呼天口自語　　何事不先亡

어떤 이가 나물을 보내주심에 사례하다
謝人惠菜

동문의 채마밭 바로 한창의 때
고운 채소 캐었으니 색도 맛도 좋아라.
청빈한 노학사老學士에게 보내어 주시니
서둘러 여종 불러 술잔 씻으라 하네.

東門園圃此其時　　采擷芳鮮色味奇
寄與淸貧老學士　　急呼侍婢洗深巵

유곡 찰방으로 부임하는 배【철보】를 전송하며
送裵察訪【哲輔[1]】赴任幽谷[2]

추위도 가고 고개 위의 구름 솜털 날리는 듯한데
거울 같은 낙수의 물, 가는 그대 비추리.
취한 채 가야산 산 빛 속으로 들어가리니
고향의 꽃과 대나무는 그대 와서 보기를 기다리리라.

嶺雲披絮辟餘寒　　洛水磨銅照去鞍
醉入伽倻山色裏　　故園花竹待來看

1 哲輔: 裵哲輔. 생애가 자세하지 않음. 조선왕조 실록 중종 7년 임신(1512, 정덕 7)의 기록에 그의 醜行을 들어 참판에 합당치 않다고 교체를 요구하는 기사가 보인다.

2 幽谷: 지금의 경북 문경시 일대이다.

동년 상사 권【소】에게 부치다
寄同年權上舍【紹】

헤어지던 그날을 생각하노니
지금 벌써 십년도 더 되었네.
모습은 내 지금 누추하거니
근력筋力일랑 그대 어떠한가.
다행히 남으로 가는 기러기 있는데
북으로 오는 물고기 전혀 없구려.
가을되면 기장밥에 닭 잡으리라 약속했으니
그대 있는 곳으로 돌아가고 싶구려.

憶昔一相別　　如今十載餘
形容吾潦倒　　筋力子何如
幸有南飛雁　　全無北上魚
秋來雞黍[1]約　　吾欲賦歸歟

---

1 雞黍: 손님에게 대접하는 식사이다. 『論語』 「微子」에 "자로를 머물러 자게 하고는 닭을 잡고 기장밥을 지어 먹였다. [止子路宿, 殺雞爲黍而食之.]" 하였다.

신종흡모부인 만시
申從洽母夫人輓

신씨申氏 한씨韓氏의 가세 가장 고귀한데
아름다운 두 집안, 부신符信 맞춘 듯 좋은 인연 맺었네.
백세토록 영원히 함께 늙자 약속했는데
한평생 오래도록 미망인으로 지내셨네.
기량杞梁 아내의 곡하는 소리, 사람들 감동케 했고
맹모孟母의 잦은 이사, 자식을 가르침이 순후했지.
머리카락 잘라 몇 번이나 술을 대접하셨나.
바람결에 쓰는 시, 마음 더욱 상하네.

申韓家世貴無倫　　兩美相符結好因
百歲永爲偕老計　　一生長是未亡人
杞妻善哭令人感[1]　　孟母頻遷教子醇
截髮幾回杯勺飲[2]　　臨風題些倍傷神

---

1 杞妻句: 춘추 시대에 齊나라 대부 杞梁이 莒를 공격하다 戰死했는데, 그의 아내가 슬피 우는 소리에 城이 무너졌다고 한다.

2 截髮句: 晉나라 陶侃이 젊을 때에 몹시 가난했는데, 하루는 范逵가 찾아오자 도간의 어머니가 머리카락을 잘라 시장에 팔아 술과 안주를 사서 대접했다고 한다.《晉書 陶侃傳》

영원군부인 이씨 만시
寧原郡夫人李氏輓

부인은 세족世族에서 태어나
어린 나이에 명문名門에 출가했네.
부덕婦德으로 규문의 위의威儀 엄정하게 했고
음공陰功은 높은 재상의 지위에 오르게 했네.
한 몸에 장수長壽와 복을 가지셨고
눈에 가득한 자손들이 있었지.
아들은 조정에서 아버지의 일을 잇고 있나니
집안의 명성名聲 영원토록 보존되리라.

夫人生世族　　蚤歲配名門
女德閨儀整　　陰功相位尊
一身專壽福　　滿眼又兒孫
幹蠱[1]當朝彥　　家聲永世存

1 幹蠱: 자식이 아버지의 뜻을 이어받아 아버지가 이루지 못한 사업을 완성한다는 뜻이다. 『周易』 蠱卦에 "초육은 아버지의 일을 주관함이니, 자식이 있으면 돌아가신 아버지가 허물이 없게 되리라. [初六, 幹父之蠱, 有子, 考无咎.]" 하였다.

귀양지에서 갓 돌아온 하남군 정효숙에게 주다
贈河南君鄭孝叔[1]初謫還

하남군이 남쪽으로 간 뒤에
편지가 한참이나 없었지.
바깥문은 해 지나도록 닫아 두었고
빈청賓廳은 요즘에야 열었지.
그대 만나 반갑게 손을 잡고서
웃으며 함께 잔을 머금었네.
흠뻑 취해 밤에 다시 돌아가니
그대는 아마도 꿈속에 왔었나 보오.

河南南去後　　音信正寥哉
外戶經年閉　　賓廳近日開
逢君欣執手　　與我笑含杯
大醉夜還別　　疑君夢裏來

---

1 鄭孝叔: 鄭崇祖의 자. 세조 24년(1442)~연산군 9년(1503). 본관 河東. 호 三省齋. 아버지는 영의정 麟趾. 세조 4년(1458) 음보로 通禮門奉禮郎이 되고 이조·공조의 참판을 역임하고, 성종 2년(1471) 佐理功臣 4등으로 河南君에 봉해졌다.

고부로 부임하는 유자청【빈】을 전송하며

送柳侯子淸[1]【濱】赴任古阜

1

주周나라 제도에 동관冬官의 명위名位가 높고
한나라 때 경조京兆에는 일이 -원문 빠짐- 많았네.
이르는 곳마다 훌륭한 솜씨로 정사를 처리하리니
또 남쪽 고을에서 높은 공적을 세우겠지.

周典冬官[2]名位崇　　漢家京兆事□[3]叢
逢場游刃有餘地[4]　　又向南州做上功

2

객사는 서쪽으로 민락정民樂亭에 이어지고
밥 짓는 연기 나는 집들, 별처럼 퍼져 있으리.
응당 알겠네, 태수가 백성과 함께 즐기며
종일토록 현가絃歌 소리 즐기며 취한 채 깨지 않을 것을

客舍西連民樂亭[5]　　萬家煙火布如星

---

1 子淸: 柳濱의 자. ?~중종 4년(1509). 본관 晉州. 선전관 仁濕의 아들. 성종 14년(1483) 식년문과에 병과 급제. 병조참지·이조참의·형조참판 등을 지냈으나 연산군 10년(1504) 갑자사화 때 호남으로 유배되었음.

2 冬官: 工役을 관장하는 工府이다.

3 판독불가자

4 逢場句: 政務에 대해 자유자재로 잘 처리하는 것을 이른다. 庖丁이 文惠君을 위해 소를 잡으니 문혜군이 잘한다고 감탄하였다. 포정이 "소의 마디에는 틈새가 있고 칼날은 두께가 없으니 없는 것으로 있는 것에 들어가면 넓고 넓어서 칼날을 놀릴 수가 있다." 했다.《莊子 養生主》

5 民樂亭: 全羅道 古阜郡에 있는 누정이다.

應知太守與民樂　　　盡日弦歌[6]醉不醒

3

기억하거니 호남 땅 이곳저곳 다닐 때
누대마다 풍류스럽지 않은 곳 없었지.
영주瀛洲의 비, 행장에 젖을 무렵
한 바탕 흠뻑 취해 열흘이나 머물렀지.

憶昔湖南放浪遊　　　樓臺無處不風流
瀛洲雲雨行裝濕　　　一醉陶陶十日留

---

6 弦歌: 禮樂으로 敎化함을 이른다. 춘추시대 魯나라 사람 宓子賤은 공자의 제자인데, 單父의 수령이 되어 거문고를 타면서 관아의 堂 아래로 내려가지 않고도 고을을 잘 다스렸다.《呂氏春秋 開春論》

재숙하며 붓 가는 대로 쓰다
齋宿卽事

새봄의 길일에 정성스런 제사 준비
훌륭한 후손들 효로서 백성을 다스리시네.
태묘太廟의 악기들 지상의 소리 울려대고
영녕전永寧殿에 올리는 희생과 폐백, 천신이 강림하시네.
홀笏을 받들고 바삐 오가는 조정의 인사
잔을 올리는 화락한 사직社稷의 신하
멀리 생각하네, 제기 거두고 수조受俎하는 자리
술동이 앞에 단지 한 –원문 빠짐– 사람 빠져 있음을.

新春吉日講明禋　　聖子神孫孝理民
太廟軒懸鏘地籟　　永寧牲幣降天神[1]
奉璋奔走簪紳彦　　薦斝雍容社稷臣
遙想撤籩仍受俎　　尊前只欠一□[2]人

[원주]

병으로 인해 사당의 신주를 분주히 받들어야 하는 자리에 참여하지 못했다. 그래서 말구에 이렇게 말한 것이다

病不與駿奔之列, 故末句云.

---

1 永寧: 永寧殿으로, 조선시대 왕과 왕비로서 종묘에 모실 수 없는 분의 신위를 모시던 곳이다. 종묘 안에 있는데, 태조의 四代祖와 그 妃, 대가 끊어진 임금 및 그 비를 모셨으며, 1년에 두 번 1월과 7월에 代官을 보내어 제사를 지냈다.

2 판독불가자

정랑 권【류】를 축하하고 아울러 교리【빈】에게 보이다 짧은 서문도 있다
賀權正郎【瑠[1]】, 兼示校理【璸[2]】 竝小序

동향의 족자族子 중에 권씨 형제가 있다. 동생은 전임 이조 정랑이었는데 지금은 홍문관 교리에 배수되었고, 형은 새로 간원에 들어갔다가 본조의 정랑으로 옮겼다. 조정의 공명정대한 선발이 한 집안에 있으니 참으로 훌륭한 일이다. 시를 지어 주다
同鄕族子, 有權氏子伯仲. 仲氏, 前吏曹正郎也, 今拜弘文校理. 伯氏, 新入諫院, 移拜本曹正郎. 朝廷淸選屬一家, ,眞盛事也. 詩以贈之

상소문 처음 붙여 먹물도 마르지 않았는데
성상의 은혜 벌써 이조의 관리로 발탁하셨네.
한 번 오고 한 번 가는 것 어찌 쉬우랴.
동생과 형, 뛰어남 누가 더하다 할 수 없네.
육기陸機와 육운陸雲 형제, 한꺼번에 나란히 천거되었고
소식蘇軾과 소철蘇轍 형제, 당시에 나란히 날개 치며 날아올랐네.
고금의 호걸들 대략 서로 비슷하거니
고을사람에게 이야기하며 자세히 바라보네.

諫疏初封墨未乾　天恩已許擢天官
一來一去何容易　爲弟爲兄良獨難
二陸[3]一時齊鶚薦　兩蘇[4]當日併鵬摶
古今豪傑略相似　說與鄕人仔細看

1 瑠: 權瑠. 자는 季玉, 본관 安東. 성종 14년(1483) 春塘臺試 乙科에 합격. 아버지는 權有順. 典翰을 역임.
2 璸: 權璸. 자는 叔玉, 본관은 安東. 성종 13년(1482) 親試 乙科에 합격. 아버지는 權有順, 형은 權瑠. 典籍을 역임.
3 二陸: 晉나라 때의 문인이었던 陸機·陸雲 형제로, 둘 다 시문에 뛰어나 당시에 명성이 높았다.
4 兩蘇: 宋의 蘇軾·蘇轍 형제이다.

예안에 부임하는 배【계후】를 전송하며

送裵【季厚[1]】赴任禮安

세 주州와 세 현縣을 두루 맡았으니
관리의 능력 그대 만한 이 없네.
소를 잘 잡는 포정庖丁 같은 솜씨
예약의 교화 펼친 자유子游 같은 사람
영남 땅 수많은 육십 고을 가운데
예안의 문물이 가장 보잘 것 없네.
조정에서 그대 보낸 뜻 없지 않나니
잘 가서 백성들에게 더욱 너그럽게 다스리길

歷任三州與三縣　　吏能莫有與君齊
庖丁自是屠牛手　　言偃[2]誰教又割雞
嶺外星羅六十官　　禮安民物最凋殘
朝廷遣子非無意　　好去臨民一倍寬

1 季厚: 裵季厚. 생몰년 미상. 자 直方. 호 慕堂. 贈좌의정 縉의 아들. 성종 5년(1474) 及第하여 성종 9년(1478) 慶州判官을 거쳐, 성종 22년(1491)에 善山都護府使로 부임하였는데 매우 淸廉潔白하였음. 이 고을에서 3년을 연임하였음.

2 言偃: 성이 言 이름이 偃이며 자는 子游로, 공자의 제자다.

전주 부윤으로 부임하는 김대가【선】를 전송하며
送金府尹待價[1]【瑄】赴任全州

김후金侯는 소중한 제기祭器 같은 사람
제 값을 기다린 지 오래였네.
견정堅貞하여 흠이라고는 찾아볼 수 없고
결백한 마음 조금의 티도 없네.
어릴 때부터 이름이 났거니
국량은 큰일을 맡을 만했네.
여러 번 응거했지만 뜻 얻지 못했으니
몇 년 동안 포부를 -원문 빠짐- 했던가.
하늘이 어찌 끝내 재주를 굽히게 하랴.
땅은 오래도록 옥을 묻어두지 않는다네.
과연 어느 날 바람을 타더니
회오리 바람 따라 구만 리를 날았네.
뭇별같은 낭관 가운데 뛰어났고
말만큼 큰 금인金印 차고 군현郡縣을 다스렸네.
작은 정사로 조금 시험하더니
훌륭한 능력 맘껏 펼쳤지.
다스림에 공수龔遂, 황패黃覇와 막상막하
백성들 소신신召信臣과 두시杜詩처럼 부모로 여겼네.
억울한 죄 풀어주며 부모 위로했으니
어찌 그 몸만을 봉양할 뿐이었으리.

---

1 待價: 金瑄 자. 본관 咸昌. 아버지는 金遇賢. 세조 14년(1468) 春塘臺試 병과급제. 知中樞府事를 역임했다.

고과성적 제일이란 말 대궐에 전해져
우뚝이 한 도道의 으뜸가는 고을 맡았네.
봉새가 어찌 끝내 가시나무에서 살리오.
앵무새 높은 버들에서 옮겨갔네.
관리들 우두머리 비었다며
모두 아무개만한 이 없다 했지.
한 달에도 여러 번 승진을 하니
왼쪽에 있는 듯 오른쪽에 있는 듯
고을에선 다시 몹시 기다렸지만
다시 관조官曹에서 데려갔네.
아득한 도가산道家山에
금 같은 형, 옥 같은 아우 있으니
지존께서 온화한 낯빛으로 대하시며
언제나 두터운 사랑 주셨지.
전주는 다스리기 어려운 곳이라 알려졌거니
바로 옛날의 견훤甄萱이 있던 곳
지금까지 풍습이 남아있어
백성들 죄를 짓는 일 많네.
그러므로 조정에서 선발하여
명공明公이 붉은 인끈 차게 되었네.
인심은 명암明暗이 따로 없거니
윗사람에 따라 그 문을 연다네.
덕으로 인도하고 예로서 가지런히 하여
성훈聖訓을 잘 지키기를
팔월이라 성남城南의 길
강바람이 이별의 잔에 불어오네.

가는 이 전송함에 더욱 말 없고
가득한 술잔으로 다시 축수祝壽만 할 뿐
훗날 우리 다시 만나는 곳
누런 머리의 두 노인네 되어 있으리.

金侯瑚璉[2]器　沽哉待價久
堅貞絶瑕玷　潔白無塵垢
聲名自少時　局量合大受
累擧不得志　幾年□[3]抱負
天豈終屈才　地不長埋玖
一日果同風　扶搖萬有九
郎官列宿高　郡縣印如斗
小試割雞刀[4]　快展屠牛手
龔黃[5]伯仲耳　召杜[6]作父母
平反慰親心　豈獨養其口
課最達九重　巍然一道首
鳳豈終棲棘　鸎自遷高柳
庶司闕其長　僉曰莫如某
一月累遷官　在左忽然右
州府復苦徯　還爲官曹取
縹緲道家山　金昆與玉友[7]

2 瑚璉: 瑚와 璉으로, 모두 宗廟의 禮器인데, 나라를 잘 다스릴 인재를 비유한다.
3 판독불가자
4 小試句: 고을의 수령이 되었다는 뜻이다. 공자의 제자 子游가 武城의 邑宰가 되어 禮樂을 가르치니 공자가 가보고 웃으면서, "닭을 잡는데[割鷄] 무엇하러 소 잡는 큰 칼을 쓰느냐?" 하였다. 이는 작은 고을을 다스리면서 나라를 다스리는 禮樂을 쓸 필요가 없다고 농담을 한 것이다.
5 龔黃: 漢나라 때 훌륭한 지방관 龔遂와 黃霸이다.
6 召杜: 前漢의 召信臣과 後漢의 杜詩를 합칭한 말이다. 두 사람이 각각 南陽太守로 재직할 때에 선정을 베풀어 고을 사람들이 두 사람을 존경하여 "전에는 소신신 아버지가 있었고, 나중에는 두시 어머니가 있었다. [前有召父, 後有杜母.]" 하였다.

至尊賜顏色　尋常睿眷厚
完山號難治　昔是甄萱部
至今餘風在　民俗多愆咎
所以簡在庭　明公肘朱綬
人心無明暗　係上開戶牖
道德與齊禮　聖訓公其守
八月城南道　江風吹別酒
送行更無言　滿酌復相壽
他年面目處　會須兩黃耇

7 金昆句: 형제가 다 뛰어남을 이른다. 南朝 梁나라 王銓과 王錫 형제가 효행이 독실하자, 당시에 옥곤금우라 불렀다고 한다.

형조 계축

刑曹契軸

주周나라의 관리, 형법을 내려놓던 때
한漢나라 법 쓸모가 없던 때
꽃 밖으로 봄날은 지나가고
술동이 앞, 해는 더디기만 하네.
제랑諸郞은 모두가 뛰어난 이들
한바탕 취해 온통 옷 적셨네.
화사畵史의 신들린 듯한 붓
어찌 나의 시가 없을 수 있으랴.

周官刑措日[1]　　漢法用無時
花外青春度　　罇前白日遲
諸郎摠豪俊　　一醉盡淋漓
畫史有神筆　　寧能無我詩

1 刑措日: 백성들이 잘 교화되었음을 뜻한다. 형법이 있으나 백성이 죄를 짓지 않아 쓸 필요가 없는 것이다.

오언율시【열 수이다】. 호남 관찰사로 부임하는 김계온을 전송하며

五言律【十首】 奉送金使相季昷[1]按湖南

1

절월節鉞을 처음 받던 날
오동잎 처음 떨어지던 때
성상께서 보내며 말씀 하시고
관리들은 전송의 시를 주네.
한수漢水의 가에 이별의 노래 끝나자
호남 땅으로 쏜 살 같은 말 달려가리.
백성들 몹시도 기다릴 터이니
말 걸음 더디게 하지 마시길

節鉞初分日　　梧桐始落時
冕旒臨遣語　　冠蓋贈行詩
漢上驪駒闋　　湖南弩騎馳
懸知人望苦　　莫遣馬行遲

2

다스리기 어려운 곳 후백제 땅이라 했었거니
전해오는 풍속은 견훤甄萱에서 시작되었지.
땅 넓어 농사일에 힘쓰고
백성들 많아 송사訟事가 빈번하네.
변방 고을에서는 자주 변고를 알리고

1 季昷: 김종직. 성종 18년(1487) 5월(공의 나이 57세)에 전라도관찰사 겸 순찰사 전주부윤으로 부임하였음.

조졸漕卒들은 문득 원망을 말하네.
묻노니 그대 어떻게 할 것인가
방촌方寸의 마음 보존하리라 하네.

難治稱後濟　　流俗自甄萱
地廣農桑務　　人稠獄訟繁
邊郡頻報變　　漕卒輒申冤
借問君何以　　自言方寸存

3
이 백성들은 바로 삼대三代의 백성들이니
가없는 은택 입음은 이 마음과 같네.
이끌고 도와 퇴락한 이들 나아가게 할 만하고
만회하여 지금을 옛날처럼 만들 수 있으리.
모름지기 시서詩書를 부지런히 하고
간악奸惡한 이들 막아야 하나니
세속世俗을 바로잡음 물 흐르듯 하여
어느 곳이든 맡은 대로 인도하기를

斯民卽三代　　吹萬同此心
誘掖頹堪進　　挽回古可今
詩書須勸勉　　姦慝要防禁
矯世如行水　　東西導所任

4
백성을 근심하여 팔을 걷어붙이고
임금님 그리워 허리의 살 빠졌네.
재상宰相의 자리 지금 비어있으니

염매鹽梅와 같은 역할 할 이 한참을 기다렸네.
모름지기 먹고 자는데 조심하고
절대로 정신 상하는 일 없게 하길
임기가 다 마치기를 기다려
특별한 은혜 대궐에서 내리리라.

憂民寬臂約　　戀闕減腰紳
鼎鼐今虛位　　鹽梅[2]久待人
應須愼眠食　　切莫損精神
待得瓜期匝　　殊恩下紫宸

5
노둔한데다 쓸모도 없으니
헌당軒棠은 본래 생각지도 못했네.
성상의 은혜 그르쳐 정승의 자리 더럽히고
분수에 넘치게 문림文林을 맡았네.
도道는 전보다 나아진 게 없는데
영화는 도리어 지금에 이르렀네.
노쇠하여 또한 감당하기 어렵거니
속히 떨칠 생각 어찌 그만두랴.

駑蹇兼樗散　　軒棠本不心
誤恩塵相列　　非分典文林
道不加於昔　　榮還到乃今

---

2 鹽梅: 재상의 역할을 비유하는 말이다. 殷나라 高宗이 傅說을 재상으로 삼으면서 "단술을 만들면 네가 누룩이 되고, 국을 조미하면 네가 鹽梅가 되어라. [若作酒醴, 爾惟麴蘖, 若作和羹, 爾惟鹽梅.]"라고 하였다.《書經 說命下》

衰遲亦難任　　奮迅思何禁

6

본디 늙음이 오리라는 것 알았지만
어찌 알았으랴 병까지 괴롭히리라는 것을
두 눈은 장적張籍처럼 흐릿하고
아래의 이[齒]는 사곤謝鯤처럼 빠져버렸네.
모자를 빌림은 머리털 흰 것을 꺼려해서이고
술기운 빌려서는 잠시 소년같은 붉은 얼굴을 하네.
그대에게 주지만 시詩 또한 서투르고
말도 다시 솜씨 있게 하기가 어렵소.

固識老將到　　那知病亦攻
兩眸張籍眊[3]　　南齒幼輿[4]空
借帽嫌頭白　　乘酣暫面紅
贐君詩又拙　　言語復難工

---

3 張籍眊: 唐나라 문장가 張籍이 늘그막에 눈이 어두웠다고 한다. 그가 浙東節度使로 가는 친구 李某에게 보내는 편지에서 사람을 취할 때에 어진가 어질지 않은가를 가리고 봉사인가 봉사가 아닌가를 가리지 말라하며, 자신은 마음은 봉사가 아니어서 是非를 분별할 줄 안다고 하였다.《韓昌黎集 代張籍與李浙東書》

4 幼輿: 晉나라 謝鯤의 字이다. 그는 노래와 거문고에 능했는데, 이웃 高氏네 아름다운 딸을 연모하여 귀찮게 하다 그녀가 던진 梭에 맞아 齒 두 대가 부러졌다고 한다.《晉書 謝鯤傳》

안동 부사 이【경원】에 삼가 부치다
奉寄安東府使李【景元】

선비를 좋아함, 지금 누가 구양수歐陽脩만 할까.
영가永嘉의 산수는 취옹醉翁의 주변에 있지.
『태현경太玄經』 쓰는 양웅揚雄, 비할 데 없이 곤궁하거니
오묘五畝의 밭 있는 부사府使의 땅으로 돌아가리라.

好士今誰六一[1]賢　　永嘉山水醉翁[2]邊
草玄癡子[3]窮無比　　五畝歸田得二天

1 六一: 宋나라 문장가 歐陽脩의 別號이다.
2 醉翁: 歐陽脩가 滁州知事로 있을 때 醉翁亭에서 宴飮을 즐겼기 때문에 이렇게 부른다.
3 草玄癡子: 곤궁한 가운데 『太玄經』을 지었던 漢나라 揚雄을 말함.

휴가를 청하여 안동으로 가는 사예 유진경【양춘】을 전송하며
送柳司藝震卿[1]【陽春】謁告歸安東

사사士師의 곧은 도道, 다북한 향기 나고
거기에 유종원柳宗元처럼 훌륭한 문장 크게 펼쳤지.
율리栗里의 집 앞에는 팽택의 버드나무를 심고
봄날 반궁泮弓에서는 노후魯侯의 미나리 캤지.
꿈속의 혼, 밤이면 안동의 달 향하더니
말은 아침이면 구름어린 죽령竹嶺을 달리겠지.
태수와 만나는 자리 응당 모두 취하리니
영호루映湖樓 아래의 물에는 물결무늬 일어나리.

士師直道把餘芬　　大放仍携子厚文
栗里門栽彭澤柳[2]　　泮宮春采魯侯芹[3]
夢魂夜向花山[4]月　　鞍馬朝馳竹嶺雲
太守相逢應盡醉　　映湖樓[5]下水生紋

---

1 震卿: 柳陽春의 자. 본관 豊山. 아버지는 柳壽昌. 세조 14년(1468) 春塘臺試 乙科 1등. 승문원 교리 역임.

2 栗里句: 은거함을 이른다. '율리'는 지금의 江西省 九江市 西南지방으로, 진나라 도연명이 살았던 곳이다. '彭澤柳'는 팽택령을 지낸 도연명이 귀향하여 집앞에 심은 버드나무이다.

3 泮宮句: 성균관에서 공부하던 일을 이른다.

4 花山: 安東의 別號이다.

5 映湖樓: 安東府 남쪽 5리에 있는 누대이다.

어떤 이에게 장난삼아

戱人

상주尙州는 푸르고 낙동강은 깊을 때
높이 솟은 풍영루風詠樓, 달빛은 거문고에 이르리.
사신이 몹시도 득의得意한 곳 진실로 알겠거니
가야금 소리 울릴 때 지음知音을 만나리라.

商山蒼翠洛江深　　風詠樓[1]高月到琴
須信使華偏得意　　伽倻絃上遇知音

1 風詠樓: 慶尙北道 尙州에 있던 누대이다.

유희명에게 부치다
寄柳希明[1]

오랜 가뭄 끝 흐리고 비 내리더니
개인 날도 잠깐, 다시 날이 흐리네.
나는 쇠한데다 병까지 들었는데
그대는 뜸을 뜨고 침을 놓네.
술 끊자 이 몸 할 일이 없고
시 짓는 일 관두니 읊조림도 없구나.
빈 섬돌엔 소나무 이슬만 떨어지고
산의 푸르름은 옷깃에 젖어드네.

久旱仍陰雨　新晴忽又陰
洪厓衰復病　柳下灸幷鍼
止酒身無事　停詩口不音
空階松露滴　山翠濕衣襟

1 柳希明: 柳洵의 자. 세종 23년(1441)~중종 12년(1517). 본관 文化. 호 老圃堂. 세마 思恭의 아들이다. 19세에 사마시에 장원하고, 이어서 세조 8년(1462) 拔英試에 합격, 예문관에 들어갔다. 이조판서·형조판서 등을 역임. 文城府院君에 봉해졌다.

함경도에서 돌아온 참판 정【미수】에게 부치다
寄鄭參判【眉壽[1]】回自咸鏡

산과 바다 있는 곳, 해 넘도록 떨어져
삼성參星과 상성商星처럼 서로 시름겨웠지.
공은 돌아왔으나 아아 나는 병들었나니
기쁜 만남 진실로 어떻게 할 방도가 없구려.

嶺海經年別　　參商[2]兩地愁
公歸嗟我病　　歡會苦無由

---

1 眉壽: 鄭眉壽. 세조 2년(1456)~중종 7년(1512). 본관 海州. 자 耆叟. 호 愚齋. 전라도 광주 출생. 아버지는 형조참판 悰이며, 어머니는 문종의 딸 敬惠公主이다. 사헌부장령·인천부사 등을 지냈다. 함경도 관찰사를 지낸 것은 실록의 기사로 보아서 1500~1502년 사이의 일로 추정됨.

2 參商: 서로 엇갈려 만나지 못함을 비유한 말. 삼성은 서남방에 있고, 상성은 동방에 있어 서로 보이지 않는다.

노희량[공필]에게 부치다

寄盧希亮[1]【公弼】

1

옥처럼 우뚝 선 조정의 몸
자득한 채 팥배나무 그늘 아래 쉬는 이
들판은 봄 내내 우로에 적셔 있는데
화락하게 환패環佩소리 울리며 가는 신하들

亭亭玉立廟堂身　　得得棠陰愒息人
原隰一春行雨露　　從容環佩復臣隣

2

푸르른 남산, 무성한 채 드높고
가파른 백악산, 허공에 기대었네.
만고에 말없이 남과 북에 서있는 모습
가련하구나, 서로 보기만 하고 함께 하지 못함이.

終南蒼翠鬱崇崇　　白岳巉巉倚半空
萬古無言南與北　　可憐相望不相同

---

1 希亮: 盧公弼의 자. 세종 27년(1445)~중종 11년(1516). 본관 파주. 호 菊逸齋. 영의정 思愼의 큰아들이다. 경기도 交河縣(지금의 파주) 출신이다. 세조 8년(1462) 司馬試에 합격. 도승지·대사헌 및 6조의 판서를 두루 역임하였으며, 경기도관찰사를 지냈다.

배율 한 편. 일본 선위사로 가는 권태복을 전송하며
排律一篇. 送權太僕宣慰日本使

한림원의 옛 신선
황제의 충실한 신하가 되었네.
오봉루五鳳樓에서 현란한 솜씨 보이고
육룡六龍의 수레에 호종하는 몸 되었네.
이웃나라의 배 먼 바다에서 오니
나라를 빛내는 관리, 대궐을 나서네.
성곽 밖 산천山川은 흰 눈에 덮여있는데
영남 땅의 꽃과 나무 벌써 한창의 봄
곳곳의 누대에 깊고 깊은 장막을 드리우고
아침저녁마다 운우雲雨가 내리겠지.
병풍 안에서 나누는 벗과의 마음속 이야기
오고가는 시문詩文은 벽 위의 보배
남방의 상객上客, 영남 땅에서 만날 때
얼굴 가득한 봄바람에 대궐을 향하겠지.
몇 번이나 주빈主賓 간에 읍양을 할까.
술자리 열릴 때마다 서로 공손한 모습이리라.
취해 보내는 세월 속에 몸엔 아무 일 없고
시 속의 하늘과 땅 흥이 절로 나리.
응당 웃으리라, 남산 아래 이 노인네
십 년 동안 병으로 누워 괴로이 앓고 있음을

玉堂金馬[1]舊仙眞　　十二天閑[2]作僕臣
五鳳樓[3]成丹雘手　　六龍駕[4]出扈從身
交隣舟楫來滄海　　華國衣冠出紫宸

郭外山川猶白雪　　嶺南花木已青春
樓臺處處深深幕　　雲雨朝朝暮暮人
故舊心腸屛裏話　　尋常咳唾壁間珍
雕題上客逢南國　　滿面東風向北辰
幾許主賓相揖讓　　每回罇俎共逡巡
醉中日月身無事　　詩裏乾坤興有神
應笑終南虛白老　　十年羸臥苦嚬呻

1 玉堂金馬: 漢代의 金馬門과 玉堂殿으로, 후대에 翰林院의 代稱으로 쓰인다.
2 天閑: 황제의 말을 기르는 곳이다.
3 五鳳樓: 梁太祖가 洛陽에 세운 樓閣으로, 높고 크기로 유명하였다.
4 六龍駕: 여섯 용이란 天子의 수레를 끄는 六馬를 가리킨다.

진주 도종사로 선발되어 실농失農한 여러 읍까지 진휼하러 가는 전한 이자견을 전송하며
送李典翰【自堅[1]】蒙差晉州道從事, 兼賑恤失農諸邑

갈은 때에 명命을 받은 열 명의 종사들
영주瀛洲의 열여덟 학사 가운데 첫째가는 이
호구戶口를 조사하고 첨정簽丁을 하여 서쪽 변방에 채우고
창고 열고 곡식 풀어 남쪽 백성 살게 하네.
시내와 산 오갈 때 얼굴 부딪는 바람 견디기 어렵지만
관사에서 술잔 입에 대는 것은 사양하지 마소.
눈 녹은 진주, 봄은 바다 같은데
취한 채 옥피리 가져다 마음을 쏟으리.

一時承命十從事　十八瀛洲[2]第一人
括戶簽丁實西塞　開倉發粟活南民
溪山不耐風吹面　館宇無辭酒入唇
雪盡菁川[3]春似海　醉提瓊管寫精神

---

1 自堅: 李自堅. 단종 2년(1454)~중종 24년(1529). 본관 星州. 자 子固. 아버지는 湊이고, 어머니는 부사 權有順의 딸이다. 성종 17년(1486) 식년문과에 을과로 급제. 사간·전한·대사간 등을 역임. 갑자사화로 경상도 함창에 유배되었다.

2 十八瀛洲: 唐太宗때 文學館에서 전적을 강론하던 18인의 학사로, 杜如晦·房玄齡·于志寧·蘇世長·薛收·褚亮·姚思廉·陸德明·孔穎達·李玄道·李守素·虞世南·蔡允恭·顏相時·許敬宗·薛元敬·蓋文達·蘇勗이다.《唐書 褚亮傳》

3 菁川: 晉州의 古號이다.

허백정집 속집 권2

시詩

동짓날 밤에 우연히 읊다. 네 편의 절구
至日夜偶吟 四絕

1
우레가 땅 속에서 움직이는 날
천하에 봄 돌아오는 때
영허盈虛와 소장消長의 이치를
다만 복희씨에게 물어보리.

雷動地中日[1]　　春回天下時
盈虛消長理　　特欲問包犧[2]

2
손으로 『주역周易』 한 권을 가지고
향 사르며 깊은 밤에 앉아 있네.
복괘復卦 초구初九를 세 번 외우고
천지天地의 마음을 보게 되었네.

手持易一卷　　焚香坐夜深
三復復初九　　得見天地心[3]

---

1 雷動句: 『周易』 復卦 象辭에 "우레가 땅속에 있는 것이 복이다. [雷在地中, 復.]" 하였다.
2 包犧: 중국 고대 전설상의 제왕으로, 八卦를 처음으로 만들었다고 한다.
3 復初~地心: 復卦 初九에 "初九는 멀리 가지 않고 돌아오는 지라 뉘우침에 이름이 없으니, 크게 선하여 길하다. [初九, 不遠復, 無祇悔, 元吉.]" 하였고, 彖傳에 "復에서 천지의 마음을 볼 수 있다. [復, 其見天地之心乎.]" 하였다.

3
사시가 수레바퀴를 멈추지 않으니
만물에는 또 하나의 양陽이 생기네.
지난 일은 율관律管 속에 날리는 재처럼 다하고
새 시름은 선線을 따라 길어지네.

四時不停轂　　萬物又一陽
往事飛灰盡　　新愁隨線長

4
큰 과실 먹어도 다하지 않으니
건곤乾坤의 사이에 일기一氣가 생기는 처음
미미한 양陽이 지금 다시 나아가니
군자의 마음이 어떠하겠는가.

碩果食不盡[4]　　乾坤一氣初
微陽今復進　　君子意何如

4 碩果句: 『周易』 剝卦 上九에 "마지막 남은 큰 과일은 먹히지 않는다. [碩果不食.]" 하였다.

이용담의 병풍에 쓰다

題李龍潭屛風

홍진 세상 머리털 희끗해지기 쉽거니
늘그막 오늘에 바닷가 산을 보네.
속세 밖 이러한 경계 일찌감치 알았더라면
반평생 무슨 일로 세상에서 헤맸으랴.

紅塵容易鬢毛斑　　老去今看海上山
物外早知如許境　　半生何事走人間

청명일에 김계온에게 주다
清明, 贈金季昷

늙고 병든 몸에 온갖 생각 일어나는데
아득히 펼쳐진 강호江湖와 남녘 고개 구름
올해도 벌써 한식이 되었으니
내일이면 또 삼월의 삼짇날 지나가리.
새로운 불, 새 연기에 남들은 즐거운데
꽃도 없고 술도 없어 난 어떻게 견딜까.
시 지으며 궁궐에서 모시던 일 기억하노니
취한 채 환한 꽃 꽂을 때면 모두들 즐거웠지.

老病一身長萬慮　　江湖滿地嶺雲南
今年已過一百五[1]　　明日又過三月三
新火[2]新煙他自得　　無花無酒我何堪
憶曾詞賦陪宮宴　　醉揷繁花滿座酣

1 一百五: 寒食日이 왔음을 이르니, 한식은 冬至가 지난 뒤 105일째 되는 날이다.
2 新火: 唐宋시대에 淸明節 하루 전에는 불을 금하여 寒食을 하고, 청명절에는 새 불을 百官에게 나누어 주었다.

부기 - 차운시
附次韻

응천凝川의 서쪽 한가히 은거할 곳
한 조각 돌아가고픈 마음이 지남指南과 같네.
추위도 다하니 또 구구사九九詞를 짓고
꽃 피자 부질없이 삼삼경三三徑 생각
깨끗한 절조 어긴 것, 깊이 뉘우치리니
홍진紅塵 속에 오고감을 어찌 오래 견디랴.
늘그막 속마음 아는 공과 나
시 떠올리다 문득 술취한 노웅老雄을 부러워하리.

凝川西畔柴桑[1]曲　　一片歸心是指南
寒盡又飜詞九九[2]　　花開空憶徑三三[3]
依違素節將深悔　　奔走紅塵豈久堪
白首相知公與我　　詩懷却羨老雄酣

---

1 柴桑: 晉나라 陶潛이 살던 곳으로, 도연명을 가리키거나 도연명처럼 담박하고 한적한 삶을 사는 것을 말한다.
2 詞九九: 冬至 다음날부터 81일 사이에 시를 많이 지었다는 뜻이다.
3 徑三三: 三徑으로, 漢의 隱士 蔣詡가 집 안에 이르는 세 길을 내놓고 松·菊·竹을 심었다고 한다.

교지를 받들어 비해당 사십팔영 시에 차운하다 비해당은 안평대군의 당호이다. 성종께서 문신들에게 화답시를 지어 올리라고 명하셨다

奉敎, 次匪懈堂四十八詠[1]韻 匪懈堂, 安平大君堂號. 成宗命文臣和進

매창梅牕의 흰 달 梅牕素月

조그만 울타리 아래, 야트막 잔디 있는 곳
사창紗窓 너머에 옥처럼 우뚝이 서있네.
맑은 향기 떠오르니 바람결에 보내고
야윈 가지는 어여쁘게 달빛 받아 비스듬히
동각東閣의 고인高人 하손何遜은 필력이 생기고
서호西湖 처사 임포林逋는 시마詩魔에 걸렸어라.
고요한 가운데 한참을 말없이 바라보다
때때로 노동盧仝의 한 잔 차 달라하네.

短短籬根淺淺莎　　亭亭玉立隔牕紗
淸香浮動因風送　　瘦影娉婷映月斜
東閣高人[2]生筆力　　西湖處士[3]坐詩魔

---

1 匪解~八詠: 匪懈堂은 安平大君(태종 18, 1418~단종 1, 1453)의 당호이자 안평대군의 호이다. 비해당은 仁王山 기슭, 넓은 골짜기 깊숙한 곳에 있었다. 안평대군은 이곳에서 당대의 이름난 문사들과 시를 읊곤 했는데, 48영시를 읊은 사람은 10인으로 알려져 있다. 이 가운데 48영 전편을 전하는 문인은 최항, 신숙주, 성삼문, 김수온 등이며, 서거정은 3편이 빠진 45편만 전하고 이개는 동문선에 4편만 전한다. 비해당 48영시는 成宗代에도 유행하여 여러 편의 차운시를 남기게 된다. 성종을 중심으로 湖堂學士들이 비해당 48영시를 차운하기도 한다. 현존하는 작품은 성종, 김일손, 유호인, 채수, 홍귀달, 박상 어세겸 등의 작품이다.《新增東國輿地勝覽 卷3 漢城府》

2 東閣高人: 南朝 梁나라 시인 何遜을 이른다. 그가 揚州 고을의 매화를 잊지 못해 다시 자청하여 그곳으로 부임한 뒤, 매화꽃을 보며 하루 종일 그 곁을 떠나지 못했

相看寂寞無言久　　時喚盧仝一椀茶[4]

대숲길의 맑은 바람 竹徑淸風

대나무의 그윽한 취향 숲 언덕에 있어
세속의 선비와는 교유하지 않는다네.
아름다운 절조는 거이居易의 「양죽기養竹記」에 의지하고
우뚝한 모습, 굴원屈原의 「이소離騷」에 들어가지 않았네.
도연명陶淵明의 전원田園에는 세 갈래의 길
진조晉朝의 인물 중엔 죽림칠현竹林七賢이 빼어났네.
맑은 바람 오래도록 문 앞의 땅 쓸어주니
부르지 않아도 절로 좋은 손님 있어라.

此君[5]幽趣在林皐　　不與尋常俗士交
娉節只憑居易記　　高標不入屈原騷
彭澤田園[6]三徑勝　　晉朝人物七賢[7]高
淸風長掃門前地　　自有佳賓不用呼

다고 한다.

3 西湖處士: 西湖의 孤山에 20년 동안 은거했던 宋나라 시인 林逋를 이른다. 매화와 鶴을 몹시 사랑하였다고 한다.

4 盧仝一椀茶: 당나라 시인 盧仝은 박학하고 시를 잘했으며, 차를 품평한 茶歌 등이 유명하다.

5 此君: 대나무를 가리킨다. 晉나라 王羲之가 "어찌 하루라도 此君이 없을 수 있겠는가. [何可一日無此君邪?]" 하였다.《晉書 王羲之傳》

6 彭澤田園: 도잠의 「歸去來辭」에 "세 갈래 길은 거칠어졌으나 소나무, 국화는 아직도 남아있네. [三徑就荒, 松菊猶存.]" 하였다. 도잠 이전에 漢의 蔣詡가 뜰에 작은 길 세 개를 내고 松·菊·竹을 심었다고 한다.

7 七賢: 晉의 竹林七賢인 稽康·阮籍·阮咸·山濤·向秀·劉伶·王戎 등이다.

일본철쭉 日本躑躅

깊은 뿌리 멀리 푸른 바다 동쪽 땅에 의지하더니
우리나라에 옮겨와선 오히려 푸르고 무성해라.
누가 말했나, 탱자가 회수淮水 건너 변한다는 것을
비로소 알겠네, 신이辛夷가 한漢에 들어와 같게 된다는 것을
이슬어린 잎은 온전히 푸른 일산日傘을 훔치고
불그스레한 얼굴, 홀연히 붉은 상존주上尊酒에 취했네.
소양전昭陽殿 안에는 연지臙脂 바른 사람
비빈妃嬪들은 부질없이 육궁六宮에 가득하네.

遠托深根滄海東　　移來鰈域[8]尙蔥蘢
誰言枳橘逾淮異[9]　　始信辛夷入漢同
露葉全偸華蓋翠　　酡顔忽醉上尊[10]紅
昭陽殿[11]裏臙脂面　　謾有嬪嬙滿六宮[12]

남해의 옥돌 海南琅玕[13]

천 길 용궁에서 신목神木의 뿌리 찍어
끌어 내어보니 도끼 흔적 조금도 없어라.

---

8 鰈域: 우리나라를 이른다. 鰈魚, 즉 가자미가 東海에서 나기 때문이라고 한다.

9 枳橘逾淮異: 『周禮』「考工記序」에 "감귤이 회수를 건너 북으로 가면 탱자가 된다. [橘踰淮, 而北爲枳.]" 하였다.

10 上尊: 특별한 대우를 받았음을 뜻한다. '상준'은 祭祀나 宴享에서 가장 윗자리에 놓은 술잔이다.

11 昭陽殿: 漢成帝의 황후 趙飛燕을 가리키니 조비연이 이곳에 거처하였다.

12 六宮: 后妃 또는 后妃가 거처하던 곳이다.

13 琅玕: 玉과 비슷한 아름다운 돌.

보물 잃은 파신波臣은 비 오듯 눈물 흘리고
보배를 바치는 변방의 말, 문득 우레처럼 달리네.
어루만지면 보통사람 놀라게 할 뿐만이 아니고
돌아보면 도리어 지존至尊을 감동하게 할 만하네.
빼어난 물건 완상玩賞거리로 두어서는 안되기에
하루아침에 쉬이 왕손王孫에 하사하네.

千尋蛟室斸靈根　　提出全無斧錯痕
失寶波臣[14]紛雨泣　　貢琛邊騎忽雷奔
摩挲不獨驚凡俗　　顧眄還應動至尊
尤物未須供玩好　　一朝容易賜王孫

계단에 반짝이는 작약 飜階芍藥

후관侯館에 봄이 깊어 물색도 어여쁜데
옥계玉階의 노을, 적성산赤城山의 표지에 가깝네.
파릇파릇한 줄기와 잎 겹겹이 어여쁘고
붉디 붉은 꽃들은 송이송이 아리따워라.
그 옛날 소릉少陵은 섬돌 곁에 두며 아꼈고
옛날 진溱수와 회洧수에선 남녀사이 이어주었지.
은근히 간절한 마음 속 말 주노니
이것이 봄바람에 첫째가는 아름다움이라네.

---

14 波臣: 水族을 가리킨다. 옛 사람들이 江海의 수족에 임금과 신하가 있다고 생각했다고 한다.

侯館[15]春深物色夭　　玉階霞襯赤城[16]標
翠莖綠葉層層嫩　　紫蘂紅葩面面妖
當日少陵[17]偏傍砌　　舊時溱洧欲成橋[18]
慇懃相贈丁寧語　　是箇春風第一嬌

시렁 가득한 장미 滿架薔薇

아지랑이 같은 버들가지에 그리움도 더하는데
한 시렁의 장미, 반쯤 문을 가렸네.
누런 패옥을 찬 신선은 봄 경치를 거두고
자금紫金 옷 입은 가인佳人은 한 낮에 앉아있네.
옥빛 가지 푸른 가시 봄이라 온통 야위고
윤기 나는 가지 농염한 피부, 비에 반쯤 살쪘네.
다만 두려운 것은 꽃 날리면 사람도 늙어가는 것
서로 만나 장차 울금鬱金의 잔에 술 한 잔 나누세.

遊絲飛絮思依依　　一架薔薇半掩扉
仙子拾春黃玉玦　　佳人坐日紫金衣
瓊枝綠刺春全瘦　　膩體濃肌雨半肥

---

15 侯館: 관망용 小樓이다. 보통 왕래하는 관원이나 외국 사신을 접대하는 驛館을 가리키기도 한다.

16 赤城: 중국 天台山 북쪽 6리 지점에서 천태산의 南門 역할을 하는 산이다. 孫綽 「遊天台山賦」에 "적성의 노을을 들어다 표지를 세운다. [赤城霞擧而建標.]" 하였다.

17 少陵: 중국 당나라의 시인 杜甫를 이른다.

18 溱洧欲成橋: 『詩經』 「鄭風·溱洧」에 "넘실넘실 진수와 유수는 넘치려는데 …… 사내와 여인네 서로 노닐며, 작약을 주고 받네. [溱與洧方渙渙, …… 維士與女, 伊其相謔, 贈之以勺藥.]" 하였다.

直恐花飛人亦老　　相逢且酌鬱金[19]巵

눈 속의 동백 雪中冬白

도리桃李를 따라 봄바람과 다투지 않고
길이 정신을 간직한 채 눈 속에 섰네.
열부烈婦는 난리 속에 고절苦節을 드러내고
정신貞臣은 위험 속에서 기공奇功을 세우네.
산하는 섣달도 가까워 세 번이나 흰 빛인데
천지엔 봄기운 머물러 한 송이 붉어라.
다시 나무 끝 푸른 깃의 새 울게 하는데
동녘에는 해가 선명하게 떠오르네.

不隨桃李鬪東風　　長把精神立雪中
烈婦亂離呈苦節　　貞臣危險策奇功
山河近臘三番白　　天地留春一段紅
更遣樹頭啼翠羽　　扶桑初日上曈曈

봄 지난 뒤의 모란 春後牡丹

여러 꽃 뒤에 피어나 같은 모습 되었지만
이런 저런 꽃 따라 매몰되지 않았네.

---

19 鬱金: 생강과에 속하는 다년초로, 땅 속으로 뻗은 뿌리는 짙은 노란빛이며, 가루를 황색의 물감으로 사용한다.

하늘 꽃 피려할 때 향기 먼저 코에 이르고
국색國色이 새단장 하니 술기운 얼굴에 오른 듯
취옹醉翁을 전각에서 모신 것 일찍이 보았거니
얼마나 많은 시인들 난간에 기대었나.
지전芝田의 무수한 봄바람의 얼굴 가운데
화왕花王만이 첫째간다 할 수 있으리.

獨殿群芳作一般　　未隨埋沒百花間
天葩欲綻香先鼻　　國色[20]新粧酒已顏
曾見醉翁[21]陪殿閣　　幾多詩老倚闌干
芝田[22]無數春風面　　只有花王[23]最上班

지붕 모서리의 배꽃 屋角梨花

봄 되어 정원에 희화羲和가 머무르니
지붕 모서리의 나무 가득한 꽃에 처음 놀라네.
현포玄圃의 노인은 옥설玉屑을 나눠주고
광한궁廣寒宮의 주인은 경아瓊娥를 귀양보냈네.
한 그루 나무에 겹겹이 눈 쌓인 듯
만 송이 꽃 바람따라 이리저리 나부끼네.
오늘 그대와 흠뻑 취해야 하거니
내일 아침 땅을 쓸 때면 모두가 지난 영화이기에

---

20 國色: 傾國之色의 준말로 뛰어난 美人을 이른다.
21 醉翁: 宋나라 문인이자 정치가인 歐陽脩의 호이다.
22 芝田: 仙人이 芝草를 심어 놓은 밭으로, 정원을 미화한 말이다.
23 花王: 꽃 중의 왕이라는 뜻으로, 모란을 이른다.

春來庭院駐羲和[24]　　屋角初驚滿樹花
玄圃[25]老人分玉屑　　廣寒宮[26]主謫瓊娥
一株帶雪重還疊　　萬點隨風直復斜
今日與君須盡醉　　明朝掃地舊繁華

담장 끝의 붉은 살구꽃 墻頭紅杏

붉은 꽃 봄기운 빌어 나뭇가지에 오르니
경림瓊林의 사자使者가 꽃 찾아 올 때
주씨朱氏, 진씨陳氏 마을의 고운 옷감인 듯
자오교子午橋 가에 비단을 펼쳐 놓은 듯
말 탄 나그네 몇 곳에서 봄을 찾는가.
소치는 아이에게 주막 묻는 이 누구인가.
한 해 중 좋은 풍경 그대 기억해야 하거니
장차 은하수를 끌어다 옥 술잔에 부으리라.

紅艶扶春上樹枝　　瓊林[27]使者探花時
朱陳村[28]裏羅紈艶　　子午橋邊錦繡披
幾處尋春騎馬客　　何人問酒牧牛兒
一年好景君須記　　且挽銀漢落玉巵

---

24 羲和: 고대 신화나 전설 속의 日車를 몬다는 신이다.
25 玄圃: 崑崙山 꼭대기에 있다는 전설 속의 채마밭이다.
26 廣寒宮: 전설상 달 속에 있다는 仙宮이다.
27 瓊林: 瓊樹의 숲으로, 佛國이나 仙境의 아름다운 모습을 비유한다.
28 朱陳村: 주씨·진씨는 당 나라 때 徐州 古澧縣 朱陳村에 살았던 두 가문으로, 대대로 혼인을 하며 함께 살았다고 한다.《長慶集 朱陳村》

꾸벅꾸벅 조는 듯한 해당화 熟睡海棠

공자의 풍류風流 몹시도 꽃을 사랑하여
범 잡고 용잡는 것보다 더 좋아하네.
조그마한 땅 번화한 곳에 옮겨 심으니
삼춘三春의 부귀한 집을 멋있게 단장한 듯
공부工部는 시가 없어 봄의 한이 깊었고
어양漁陽은 꿈이 있어 낮잠이 아름다웠지.
그대 특이한 모습의 아름다움 보게나.
푸른 소매 끌어다 얼굴 반쯤 가린 것을

公子風流酷愛花　　耽於虎攫甚龍拏
移栽一片繁華地　　粧得三春富貴家
工部[29]無詩春恨遠　　漁陽有夢午眠嘉
君看別樣嬌嬈處　　半面橫拖翠袖遮

반쯤 핀 산다山茶 半開山茶

온갖 꽃 품평하는 자리 명예를 다투는데
열 지어 심은 산다山茶, 단지 스스로 뽐낼 뿐
청렴하여 사지四知를 아는 이, 오직 양진楊震을 꼽고
일관一貫의 도道 전할 때, 홀로 증삼曾參을 부르셨지.
가을 깊자 초목은 슬프게도 떨어지고
한 해 저물 무렵, 얼음과 서리 괴로이 엉겨있네.

29 工部: 杜甫(712~770)를 이른다. 그는 자 子美, 호 少陵으로, 중국 최고의 시인으로서 詩聖이라 일컬어진다.

꽃 반쯤 피었을 때 하늘에 막 눈내리니
청고淸高함 이 정도면 다시 더 할 것 없으리.

百花評品競殊稱　　列種山茶只自矜
淸畏四知唯數震[30]　　道傳一貫獨呼曾[31]
秋深草木悲搖落　　歲暮氷霜苦閉凝
花半開時天正雪　　淸高到此更無層

찬란한 자미 爛熳紫薇

백옥당白玉堂에 있는 상계上界의 진인
빼어난 문재文才로, 조서 받들며 글씨를 쓰네.
무성한 아름다운 나무는 온통 푸르른 빛
찬연한 빛의 고상한 꽃, 흐릿한 듯 아름다워라.
따뜻한 바람에 가는 향기 상원上苑에 날려 오고
해 기울자 맑은 그림자 동랑東廊을 도네.
세상에 얼굴 펼 만 한 곳 드물거니
바람결에 바삐 술 부르는 것 괴이하게 여기지 말라.

上界眞人白玉堂[32]　　承綸草詔綉羅腸

30 淸畏句: 後漢 때에 楊震이 東萊太守로 부임하던 도중, 자신이 천거했던 昌邑令 王密이 밤중에 찾아와 金 10근을 바치며 밤이라 아무도 아는 이가 없다고 하자 "하늘이 알고, 귀신이 알고, 내가 알고, 자네가 알거니, 어찌 알 자가 없다고 하는가. [天知神知我知子知, 何謂無知?]" 하면서 금을 거절했다. '四知'는 하늘이 알고, 귀신이 알고, 내가 알고, 자네가 안다는 네 가지를 이른다.

31 道傳句: 『論語』「里仁」에 "증삼아, 나의 도는 하나로써 꿰었다. [參乎, 吾道一以貫之.]" 하였다.

蔥籠嘉樹葳蕤翠　　爛熳高花暗淡芳
風暖細香飄上苑[33]　　日斜淸影轉東廊
塵寰少有開顔處　　莫怪臨風喚酒忙

아리따운 옥매 玉梅 輕盈玉梅

문득 세월이 빨리 지나감을 느꼈더니
남쪽 가지에 또 예전의 꽃 피었네.
얼음 피부, 옥 뼈는 추위에 소름도 돋지 않고
달빛어린 땅, 구름 계단 어디선가 향기가 나네.
막고야藐姑射의 신선은 응당 죽지 않고
태진太眞의 혼백은 다시 살아나리니
후신後身 가운데 누가 이처럼 맑게 야윌 수 있을까.
경력慶曆의 낭관郎官이 홀로 그 성명이리.

斗覺光陰瞥眼經　　南枝又發舊時榮
氷肌玉骨寒無粟[34]　　月地雲階暗有馨
姑射神仙[35]應不死　　太眞[36]魂魄却還生
後身誰復淸癯似　　慶曆[37]郎官獨姓名

---

32 白玉堂: 신선의 거처를 이르는데, 보통 翰林院을 가리킨다.
33 上苑: 대궐안의 동산인 上林苑이다.
34 氷肌句: 추운 겨울 눈 속에 서서 의연하게 꽃을 피우는 매화를 형용한 말이다.
35 姑射神仙: 藐姑射山에 산다는 살결이 희고 고운 신선이다.《莊子 逍遙遊》
36 太眞: 楊貴妃를 이른다.
37 慶曆: 宋나라 仁宗의 연호(1041~1048).

근심을 잊은 원추리 忘憂萱草

그윽한 집에 긴긴 날 일 없는 때
새 울음소리 늘어지고 꽃도 더디 지네.
섬돌 앞에 시선을 머무를 만한 물건이 있고
세상사일랑 무료하여 마음속에 들어오지 않네.
술통 들고 도령陶令처럼 취하는 것 거리낄 게 없거니
누정에 올라 어찌 초수楚囚처럼 슬퍼하랴.
희황羲皇의 시대에 이 몸 한가로이 지내며
옆에 놓인 거문고와 책 잡아보네.

深院日長無事時　鳥啼聲緩落花遲
階前有物堪留眼　世上無聊不入思
挈榼不妨陶令[38]醉　登亭何用楚囚[39]悲
優游身世羲皇[40]上　左右琴書手自持

해를 향한 해바라기 꽃 向日葵花

지난 봄 푸른 꽃받침의 붉은 꽃 피었더니
올해도 다름없이 담장 끝에 보이네.
언제나 파란 하늘의 흰 태양을 향하고
괴이한 풀 요사한 꽃, 친함을 허락하지 않네.
황관黃冠 쓴 도사는 장식하고 자리로 나아가고

---

38 陶令: 晉나라 陶淵明을 이른다.
39 楚囚: 포로로 잡힌 초나라 사람인데, 상황이 몹시 어려운 자를 비유한다.
40 羲皇: 伏羲氏의 존칭으로, 풍속이 순박하고 안온했던 太古의 시대를 이른다.

붉은 뺨의 가인은 웃으며 입술을 여네.
그대, 한가한 도리桃李에 비하지 말라.
위율衛律과 중항열中行說 같은 이들이 바라보아야 하나니

翠萼丹華去歲春　　今年依舊見墻垠
青天白日長傾向　　怪草妖花不許親
道士黃冠粧就座　　佳人紅臉笑開唇.
憑君莫比閒桃李　　衛律中行[41]面只人

문 앞의 버드나무 門前楊柳

도가陶家의 집 문 앞 버들 우거져 있고
은사의 높은 풍모 몹시도 방덕공龐德公 같아라.
만 가닥 다리에 드리워 한궐漢闕에 이어지고
천 줄기 스치는 가지 수隋나라를 보호하네.
푸른 눈썹 이슬에 젖어 봄날의 한恨에 울고
황조는 바람을 읊조리며 저물녘에 울어대네.
꺾어주며 이별하는 일 해마다 끝이 없나니
예전처럼 봄이 와도 개인 날의 창을 닫아버리네.

陶家[42]門柳立摐摐　　隱士高風酷似龐[43]

---

41 衛律中行: 조국을 배신하고 적에게 투항한 자들이다. '위율'은 漢나라 사람으로, 아버지는 長水의 胡人이다. 漢나라에서 生長하여 李延年과 친구로 지내다가 연년의 추천으로 흉노에 사신으로 갔다 돌아오는데, 연년이 죽임을 당하자 흉노로 도망을 가서 후에 丁靈王이 되었다. '중항열'은 漢나라 文帝때의 宦官으로, 匈奴에 사신으로 갔다가 항복하였다.

42 陶家: 陶淵明을 이른다.

萬縷垂橋連漢闕　　千絲罨枝護隋邦[44]
翠眉浥露啼春恨　　黃鳥吟風響晩腔
折贈年年還不盡　　春來依舊鎖晴牕

창밖의 파초 牕外芭蕉

번득이는 파란 덮개 첩첩이 있고
한 벌 한 벌 푸른 옷은 그 안이 텅 비었네.
우인虞人은 꿈속에서 사슴을 덮어놓았고
회소懷素는 가난 속에서도 붓을 잡았지.
젊어서 사귄 이는 바로 술 벗
평소에 짝한 이는 모두 시종詩宗
그대의 집 창 밖 몹시도 소쇄하거니
밤 되자 이슬비 부슬부슬 내리네.

翠蓋毵毵疊復重　　青衣襲襲中空空
虞人覆鹿夢魂裏[45]　　懷素揮毫貧賤中[46]
小少結交是酒友　　平生相伴皆詩宗

---

43 龐: 龐德公이다. 그는 후한 襄陽 사람으로 建安 중에 처자를 데리고 鹿門山에 들어가 은거하였다.

44 千絲句: 隋 煬帝가 양자강에 대운하를 만들고 그 언덕에 버드나무를 심었다.

45 虞人句: 삶의 무상함을 뜻하는 말이다. 옛날 어떤 사람이 나무를 하다가 우연히 사슴을 잡아 남 몰래 파초 잎으로 덮어 놓았는데, 나무를 다하고 사슴을 찾았으나 장소를 잊어버렸다. 꿈인가 생각하고 돌아왔는데, 마침 어떤 이가 그 말을 듣고 산으로 가서 사슴을 찾아 가져와서는 아내에게 나무꾼의 꿈을 자기가 꾸고 있는 건지도 모른다고 말하였다 한다.《列子 周穆王》

46 懷素句: 唐나라 때의 高僧으로, 특히 草書에 뛰어났다. 집이 가난하여 종이가 없어서 고향 마을에 파초 1만 그루를 심어 놓고 그 잎에다 글씨를 연습했다고 한다.

君家牕外絶蕭灑　　入夜數聲零雨濛

둥우리 연무 속의 푸른 노송 籠煙翠檜

오래된 노송 푸르고도 울창하니
인간 세상 보통 나무, 견줄 수 없다네.
바람 머금은 푸른 잎엔 청학青鶴이 앉아있고
그림자 흔들리는 긴 가지에는 늙은 쓰르라미 누워있네.
엉킨 뿌리는 용과 호랑이도 엎드리지 못하게 하고
높은 가지에는 마침내 봉황이 깃들려 하네.
절로 부지하는 신명神明의 힘 있는지
바라보면 언제나 구름과 안개가 어려 있다네.

老檜蒼然更蔚兮　　人間凡木不堪齊
含風翠葉盤青鶴　　弄影脩柯臥老蜺
根錯未敎龍虎倒　　枝高終要鳳凰棲
扶持自有神明力　　雲霧尋常望欲迷

해에 비친 단풍 映日丹楓

들불이 초수楚水 모퉁이의 숲을 태운 듯
궁녀가 술을 먹고 피부색이 변한 듯
반짝이는 채색 노을 마름질하여 잎을 만들고
가득한 붉은 비단, 모아서는 그루터기 만들었네.
그림자를 마주한 그대, 술벗이 되었음을 기뻐하고

정情이 많은 나, 시의 노예 되었음이 부끄럽네.
수레 멈추고 붉음이 옅다 짙다 비교치 말라.
무성한 모란꽃, 붉은 색 어지럽힐까 두려우니

野火燒林楚水隅　　宮娃得酒換肌膚
彩霞燦爛裁成葉　　紅錦紛披裹作株
對影喜君爲酒伴　　多情愧我是詩奴
停車莫較紅深淺[47]　　姚魏[48]紛紛恐亂朱

서리 속에 핀 국화凌霜菊

바람결에 세 번 향내 맡고 선 채 머뭇거리니
중구일의 아름다운 기약 날 저버리지 않았네.
도령陶令의 풍류는 서리 내린 뒤
용산龍山의 가무歌舞는 기러기 온 처음
황화黃花와 백주白酒에 지은 시 수도 없고
지는 해 서녘 바람에 흥興은 남음이 있네.
화려한 꽃가지 되는대로 꽂고 모자는 기우뚱하니
취향의 별천지가 바로 나의 여관이구나.

臨風三嗅立躕躇　　九日佳期不負余

47 停車句: 杜牧의 「山行」시에, "수레 멈추고 앉아 석양의 단풍 감상하노니, 서리 맞은 단풍잎이 이월 꽃보다 더 붉네.[停車坐愛楓林晩 霜葉紅於二月花]"라는 내용이 있다.

48 姚魏: 姚黃魏紫의 준말로, 牡丹花를 이른다. '요황'과 '위자'는 牡丹花의 귀한 두 품종이다.

陶令[49]風流霜落後　龍山歌舞[50]雁來初
黃花白酒詩無數　落日西風興有餘
亂揷繁枝任欹帽　醉鄕天地卽蘧廬

눈 속에 피어난 난초 傲雪蘭

그윽한 헌함 옆에 아름다운 난초 자라나
한 해 저물 무렵 서리와 눈 속에 무성하네.
구완九畹에서 당시에 초나라에 보답할 것 생각했나니
상수湘水 가에서 영원토록 굴원을 슬퍼하리.
평소의 취향 같기로는 오직 매화와 국화
늦은 계절의 벗으로는 혜초와 손초
「이소離騷」를 다 읽고서 영곡郢曲을 노래하니
풍설風雪 몰아치는 창가, 세속은 저 멀리에 있네.

猗蘭生長傍幽軒　歲暮任敎霜雪繁
九畹[51]當時思報楚　三湘[52]終古竟悲原
平生臭味唯梅菊　晩歲朋儔是蕙蓀
讀罷離騷歌郢曲[53]　一牕風雪隔塵喧

---

49 陶令: 陶淵明을 이른다.

50 龍山歌舞: 晉나라 때 孟嘉가 征西將軍 桓溫의 參軍이 되었는데, 중양절에 龍山의 酒宴에서 바람에 모자가 날아간 줄도 모른 채 풍류를 즐겼다고 한다.《晉書 孟嘉傳》

51 九畹: 난초를 이른다. 『楚辭』 「離騷」에 "나는 이미 구원에 난초를 심었음이여, 또 백묘의 땅에 혜초를 심도다. [余旣滋蘭之九畹兮, 又樹蕙之百畝.]" 하였다.

52 三湘: 楚나라 대부 屈原이 유배되었던 湘江이다.

53 離騷郢曲: '이소'는 屈原이 쫓겨난 뒤에 자신의 불우함을 표현한 노래이다. '영곡'은 楚나라 지방의 악곡인데, 여기에서는 「陽春白雪曲」 등의 고상한 곡조를 가리킨 듯하다.

만년송 萬年松

여러 해 자라더니 푸르름은 구름에 닿을 듯
울긋불긋 잠시 화려하기만 한 꽃들을 천하게 여기네.
하늘까지 솟은 설골雪骨 딸기 줄기 얽어 있고
비에 젖은 상피霜皮, 이끼 무늬 붙어있네.
천년토록 늠름한 백이, 숙제의 절조
만고에 맑고 맑은 백중伯仲의 화목함
의기가 상통하여 평생을 의탁할 만하거니
추워지는 날에 마주하며 함께 취하려네.

生長多年翠拂雲　　鄙他紅紫暫時芬
參天雪骨纒莓綫　　溜雨霜皮帶蘚文
千年凜凜夷齊操　　萬古蕭蕭伯仲壎
氣類平生堪托契　　歲寒相對共微醺

사계화 四季花

쌓아 만든 꽃언덕 참으로 둥그런 모양
아름다운 뿌리 심으니 자리 잡은 곳 편안해라.
옥진玉眞은 바다에 들어가도 그 몸 죽지 않고
금곡의 누대에서 떨어져도 얼굴에 흉터 없네.
일 년의 봄빛은 끊임없이 머무르고
사계절의 풍광은 언제나 볼 수 있네.
비할 바 아니리 상림원의 비바람 몰아치는 저녁
울긋불긋 온갖 꽃 함께 떨어지는 것에

築成花塢正團團　　手種芳根得地安
入海玉眞[54]身不死　　墮樓金谷[55]面無瘢
一年春色綿綿住　　四節風光續續看
不比上林[56]風雨夕　　千紅萬紫一時殘

백일홍 百日紅

뭇꽃들 사라져 도리어 아득한데
또 다른 화려한 꽃, 늦은 빛깔 고와라.
구십 일 봄날엔 모두 아름답고
삼천의 궁녀는 저마다 고왔지.
봄빛 남아 시권詩卷 속으로 돌아가고
풍류를 주관하여 술자리에 오르네.
한 번 취하면 백 날을 다해야 하거니
올해도 이와 같고 또 해마다 이와 같으리.

群芳掃地却悠然　　別種蘂華晩色鮮
九十日春摠佳麗　　三千宮女各嬋娟
留連光景歸詩卷　　管領風流上酒筵
一醉應須窮百日　　今年如此又年年

---

54 玉眞: 楊貴妃를 이른다. 白居易 「長恨歌」에 바다 위의 선산에 아름다운 선녀들이 사는데 그 중 옥진이라는 선녀가 있다고 하였다.

55 墮樓金谷: 晋나라의 富豪 石崇이 金谷에 별장을 짓고 妓妾 綠珠를 데리고 享樂을 즐겼는데, 趙王 倫이 叛逆하여 정권을 잡고 녹주를 달라고 했다. 석숭이 거절하자 석숭을 잡아갔는데 녹주가 樓에서 떨어져 죽었다고 한다.

56 上林: 上林園으로, 秦·漢시대 때 長安에 있었던 황제의 정원이다.

삼색도 三色桃

알록달록 한 그루 나무 담장 끝에 나오더니
화려한 봄 모습 내 눈 안에 들어오네.
붉은 색 짙건 옅건 모두 사랑할 만하거니
길건 짧건 도톰하건 말랐 건 어느 걸 버리리.
마음속에 경수涇水와 위수渭水 구별하고자 한다면
구유 위에 검은말, 누런 말 섞여있어도 해 될게 없으리.
일 많은 벌들, 정해진 곳도 없이
바삐 오갈 뿐 편히 쉴 곳 정하지 못하네.

一株斑駁出墻梢　雜沓春容入眼交
紅紫淺深皆可愛　短長肥瘦孰堪抛
胸中涇渭[57]要能別　櫪上驪黃[58]未害殽
多事飛蜂無定所　紛紛彼此不安巢

금전화 金錢花

이끼 엽전 땅을 덮어 푸르름 가득하거니
무성한 느릅나무 잎은 공연히 줄기에 달려있네.

---

57 涇渭: 중국 陝西省에 있는 두 강 이름으로, 涇水는 탁하고 渭水는 맑다. 보통 옳고 그름과 淸濁에 대한 분별을 이른다.

58 櫪上驪黃: '여황'은 사물의 겉모습이니, 이러한 겉모습만을 가지고서는 진정한 내면이나 본질을 알 수 없다는 뜻을 담은 牝牡驪黃의 준말이다. 九方皐가 秦穆公을 위해 말을 구하여 얻어 놓고 하는 말이 牝而黃이라 하여 사람을 시켜서 가보게 하니 牡而驪였다. 그래서 그것을 가져와보니 과연 천하의 명마였다고 한다.《列子 說符》

어찌 귀한 형주荊州의 삼품三品만 하랴.
변화하여 한제漢帝의 오수전五銖錢이 되었네.
처음에 조화의 풀무 가운데에서 뛰더니
문득 음양陰陽의 숯 속에서 드러나네.
부자 집 가난한 집 어디건 넉넉하니
세상의 쓸모를 다툴 만 한 물건 없네.

苔錢印地綠盈盈　　榆葉紛紛謾着莖
爭似荊州三品貴　　化爲漢帝五銖[59]輕
初從造化爐中躍　　忽見陰陽炭裏呈
富屋貧家隨處足　　世間無物與爭衡

옥잠화 玉簪花

울긋불긋한 보통 꽃과는 비교할 수 없나니
인간세상의 특별한 꽃임을 알겠네.
왕모王母는 옥비녀로 월녀越女를 꾸며주고
천손天孫은 아름다운 옥, 상아湘娥에게 주었네.
주렴을 반쯤 걷으니 볼수록 예쁘고
벽월璧月이 높이 떠 비춘 모습, 한층 아름다워라.
살갗일랑 빙설氷雪 앞에서 뽐낼 만 한 데다
맑은 향은 난초에게 자랑할 만하지.

59 五銖: 무게가 5銖로서 漢 나라 武帝 元狩 5년(기원전 118)에 처음으로 주조되어 魏晉南北朝, 隋 나라 때까지 통용되다 唐 나라 건국 초에 폐지된 동전이다.

尋常紅紫不同科　　知是人間別樣花
王母瑤簪粧越女[60]　　天孫瓊佩贈湘娥[61]
珠簾半捲看愈好　　璧月高懸照更嘉
不獨肌膚詑氷雪　　淸香堪與蕙蘭誇

거상화 拒霜花[62]

가을 깊어 가는데 홀로 푸르른 모습 대단하니
아리따운 붉은 꽃에게는 설명해도 이해 못하리.
빙설 같은 마음, 보노라니 늠름하고
풍상風霜의 기절은 바라보면 꼿꼿하네.
도리桃李의 붉은 뺨 자랑하지 말라
길이 난초를 짝하여 흰 영혼을 맡기리.
차가운 날, 해도 저물고 적삼 소매 엷은데
가을바람 부는 울타리 아래에 홀로 외로워라.

秋深多爾獨靑靑　　見說妖紅不可聽
氷雪襟懷看凜凜　　風霜氣節望亭亭
不須桃李誇紅臉　　長伴蘭蓀托素靈
日暮天寒衫袖薄　　西風籬下獨竛竮

60 越女: 西施 또는 서시처럼 아름다운 美女를 이른다.
61 湘娥: 순임금의 后妃인 娥皇·女英을 이른다.
62 拒霜花: 木芙蓉의 별칭으로, 仲秋경에 꽃이 피는데 추위를 잘 견디어 떨어지지 않는다고 한다.

영산홍 映山紅

집은 봄 산의 몇 번째 높은 곳인가
올해의 꽃 작년에 비해 많기도 하네.
붉은 구름 땅에 가까워 사람들 건널까 꺼려지고
붉은 안개 누대에 어려 나그네 기댈까 의심되네.
금모金母의 진홍 치마, 촉의 비단으로 마름질 했고
옥아玉兒의 노을빛 소매, 오나라 비단 잘라 만들었네.
적성赤城이 인간 세상에도 있거니
높은 하늘, 태양 위로 갈 필요 없으리.

家住春山第幾層　今年花比去年增
彤雲襯地人嫌度　紅霧迷樓客訝憑
金母茜裙裁蜀錦[63]　玉兒[64]霞袂翦吳繒
赤城[65]亦在人間世　不必層霄白日淩

오동잎 梧桐葉

오래된 우물가 한 그루 나무 짙은 그늘 드리우고
우뚝 솟은 열 길의 줄기는 산 동쪽에 있네.
재질은 금슬琴瑟을 만들 만하니 그대 땔감으로 쓰지 말라
잎은 시소詩騷를 사랑하니 내 다시 가져가리라.

---

63 金母句: 옛날 崑崙山에 있던 仙女로, 西王母라고도 한다. '蜀錦'은 四川에서 생산되는 채색 비단으로, 색채가 곱고 재질이 질기다고 한다.
64 玉兒: 위진시대 南齊의 東昏侯 蕭寶卷의 寵妃인 潘玉兒이다.
65 赤城: 傳說 속의 仙境이다.

창 앞엔 처음 비 내리는 소리 또렷하게 들리고
섬돌 아래로 하늘하늘 서리 내릴 일 미리 아네.
진정 높은 가지와 줄기 보호하려거든
마침내 봉황을 불러 울음소리 나게 해야 하리.

一樹濃陰古井傍　高標十丈掛朝陽
材堪琴瑟君休爨[66]　葉愛詩騷我復將
的歷牕前初聽雨　飄零階下預知霜
丁寧護得高枝榦　終要雝雝引鳳凰[67]

치자화 梔子花

섬돌 가까이의 아름다운 나무 사랑하노니
가랑비 내릴 때 뿌리 북돋우려 다시 호미를 매네.
졸고 나니 옥빛 모습 발에 비치고
시 읊조리자 맑은 향, 술잔에 불어오네.
북당의 원추리 섬돌의 명협蓂莢, 짝 삼을 만하고
문 앞의 버들 정원의 도화, 감히 함께 하려 하지 않네.
만약 주인이 어떤 이인가 묻거든
온갖 꽃에 에워싸인 그 집에 있는 이라 하소.

---

66 休爨: 漢나라 蔡邕이 땔감으로 오동나무를 아궁이에 넣었는데, 타는 소리가 아름다워 매우 좋은 재목임을 알아보고 꺼내어 거문고를 만들었다고 한다.

67 終要句: 『詩經』「大雅・卷阿」에 "봉황이 울이여, 저 높은 언덕이로다. 오동이 자람이여, 저 산의 동쪽이로다. 다북하고 무성함이여, 화기롭게 우는도다. [鳳凰鳴矣, 於彼高岡, 梧桐生矣, 於彼朝陽. 菶菶萋萋, 雝雝喈喈.] 하였다.

爲憐嘉植近庭除　細雨培根復荷鋤
玉色映簾呈睡後　淸香送酒入吟餘
堂萱砌蓂[68]堪爲伴　門柳園桃不敢如
若問主人何似者　百花深處是吾廬

이끼 붙은 괴석 苔封怪石

너의 집 오래된 돌, 울퉁불퉁한 모습
파리한 뼈 앙상한 모습 노인이 서있는 듯
이끼 벗겨보면 축축한 물기 머금었고
이리 저리 난 개미굴엔 차가운 물 흐르네.
시인이 벗 삼아 읊조리면 시력詩力이 굳세지고
고승高僧이 마주하여 졸 때, 도심道心은 그윽하네.
은근한 마음으로 불러서는 섬돌의 벗 삼으려하노니
평생의 기상 나와 비슷함을 사랑하노라.

渠家古石樣崎嶇　瘦骨崚嶒立老叟
剝落苔紋含宿潤　縱橫蟻穴漱寒流
詞客伴吟詩力硬　高僧對睡道心幽
慇懃喚作軒墀友　爲愛平生氣像侔

---

68 蓂莢: 堯임금 재위 때에 조정의 뜰에 난 상서로운 풀. 매달 초하룻날부터 하루에 한 잎씩 나서 자라고, 16일째부터 그믐까지는 한 잎씩 떨어졌는데, 이것에 의하여 달력을 만들었다고 한다.

등나무가 휘감은 노송 藤蔓老松

용龍 모양의 늙은 가지 구불구불 삐틀삐틀
가는 등나무가 마치 푸른 뱀처럼 휘감았네.
하늘까지 치솟은 검은 빛, 구름이 펼쳐있고
밤 되자 차가운 소리 파도가 싸우는 듯
땅 아래 흐르는 송지松脂는 적복령赤茯苓으로 뭉치고
공중에서 떨어지는 솔방울, 단사丹砂를 깨트리네.
진황秦皇께서 만일에 창관蒼官의 절조를 묻는다면
언제나 푸른 가지 그 모습 바꾸지 않는다 하라.

老榦如龍屈復斜　　細藤纒繞似青蛇
參天黛色鋪雲影　　入夜寒聲戰海波
地下流膏蟠赤茯　　空中落子碎丹砂[69]
秦皇若問蒼官[70]操　　冬夏青青不易柯

가을을 뽐내는 붉은 감 矜秋紅柹

한 정원의 가을 빛 한창 불그스름하니
흡사 높은 산등성이 불꽃에 싸인 듯
도리어 연지臙脂에 새벽이슬 내렸나.
다시 비싼 홍람紅藍에 푸른 남기 어렸나.
주룡朱龍이 알을 토하니 가을이라 선명하고

---

69 丹砂: 붉은 선약으로, 옛날 道士들이 단사를 가지고 불로장생의 秘藥을 구워냈다고 전한다.
70 蒼官: 소나무나 잣나무의 별칭이다.

단봉丹鳳에 털이 나 저물녘 깃을 펴네.
따고 보니 눈에 가득한 선과仙果
자리에는 술을 마시는 두 셋의 나그네.

一園秋色正紅酣	髣髴嵬岡帶烈炎
却訝臙脂和曉露	還疑利市[71]染青嵐
卵吐朱龍秋爛爛	毛生丹鳳晩毵毵
摘來滿目是仙果	座上銜杯客二三

이슬에 젖은 노란 유자 浥露黃橙

아름다운 나무 가지고 회수 언덕 넘지 않고
좋은 뿌리 다행히 나에게 줌이 좋아라.
침을 모아놓은 듯한 푸른 가시, 뾰족이 아래를 향하고
알처럼 드리운 황금열매, 멀리 보면 가득하네.
품어 와 어머니께 드릴만 하거니
받아와 아내에게 주는 것 웃을 만하네.
가지 끝을 떠나온지 얼마이던가.
바람, 이슬 흔적 아직 남아있음 어여뻐라.

不將佳樹渡淮濆	却喜芳根幸我分
青刺攢鍼低剡剡	黃金垂卵逈紛紛
堪將懷去供慈母[72]	可笑分來遺細君[73]

71 利市: 값이 비싸다는 뜻으로, 紅藍을 이른다.
72 堪將句: 陸績이 여섯 살 때 袁術에게 갔다가 받은 귤을 어머니에게 드리려 품에 넣어 가져오려 했다고 한다.

別却枝頭曾幾日　　可憐風露尙遺痕

촉 포도 蜀葡萄

한나라 사신 포도를 가지고 항궁絳宮에 들어가니
상림원의 안개비, 저물녘에 부질없이 내리네.
시렁 가득한 용의 수염에 봄 그늘 드리우고
소반 가득한 말의 젖, 저물녘 빛이 짙어라.
이 술로 좋은 관직 바꿨다니 그 맛 그윽함을 알겠고
비단으로 후한 상 받았으니 은혜 넉넉함 알겠네.
내 지금 제부諸婦와 상의하여
동이속의 맛있는 술 한 번 마련해 보리라.

漢使葡萄入絳宮[74]　　上林煙雨晩空濛
龍髥滿架春陰合　　馬乳堆盤晩色濃
酒博好官[75]知味久　　縑承厚賞覺恩融
我今剩欲謀諸婦　　從事醍醐瓮盎中

---

73 可笑句: 蘇軾 「上元侍飮樓上」에 “돌아오자 꺼져가는 한 등잔불 남아 있는데, 오히려 받은 감이 있어 아내에게 주었네. [歸來一盞殘燈在, 猶有傳柑遺細君.]” 하였다.

74 絳宮: 神仙이 산다는 傳說 속의 宮殿이다.

75 酒博好官: 後漢 靈帝 때에 孟他가 中常侍 張讓에게 葡萄酒 한 말을 바치고 涼州刺史를 얻었다고 한다.《後漢書 宦者列傳 張讓 조항》

안석류 安石榴

안석류의 꽃, 화려한 담장을 감싸고
고상한 모습 홀로 서서 뭇꽃들 굽어보네.
붉은 수염 자줏빛 꽃, 그저 감상할 만하거니
주초와 영지만 상서로운 것은 아니네.
대모玳瑁의 껍질 붉은 옥을 감싸고 있는 듯
수정 소반에 자하장紫霞漿을 쏟아놓은 듯
미인의 하얀 이, 먼저 신 맛 느끼고는
붉은 입술에 서리 어림을 견디지 못하네.

安石榴花繞粉墻　　高標獨立俯群芳
丹鬚紫蕚聊堪賞　　朱草靈芝未必祥
玳瑁[76]殼包紅玉粒　　水晶盤瀉紫霞漿[77]
美人瓠齒先酸楚　　不耐朱唇又帶霜

분지의 연봉우리 盆池菡萏

집 한 모퉁이 푸른 이끼 뚫고서
정갈한 모습으로 우뚝 선 이 연꽃
바람이 물 위로 불어오자 펄럭이는 이파리
이슬이 잎 위를 구를 때면 동글동글한 구슬인 듯
태액지太液池의 풍류, 나라 그르쳤음을 비웃고

---

76 玳瑁: 바다거북과에 딸린 거북의 하나. 등딱지를 玳瑁 또는 玳瑁甲 이라고 하며 工藝品·裝飾品 等에 귀중하게 씀.

77 紫霞漿: 仙藥의 이름이다.

염계濂溪 선생 고상한 취향, 진유眞儒임을 기억하네.
말 잊은 채 마주하고 때에 따라 옮겨 앉으며
서쪽 봉우리에 해 넘어가는 것 신경 쓰지 않네.

鑿破蒼苔宅一隅　　亭亭淨植此蕖芙
風搖水上黐黐蓋　　露走盤中的的珠
太液風流[78]嗤誤國　　濂溪雅趣[79]記眞儒
忘言相對移時坐　　不管西岑日色晡

가산假山의 연람 假山[80]煙嵐

타고난 성품이 임천林泉을 좋아하여
먼 산을 끌어다 눈앞에 두었네.
만학萬壑의 연기와 노을, 화려한 집에 스며들고
삼봉三峯의 푸른 빛은 화려한 잔치를 압도하네.
귓가엔 그윽한 새소리 들리는 듯
발걸음은 언제나 사찰에서 오가는 듯
어찌하면 명리의 길, 비녀와 홀 벗어던지고
이처럼 초연한 물외物外에서 지낼까.

生來性癖愛林泉　　却引遙山住眼前
萬壑煙霞侵畫閣　　三峯蒼翠壓華筵

78 太液風流: 唐나라 玄宗이 楊貴妃와 함께 궁중의 太液池에 나와 연꽃을 보고는 주위의 사람들에게 연꽃의 아름다움이 양귀의 아름다움만 못하다고 하였다.
79 濂溪雅趣: 周敦頤가 연꽃을 사랑하여 「愛蓮說」을 지었다.
80 假山: 기괴한 모양의 돌, 또는 나무에 人工을 가하여 만든 작은 산이다.

耳邊髣髴幽禽響　　脚底尋常寶刹躔
安得明途謝簪笏　　超然物外此周旋

유리석 琉璃石

인간의 물건 가운데 이것이 존엄한데
세상에선 공연히 황금이 값나간다 하지.
거울 위에 비단 펼친 듯, 바라보면 빛나고
산 얼굴 비에 씻긴 듯, 그 기세 가파르네.
값이야 수정에 비하면 어찌 비슷하랴.
호박보다 진귀하거나 혹은 서로 비슷하네.
누가 불러다가 뜰의 구경거리 삼았나.
자리에 가득한 이들 다투어 눈 비비고 바라보네.

人間物品此尊嚴　　世上黃金漫號兼
鏡面錦開看瑩瑩　　山顔雨洗勢巉巉
價比水晶那得竝　　珍於琥珀或相參
誰教呼作庭除玩　　滿座爭先刮眼瞻

차거 그릇 硨磲盆

황하의 물 맑아지는 성대聖代에 은택이 깊으니
풍이馮夷가 때로 다시 멀리 보배를 나르네.
천년된 늙은 방합, 파도 속에서 나오고
밤 내내 시름겨운 구름, 바닷가에 그늘 드리우네.

물 아래에선 바로 보배 곁에 있었을 텐데
인간세상에선 예로부터 꽃 숲 곁에 있었네.
화신花神이 감히 기이한 물건 독차지 하지 않고
시옹詩翁에 보내어 취해 읊조릴 때 짝하게 했네.

盛代河淸[81]德澤深　　馮夷[82]時復遠輸琛
千年老蚌波心出　　一夜愁雲海上陰
水底定應隣寶藏　　人間故自傍花林
花神[83]不敢專奇玩　　剩遣詩翁伴醉吟

나무 정자에서 우는 학 鶴唳亭松

구름 사이에서 태화胎化하여 그 나이 알 수 없고
흰 터럭 붉은 머리는 마치 신선의 모습 같네.
구산緱山에서 날아갈 때 퉁소 소리 아득했고
화표주華表柱에 돌아올 때엔 세대가 바뀌었지.
소자蘇子의 꿈속에선 끼룩끼룩 울었고
포조鮑照의 부賦에서는 너울너울 춤추었지.
뉘 알랴 맑게 우는 물가 들판의 밤
서리 차고 바람 맑고 달은 활시위 모습임을

胎化雲間不計年　　霜毛丹頂似神仙

81 盛代河淸: 聖君이 출현하여 태평 시대가 열릴 징조로, 황하의 물이 천 년에 한 번씩 맑아진다고 한다.
82 馮夷: 傳說 속의 黃河의 神으로, 河伯이다.
83 花神: 꽃을 주관하는 神 또는 꽃의 精髓이다.

緱山[84]飛去笙簫逈　　華表[85]歸來世代遷
蘇子夢中鳴似戛[86]　　鮑照賦裏舞初蹁
誰知淸唳亭皐夜　　霜冷風淸月似弦

동산의 풀 위에 잠든 사향노루 麝眠園草

야성野性이라 예로부터 시전市廛 있는 곳에 살지 않는데
가련케도 너, 무슨 일로 이곳에 왔는지.
다북한 방초芳草는 들에 펼쳐져 있고
흐르는 차가운 샘물엔 푸른 하늘 잠겨있네.
햇빛 받으며 한가한 세월 속에 곤한 잠자고
바람결에 멀리 퍼지는 향기는 신선을 괴롭게 하네.
근래에 사랑스레 원림園林의 약속 맺었거니
꿈은 운산雲山의 물과 돌 있는 곳에서 깨리라.

野性從來不市廛　　憐渠何事此來前
萋萋芳草鋪平地　　泱泱寒泉蘸碧天
映日眠酣閒歲月　　因風香遠惱神仙

84 緱山: 河南省에 있는 緱氏山이다. 周靈王의 태자였던 王子喬가 피리를 잘 불어 봉황의 소리를 내곤 했다. 道士 浮丘生이 진을 인도하여 嵩高山에 올라간 지 30여 년이 지난 뒤에, 桓良을 보고 7월 7일 구씨산 꼭대기에서 자신을 기다리라고 하였다. 그날이 되자 과연 백학을 타고 산봉우리에 머물렀다고 한다.《列仙傳 王子喬》

85 華表: 華表柱. 묘문 앞에 세운 기둥이다. 漢 나라 때 遼東의 丁令威란 사람이 靈虛山에서 仙術을 배워 鶴으로 변하여 자기 고향에 돌아와 華表柱 위에 앉았다고 한다.

86 蘇子句: 蘇軾 「後赤壁賦」에 "마침 외로운 학 한 마리가 …… 끼룩끼룩 길게 소리 내어 울며 나의 배를 스쳐서 서쪽으로 날아갔다. [適有孤鶴, …… 戛然長鳴, 掠予舟而西也.]" 하였다.

年來愛結園林約　　夢斷雲山水石邊

물 위의 금계 水上錦鷄

비 내린 남쪽 언덕 물이 호수에 가득한데
한 쌍의 금계 노닐며 서로 즐거워하네.
물결 속에서 물 차고는 울며 화답하고
거울처럼 맑은 물에 짝지어 나니, 그 그림자 외롭지 않아라.
둥둥 배를 따라 다니며 늘 오르락내리락
사뿐히 짚신이 되어 또 종종걸음으로 다니네.
한가히 살며 다행히 강변의 집 정했거니
지팡이 날마다 짚고 오가는 데 거리낄 게 없네.

雨過南坡水滿湖　　一雙遊戲自相娛
波心對蹴鳴相和　　鏡面朋飛影不孤
泛泛隨舟常上下　　飄飄化舃[87]又蹌趨
閒居幸卜臨江宅　　未礙笻枝日日扶

새 장 속의 집비둘기 籠中華鴿

따스한 봄날 화려한 집에 햇빛 비치니

87 飄飄化舃: 後漢 때의 仙人 王喬가 葉縣 令으로 있었는데 朔望 때마다 수레나 말도 타지 않은 채 조정에 오곤 했다. 이상하게 여겨 엿보게 하니, 그가 올 무렵 두 마리 집오리[雙鳧]가 동남쪽에서 날아오므로 그물을 쳐서 잡고 보니, 신 한 짝이 들어 있었다고 한다.《後漢書 方術傳 王喬 조항》

아름다운 날개 가지런히 한, 두 마리의 새
구슬 발 언뜻 여니 푸른 빛 보이고
미인은 막 나와서는 담요 위에 앉네.
기와 머리에 해 떠올라 구름 위로 솟고
하늘엔 살랑 바람 부니 저물녘에 부르는 소리
비노飛奴가 믿음 적다 꺼리지 말라.
해 기울 때면 또 주인 옆을 달리리니

春融華屋日光舒　　錦翼初齊兩兩雛
珠箔乍開看翡翠　　美人初出坐氍毹
瓦頭日上衝雲起　　天面風微向晩呼
莫把飛奴[88]嫌少信　　斜陽又傍主家趨

목멱산의 개인 구름 木覓晴雲

종남산의 푸른 빛 주궁珠宮을 마주하고
다시 구름 걷힐 때면 햇빛 받아 따스하네.
옥 쌓인 봉우리엔 상서로운 구름 일어나고
황금 대궐 모퉁이엔 상서로운 연기 에워쌌네.
백년의 성곽城郭은 산하의 안에 있고
한 시대의 관리들은 우로雨露 속에 있네.
공무 마치고 돌아오면 문 앞에 새그물치고
발 걷어 귀산龜山과 몽산蒙山을 마주하네.

---

88 飛奴: 비둘기의 별칭이다. 唐나라 때 張九齡이 많은 비둘기를 길렀는데, 親知와 서신을 주고받을 때면 비둘기의 발에 서신을 묶어 보냈으며, 비노라 불렀다고 한다.

終南蒼翠對珠宮[89] 時復晴雲映日融
疊玉峯頭祥霧起 黃金闕角瑞煙籠
百年城郭山河內 一代衣冠雨露中
朝罷歸來門雀網 捲簾相對凡龜蒙[90]

인왕산의 저녁 종소리 仁王暮鐘

푸르른 새벽녘 서산西山의 상쾌한 기운
위로는 진인眞人이 보방寶坊에 산다네.
서축西竺의 탑에는 꽃비가 부슬부슬 내리고
옛 선당禪堂엔 향의 연기가 맴도네.
성안의 거마車馬, 붉은 먼지 속에 시끄럽고
골짝 안의 연하煙霞는 한낮에도 자욱하네.
밤 되자 종소리, 구름 밖에 떨어지는데
고개 돌리자 아득한 마음 가눌 수 없네.

西山爽氣曉蒼蒼 上有眞人住寶坊[91]
花雨繽紛西竺塔 香煙繚繞古禪堂
城中車馬紅塵鬧 洞裏煙霞白日長
入夜鐘聲雲外落 不勝回首意茫茫

89 珠宮: 道院이나 佛寺를 이른다.
90 龜蒙: 龜山과 蒙山으로, 이 두산은 모두 山東省의 境內에 있다.
91 寶坊: 절의 美稱이다.

임풍대, 박간보【겸산】의 시에 차운하다
臨風臺, 次朴艮甫【兼山】韻

1
신선은 아득한 데에서 찾을 필요 없나니
인간 세상에 있으나 진실로 알지 못할 뿐
고대高臺가 매몰된지 몇 천 년 되었나.
지금에 지팡이 짚고 거닐다 우연히 찾았네.

神仙不必覓微茫　　只在人間苦不識
高臺埋沒幾千年　　杖屨如今偶然得

2
밭에 가득한 곡식들 배 채우기에 넉넉하고
곳곳에 가득한 강호江湖는 한껏 바라볼 만하네.
도연명의 백주, 즐거움 다른 데 있지 않았고
범중엄의 붉은 충심 나라 걱정뿐이었지.

盈疇禾稼足實腹　　滿地江湖供極目
淵明白酒樂無他　　范老[1]丹心只憂國

1 范老: 北宋의 재상 범중엄(989~1052)이다. 「岳陽樓記」에 "천하의 근심을 먼저 근심하고, 천하의 즐거움을 뒤에 즐긴다. [先天下之憂而憂, 後天下之樂而樂.]" 하였다.

박간보의 「무산의 한 조각 구름」 시에 차운하다
次朴艮甫「巫山[1]一段雲」

청산青山에 해 지려하는데
붉게 물든 나무는 한창의 가을
강 아래 강 위의 마을엔 저물녘 연기 걷히고
기러기는 흰 모래의 섬에 내려앉네.
기약이 있는 것은 푸른 파도 있는 곳
무심한 것은 경성京城 거리에 노니는 것
요순 세상의 한 소부巢父와 허유許由
몸과 세상은 서로 아득하여라.

青山將落日　　紅樹卽深秋
江南江北晩煙收　　雁落白沙洲
有約滄波上　　無心紫陌遊
唐虞天地一巢由[2]　　身世兩悠悠

[원주]
간보의 집은 푸른 산이 에워싸고 있고 집 정원에는 또 아름다운 나무가 많은데 가을이 오면 붉은 잎이 타오르는 듯하다. 그 동네 어귀 일 리쯤에 두 물줄기가 동쪽과 서쪽에서 오는데, 합쳐져 큰 강이 되어 남으로 바다에 이어진다. 섬 안의 흰 모래가 눈 같은데 갈매기, 해오라기, 기러기가 모이는 곳이다. 간보의 골상(骨相)이 청고하고 마음은 쇄락하여 빈천을 편안하게 여기고 외물을 바라지 않는데, 마치 기영(箕潁)의 유풍이 있는 듯하다. 그러므로 내가 이렇게 말한 것이다.
艮甫之居, 環以靑山, 園中又多嘉植, 秋來, 紅葉如燒. 其洞口一里許, 兩水東西來, 合而爲大江, 南注于海. 洲中白沙如雪, 鷗鷺鴻雁之所翔集. 艮甫骨相淸高, 胸次灑落, 有以安貧賤

---

1 巫山: 楚나라 양왕이 巫山의 神女와 만나 흥겹게 놀았다는 곳이다.
2 巢由: 堯임금 때의 高士들로, 요임금이 天下를 讓與하려 하였으나 거절하고 은거하였다.

而不願乎其外, 髣髴有箕潁[3]之遺風. 余故云云.

3 箕潁: 箕山潁水의 준말로, 높은 지조를 뜻한다. 高士 許由가 기산에 숨어 살았는데 堯 임금이 임금의 자리를 전해주려 하자, 영수에서 귀를 씻었다고 한다.

박간보의 시에 차운하다
次朴艮甫韻

머리 위의 해와 달 잠시도 멈추지 않는데
동화문東華門의 한 꿈 잠깐 사이 꾸었지.
만사萬事일랑 한 잔 술에 부쳐야 하니
날마다 무하유지향에서 마시며 이 삶을 보내리라.

頭上雙輪不暫停　　東華[1]一夢片時成
應須萬事付杯酒　　日飮無何[2]度此生

---

1 東華: 궁성의 동쪽 문 이름으로, 즉 朝廷을 의미이다.

2 無何: 있는 것이란 아무것도 없는 곳이라는 말로, 莊子가 추구한 無爲自然의 이상향을 가리킨다.《莊子 逍遙遊》

박간보의 시에 차운하다
次朴艮甫韻

1

서풍西風 불어오는 울타리 아래 서성이기 좋으니
모름지기 국화 꽃 자세히 보아야 하리.
눈앞의 번화함은 참으로 한 순간일 뿐
만난 자리 술 있으니 함께 난간에 기대네.

西風籬下好盤桓　　須把黃花仔細看
過眼繁華眞一瞥　　相逢有酒共憑欄

2

굽이굽이 흐르는 물은 푸른 산을 감아 돌고
새로 지은 누추한 집은 다만 초옥 몇 칸
천지天地를 거두어 한 집 안에 담았으니
노년에 머무르며 긴 한가함을 누리네.

環環流水抱靑山　　新搆蝸廬草數間
收拾乾坤歸一室　　留連晩境賭長閒

홍시 시에 차운하다
次紅柹韻

가을 깊은 촌마을에 기쁜 마음 가득하니
그대와 나의 깊은 정, 쉬이 헤아릴 수 없어라.
소반 가득한 홍시는 규룡 알처럼 크니
병든 이에게 자주 맛보게 하는 뜻 고마울 뿐이네.

秋深村巷賞心長　　君我深情未易量
紅柹滿盤虯卵大　　感君頻寄病夫嘗

박간보 시에 차운하다
次朴艮甫韻

근래에는 머리털이 은색처럼 허옇거니
덧없는 세상의 공명은 보배롭지 않다네.
스스로 늘그막 좋은 맛을 사랑하거니
그대와 시주詩酒 함께 하며 한가한 이 되네.

年來鬢髮白如銀　　浮世功名未是珍
自愛老年滋味處　　與君詩酒作閒人

박간보의 시에 차운한 권시보【득경】의 시에 차운하다

次權時甫[1]【得經】和朴艮甫韻

타고난 성품에 배움도 순후해
가는 곳마다 음악소리, 교화가 새로웠지.
조정에서 추천하는 의론 얼마나 많았나.
반백의 인생에 벌써 귀신이 되었네.
낙동강의 물결에 백옥은 가라앉고
성산星山의 초목은 봄빛을 잃었네.
황천의 어느 길에서 고결한 풍모 좇을까.
칠흑 같은 긴 밤 다시 새벽도 오지 않네.

性本天然學又醇	弦歌[2]隨處化行新
幾多物論推廊廟	半百人生已鬼神
洛水波濤沈白璧	星山草木失青春
泉臺何路追淸範	長夜沈沈不再晨

1 時甫: 權得經. 본관 安東. 아버지는 權放. 문종 1년(1451) 增廣試 丙科 급제. 牧使를 역임.

2 弦歌: 백성들이 禮樂으로 敎化되었음을 뜻한다. 공자의 제자 子游가 武城의 邑宰가 되어 禮樂을 가르치니 공자가 가보고 웃으면서, "닭을 잡는데[割鷄] 무엇하러 소 잡는 큰 칼을 쓰느냐?" 하였다. 이는 작은 고을을 다스리면서 나라를 다스리는 禮樂을 쓸 필요가 없다고 농담을 한 것이다.

박간보의 시에 차운하다

次朴艮甫韻

잣나무 부여잡고 하늘 향해 울부짖고서
산중에서 두 번이나 가을 잎 날리는 것 보았네.
마음을 아는 이 여섯 획의 간艮자 친구
얼굴을 여러 날 못 본 적 있었나.
서로 만나 반가운 마음에 함께 얼굴을 펴고
어찌 할 수 없는 세상사에 함께 탄식을 하였지.
좁디좁은 띠 집 스스로 넓다 생각하고
광대한 천지도 오히려 좁다고 꺼리더니
생애일랑 울타리 밖 몇 이랑의 밭
심사心事는 문 앞 아홉 굽이의 물
인간사 화복은 변새 늙은이의 일과 같고
몸 밖의 득실은 파초 아래 사슴을 둔 것과 같네.
그대와는 간담肝膽을 서로 환히 비추는 사이
세상의 화려함 뒤좇는 일은 하려하지 않지.
높은 누대에 기약 있으나 오르지 못했는데
벌써 서풍에 잎이 지는 가을 저녁 되었네.
밤새 비바람에 청담淸談을 못 나누고 보니
시를 부치는 오늘 아침, 정이 더욱 돈독하네.
내일 아침 비 개이면 잘 찾아오시게
누대 위의 정경도 예부터 알던 것이니

一自攀柏號窮旻[1]　山中兩見飛秋葉
知心只有艮六畫　面目何曾數日隔
相逢有懷同開顔　世事無聊共歎息

茅茨狹小自謂寬　　天地廣大猶嫌窄
生涯籬外數畒田　　心事門前水九曲
人間禍福塞上翁　　身外得失蕉下鹿[2]
與君肝膽正相照　　世路繁華謝馳逐
高臺有約阻登臨　　落木西風已秋夕
連宵風雨隔清談　　寄詩今朝情更篤
明朝雨晴好相尋　　臺上風煙舊相識

---

1 一自句: 晉나라 王裒의 부친이 司馬昭에게 살해되자, 왕부는 무덤 옆에 여막을 짓고 아침저녁으로 무덤에 절을 하고는 옆의 잣나무에 매달려 울부짖었는데, 나무에 눈물이 흘러 그 나무가 말라 죽었다고 한다.《晉書 孝友傳 王裒 조항》

2 蕉下鹿: 삶의 무상함을 뜻한다. 옛날 어떤 사람이 나무를 하다가 우연히 사슴을 잡아 남 몰래 파초 잎새로 덮어 놓았는데, 나무를 다하고 사슴을 찾았으나 장소를 잊어버렸다. 꿈인가 생각하고 돌아왔는데, 마침 어떤 이가 그 말을 듣고 산으로 가서 사슴을 찾아 가져와서는 아내에게 나무꾼의 꿈을 자기가 꾸고 있는 건지도 모른다고 말하였다 한다.《列子 周穆王》

박간보의 시에 차운하다
次朴艮甫韻

1

여덟 날개로 삼공三公을 바라지 않으나
조그만 술잔으로 오직 대도에 통하려 하네.
게다가 봄밭에 차조를 많이 심었으니
늘그막 자미滋味를 그대와 함께 하리.

不將八翼[1]望三公　　小酌唯謀大道通
剩向春田多種秫　　暮年滋味與君同

2

병이 점점 길어질 때 그대를 만났거니
두 눈은 오장육부까지 꿰뚫어 보네.
침을 놓자 모든 증상 사라지니
당대의 묘한 의술 누가 감히 견주랴.

病中愈緩得吾公　　兩眼將窮六腑通
鍼石下來諸證去　　當時妙術敢誰同

---

1 八翼: 뜻을 이루지 못함을 뜻한다. 陶侃이 꿈에 여덟 날개가 나와 날아서 하늘에 올라갔는데, 천문이 아홉 개인 것을 보고는 이미 여덟째 문까지 올라갔으나 마지막 문만 들어가지 못하고 문지기의 막대기에 맞아 땅에 떨어져 그 왼쪽 날개가 부러졌다고 한다.《晉書 陶侃傳》

전 부장 만시

輓全部將

옛 벗들 반이나 세상을 떴는데
어찌하여 그대 또 갔단 말인가.
평생의 정情은 형제와 같았는데
몇 해나 서로 어긋남 원망했나.
말 타고 오는 것 오히려 늦었지만
명정은 어찌 그리 바삐 갔단 말인가.
훗날 석양의 피리소리에
어찌 차마 산양山陽을 지날 수 있으랴.

故舊半零落　　如何君又亡
平生情伯仲　　幾歲恨參商[1]
鞍馬來猶晚　　銘旌去奈忙
他時落日笛　　何忍過山陽[2]

1 參商: 서로 멀리 떨어져 있음을 뜻하는 말. 參星은 동쪽 하늘에 있고 商星은 서쪽 하늘에 있어 각각 뜨고 지는 시각이 달라 서로 볼 수 없다고 한다.

2 他時~山陽: 전부장과의 옛 일을 회고하며 애도의 정을 표현한 것이다. 晉나라 向秀가 山陽을 지나다가 날이 저물었을 때, 피리 소리를 듣고 죽은 옛 친구 嵇康·阮籍을 생각하여 「思舊賦」를 지었다.

박간보의 시에 차운하다

次朴艮甫韻

한 면에는 푸른 산이 있고, 세 면에는 물 흐르고
갈매기 오가는 고향 마을에 머리 돌리네.
꿈속에 찾아가는 것은 그리워서이니
밤마다 이른 저녁 벌써 잠자리에 든 다오.

一面青山三面水　　回頭舊隱白鷗邊
爲憐魂夢相尋去　　夜夜初昏已就眠

홍치 4년(1491, 성종 22) 가을에 영남으로부터 경성의 집으로 돌아왔다. 집은 목멱산木覓山 기슭 청학동靑鶴洞의 곁에 있었는데, 이르니 전 상장인 심후沈侯 견肩이 이웃에 새로 집을 지었었다. 이로부터 날마다 그와 왕래했는데 명년 정월 어느 날 후가 소매에 제공諸公의 송국松菊 시가 적힌 종이를 가지고 와서 나에게 보여주었는데, 바로 후가 예전에 성남城南에서 살 때 제공이 와서 감상하며 지은 것이었다. 심후가 "그대도 문인이니 어찌 잇지 아니하리오." 하였다. 내가 "시는 모름지기 본 것으로 인해 지어야 실상을 잃지 않을 수 있을 것이오. 지금은 국화가 필 때가 아니고, 또한 이곳에 국화가 있지 않으니 내가 무엇을 보고 감히 시를 지을 수 있겠소."라 하였다. 그러자 후가 말하기를 "또한 지금 본 것으로 인하여 지어도 괜찮을 것이니 나는 시를 구할 뿐이지 꼭 사물에 집착하지 않소." 하였다. 내가 "그렇다면 내가 마땅히 지어보리다." 하였다. 시의 내용은 다음과 같다

弘治四年秋, 自嶺南還京家. 家在木覓之麓青鶴洞之傍, 至則前上將沈侯肩, 新卜居于隣矣. 自是日與之往還, 越明年正月日, 侯袖諸公松菊詠一紙來示余, 乃侯舊居城南時諸公來賞所作耳. 沈曰: "子亦文人也, 盍續之." 余曰: "詩須因所見作, 庶不失實, 此非菊時, 且此地無有菊, 吾何見敢詩之也." 侯曰: "且因今所見作可也, 吾索詩耳, 不必泥於物也." 余曰: "然則吾當云云." 詩曰.

1

청학이 살던 옛 터에 햇살이 비치니
작년의 가지에서 산꽃이 피려하네.
속마음 말하고 싶어도 아는 이 없었는데

이웃에 산옹山翁이 있어 의지할 만하네.

青鶴遺墟白日輝　　山花欲發去年枝
幽懷欲說無相識　　隣有山翁只可依

2

푸른 벼랑 사이 한 줄기 길, 좁고도 긴데
골짜기 안의 연하煙霞는 본디 남다르다네.
문 앞 푸른 소나무엔 길게 우는 학의 울음소리
처마 잇닿은 늙은 측백엔 전과 같이 서리가 날리네.
복숭아나무 오얏나무에 봄바람 부니 정원의 볕 따뜻하고
오동나무에 가을비 내릴 때, 우물가의 기운 서늘하네.
지팡이 잡고 왕래하기 편하고도 쉬우니
그대의 집 담장, 우리 집 담장을 마주하고 있다네.

緣崖一路細而長　　洞裏煙霞故異常
門對蒼松長唳鶴　　簷連老柏慣吹霜
春風桃李園光暖　　秋雨梧桐井氣涼
杖屨遊從便且易　　君家墻對我家墻

경주 부윤으로 부임하는 허【계】를 전송하며
送許府尹【誡[1]】赴任慶州

경주에에 호구戶口가 많으니
떠나는 길 짐짓 바쁘네.
삼성三姓의 원릉園陵 아직 남아있으나
천년의 사업은 다했으니
계림에는 누런 잎이 지고
오수鰲岫의 푸른 빛은 허공에 떠있네.
황량한 연기 속엔 옛날의 탑
석양 비치는 곳엔 강과 들
퇴락한 성城엔 조각달만 남아있고
먼 누대는 바람에 의지할 뿐
대윤의 명성 밝게 빛나고
웅대한 주에 기상도 크니
농사짓는 땅은 비와 이슬에 흠뻑 젖고
백성들은 순박한 세상으로 돌아가네.
매화락梅花落 곡조의 옥피리 소리
금대金臺는 지붕도 융성하네.
잔치에는 손님이 가득하고
객관은 높다랗게 솟아있거니
하얗게 분칠한 세 줄의 기녀들
붉은 옷 푸른 옷 입은 일곱 살의 아이들

1 誡: 許誡 ?~연산군 8년(1502). 본관 河陽. 중추원부사 倜의 아들이다. 세조 5년(1459) 진사로 식년문과에 정과로 급제. 우부승지·호조참의·형조참의가 되고, 곧 대사간이 되었다. 경주부윤으로 나가 선정을 베풀었다.

풍류있는 진정한 태수太守
기개는 제공諸公을 압도할 만
훌륭한 명망 전후에 으뜸가고
청정한 마음 시종 변함이 없네.
요임금께서 사악四岳에 근심을 나누셨나니
중동重瞳이신 순임금을 분명히 보아야 하리.
오늘의 행장 담담하지만
훗날의 관작과 봉록 풍성하리니
송아지 남겨놓고 떠나온 곳 생각에
그대 보내는 마음 무겁기만 하네.

東都繁戶口　行李故悤悤
三姓[2]園陵在　千年事業窮
鷄林黃落木[3]　鰲岫[4]翠浮空
塔廟荒煙裏　川原落照中
城殘留片月　樓逈倚斜風
大尹聲名赫　雄州氣像洪
桑麻深雨露　民物返鴻濛
玉笛梅花落[5]　金臺棟宇隆
賓筵看秩秩　客館仰崇崇
粉白三行妓　黃靑七歲童
風流眞太守　氣槪壓諸公
令望傾前後　淸心貫始終
憂分[6]堯四岳　明見舜重瞳[7]

2 三姓: 朴氏 · 昔氏 · 金氏를 이른다.
3 鷄林句: 신라의 쇠망을 이른다.
4 鰲岫: 바다에 떠 있다는 蓬萊山이다.
5 梅花落: 笛曲의 이름으로, 晉나라 때 桓伊가 笛에 뛰어나 낙매화곡을 지었다고 한다.

是日行裝淡　　他年位秩豐
憶曾留犢[8]處　　送別意重重

6 憂分: 지방관의 임명을 뜻한다.
7 重瞳: 눈동자가 둘씩 있는 것을 이르는데, 뒤에 제왕을 중동이라고도 하였다.
8 留犢: 지방관의 청렴함을 뜻한다. 後漢 때 時苗가 壽春令으로 부임할 때 암소를 타고 갔는데 그 암소가 송아지 한 마리를 낳은 일이 있었다. 그런데 이임할 때에 그 송아지를 놓고 오면서, 부임할 때 가지고 오지 않았으며 송아지는 그 곳에서 낳았기 때문이라고 했다고 한다.《三國志 魏志·常林傳》

이국이에게 주다 서문도 있다
贈李國耳 並序

아침에 전갈을 받고서 그대가 특별히 성상의 은총을 받았고 또 성상의 은혜를 사사로이 하지 않고 벗들을 초청하여 함께 하려는 것을 알았으니, 훌륭하다고 할 만하다. 나 같은 늙은이는 친구 가운데 가장 친분이 있는 자이니, 초청하지 않더라도 오히려 곧장 달려가야 하는데 더구나 번거로이 초청함에 있어서랴. 마침 서독暑毒에 걸려 산발한 채 누워 앓고 있는지라 붓을 잡아 답신하는 것도 제 때에 할 수 없었는데 하물며 의관을 갖추어 술이 오고가는 사이에서 읍양하며 예의를 차릴 수 있었겠는가. 보잘 것 없는 시구를 다듬어 축하의 뜻을 붙일 따름이네.

朝來承諭, 知君特紆天眷, 又能不私君惠, 邀與友朋共之, 可尙已哉. 如老子, 朋舊中之最有分者, 不請之, 猶當徑赴, 況請之煩耶? 適患暑毒, 散髮臥呻, 操筆酬簡, 尙不得以時, 況冠帶周還揖讓於杯酒間乎. 裁拙句, 以寓賀意云耳.

사랑하노니 그대의 문예 동류 가운데 으뜸인데다
화언華言까지 잘 해서 한인漢人을 접빈함에랴.
얼마간의 설인舌人들 모두 영락零落한데
사랑을 듬뿍 받아 은택이 몸에 가득하네.

憐君文藝冠群倫　　又善華言擯漢人
多少舌人[1]皆落莫　　偏承雨露澤渾身

---

1 舌人: 古代의 翻譯官이다.

함경 북병사에게 부치다
寄咸鏡北兵使

한제漢帝는 단壇에 올라 한신韓信을 임명했고
시서에 밝은 극곡郤縠은 중군中軍을 거느렸네.
가슴 속 만 명의 갑사 대적할 이 없고
변새의 장성에선 오랑캐 벌써 들었으리.
조두刁斗도 한가로운 밤, 사졸은 잠들고
봄날 깃발 내려놓은 채 옛 전적典籍을 논하리라.
막빈의 문재文才 어찌 그리 뛰어난가.
서로 한가로이 자득할 때 정취는 향그러우리.

漢帝登壇[1]拜韓信　　詩書郤縠領中軍[2]
胸中萬甲人無敵　　塞外長城虜已聞
刁斗[3]夜閒眠士卒　　旌旗春偃討丘墳
幕賓才調何奇絶　　相與夷猶氣味薰

1 登壇: 정중하게 의식을 갖추어 장수로 임명하는 것을 이른다. 漢高祖가 壇場을 만들고 韓信을 단장에 오르게 하여 장수로 임명하였다. 蕭何가 고조에게 韓信을 떠나가지 않게 하기 위해, 예를 갖추어 大將에 임명해야 할 것이라고 하였다.《史記 淮陰侯列傳》

2 詩書句: 晉文公이 사냥을 나갈 때 三軍을 편성하고 元帥가 될 만한 인물을 물색하였는데, 이 때 趙衰가 郤縠이 禮樂을 말할 줄 알고, 詩書에 독실하니 군대 다스리는 방법을 잘 알 것이라고 추천하자, 그를 시켜 中軍을 거느리게 하였다.《左傳 僖公 27年》

3 刁斗: 古代의 行軍用具로 斗形에 자루가 있으며 銅으로 만들었다. 낮에는 취사도구로 쓰고 밤에는 순찰을 돌 때 두드리는 용도로 쓴다.

영남 관찰사로 가는 도승지 안선경【윤덕】을 전송하며
送都承旨安善卿[1]【潤德】觀察嶺南

1

성대聖代에 뛰어난 이 많은데
명공明公이 홀로 태산처럼 우뚝하네.
거동은 세상에 모범인 봉새 같았고
후설喉舌의 역할, 납언納言하는 용龍같았네.
조령 너머에는 백성들이 가득하고
조정에선 인망人望이 넘쳐났네.
장차 무엇으로 이 세상에 보답하리.
운몽택雲夢澤처럼 넓은 것이 바로 그대 가슴이라네.

聖代多英特　　明公獨岱宗
羽毛儀世鳳　　喉舌納言龍[2]
嶺外民生簇　　朝中物望叢
將何酬一世　　雲夢[3]是君胸

2

이른 때부터 허명을 입었었고
중년에는 그릇된 은혜 많이 받았네.

---

1 善卿: 安潤德의 자. 세조 3년(1457)~중종 30년(1535). 본관 廣州. 아버지는 안동 판관 彭老이며, 어머니는 福川君 權愷의 딸이다. 성종 14년(1483)에 식년문과에 병과로 급제. 승문원부정자·예조참판 등 역임. 갑자사화에 연루되어 김제에 유배되었다.

2 喉舌句: 承旨를 지냈음을 뜻한다. 龍은 순임금의 신하로, 순임금은 그를 納言으로 삼아 자신의 명령을 전달하고 백성들의 의견을 수집하게 하였다.

3 雲夢: 楚나라 大澤으로, 사방이 9백 리나 된다고 한다.

어느덧 귀밑머리 어지럽더니
문득 다시 눈까지 흐릿해지네.
창고의 쥐는 언제나 배불리 먹고
검주의 나귀는 남은 재주 없네.
그대를 보내노라니 얼마간의 그리움
내 집이 영남의 마을에 있어서 라네.

早歲負虛譽　　中年多誤恩
居然鬢絲亂　　忽復眼花昏
倉鼠食常飽　　黔驢[4]技不存
送君多少思　　家在嶺南村

4 黔驢: 형편없는 재능으로 남에게 모욕당하는 것을 비유한다. 검주에는 원래 당나귀가 없었는데, 어떤 이가 배에 싣고 들어가 풀어놓으니 호랑이가 처음에는 겁을 먹다가 나중에는 발만 찰 줄 아는 것을 보고는 잡아먹었다고 한다.《柳宗元 黔之驢》

사간원 계축
諫院契軸

짤랑이는 옥소리, 모두가 선인仙人들
날마다 문을 열고 제왕께 조회하네.
성주聖主는 마음 비워 즐겨 도를 들으시고
충신은 힘을 다하니 어찌 제 몸 돌아보랴.
관청에서 물러난 후 약계藥階의 저녁
술잔을 머금는 난만한 미원薇垣의 봄
간원이 오히려 다시 간할 일이 없으니
취향醉鄕의 한적한 사람 되는 데에 방해될 것 없으리.

珊珊環佩皆仙眞　　日日開門朝紫宸
聖主虛心樂聞道　　藎臣極口寧顧身
退食[1]從容藥階晩　　銜杯爛熳薇垣春
諫員還復諫無事　　未害醉鄕悠悠人

1 退食: 관청에서 물러나와 집에서 밥을 먹는 것이다. 『詩經』 「召南·羔羊」에 "退食自公, 委蛇委蛇." 하였다.

강원도 관찰사 권【정】을 전송하며
送江原使相權【侹[1]】

성조聖朝의 인물 중에 가장 고결한 이
또 인간세상 아름다운 곳에 노닐게 되었네.
영해嶺海로 가는 길 온통 그림과 같고
누대에 올라보면 특별히 가을빛을 담고 있으리.
재주 없는 나 한가로이 지나갔던 것 부끄럽거니
졸렬한 시구는 지금도 곳곳에 남아있다네.
말하노니 상공께서 뜻을 두어야 할 것은
해마다 농민들 수확이 줄어드는 것이라네.

盛朝人物最淸修　　又向人間勝處遊
嶺海經由渾似畫　　樓臺登眺別藏秋
不才愧我悠悠過[2]　　拙句猶今處處留
報道相公須着意　　農民歲歲少田收

---

1 侹: 權侹. 1490년(성종 21) 漢城府左尹에 취임하였다.
2 不才句: 성종 15년(1484) 10월 강원도 관찰사로 부임하며 지나갔던 것을 이른다.

빨리 써서 어떤 이에게 주다
走筆贈人

다시 그대와 동서로 길을 달리하여
구름과 나무처럼 며칠을 떨어져 지냈나.
우연히 말 타고가다 만나
고삐 나란히 하고서 역마를 달렸네.
적막한 세모의 하늘
행장은 둘 다 처량하네.
취해 내리치는 채찍에 말은 나는 듯
백리의 먼 길도 지척처럼 달렸네.
도도한 강물은 푸른빛을 띠고
점점의 모래톱 갈매기는 흰 빛이었네.
이곳에 신세를 부칠 만하니
말을 타고 다시 어디로 가랴.
사람이 우주에 태어나
이 한 몸 온갖 일에 시달리는데
고향의 옛집은 쇠락해 가고
검은 먼지만 상석床席에 쌓이리니
흰 머리 되도록 돌아가지 못하고
언제나 청춘을 안타까워 할 뿐
성주星州에서 지금 또 이별하며
다시 말 위의 나그네 되네.

與君復東西　　雲樹幾日夕[1]
偶然馬上逢　　連鑣共馳驛
寥落歲暮天　　行裝兩蕭索

醉鞭疾如飛　　百里如咫尺
滔滔江水碧　　點點沙鷗白
此可寄身世　　據鞍復何適
人生宇宙間　　一身困百役
弊廬故山中　　緇塵暗床席
白首未歸去　　青春每堪惜
星山今又別　　復作馬上客

1 雲樹句: 그리운 벗을 만나지 못하는 안타까움을 이른다. 杜甫 「春日憶李白」에 "위수 북쪽엔 봄날의 나무, 강동에는 해 저물녘 구름. [渭北春天樹 江東日暮雲.]"이라고 하였다.

영남 관찰사의 막하로 부임하는 도사 이중균【종준】을 전송하며
送李都事仲匀[1]【宗準】赴嶺南監司幕下

1

인물은 도성都城 안에서 으뜸인 이
산천으로는 영남을 제일로 치지.
그대 하남의 나그네 되어 가는 길 전송하노니
술잔을 주고받음에 한 몸인 듯하네.

人物都中推第一　　山川嶺外號無雙
送君去作河南客　　賓主相酬一樣腔

2

옛날 경주에서 한 번 마주하고서
남북으로 헤어져 서로 아득할 뿐이었지.
인생살이 만남과 헤어짐 온통 의지할 것 없거니
술 잔 앞에서 또 이별의 시름을 견딜 수 없네.

昔向東都一相面　　旋成南北兩悠悠
人生聚散渾無賴　　不耐尊前又別愁

3

육년 동안 강해江海에서 부질없이 꾸물대다가

---

1 仲匀: 李宗準의 자. ?~연산군 5년(1499). 본관 慶州. 호 慵齋·慵軒·浮休子·尙友堂·太庭逸民·藏六居士. 안동출신. 대사헌 繩直의 손자이며, 弘準의 형. 金宗直의 문인으로 성종 16년(1485) 별시문과에 1등 3인으로 급제. 연산군 4년(1498)무오사화 때 귀양가는 도중에 서울로 압송, 국문 도중 죽음. 이 시의 작자인 洪貴達이 구하려 하였으나 실패하였음.

흰 머리로 조정에 오니 만사가 서투르네.
그대 함창咸昌을 지나거든 물어봐 주시게
푸른 산 많은 그 곳이 바로 나의 집이니

六年江海謾虛徐　白髮還朝萬事疏
君過咸昌煩問訊　青山多處是吾廬

스스로 탄식하다
自歎

머리는 희고 손은 떨리고 눈은 흐리멍텅
다리는 둔하고 허리는 무거우니 몸은 굼뜨네.
또렷한 붉은 마음만이 있을 뿐이니
앉은 채 푸르른 한 그루 소나무 마주하고 있네.

頭雪手風花滿眼　　脚頑腰重起來慵
只應耿耿丹心在　　坐對青青一箇松

의금부 낭청 계축에 쓰다
題義禁府郎廳契軸

의금부義禁府 열 명의 낭관
일시에 어질고 능력 있는 이들 모였네.
의기意氣가 비슷한 이들이니
정신이 합하기를 꾀하지 않아도 되네.
세월 따라 식음食飮을 함께 하고
밤낮으로 가지런히 드나들었지.
호두각虎頭閣에서 심판을 잘하고
서로 마주하며 문서를 처리하네.
애쓰며 수고로움 마다 않으니
자연히 명예가 가늑하네
마침 크게 천력遷歷하는 때이니
일이 보잘 것 없다 탄식 말게나.
술자리에서는 기쁨을 다해야 하는 것
그대에게 권하노니 고래처럼 마시게나.

金吾郎官十　一時賢能集
蓋其氣類同　不謀精神協
日月共食飮　蚤夜齊出入
淑問虎頭閣[1]　相對案牘立
力瘁不辭勞　自然聲名洽
會當大遷歷　休嗟薄事業
得酒須盡歡　勸君且鯨吸

1 虎頭閣: 의금부 虎頭閣으로, 추녀 끝 기와 모양이 호랑이 머리처럼 생겼다 하여 생긴 이름이다.

김해 부사 홍【한충】에게 부치다
寄金海府使洪【漢忠】

아득한 가야국
황량한 수로왕릉
삼차수의 봄 물결 일렁이고
칠점산의 --빠짐-- 높고 높으리.
말을 타고서 먼 곳 유람했거니
지난 날 누대에 오르기도 했지.
오가는 꿈속의 혼 피곤한 적 있으랴.
태수는 옛날부터 친한 사이 이거니

玄邈伽倻國　　荒凉首露陵
三叉[1]春浩漾　　七點[2]□□[3]崚
鞍馬遊觀遠　　樓臺夙昔登
何曾魂夢倦　　太守舊相能

---

1 三叉: 洛東江 물이 남쪽으로 흘러 부 북쪽 磊津에 이르고, 다시 동쪽으로 흘러 玉池淵·黃山江이 되며, 또 남쪽으로 흘러 부 남쪽 鷲梁에 와서 바다에 들어가며 禮成江과 합류하니, 바닷물이 國脈을 옹위하고 地鉗이 서로 응한다. 이로 인해 고려 文宗 때에 本府를 五道都部署本營으로 삼았다. 그 뒤에 都部署使 韓冲이, 道內가 넓고 멀다고 조정에 아뢰니, 3도로 나누어 각각 본영을 설치하였는데, 그날 저녁 황산강 물이 세 가닥으로 갈라져서 바다로 들어갔으므로 삼분수 또는 三叉水라 하였다고 한다. 양산군의 七點山이 두 갈래진 사이에 있다.《新增東國輿地勝覽 卷32 慶尙道 金海都護府》

2 七點: 고을 남쪽 44리 되는 곳 바닷가에 있다. 일곱 봉우리의 산이 점과 같이 있기 때문에 이렇게 이름 지은 것이다. 세상에서 전하기를, 駕洛國 때 旵始仙人이 놀던 곳이라 한다.《新增東國輿地勝覽 卷22 慶尙道 梁山郡》

3 판독불가자

심【극효】의 시에 차운하다
次沈【克孝】韻

비바람 몰아치는 골짜기에 천뢰天籟가 생겨나니
문정門庭은 씻은 듯, 오가는 이도 드무네.
그대의 집 단지 안에 좋은 것 있음을 아노니
나의 시에 물외物外의 정 많음을 인정했었지.
청학靑鶴이 날아갈 때 소나무는 비취빛을 떨어뜨리고
흰 구름 이는 곳에 물은 밝은 빛을 머금었네.
맑은 물결 움켜쥐고 산달을 희롱하니
인간 세상은 무한히 맑기도 하구나.

風雨洞天天籟[1]生　門庭如洗少人行
知君家有壺中勝　許我詩多物外情
靑鶴飛時松滴翠　白雲生處水涵明
晴波一掬弄山月　卽是人間無限淸

1 天籟: 바람소리, 새소리, 흐르는 물의 소리 등으로, 自然界의 소리이다.《莊子「齊物論》

단오일에 이국이가 맏아들 정랑의 집에 나를 초청했으나 병으로 가지 못하고 두 편의 칠언절구를 써서 답하였다

端午日, 李國耳邀我于其胤正郎第, 病不能赴, 二絶句以謝復云

1

남풍 부는 단오 날 한창 좋은 때에
보리 익고 매실 누렇고 죽순은 벌써 자랐네.
사방의 손님은 모두 나라의 인재들
은하가 쏟아지듯 옥잔에 술을 따르네.

南薰重五正辰良　麥熟梅黃筍已長
四座有賓皆國器　銀河倒瀉凸瑤觴

2

선랑仙郎은 젊은데다 재주까지 많아
청운青雲의 길 활보하며 오고 간다네.
구경당具慶堂 깊은 곳에 봄빛 유독 머물러
원추리 꽃 대춘나무 한꺼번에 활짝 피었네.

仙郎年少更多才　闊步青雲去又來
具慶[1]堂深春獨住　萱花春樹[2]一時開

---

1 具慶: 부모가 다 生存해 계신 것을 이른다.

2 萱花春樹: '훤화'는 원추리꽃으로, 어머니의 대칭이고, '춘수'는 아버지의 대칭이다.

온성 판관으로 부임하는 김을 전송하며
送金判官赴任穩城

그대 어린 나이에 서검書劍을 배운다는 것 들었는데
청년이 되어 다시 변방邊方 지키는 신하가 되었네.
이천 리 밖에서 삼년을 머물 나그네
이십팔 명 가운데에 첫째가는 이
대궐에서의 하직 인사, 궁시弓矢를 하사받고
동교에서의 저물녘 송별 자리, 관리들이 가득
이 늙은이 병든 몸에 관무官務까지 겹쳐
전별 자리에 술 한 잔 건넬 수가 없구려.

蚤歲聞君學書劍	青年再度作邊臣
二千里外三年客	廿八名[1]中第一人
北闕朝辭錫弓矢	東郊晩送簇冠紳
老翁疾病兼官務	祖席無因酒一巡

1 廿八名: 무과 식년시는 통상 28명 정도 선발했는데 이 인원을 말함.

늦은 봄날에 중소와 함께 한 병사를 방문하여 붓 가는 대로 쓰다

暮春日, 與仲素[1]訪韓兵使, 卽事

외척 사는 마을 봄빛이 몹시 좋고
고관대작의 지관池館은 깊기도 하네.
떨어지는 붉은 꽃잎 수면水面을 덮고
신록의 빛깔은 잔속으로 쏟아지네.
주량酒量은 각자에 따르고
담론은 고금古今을 넘나드네.
세 사람은 모두가 흰 머리
마주한 채 세월을 안타까워하네.

戚里[2]春偏勝　　侯家池館深
落紅蒙水面　　新綠瀉杯心
飮量從多少　　談論雜古今
三人各頭白　　相對惜光陰

---

1 仲素: 朴崇質의 자. ?~중종 2년(1507). 본관 潘南. 자 仲嘉·仲素. 府尹 萱의 아들이다. 세조 3년(1457) 식년문과에 정과로 급제하였고, 내외직을 거쳐 대사헌이 되었으며, 우의정·좌의정을 역임.

2 戚里: 중국 장안에 있던 마을로, 漢代 임금의 內戚·外戚이 많이 거주하였다. 한병사가 외척이거나 그가 사는 곳이 외척이 사는 마을인 듯하다.

북정도원수가 조정으로 돌아오는 노래. 동문의 맞이하는 자리에서 바치다

北征都元帥歸朝歌. 奉呈東門迎席.

오랑캐의 기병 야음을 틈타 변경을 침범하니
새벽 무렵 한병漢兵의 출정 소리 떠들썩
병거 십 승은 서로 잇닿아 포진하고
갑옷 입은 이 만 병사 강한 시위 당기네.
장사는 나는 듯 용맹하고 종사는 현명한데
중군中軍에서 명령하는 이 뉘인가 바로 양천陽川이라네.
양천의 골상骨相, 참으로 하늘이 내린 선인 같거니
공훈은 예전 정해년丁亥年에 빛났었지.
가슴 속의 무기 견고하여 맞설 이 없거니
술동이 앞에 놓고 한가로이 담소하네.
붉은 깃발 큰 깃발 천체天體 따라 돌고
멈춰 섰다 천천히 가는 군사들, 저절로 움직이는 듯
구름 몰고 바다 안을 듯한 기세 우주도 좁게 여기니
적들은 위세에 버티려하나 어찌 그리 약한가.
위엄 있는 소리, 호랑이 표범의 굴을 먼저 흔드니
사막 아래의 여우와 토끼 굴, 벌써 텅 비었다네.
선춘령宣春嶺 위의 돌에다가 공을 새기고
흑룡강黑龍江 가 쌓인 눈에 치욕을 씻네.
이른 새벽 호각을 불며 대군이 돌아오는데
첩서捷書는 한낮에 함곡관에 들어갔다네.
전마戰馬 만 필은 천한天閑으로 돌아가고
부수에겐 높은 관직에 제수한다는 영令이 내리네.

대장에게 자신전紫宸殿에 조회를 하락하는 조서 내려오니
산천山川의 초목도 그 빛이 새롭네.
관리들 모두 동문東門에서 위로하며 맞이하고
수레 곁 이곳저곳엔 국미춘麴米春이 걸려있네.
개인 날 들판은 성문城門에 가깝고
잔 가득한 축하의 술 무수히 돌리리라.
나도 옛날 막료로 지냈나니
당시 말 타고 활을 쏘며 -원문 빠짐-

胡騎憑凌夜犯邊　漢兵曉出聲喧闐
出車十乘相連緣　帶甲二萬彎强弦
將士如飛從事賢　中軍誰歟云陽川[1]
陽川骨相眞天仙　勳庸昔著丁亥年[2]
胸中兵甲敵無堅　談笑從容尊俎前
紅旗大旆隨天旋　按兵徐行如自然
驅雲擁海宇宙窄　壓卵拒轍何脆弱
威聲先撼虎豹穴　漢南已空狐兎窟
勒功宣春[3]嶺上石　洒恥黑龍江邊雪
平明吹角大軍還　捷書亭午入函關
戰馬萬匹歸天閑[4]　副帥飭至崇新班

1 陽川: 許琮. 세종 16년(1434)~성종 15년(1494). 본관 陽川. 자 宗卿·宗之. 호 尙友堂. 군수 蓀의 아들. 세조 3년(1457) 별시문과에 3등으로 급제. 1466년 함길도병마절도사가 되었으나 아버지상을 당하여 사직하였다가, 이듬해 李施愛 난을 계기로 起復되어 이시애의 난을 평정하는 데 공헌하였으며 여러 차례 北邊의 功을 세웠음. 陽川君에 봉해짐.

2 丁亥年: 세조 13년(1467)에 李施愛의 난이 일어났는데, 5월에 홍귀달은 함경도 절도사였던 허종의 천거로 兵馬評事가 되었으며, 9월에는 軍功으로 공조정랑이 되었다.

3 宣春: 백두산 밑에 있는 고개로 甲山과 닷새 길 거리에 있다.

4 天閑: 황제의 말 외양간이다.

詔許大將朝紫宸[5]　　山川草木光輝新
東門迓勞傾縉紳　　車傍各掛麴米春[6]
天晴原野近城闉　　賀杯滿酌應無巡
洪厓之子舊幕屬[7]　　當時弓馬□□□[8]

5 紫宸: 궁전을 뜻한다. 天子가 거하는 곳으로 唐宋 시대 신하들과 외국 사신을 접견하던 곳이다.

6 麴米春: 술 이름으로, 중국 雲安縣에서 나는 특산주이다.

7 洪厓句: 세조 13년(1467) 5월 李施愛의 난이 일어났을 때, 함경도 절도사였던 허종의 천거로 兵馬評事가 되었는데 이때를 말하는 듯하다.

8 판독불가자

이 차공【숙감】의 시에 화답하다

和李次公[1]【淑瑊】韻

1

부끄럽구나 피리 불며 참된 무리 속에 숨어있던 것이
누가 약한 닻줄을 -빠짐- 하여 중요한 나루터에 맸나.
대롱 안에는 예부터 슬피 울던 새
강해江海에는 지금의 쾌활한 사람
한낮 문을 걸어 닫아 나그네 사양하고
서풍에 부채 들어 날리는 먼지 가리네.
청산靑山 어느 곳인들 돌아갈 길 없으랴
한 필 말을 타고 영남의 봄을 찾아가리.

自愧吹竽久混眞[2]　誰□[3]弱纜繫要津
樊籠舊是悲鳴翼　江海今爲快活人
白日閉門麾過客　西風擧扇障飛塵
靑山何處無歸路　匹馬行尋嶺外春

2

평생동안 직도直道로 참되게 살아왔나니
곡학曲學으로 평탄한 길 구하려 하지 않았네.

---

1 次公: 李淑瑊의 자. 생몰년 미상. 본관 延安. 자 次公, 호는 夢菴·楊原. 延城府院君에 추증된 末丁의 아들. 세조 3년(1457) 문과중시에 급제. 성종 15년(1484)에는 홍문관부제학에 임명되었다. 성종 16년(1485)에는 徐居正 등과 함께 『동국통감』의 편찬에 참여하였다.

2 吹竽久混眞: 능력 없는 이가 능력 있는 것처럼 속여 후한 대접을 받는 것을 이른다. 齊宣王 앞에서 合奏하던 300인의 樂人 가운데 남곽처사가 선왕이 죽고 湣王이 즉위하여 한 사람씩 피리를 불게 하자 마침내 도망갔다고 한다.

3 판독불가자

홍진紅塵 세상 이르는 곳에 알아주는 벗 없으니
책을 펼치고서 때로 옛 성인을 벗하네.
좋은 풍경 마주하면 동이에 술 갖추게 할 뿐
내 몸 도모하는 일, 솥에 먼지 이는 것도 신경 쓰지 않았네.
지금부터 만사일랑 모두 내려놓으리니
물의 북쪽 산의 남쪽은 온통 봄빛이네.

直道平生一任眞　　不將曲學賭平津
紅塵到處無知己　　黃卷開時友聖人
對景但令尊有酒　　謀身不管甑生塵[4]
從今萬事都抛擲　　水北山南都是春

3
문아와 풍류는 상계上界의 신선
놀래키는 호매豪邁한 말, 입에 진액이 생기게 하네.
그대에 따르는 명예는 전배前輩에 비길 정도
나를 훌륭하게 여기며 종유하는 것은 그대를 더럽힐 뿐
시석詩席에서 읊조릴 때 달빛 흔들거리고
술자리에서의 노랫소리 들보의 먼지 떨어내네.
태어난 뒤 우리의 교분 얼마나 되나
손꼽아 세월 헤아려보니 사십 년의 봄일세.

文雅風流上界眞　　驚人豪語舌生津

4 甑生塵: 집이 가난하여 오랫동안 밥을 하지 못해 시루에 먼지가 일어난다는 뜻이다. 范冉은 홀로 누추한 생활을 했고 때로 곡식도 떨어졌어졌지만, 곤궁한 삶에도 태연했고 말과 용모에 변함이 없었다. 마을에서 노래하기를 '시루 안에 먼지 이는 범염, 솥 안에 물고기 생기는 범래장. [甑中生塵范史雲, 釜中生魚范萊蕪.]'이라 하였다.《後漢書 獨行傳 范冉 조항》

輸君聲譽推前輩　　多我遊從忝故人
詩席吟哦搖月色　　酒筵歌吹拂梁塵
生來交分能多少　　屈指光陰四十春

강목청 당상 낭청이 내방함에 사례하며
謝綱目廳堂上郎廳來訪

한겨울 많은 눈 내릴 때 홀로 누운 원안袁安
문 앞에 귀한 수레타고 오실 줄 생각이나 했으랴.
좌중에 동산東山의 기녀 청하지 못하고
석상席上에 오직 북해北海의 술동이 열었네.
한스럽구나, 창 가지고 태양을 머무르게 하지 못하고
짐짓 촛불 켜고 황혼 무렵 전송하게 함이
주인의 풍류 적다 비웃을 만하리라.
금방 취한 채 무심하게 다시 스님을 청하니

大雪窮冬獨臥袁[1]　　門前誰料枉高軒
座中不倩東山妓[2]　　席上唯開北海尊[3]
恨未携戈留白日　　故敎燒燭送黃昏
主人可笑風流少　　徑醉無心更請髡

---

1 大雪句: 낙양에 큰 눈이 내렸을 때 원안이 눈도 치우지 않은 채 방 안에 누워있으며 "큰 눈이 와서 사람들이 모두 굶주리는데 사람을 간섭해서는 안 된다. [大雪人皆餓, 不宜干人.]" 하였다.

2 東山妓: 晉나라 謝安이 東山에 있을 때 두었던 가무에 뛰어난 기생들이다.

3 北海尊: 漢나라 말엽 北海의 相이 었던 孔融의 풍류를 이른다. 그는 성품이 너그럽고 선비들을 좋아했으며 후진을 잘 이끌어주었는데, 늘 가득한 빈객들을 보며 "좌상에 언제나 객이 가득하고, 술동이에 술이 비지 않으니 나는 근심이 없다. [坐上客恒滿, 尊中酒不空, 吾無憂矣.]" 하였다.《後漢書 孔融傳》

함흥 군수 권【인손】에게 주며 이별하다
贈別權咸興【仁孫[1]】

머리 위의 해와 달, 잠시도 멈추지 않는데
머리털 문득 희끗희끗해짐에 도리어 놀라네.
인생사 모이고 흩어지는 것, 바람 속 버들개지 같고
환로의 부침이란 물 위의 부평초나 다름없네.
예전 가을날 삼일포三日浦에 노닐던 일 기억하노니
지금까지도 꿈은 사선정四仙亭을 맴돈다오.
듣자니 그대 함관函關으로 간다는데
수레에 술 한 병 달아주지 못함이 한스럽구려.

頭上雙輪不暫停　　却驚鬚鬢忽星星
人生聚散風中絮　　宦路浮沈水上萍
憶昔秋遊三日浦[2]　　至今夢繞四仙亭[3]
聞君又向函關去　　恨不車懸酒一瓶

---

1 仁孫: 權仁孫. 생몰년 미상. 본관 安東. 아버지는 權致中. 성종 6년(1475) 親試 乙科 급제. 戶曹參議를 역임함. 『朝鮮王朝實錄』 성종 25년(1494) 1월 20일(庚戌) 기사에 "永安道觀察使 成俊이 馳啓하기를, '…咸興郡守 權仁孫은 삼가서 부지런히 奉公하니, 백성들이 또한 편하게 여깁니다'하니, "훗날 政事서 다시 아뢰도록 하고, 각각 1資級씩 더하도록 하라"고 전교했다는 내용이 보인다.

2 三日浦: 강원도 高城郡에 있는 호수로 신라의 국선 永郎·述郎·安祥·南石行이 3일 동안 놀았다고 하여 三日浦라 한다.

3 四仙亭: 네 명의 신선이 三日浦의 절경에 매료되어 3일 동안 놀며 돌아가는 것을 잊었다는 정자이다.

진원 수령으로 부임하는 김근인【갑눌】을 전송하며

送金近仁[1]【甲訥】宰珍原[2]

어릴 적부터 재명才名이 세상에 알려졌으니
한 몸에 문무文武를 두루 갖춘 대장부였지.
유분劉蕡은 급제 못했고 풍당馮唐은 말직으로 늙었나니
늦게서야 남가南柯를 향해 취몽을 즐기네.

蚤歲才名斗以南[3]　　一身書劍作眞男
劉蕡不第馮唐老[4]　　晩向南柯醉夢酣[5]

---

1 近仁: 김근인에 대한 기록은 잘 보이지 않고 『朝鮮王朝實錄』 성종 21년(1490) 7월 7일(丁巳)의 직첩을 돌려주게 한 기사만 보인다.

2 珍原: 지금의 전라남도 長城郡 진원면이다.

3 斗以南: 두남은 北斗星 남쪽이란 뜻으로 天下를 뜻한다. 唐나라 때 藺仁基가 狄仁傑을 평가하면서 "적공의 어짊은 북두성 남쪽의 첫 번째다. [狄公之賢, 北斗以南一人而已矣.]" 하였다.

4 劉蕡句: '유분'은 太和 2년에 賢良으로 천거되어 對策에서 환관들의 폐단에 대해 극언했는데, 이 일로 인해 당시 考官이 감히 그를 뽑지 못했다고 한다. 《『新唐書』 卷178 「劉蕡列傳」》 '馮唐'은 漢의 文帝 때 사람으로 세 조정을 섬겼고 무제 때에 이르러 현량으로 천거되었으나 이미 90여세가 되어 다시 벼슬할 수 없었다고 한다.

5 南柯: 唐나라 淳于棼이 槐木의 남쪽 가지 아래에 누워 잠이 들어, 꿈속에 槐安國에 가서 부귀영화를 누렸다고 한다.

감회를 써서 이형중에게 주다

感懷贈李衡仲[1]

노쇠한 나이 기쁨은 적고 시름만 많은데
이월 봄추위에 아직 꽃도 피지 않았네.
봄 깊으면 꽃들이야 안개처럼 무성하겠지만
상심하는 것은 도리어 세월에 대한 안타까움이리.

衰年歡少苦愁多　　二月春寒未見花
直到春深花似霧　　傷心還是惜年華

1 衡仲: 李均의 자. 문종 2년(1452)~연산군 7년(1501). 본관 韓山. 아버지는 李季町, 증조부는 李穡. 성종 8년(1477) 春塘臺試 丙科 5위. 副提學·翰林을 역임.

백절계문의 축에 쓰다
題柏節契文軸

평양은 산수가 아름다워
사군자士君子를 많이도 배출하지.
주朱씨 진陳씨 어울려 사는 마을에서 자라며
형제처럼 왕래한 이들
자연스레 삼밭의 쑥대처럼 곧은 성품에
마침 기미氣味도 비슷했네.
게다가 세한歲寒의 맹세를 맺으며
언제나 영원히 함께 하자 약속하네.
동산의 무성한 측백나무
꼿꼿하게 눈서리 속에 서있네.
꽃은 피고 또 떨어지나니
어찌 한가한 도리桃李를 배우랴.

西京佳山水　　輩出士君子
生長朱陳村[1]　　遊從伯仲氏
自然蓬麻直　　正爾氣味似
剩結歲寒盟　　相期永終始
鬱鬱園中柏　　亭亭雪霜裏
開花又落花　　肯學閒桃李

---

1 朱陳村: 唐나라 때 徐州 豐縣에 대대로 혼인을 하며 함께 살았던 두 가문으로, 두 가문이 사는 마을을 朱陳村이라 불렀다.

상주에 부임하는 판관 최【윤신】를 전송하며
送崔判官【潤身[1]】赴任尙州

1

상주尙州는 다스리기가 가장 힘든 곳
수령을 고르기가 짐짓 까다롭네.
땅은 넓고 전지田地는 부세가 많으며
백성은 가난하고 아전은 부리기 힘드네.
위韋·현弦을 나란히 차고
위엄과 덕, 소낙비 내리듯 해야 하리.
그대 얽히고설킨 불우의 세월 보냈으니
평소의 뜻 어디에 펼 수 있었으랴.
평소의 뜻 그대 펴게 된다면
민풍은 순후해 질 수 있으리니
한 뜰에는 태양이 한가롭고
사방의 동산에는 한창의 봄이리.
고을에서 진실로 탄식이 없다면
조정에 절로 은혜가 있으리니
그대 보게나 한漢의 경상卿相들
일찍이 백성들 다스리던 지방관이었다네.

尙州治最劇　　擇守故難人
地大田多賦　　民貧吏未馴
韋弦[2]須竝佩　　威德要霶臻

---

1 潤身: 崔潤身. 본관 水原. 아버지는 崔有臨. 예종 1년(1469) 己丑 增廣試 生員 三等 34위의 기록이 보인다.

不遇盤兼錯　　于何素志伸
素志君如展　　民風倘可淳
一庭閒白日　　四境囿靑春
田里苟無歎　　朝廷自有恩
君看漢卿相　　曾是職親民

2

관청에 아무 일 없으면
읊조리며 누대를 찾으리니
낙동강에는 봄 물결 펼쳐있고
상주商州에는 시원한 기운이 다가오리.
응당 이천 석을 따라
각각 삼백 잔을 마셔야 하니
어느 날에야 습지習池의 가에서
때때로 산간山簡을 모실 수 있으랴.

琴堂無箇事　　風詠復樓臺
洛水春波闊　　商山爽氣來
應從二千石[3]　　各飮三百杯
何日習池上　　時邀山簡陪[4]

---

2 韋弦: 스스로 몸가짐을 중도에 맞도록 경계하는 것을 이른다. 옛날에 성질이 매우 급했던 西門豹는 부드러운 가죽[韋]을 몸에 지녀서 성질을 느슨하게 하고, 마음이 매우 느슨했던 董安于는 팽팽한 활시위[弦]를 몸에 지녀서 마음을 조금 급하게 하여, 각각 그 부족한 것을 보충했다고 한다.《韓非子 觀行》

3 二千石: 지방 장관을 이른다. 漢나라 때에 太守나 諸侯나 宰相의 祿俸이 2천 석이었다.

4 何日~簡陪: 晉나라 山簡이 襄陽에 있을 때, 그 지방의 豪族인 習氏네 집 연못가를 자주 찾아가 술을 마시곤 번번히 만취해서 부축을 받고 돌아왔다고 한다.《晉書 山簡傳》

채기지에게 부치다

寄蔡耆之[1]

1

동서의 갈림길 서로 피하듯 어긋났고
꿈속의 혼魂만 남북으로 서로를 찾았지.
홍진 세상의 거마는 사람의 늙음을 재촉하는데
마침 봄 깊지 않았으니 귀전歸田의 시 읊으리라.

岐路東西似相避　　夢魂南北又相尋
紅塵車馬驅人老　　會賦歸田春未深

2

예부터 알던 조정의 인사들
선생이 경성京城에 더디 온다고 말을 하네.
성세聖世의 인재, 동량을 구하는 것이 시급하니
공 같은 이 어찌 먼 벽지에 오래 있으랴.

朝中多少舊相知　　苦說先生入洛遲
聖世求才急樑棟　　如公豈久臥遐陲

1 耆之: 蔡壽의 자. 세종 31년(1449)~중종 10년(1515). 중종반정공신. 본관 仁川. 호 懶齋. 남양부사 申保의 아들이다. 세조 15년(1469) 문과에 장원하여 사헌부감찰·대사헌으로 있을 때 폐비윤씨의 存恤을 청하다가 왕의 노여움을 사서 벼슬에서 물러났다. 1506년 중종반정이후 경상도 咸昌에 快哉亭을 짓고 은거하며 독서와 풍류로 여생을 보냈다. 저서로 『나재집』이 있음.

우연히 지은 즉흥시를 정불건에게 부쳐 화답시를 구하다
卽事偶成, 寄丁不騫[1]希和

새벽에 일어나 머리도 안 빗고 세수도 안했는데
장腸에서는 꼬르륵 소리, 아직 술이 깨이지 않았네.
병든 아내는 해 뜨도록 누워있고
늙은 여종은 청정반青精飯을 짓고 있네.
책 가지런히 놓은 채, 게을러 읽지도 않고
시구를 찾아보지만 껄끄러워 이루기 어렵네.
사업이 지금 이와 같으니
오직 양생養生을 배워야 하리.

晨起廢梳洗　　腸鳴未解酲
病妻臥紅日　　老婢爨青精[2]
整書慵不讀　　覓句澁難成
事業今如此　　唯應學養生

1 不騫: 丁壽崑의 자. 문종 2년(1452)~성종 17년(1486). 본관 羅州. 아버지는 昭格署令 子伋). 어려서부터 시를 좋아하여 『시경』을 통독하였으며, 성종 3년(1472) 춘장문과에 병과로 급제하였다. 성균관박사를 거쳐 감찰·승문원교리 등을 역임하였다.
2 青精: 青精飯. 道家에서 말하는 青精石으로 지은 밥이다.

이 위광【겸】에게 부치다

寄李撝光[1]【謙】

1

한 번 보고 마음 아니 진정한 관· 포의 사이
두 집안 혼인까지 했으니 다시 주· 진을 보는 듯
문 앞에 흐르는 물, 냇가의 길에서
저물녘 함께 오가는 두 사람의 노인네

一見心知眞管鮑　　兩家姻好復朱陳[2]
門前流水川邊路　　晩歲遊從二老人

2

거리의 수양버들 바람에 나부끼니
고향의 꽃과 나무 한창 아름다울 때
그대의 집 술 익으면 자주 왕래하던 이
오직 기지耆之와 성지性之가 있었지.

陌上垂楊嫋嫋枝　　故園花木正芳時
君家酒熟頻來往　　唯有耆之[3]與性之

---

1 撝光: 李謙. 생몰년 미상. 조선 중기의 문신. 본관은 丹陽. 자는 子益, 호는 遜齋. 집의 孟知의 아들이다. 중종 2년(1507)에 증광문과에 병과로 급제, 흥덕현감·장령·사성등에 임명. 1519년 기묘사화 때 장령으로서 대사성 柳雲과 趙光祖 등을 변호하는 극렬한 상소를 올려 파직되었다.

2 朱陳: 唐나라 때 徐州 豐縣에 대대로 혼인을 하며 함께 살았던 두 가문으로, 두 가문이 사는 마을을 朱陳村이라 불렀다.

3 耆之: 蔡壽를 이른다.

호남 관찰사 도사로 부임하는 이【극규】를 전송하며

送李都事【克圭[1]】赴湖南幕府

봄바람 불어올 때 막부에 가니
남쪽 지방 쉰셋의 고을
사람들은 긴 대나무 아래에서 살고
말은 소강남小江南에 들어가네.
버들 휘늘어지니 집마다 고요하고
꽃은 잠에 빠진 듯 한낮이 달콤하네.
바로 그대 노닐며 완상하는 곳
쇠하고 병든 이 몸 어찌 갈 수 있을까.

入幕春風裏　　南州五十三
人居脩竹下　　馬入小江南[2]
柳䙅千門靜　　花眠白日甘
正君遊賞處　　衰病我何堪

1 克圭: 李克圭. 자 公瑞. 본관 廣州, 아버지는 李長孫. 성종 3년(1472) 春塘臺試 丙科. 대사간을 역임.

2 小江南: 강남에 버금간다는 뜻으로, 전라남도 순천을 이른다. 『新增東國輿地勝覽』 卷40 全羅道 順天都護府 조항에 "산과 물이 기이하고 고와 세상에서 小江南이라고 일컫는다." 하였다.

일본 사신을 호송하며 영남에 가는 유진경을 전송하며
送柳震卿[1]護倭使之嶺南

거리의 버들 황금실처럼 날리니
영남의 바닷가 복숭아 오얏꽃 피는 시절
풍류문아로는 유주자사柳州刺史 같은 그대
기량은 호탕하고 재주는 거리낌이 없네.
부상扶桑의 사자使者는 시례詩禮에 익숙하니
읍양하고 주선하며 반송伴送하게 하였네.
낙동강은 바다에 이어져 봄 술이 되고
눈에 가득한 시내와 산, 모두 나의 시
누대에 올라보면 빈객들 가득하리니
장부의 의기意氣, 뉘 이만한 이 있으랴.
취해 휘두르는 붓, 때로 만전蠻牋에 떨어지니
산천을 가득 싣고 배는 동東으로 돌아가리.
명성은 저절로 구주九州 밖에 전할 터이니
어찌 이역 만 리에서 고생할 필요 있으리.
아아, 나는 늙고 병들어 아무런 쓸모도 없이
한갓 시 미치광이에다 술주정뱅이
고향은 바라만 볼 뿐 가까이 갈 수 없으니
그대 가는 길 전송함에 마음 더욱 상하네.

陌上楊柳黃金絲　　嶺南海邊桃李時
風流文雅柳柳州[2]　　氣度浩蕩才不羈

1 震卿: 柳陽春. 자 震卿, 본관 豊山, 아버지는 柳壽昌. 세조 14년(1468) 春塘臺試 乙科 1위, 承文院 校理 역임.

扶桑[3]使者慣詩禮　　揖讓周旋件送之
洛江連海作春酒　　溪山滿目皆吾詩
樓臺登眺盛賓客　　丈夫意氣復有誰
醉筆時時落蠻牋[4]　　山川滿載東歸船
自有名傳九州外　　何必身窮萬里天
嗟余老病百無用　　徒爾詩狂復酒顚
故山可望不可近　　送君歸去更黯然

2 柳州: 柳州刺史. 唐나라 柳宗元을 가리킨다. 유종원이 좌천되어 柳州刺史를 지냈다.
3 扶桑: 해 뜨는 동쪽 바다 속에 있다는 전설의 나라로, 여기서는 일본을 의미한다.
4 蠻牋: 오랑캐들이 쓰는 종이로, 필적을 얻기 위해 들고 오는 그들의 지물을 이른다.

일본 사신을 호송하며 영남에 가는 좌랑 김【맹성】을 전송하며
送金佐郞【孟性[1]】護送日本使歸嶺南

이조의 재주있는 이라 많은 사람들 말하더니
윤음綸音 받들고 날랜 말로 먼 길을 가네.
남국의 하늘 땅 사이 집마다 대나무 자라고
봄바람 부는 성곽에는 이월의 꽃 피었으리.
이른 곳마다 술잔 기울이며 날을 보내고
때로 시문을 써서 풍경에 답하리.
그대 남국 사신 안온히 보내는 일 잘하여
영원히 이역異域의 나라 일가一家가 되게 하라.

吏部才華衆口講　承綸飛馹道途賒
乾坤南國千家竹　城郭東風二月花
到處杯盤移日月　有時文字答煙霞
憑君穩送雕題使　永使殊方作一家

1 孟性: 金孟性. 세종 19년(1437)~성종 18년(1487). 본관 해평. 자 善源. 호 止止堂. 아버지는 遵禮이다. 金宗直의 문하에서 수학. 1476년 별시문과에 병과로 급제하여 사간원의 헌납과 정언을 지냈다. 저서로는 『지지당시집』이 있다.

참판 이옥여玉如【경동】가 동지경연사가 되었다. 그의 선영이 일선一善에 있는데, 전례에 따라 분황焚黃을 청하자 성상께서 특별히 전상과 역말을 하사하셨다. 옥여가 편지를 주어 노래를 구하여 성상의 하사를 빛내고자 하였다. 다음과 같이 시를 지었다

李參判玉如[1]【瓊仝】, 經筵同知事也. 其先世塋在一善[2], 請焚黃, 特賜澆奠與驛騎. 玉如因授簡求歌詠, 以侈上賜. 賦之云

옥여玉如는 아름답기가 옥과 같고
배 안에는 경사經史가 쌓여있네.
펼치면 나라를 빛내는 솜씨
움직일 땐 법도 있는 걸음걸이
열어보면 비단 같은 장腸이 나오고
마름질하여 구장九章의 옷을 이루네.
한 때 휘황한 글을 짓던 솜씨
곁에서 보던 이 모두 움츠렸지.
성상께서 말씀하시길 "아름답도다
공은 지금의 독실한 배적棐迪
좌우에 올바른 사람이 필요하니
그대 경연에 나와 읽으라" 하시네.
밤이며 낮이며 학문을 토론하며

---

1 玉如: 李瓊仝의 자. 생몰년 미상. 본관 全州. 고려조의 정당문학 文挺의 후손. 세조 8년(1462) 진사시에 합격하고, 이어서 식년문과에 정과로 급제하였음. 1479년 왕비 尹氏를 폐하려 할 때 불가함을 간하였으나, 갑자사화를 일으킨 연산군은, 당시 현직 승지라고 하여 직첩을 회수하기도 하였음. 동지중추부사·형조참판·병조참판을 역임.

2 一善: 지금의 善山이다.

홀로 우로雨露같은 은혜 듬뿍 받았네.
여파가 구천九泉에 두루 미치어
하늘의 빛 지하에 환히 비쳤네.
봉증封贈이 분묘에 이르니
죽은 이에게 녹이 없다고 누가 말했나.
명命이 천상에서 내려오니
상림원上林苑의 붉은 여지를 땄네.
먼지 자욱한 역로를 내달리고
서둘러 가서는 요전상澆奠床을 올리리라.
봄바람이 남쪽의 길을 가리키니
이월二月이라 나무와 꽃 한창인 시절
금오산은 만장의 푸르름으로 솟아있고
월파정月波亭엔 초록빛 물결이 생기리니
은혜로운 바람에 무덤가의 풀 흔들리고
정령精靈은 지하에서 곡哭을 하리.
나라에 결초보은 다짐하고
후손에게 더욱 큰 복 내리리라.
복주福酒를 옥 술잔에 가득 부을 때
사방에는 온통 고을의 사람들
모두 말하길 자식이 귀하게 되어야 하니
자신의 영욕은 관계없는 것이라 하네.
재배하고 모두들 음복飮福을 하니
하사하신 어주御酒의 향기가 감도네.
손을 잡고서 고인故人과 이별을 하고
채찍 휘두르며 푸른 허공에 오르리니
돌아와서는 성상의 은혜에 사례하려

우뚝한 궐문으로 들어가리.
다시 문에서 기다리시는 어머님 위해
축수의 잔에 가득한 술
세상사람을 바라보아도
충과 효, 두루 갖춘 이 그대뿐이네.

玉如美如玉　　經史乃其腹
敷爲華國手　　動爲規步足
披出錦繡腸　　裁成九章服
一時黼黻手　　旁觀皆蓄縮
元首曰嘉哉　　公今棐迪[3]篤
左右須正人　　經筵汝進讀
論思日夕間　　獨私雨露浴
餘波浹九泉　　地下天光燭
封贈及丘隴　　誰云死無祿
有命復自天　　丹荔[4]上林摘
兼馳驛路塵　　往澆其疾速
春風路指南　　二月正花木
金烏青萬丈　　月波[5]初皺綠
惠風搖塚草　　精靈地下哭
結草應報國　　裕後更介福
福酒滿瑤觴　　四座盡鄕曲

---

3 棐迪: 당나라 때의 시인으로, 王惟와 절친하였다.

4 丹荔: 여지를 祭享에 올리므로 이렇게 쓴 것이다. 韓愈 「柳州羅池廟碑」에 “여지는 빨갛고 바나나는 노란데, 고기와 채소의 제수를 자사의 사당에 올리네. [荔子丹兮蕉黃, 雜肴蔬兮進侯堂.]” 하였다.

5 月波: 경북 선산 지역에 있던 月波亭을 이른다. 『東文選』 「月波亭記」에 “善州 동쪽 5리쯤에 餘次라는 나루가 있는데, 尙州 낙동강이 남쪽으로 흐르는 곳이다. 나루 동쪽에 자그마한 산이 강을 임하여 솟았는데, 全州가 본관인 李君 文挺이 이 고을을 다스리면서 비로소 여기에다 정자를 짓고 月波亭이라 불렀다.”는 내용이 있다.

皆言子須貴　　不管身榮辱
再拜各盡飲　　爲是宮壺馥
摩手別故人　　梢鞭上空綠
歸來謝君恩　　雙闕入雲矗
復爲倚門望　　壽杯凸醽醁
眼看世上人　　忠孝只君獨

함창 훈도 배【철보】를 전송하며
送咸昌訓導裵【哲輔[1]】

함창咸昌이 비록 조그만 고을이지만
예로부터 사대부 많은 곳
자제들은 가르칠 만하고
벗들은 함께 기뻐할 만하네.
누대에 오르면 산 빛이 가깝고
붓을 휘두르면 물소리 차갑네.
교육의 즐거움 아름다운 흥이 있거니
유관儒官의 고생스러움 싫어하지 말게나.

咸昌雖十室　自古盛衣冠
子弟可以教　友朋堪與歡
入樓山色近　繞筆水聲寒
樂育有嘉興　儒官莫厭酸

1 哲輔: 裵哲輔. 생애가 자세하지 않음. 『조선왕조실록』 중종 7년 임신(1512)의 기록에 그의 醜行을 들어 참판에 합당치 않다고 교체를 요구하는 기사가 보인다.

박백인【효원】에게 부치다

寄朴伯仁[1]【孝元】

기억하노니 전에 고향에 있던 날
그리워해도 하루면 갈 수 있던 길
부모님 상에 막 눈물을 떨구고
자식 잃고서는 또 시력을 잃었네.
출처出處는 비록 서로 달랐지만
어려운 일에는 형제와 같았네.
두 집안 한 물줄기 가에 있으니
저마다 마음을 비추어보네.

憶昨居鄕日　　相思一日程
喪親方下淚　　哭子又傷明[2]
出處雖牛馬　　艱難則弟兄
兩家邊一水　　應各鏡心情

1 伯仁: 朴孝元의 자. 생몰년 미상. 본관 比安. 대사헌 瑞生의 손자로, 璟의 아들이다. 세조 11년(1465) 식년문과에 급제하여 예종 1년(1469) 예문관수찬지제교 겸 경연검토관으로서 춘추관기사관이 되었다.

2 哭子句: 자식을 잃은 슬픔 때문에 시력을 잃었다는 뜻. 子夏가 자식을 잃고 눈이 멀었다고 한다.《禮記 檀弓上》

봉지鳳池의 제공이 찾아주심에 사례하여 부치다
寄謝鳳池[1]諸公見訪

집은 남산의 그림자 지는 곳
낮에는 푸른 구름, 집을 잠그듯
책 보며 지내는 생활, 세월은 빠르게 지나고
탁주 마시고는 천지 사이에 취해 있네.
큰 -빠짐- 지금의 사람들 박하기만 한데
제공諸公은 고의古義에 돈독하네.
번거로이 자주 수레타고 찾아주시는 마음
이런 저런 이야기에 벌써 저물녘 되었네.

家住南山影　　蒼雲晝鎖門
青編跳日月　　濁酒醉乾坤
大□[2]時人薄　　諸公古義敦
頻煩枉車轍　　細話到黃昏

1 鳳池: 궁궐에 있는 鳳凰池로, 禁中을 이른다.
2 판독불가자

중서랑에게 사례하며 부치다
寄謝中書郎

성城을 나서 남쪽으로 가는 길
거마로 가는 이를 전송했지.
장후張侯는 눈보다 흰 마음 가진 이
술을 따를 때 따뜻한 마음 봄과도 같았네.
이별한지 오래라 얼굴도 변했지만
정이 많기에 웃으며 진심을 말했지.
훌륭하게도 그대의 재주 제일이니
활을 쏘아 자주 적중했다는 말 들었네.
으리으리한 그대의 집
하늘빛 연못 아래로 내려오네.
옛날부터 풍류 있는 곳
지금도 연회宴會를 여네.
초대하여 얼굴을 자주 보니
속마음 나누며 술잔을 기울였지.
취한 채 인사도 못 나누고 헤어졌으니
이때의 진정한 흥취 그윽하기만 했지.
병든 몸 오히려 지팡이에 의지하며
노년에 다시 성城에 들어왔네.
옛날의 포부 이루고픈 마음 있지만
공명功名에 힘쓸 힘도 없다네.
스스로 문 닫고 누워있기 좋아하니
말 타고 가는 것도 도리어 걱정스럽네.
사자使者가 말채찍을 잡고 찾아오니

오랜 정의情意에 깊이 감사드리네.

出城南去路　　車馬送行人
張侯白於雪　　酌酒暖如春
別久容顏換　　情多笑語眞
多君才第一　　射鼓聽頻頻
潭潭深府第　　天色下池塘
自古風流地　　至今尊俎堂
招呼重面目　　酬酢舊肝腸
醉別不相揖　　此時眞趣長
病骨猶扶杖　　殘年復入城
有懷酬志願　　無力辦功名
自愛閉門臥　　却愁騎馬行
伻來執鞭策　　深賀故心情

상주로 돌아가는 진사 김【粹洪】을 전송하며
送金進士【粹洪[1]】歸尙州

1

이월의 말 삼월의 초
영남의 천기는 한창 아득히 끝이 없으리.
말발굽 어지러이 푸른 봄을 밟고 가리니
아름다운 풀 개인 날의 냇가, 곳곳엔 모래섬

二月之抄三月頭　　嶺南天氣正悠悠
馬蹄亂踏靑春去　　芳草晴川處處洲

2

옛날 반궁에서 노후魯侯의 미나리를 캘 때에
자자한 명성 그대 홀로 가졌지.
주남周南의 땅에서 오래 머물지 말지니
청춘을 청운의 길에 잘 쓰시게나.

當時采采魯侯芹[2]　　籍籍聲名獨有君
莫向周南留滯久　　好將靑歲睹靑雲

---

1 粹洪: 金粹洪.
2 魯侯芹: 성균관에서의 생활을 이른다. 『詩經』「魯頌・泮水」에 “즐거운 반수에서 잠깐 미나리를 캐네. 노나라 제후께서 이르시니 그 깃발을 보겠네.[思樂泮水, 薄采其芹. 魯侯戾止, 言觀其旂.]”라 하였다.

충청 도사 민사효[사건]를 보내며
送忠淸都事閔士孝[1]【師騫】

1

성상께서 소의宵衣입고 민사民事를 중히 여기시니
서호西湖의 막객에서 인재를 구하셨네.
짐짓 풍류스런 유랑劉郞을 가게 하시더니
오히려 덕행있는 민자閔子를 오게 하시네.

北極[2]宵衣重民事　　西湖幕客要人才
風流故遣劉郞[3]去　　德行還呼閔子[4]來

[원주]

전前 도사 유찬劉瓚이 파직되었다. 그러므로 세 번째 구를 말한 것이다.
前都事劉瓚[5]罷, 故第三句云.

2

어젯밤 문성文星이 서호西湖에 떨어지니
열여덟 선인仙人 중에 한 명이 보이지 않네.
또한 알겠네 호산湖山에 정해진 이름 없으니
지금부터 그 이름 방호方壺로 바뀌리라는 것을

---

1 士孝: 閔師騫의 자. 생몰년 미상. 본관 驪興. 아버지는 閔解. 성종 8년(1477) 親試 丙科 1위, 參判을 역임.
2 北極: 임금이 있는 곳을 이른다. 『論語』「爲政」에 "북극성이 자리를 잡고 있음에 뭇별들이 그에게로 향한다. [北辰居其所, 而衆星共之.]" 하였다.
3 劉郞: 당나라 때의 시인 劉禹錫을 이른다.
4 閔子: 덕행으로 유명한 孔子 제자 閔子騫을 이른다.
5 劉瓚: 자는 灌仲. 본관 金城. 아버지는 劉昭. 성종 6년(1475) 乙未 親試 丙科 10위. 正言을 역임함.

文星[6]昨夜墮西湖　十八仙眞一箇無
也識湖山無定號　從今變化作方壺[7]

3

함께 은파恩波에 목욕하던 봉황지鳳凰池를 기억하나니
중간에 기러기와 제비처럼 몹시도 어긋났었지.
옛날처럼 감당나무 그늘, 관도官道에 펼쳐있을 터이니
이전에 내가 말 묶었던 가지를 바라보시게나.

共沐恩波記鳳池[8]　中間鴻燕苦參差[9]
棠陰[10]依舊鋪官道　看取年前繫馬枝

[원주]

민閔이 주서注書였을 때 내가 승지承旨였다. 그러므로 제 일구에서 말한 것이다. 내가 일찍이 호서湖西에 관찰사로 있었다. 그러므로 세 번째, 네 번째 구를 말한 것이다

閔爲注書時, 余爲承旨, 故第一句云. 余曾忝觀察湖西, 故第三四句云

4

풍風에 걸린 관찰사 무슨 덕 있었으랴.
술병 걸린 낭관郎官도 그 자리 감당하지 못했지.

---

6 文星: 文昌星으로, 文運을 맡은 별이다.

7 方壺: 바다 가운데 있다는 신선이 사는 산 이름으로, 方丈이라고도 한다.

8 鳳池: 鳳凰池로, 궁중의 못을 뜻하는데, 위진남북조 시대에 中書省이 황제의 처소와 가까웠기 때문에 중서성을 일컫는 말로 쓰이기도 한다.

9 中間句: 서로 어긋남을 이른다. 기러기와 제비는 둘 다 철새인데, 기러기는 長江 지역에 가을 무렵 왔다 봄에 떠나고, 제비는 가을에 떠났다가 봄에 온다.

10 棠陰: 棠陰의 교화를 이른다. 『詩經』 「召南・甘棠」에 "울창한 저 감당나무 가지, 베지 말고 자르지 말라. 소백께서 쉬시던 곳이니. [蔽芾甘棠, 勿翦勿伐, 召伯所茇.]" 하였다. 이 시는 훌륭한 政事를 편 召公의 덕을 추모하여 부른 것이다.

지난 일 생각하면 부끄럽지 않을 수 있으랴.
그대 막부에 아름답게 참여함을 대견하게 여기네.

患風觀察曾何德　　病酒郎官亦不堪
往事回頭能不愧　　多君入幕美相參

[원주]

내가 감사였을 때에 풍風을 앓아 교체되었고, 도사都事 남제南悌도 그러했다
余爲監司, 患風而替, 都事南悌[11]亦然

11 南悌: 자 灌仲, 본관 金城. 아버지는 南俊. 1471년(성종 2) 辛卯 別試 乙科 3위. 正言을 역임함.

이월 그믐날에 시강원 제공과 함께 청학동에 노닐다
二月晦日, 與侍講院諸公遊青鶴洞[1]

청학青鶴은 옛날에 날아가 버리고
청허淸虛함만 골짜기에 남았네.
푸른 소나무 사방을 둘러싸니
한낮에도 신선들 노니네.
바위를 술 놓는 탁자로 삼고
시詩 담는 박, 냇물에 띄우네.
취한 채 돌아오다 길을 잃으니
구름 기운에 산 앞이 어둑하네.
골짜기 좁아 수레포장도 칠 수 없지만
소나무 길게 자라 활을 걸을 수 있네.
깊은 봄, 오히려 시냇가엔 눈 남아있고
해 저물녘 하늘에선 바람이 불어오네.
백 보 밖에서도 버들잎을 뚫는 활솜씨
천종千鍾의 술을 들이키는 바다 같은 가슴
제공諸公은 모두들 재주가 뛰어난데
스스로 부끄럽구나 잘하는 게 없으니.
쇠하고 병든 채로 성시城市에 왔지만
몸 한가하고 사는 곳 그윽함이 좋구나.
구름서린 언덕에 즐겨 올라
머리 돌려 자주 산 빛을 바라보네.
소나무 사이의 새와 말을 나누고

1 青鶴洞: 서울 남산 아래에 青鶴洞이 있었다.

물 위의 갈매기와 허물없이 지내네.
가슴 속에 푸른 들이 담겨있으니
티끌 세상에 있음을 알지 못하네.

青鶴昔飛去	淸虛留洞天
蒼松爲四障	白日戱群仙
酒卓因巖石	詩瓢泛澗泉
醉歸應失路	雲氣暗山前
洞小不容幰	松長可掛弓
春深猶澗雪	日晩自天風
百步穿楊手[2]	千鍾吸海胸
諸公皆絶藝	自愧謝才雄
衰病復城市	身閒喜境幽
雲崖偏着脚	山色苦回頭
與語松間鳥	如親水上鷗
胸中藏綠野	不覺在塵區

2 百步句: 춘추시대 楚나라의 대부 養由基가 100步 밖에서 버들잎을 쏘아 백발백중 하였다.《戰國策 西周策》

삼월 삼일에 정불건에게 부쳐 답청을 하며 노닐자고 했다
三月三日, 寄丁不騫, 邀作踏青遊

1

인간 세상 풍류는 젊을 때 즐겨야 하니
봄 무르익기 전에 노닐어야 하리.
곧바로 꽃 붉고 버들 푸를 때 되면
또한 나비와 꾀꼬리를 원망하고 시름하리라.

風流人世是年少　　及未春濃會作遊
直到花紅兼柳綠　　也應蝶恨與鶯愁

2

영화永和 계축癸丑년 초봄 어느 저물녘
회계산會稽山 굽은 물길에 땅도 기이했지.
내가 함께 기수에서 목욕할 이는 증점曾點
누가 계禊제사 지내며 희지羲之와 함께 하리오.

永和癸丑[1]春初暮　　曲水[2]稽山地又奇
吾與浴沂須點也[3]　　有誰修禊伴羲之[4]

---

1 癸丑: 晉穆帝 永和 9년인 353년이다.

2 曲水: 삼월 삼짇날 굽이굽이 흐르는 물에 술잔을 띄워 그 잔이 자기 앞에 오기 전에 詩를 짓는 놀이이다.

3 吾與句: 공자가 제자들에게 자신의 뜻을 말하라 하자, 曾點이 "따뜻한 봄날 봄옷이 마련되면 冠者 5, 6인과 동자 6, 7인으로 함께 沂水에서 목욕하고 舞雩에서 바람 쐰 다음 노래하며 돌아오겠습니다."라고 하였다.《論語 先進》

4 有誰句: 晉穆帝 永和 9년(353) 3월 3일에 王羲之가 謝安 등 당대의 명사를 會稽 山陰의 蘭亭에 불러 유상곡수의 풍류로 禊事를 닦았다.

청명일에 성북에 노닐며 시를 지어 하남군 정효숙에게 부치다
清明日, 城北遊, 賦寄河南君鄭孝叔

1

한가한 날 여러 공公들 도성 북쪽을 나서서는
봄기운 성城에 들어오지 않았음을 꺼려했지.
물에 닳은 흰 돌은 자리처럼 판판하고
골짜기를 묶은 맑은 물길, 활처럼 구불구불
자리 가득한 손님들 좋은 철 즐기며
나에게 짧은 시로 봄날을 그리게 했네.
스님 와서는 이런저런 이야기하며 어디서 왔느냐 하는데
다시 예닐곱 아이들을 데리고 풍류를 즐기네.

暇日群公出城北　　却嫌春不入城中
水磨白石平如席　　峽束淸流曲似弓
滿座有賓酬令節　　小詩敎我畫春風
僧來細話從何處　　更領風流六七童

2

취해 솔바람소리 물소리 속에서 이야기하노라니
관현管絃의 연주를 듣고 있나 했네.
대바구니에 거위 담아왔던 난정의 붓, 내 부끄럽고
이를 꿰뚫는 확포矍圃에서의 활솜씨 그대는 능하네.
자리에 앉아 신선 바둑 두며 한가히 세월 보내고
성城을 돌아 말을 타며 시원스레 바람을 타네.
거리의 아이들 날보고는 관가에 일 없다 비웃는데
말 뒤에는 오직 두 명의 아이만 따르고 있을 뿐

醉話松聲水聲裏　　渾疑絲竹管絃中
籠鵝我愧蘭亭筆[1]　　貫蝨君能矍圃弓[2]
坐席仙棋閒費日　　還城塵騎快乘風
街童笑我無官況　　馬後唯隨兩箇童

1 籠鵝句: 王羲之가 거위를 몹시 좋아하여 山陰의 道士에게 『道德經』을 써 주고 거위를 대바구니에 담아 갔다.

2 貫蝨句: '관슬'은 이의 심장을 꿰뚫는 뛰어난 활솜씨로, 옛날 紀昌이란 사람이 飛衛에게서 배워 이러한 경지에 도달했다고 한다. '矍圃'는 중국 산동성 곡부현 闕里의 서쪽에 있던 곳으로, 공자가 여기에서 大射禮를 행하였다.

늦은 봄날 벗에게 보내다
暮春寄友人

가득하던 사람들 발자취, 답청도 다 끝나니
한해의 봄꿈이 반쯤은 깨었으리.
그대 그립지만 못 본 것이 또 며칠인가.
근심스런 구름 눈에 가득 멈춰있음을 바라보네.

滿地人蹤踏盡靑　　一年春夢半應醒
思君不見又幾日　　坐看愁雲滿目停

감회를 적어 이방형에게 보이다
書懷, 示李邦衡[1]

1

봄날 성북城北의 경치 좋은 곳에서 놀던 일 기억하나니
강호江湖 생각날 때면 영남嶺南을 꿈꾸곤 하네.
함께 좋은 철 맞으면서 함께 완상 못하니
복숭아꽃은 적막하고 살구꽃은 얄궂네.

春遊水石記城北　　每憶江湖夢嶺南
同受佳辰不同賞　　桃花寂寞杏花憨

2

병골에다 시 짓느라 야위기까지
쇠한 얼굴 바라보다 술로 홍안을 빌렸지.
염량炎凉의 인간세태 의지할 것 없거니
슬픔에도 기쁨에도 믿음 있는 건 봄바람뿐

握來病骨詩添瘦　　看却衰顔酒借紅
冷熱無憑人世事　　悲歡有信是春風

3

사람들 늘그막 백사百事가 마땅치 않다 비웃지만
술 마시고 시 짓는 것 오히려 잘 한다오.

---

1 邦衡: 李克均의 자. 세종 19년(1437)~연산군 10년(1504). 본관은 廣州. 우의정 仁孫의 아들. 세조 2년(1456) 식년문과에 정과로 급제. 전라도관찰사·대사헌·이조판서를 역임하였다. 甲子士禍 때 조카 世佐와 함께 연루되어 사사되었음.

쓸모없음이 도리어 쓸모 있는 것임을 또한 아니
푸른 하늘에 달 떠오를 때에 용사用事를 한다네.

人笑殘年百不宜　　尙能飮酒復吟詩
也知無用還爲用　　用事靑天月上時

답사행. 정불건에게 부치다

踏莎行[1]. 寄丁不騫

세월은 탄환처럼 빠르고
공명은 포갠 알처럼 위태로우니
단단하다 희다하는 분분한 견해 내 신경 쓰지 않으리.
지난 해 붉은 꽃 찾던 -원문 빠짐- 사람들
절반은 낙화와 버들개지 따라 흩어지네.
힘없는 팔뚝 쥐어보고
짧은 머리칼 빗어보지만
말을 -원문 빠짐- 문 나서는 일에 게으를 뿐
봄 술 내오라하며 봄빛 완상하려 하지만
문 앞에는 찾아오는 이도 없고 새그물만 쳐있네.

歲月跳丸　　功名累卵
悠悠堅白[2]吾不管　去年尋紅□[3]翠人 半隨落花飛絮散
握來臂損　　搯來髮短
令人□[4]馬出門嬾　欲呼春酒償春色　雀羅門外人來斷[5]

---

1 踏莎行: 詞曲의 이름이다.

2 堅白: 단단하고 흰 돌이 있을 경우, 단단한 돌과 흰 돌은 서로 같은 것이 아니라는 궤변으로, 전국시대 趙나라 公孫龍의 견해이다.

3 판독불가자

4 판독불가자

5 雀羅句: 漢나라 사람인 翟公이 文帝 때에 廷尉로 있을 때에는 손님이 문에 가득했는데, 파직되자 오는 사람이 없어 문 앞에 참새 그물을 칠 수 있었다고 한다.

부기 - 차운시
附次韻

보랏빛 제비는 둥지로 먹이를 물어오고, 꾀꼬리는 알을 품고
요란한 봄빛 그 누가 문門을 맡고 있나.
해마다 이전의 번화함 바뀌지 않거니
상림의 나무마다 붉은 노을 퍼지네.
산수의 흥 유장하고, 높은 벼슬엔 관심 없어
띠를 매고 느릿느릿 따라가는 일 감당할 수 없네.
한 바탕 봄꿈은 강남에 이르렀는데
일어나 하늘 끝 보니 푸른 구름이 끊겨있네.

紫燕銜巢倉庚伏卵　　韶光撩亂門誰管
年年不改舊繁華　　上林千樹紅霞散
泉石興長貂蟬[1]意短　　不堪束帶隨行嬾
一場春夢到江南　　起看天末碧雲斷

---

1 貂蟬: 貂蟬冠이다. 漢代의 侍中 常侍들이 쓰던 관으로, 높은 벼슬아치들을 뜻한다.

삼월 십오일에 옥당의 군현群賢들이 독송정獨松亭에 나를 초청했으나 병으로 가지 못하고 시를 지어 부쳤다

三月十五日, 玉堂群賢, 邀我于獨松亭, 因病不赴, 詩以寄之

1

독송정 백 척의 소나무 차갑기 옥과 같은데
만 가닥 버들가지를 손으로 잡아보네.
하늘에서 쏟아지는 은하수, 옥 술잔에 콸콸콸
모두들 신선 얼굴 되어, 흠뻑 취한 채 바라보네.

獨松百尺寒如玉
萬縷垂楊手携
天傾河漢瀉玻瓈
併入神仙面　　　相看醉似泥

2

평소의 질탕한 생활, 증점을 허여했노니
해마다 마음은 늦봄에 있었지.
사마상여는 누워 끙끙 앓는 몸
게으름에 꽃구경하는 이들 따르지도 못하고
술 권할 이들 생각에 걱정만 앞서네.

跌宕平生吾與點[1]　　　年年心事暮春
文園[2]今作臥吟身

1 吾與點: 공자가 제자들에게 자신의 뜻을 말하라 하자, 曾點이 "따뜻한 봄날 봄옷이 마련되면 冠者 5, 6인과 동자 6, 7인으로 함께 沂水에서 목욕하고 舞雩에서 바람 쐰 다음 노래하며 돌아오겠습니다"라고 했음. 이에 공자는 감탄하며 "나는 증점을 허여한다." 하였다.《論語 先進》

嬾逐看花伴　　　愁將勸酒人

3

발 내리고 적막하게 날을 보내다가
복숭아 꽃 오얏꽃 피는 좋은 철 저버렸네.
불러 주심에도 다시 옛 신선을 저버렸나니
아아 아름다운 기약 이미 놓치고
뒷날의 모임을 누구에게 물을까.

寂寂簾帷度長日　　　負他桃李芳辰
招呼更負古仙眞
佳期嗟已失　　　後會問誰因

[원주]

이상은 임강선臨江仙 곡조이다.
右臨江仙

2 文園: 漢나라 때의 司馬相如이다.

판경조 이형명이 한관을 제수 받았다는 것을 듣고 시를 지어 부치다
聞判京兆李衡命授閒官, 詩以寄之

1

조정에 드나들며 고생한지 서른 해
시사時事 걱정에 어느덧 허연 머리
성상의 은혜, 바로 장수長壽를 내리셔서
짐짓 도리桃李 핀 곳에서 한가함 보내게 하시네.

出入賢勞三十年　　憂時鬢髮已華顚
君恩正爾錫難老[1]　　故遣偸閒桃李天

2

약을 묻고 의원 찾은 지 또 한 해
이웃 노인의 지팡이 빌려 병든 몸 부지하네.
춘심春心은 진흙에 떨어진 버들개지 같아서
도리어 회오리바람 따라 하늘에 날릴까 두렵네.

問藥尋醫又一年　　隣翁借杖遣扶顚
春心只似粘泥絮　　却怕風飄送上天

1 錫難老: 難老는 長壽의 뜻으로, 祝壽하는 말이다. 『詩經』「魯頌·泮水」에 "이미 맛난 술 마시고, 길이 장수를 내리시네. [旣飮旨酒, 永錫難老.]"라고 하였다.

병중에 성상께서 내려주신 약물을 받고, 감격하여 읊조리다
病中, 拜受宣賜藥物, 因感吟

문필로 업을 삼아 두 눈이 침침한데
성상의 은혜, 지금 칠선원七仙元을 내리셨네.
이제부터 바위 밑에 번쩍이는 전광電光을 길러
해와 달 천지에 환한 것 오래도록 바라보리.

鉛槧年來兩眼昏　聖恩今賜七仙元
從此養成巖下電[1]　長瞻日月照乾坤

1 養成巖下電: 시력을 좋게 할 것이라는 말이다. 晉나라 王戎의 눈빛이 번쩍거렸는데, 裵楷가 이에 대해 '어두운 바위 밑에서 번쩍이는 電光과 같다' 하였다.

청심루 시에 차운하다
次淸心樓[1]韻

그림처럼 아름다운 누각, 구름 끝에 꽂힌 듯
해질 무렵 올라 보니, 술기운이 얼굴에 오르네.
천지의 중간엔 흰 비단 놓여있고
난간의 서북쪽엔 맞닿은 푸른 산
이날의 손님과 벗, 참으로 물외에서 노닐지만
내일 아침이면 말 타고 인간 세상에 들어가리.
술동이 앞의 꿈, 불러 깨지 말지니
인간 세상엔 한나절의 한가로움도 없나니

瓊樓如畫揷雲端　　落日登臨酒入顔
天地中間橫素練　　闌干西北卽靑山
此日賓朋眞物外　　明朝鞍馬復人間
休敎喚醒罇前夢　　塵世曾無半日閒

1 淸心樓: 경기도 驪州 객관 북쪽에 있던 누각이다.

배 안에서 붓 가는 대로 쓰다
舟中卽事

푸른 강물에 해 비치니 붉은 연무 일어나고
외로운 배, 산 사이로 흔들흔들 가고 있네.
우연히 홀로 마시며 조금 취한 채 앉아
하늘 높이 점점이 가는 기러기 쳐다보네.

日射蒼江煙霧紅　孤舟軒輊兩山中
偶然獨酌微醺坐　偸眼摩天字字鴻

금천에서 배에 오르다
金遷上船

동쪽에서 해 뜰 무렵 음성陰城을 떠나
서녘에 해질 무렵 강정江亭에 내렸네.
중원의 수령은 술자리 성대히 마련하고
세류細柳의 장군, 북과 호각소리 맑아라.
말 먹이 주고 종도 밥 먹이니 눈 한창 무겁더니
닭 울음소리 듣고 나그네 차니, 술기운 깨기 시작하네.
거문고와 책 싣고, 아내와 아이 함께 타고는
저물녘 달빛 아래 파도 가르며 옥경玉京을 향하네.

初日東昇發雪城[1]　　夕陽西沒下江亭
中原牧伯杯盤盛　　細柳將軍[2]鼓角清
秣馬飯奴眠正熟　　聞雞蹴客酒初醒
琴書妻子共船載　　晚擊空明指玉京[3]

---

1 雪城: 忠淸道 陰城縣이다.
2 細柳將軍: 漢나라 文帝 때에 周亞夫가 장군이 되어 細柳 땅에 주둔할 때 규율이 매우 엄정했는데, 한번은 文帝가 순시 차 細柳營에 왔으나 들어갈 수 없었다고 하였다.《史記 絳侯世家》
3 玉京: 道家에서 이른바 天帝가 있다는 皇都. 여기에서는 京城을 말한 듯하다.

광진의 배 안에서 새벽에 일어나다

廣津[1]舟中曉起

새벽녘에 일어나 배 안에 앉아
푸르스름한 등불을 마주 하네.
닭 우는 소리, 개 짖는 소리에 마을 가까움을 알겠고
은하수 비치니 물결 맑음이 실감나네.
몸에 따르는 것은 늙음과 병
손꼽아 헤어보니 벗들도 적구나.
게다가 세상사 나를 흔드는데
동녘에선 붉은 해가 떠오르고 있네.

舟中晨起坐　　相對是青燈
雞犬知村近　　星河驗水澄
隨身唯老病　　屈指少親朋
世事又撩我　　東方紅日昇

1 廣津: 廣州 서쪽 禿浦의 下流로, 강원도 춘천부 소양강과 충청도 忠州 金灘이 이곳에서 합류한다.

마포에서 남산을 바라보다

麻浦望南山

마포의 돛단배 멀리 아득히 보이고
종남산의 산 빛은 푸르고 푸르네.
만고에 언제나 이와 같음을 사랑하노니
모습 바뀌는 인간세상 참으로 종잡을 수 없구나.

麻浦帆檣遠渺茫　　終南山色鬱蒼蒼
憐渠萬古長如許　　變態人間苦不常

이번중의 적거에 부치다
寄李藩仲[1]謫居

1

청명한 시대에 무슨 일로 궁벽한 땅에 귀양 갔나.
아득한 조물주의 뜻, 알 수가 없네.
인간세상의 득실은 새옹지마와도 같은 것
높이 베개 배고 깊은 술잔에 취해야 하리.

明時何事謫荒陲　造物茫茫不可知
得失人間塞翁馬　政宜高枕醉深巵

2

자첨子瞻도 혜주惠州의 밥을 먹었고
태백太白도 황학루 시를 지었네.
예로부터 문인은 곤궁하기 마련
그 옛날 목은선생도 남주南州에 갔었네.

子瞻且喫惠州飯[2]　太白又詩黃鶴樓
自古文人例窮蹇　當年牧隱亦南州[3]

---

1 藩仲: 李封의 자. 세종 23년(1441)~성종 24년(1493). 본관 韓山. 호 蘇隱. 季甸의 아들. 세조 11년(1465)별시문과에 장원급제. 우승지를 거쳐 공조참판·형조판서·경상도관찰사 등을 역임하였음.

2 子瞻句: 黃庭堅 「子瞻謫海南」에 "자첨이 해남으로 귀양 갔으니, 당시 재상이 그를 죽이려 한 것이네. 혜주 땅의 밥 배불리 먹고, 연명의 시에 조용히 화답 했다네. [子瞻謫海南, 時宰欲殺之. 飽喫惠州飯, 細和淵明詩.]" 하였다.

3 當年句: 李穡이 63세~65세인 공양왕 2년(1390)~ 태조 1년(1392) 사이에 咸昌·衿州·驪興·長興 등에서 유배생활을 하였다.

온천에 관한 시 삼십 수. 동래 부사와 함양 군수에게 드려 화답시를 구하다

溫泉三十韻. 奉呈東萊主人·咸陽郡伯, 求和

바닷가의 고을 봉래산蓬萊山에 가까워
산천은 과연 특이하기도 해라.
평지에서 샘물이 솟아나는데
따뜻한 물결, 마치 펄펄 끓는 듯
맑기로는 은하수보다 더하고
덥기로는 빨간 화롯불에 쬐는 듯
-원문 빠짐- 는 문득 불에 데기도 하고
물고기 오가다 다칠까 겁을 내네.
채소를 넣으면 곧바로 익어버리고
술을 데우면 한 잔 마실만하네.
언제나 찌는 듯한 김, 덥기만 하니
이것을 맡아 힘쓰는 이 누구인가.
아마 남정南正인 중重이
정기精氣를 염방炎方에 빠트렸고
땅 속에선 화룡火龍이 애 쓰며
침을 가득 뿜어내고 있으리.
못생긴 막모嫫母의 얼굴 말끔히 씻고
진시황秦始皇의 부스럼 깨끗이 없애며
밖으로는 경련痙攣을 그치게 하고
안으로는 고황膏肓을 낫게 하네.
신농씨 공연히 고생하며
하나하나 씹으며 온갖 풀 맛보았으니
그 때에 이것을 알았더라면

어찌 기백岐伯이 소문素問을 썼으리.
생각건대 이것을 만든 이
그 신술神術 참으로 알기 어려워라.
옛날, 나라의 근심을 없애는 이 있었으니
백성을 인수仁壽의 장場으로 가게 했네.
다음으로 사람의 병 치료하는 이 있었으니
힘쓴 일은 모두 묵은 종기 낫게 하는 것이었지.
편작扁鵲과 순우의淳于意처럼 많은 명의들도
점점 좋아지게 하는 것일 뿐이었지.
살아서 소원을 이루지 못하고
뜻을 품은 채 저 세상에 갔으니
서로 지하地下의 세상에서 만나
뛰어난 의술醫術 다투어 사겠지.
약藥을 던져 샘물에 섞으니
그 물이 인간 세상에 콸콸 솟아나네.
그러므로 여기에 목욕하면
병들고 약한 몸, 튼튼하고 편안해지네.
내가 반백년을 살아오면서
쉬지도 못한 채 명예의 굴레에 고생했네.
예전에 몸을 잘 못 추슬렀더니
뼈에 들어온 풍기風氣 어찌 그리 드센지.
뜸으로 치료해서 효험 좀 보았지만
남은 독毒이 아직도 장臟 속에 있다네.
날 흐리고 술 힘이 다할 때면
얼굴 한 쪽이 서리 내린 듯 차갑다네.
공성孔聖께서도 병을 조심하셨으니
내가 어찌 미리 대비하지 않으랴.

동도東都에 소장訴狀도 드무니
한 번의 여유로움 어찌 거리낄 게 있으랴.
가을 하늘 온천물에 비치고
가을 해는 중양절에 떠있네.
티끌과 때, 깨끗이 씻어내고
말끔하게 하기를 심장心腸까지 하네.
잠깐 사이에 모골毛骨이 가뿐하니
푸른 하늘에라도 날아오를 듯
지주地主의 은혜 몹시 입었거니
술자리 앞에서 도리어 머뭇거리네.

海縣蓬萊近　山川故異常
有泉平地湧　溫濤如沸湯[1]
淸於銀漢明　熱似紅爐煬
烏□[2]輒遭爛　魚游怕見傷
投以菜卽熟　煖之酒可觴
尋常蒸霧熱　辨此誰主張
應是南正重[3]　委精淪炎方
地中役火龍[4]　吐出涎汪洋
滌去嫫母[5]面　洗除秦皇瘡
外以已拘攣　內以愈膏肓
神農浪辛苦[6]　咀嚼百草嘗

1 海縣句: 동래 지역의 온천을 가리킨다. 『燃藜室記述』 별집 卷16 「地理典故」 溫泉 조항에서 동래 온천에 대해 “가장 좋다. 빨래한 비단처럼 깨끗한 샘물이 땅에서 솟아 나오고 뜨겁기가 끓인 물과 같아서 술을 데울 만하다.” 하였다.

2 판독불가자

3 南正重: 상고시대의 官名으로, 顓頊이 南正인 重에게 명하여 하늘을 맡아 神에 속하게 했다고 한다.《國語 楚語下》

4 火龍: 온몸에 불을 감고 있다는 神龍을 이른다.

5 嫫母: 전설에 따르면 皇帝의 네 번째 妃로 모습이 몹시 추했다고 한다.

當時如得此　　何用歧素方[7]
想此釀成者　　神術眞難詳
昔有醫國手[8]　　驅民仁壽場
其次醫人病　　務皆痊痾痒
紛紛扁與淳[9]　　亦有兪緩良
生來未畢願　　賫志嗟云亡
相逢九原下　　競售其技長
投藥合泉水　　迸出人世鄕
所以浴乎此　　羸病換强康
我生半百年　　役役困名韁
曾緣失榮衛　　入骨風何狂
灸治雖得效　　餘毒尙中藏
天陰酒力歇　　半面冷似霜
孔聖亦愼疾[10]　　余盍預爲防
東都訴牒少[11]　　一弛何曾妨
秋天映溫泉　　秋日臨重陽
滌濯洗塵垢　　澡雪及心腸
須臾毛骨輕　　似欲凌蒼蒼
苦被地主恩　　尊俎還彷徨

6 神農句: 태고 시대의 제왕인 神農氏가 百草를 씹어가며 藥材임을 알아내어 사람들에게 병을 다스리게 했다고 한다.

7 歧素方: '기'는 歧伯으로, 黃帝軒轅氏의 신하로서 동양 의학의 元祖이다. '소방'은 素問으로, 醫書의 이름이다.

8 昔有句: 『國語』「晉語」에 "上醫는 나라를 다스리고 그 다음은 사람들의 질병을 다스린다. [上醫醫國, 其次疾人.]" 하였다.

9 扁與淳: '편'은 扁鵲으로, 중국 고대의 전설적인 名醫이다. '순'은 淳于意로, 西漢 초기 太倉 고을의 장관을 지낸 인물이다. 그는 젊어서부터 醫術에 관심을 가졌는데, 같은 고을에 살던 陽慶에게 의술을 배웠다고 한다.

10 孔聖句: 『論語』「述而」에 "공자께서 조심하신 것은 齊戒와 戰爭과 疾病이셨다. [子之所愼, 齊戰疾.]" 하였다.

11 東都句: 이 구절을 볼 때, 이 시가 洪貴達이 慶州府尹으로 있던 1486년~1489년 사이에 쓰여진 것임을 알 수 있다.

품은 생각을 칠언절구 두 수로 표현하여 동래 부사에게 바치다
書懷二絶. 奉呈東萊守

1
괴로운 마음 다 떨치고 맑은 낮에 앉노라니
빈 방에는 반점의 티끌조차 없네.
내일 아침 다시 근력이 튼튼해지기를 기다려
술병 가지고 해운대에 오르려 하네.

煩襟滌罷坐淸晝　　虛室全無半點埃
更待明朝筋力健　　携壺欲上海雲臺

2
그 옛날 신선의 대臺 있다고 들었는데
반평생 높은 언덕에 오르지 못했네.
지금 지척咫尺에 두고도 오히려 저버렸으니
어이하랴 동쪽으로 흐르는 물 다시 오지 않는데

見說仙眞舊有臺　　半生身不履崔嵬
如今咫尺還相負　　其奈東流不再回

정당매 시권에 쓰다

題政堂梅[1]詩卷

1

진양晉陽은 현귀顯貴한 이들이 많은 곳
그 중에 강씨姜氏 가문에 명공名公이 많네.
통정通亭 선생의 덕망과 학업
세찬 물결 속 지주支柱 같았네.
젊은 시절 진토塵土에 있을 때에
그 뜻이 푸른 하늘처럼 높았네.
세상의 비속함을 싫어하여
물외物外에 고상한 발자취 내딛었지.
옛 선방禪房에서 글을 읽을 때면
중들은 식사 뒤에 종을 쳤지.
높고 높은 조정朝廷의 자태
담담하기는 빙설氷雪과도 같은 마음
짐짓 동류同類끼리 통하는 법
꿈속에 매화 바람이 들어왔었지.
일어나서 손으로 북돋으며 심으니
뜰에는 아름다운 떨기가 있게 되었네.
훗날 솥에 넣어야 하거니

---

1 政堂梅: 姜沆의 『睡隱集』 「看羊錄」 涉亂事迹을 보면, 姜士俊 · 鄭昌世 · 河大仁을 만나 준 시에 "단속사 찬매화는 꽃 절로 피었겠지. 명가 옛 마을의 봄날, 풀은 부질없이 자라고 있으리. [斷俗寒梅花自發, 鳴珂舊里草空春.]" 하였다. 앞 구절 아래에 "내 선조 通亭이 매화를 단속사에 심었는데, 山僧이 그 매화를 政堂梅라 불렀다. 그리고 매화가 말라 죽으면 매번 다른 매화를 그 땅에다 심었다. [吾祖通亭種梅於斷俗寺, 山僧號曰政堂梅, 梅枯輒植他梅於其地.]" 하였다.

아름다운 열매 주렁주렁 열리기를

晉陽盛簪紱[2]	姜族多名公
通亭[3]德與業	砥柱奔流中
少也尙塵泥	志願高蒼穹
人寰厭喧卑	物外飛高蹤
讀書古禪房	飯後僧敲鐘[4]
高高廟堂姿	淡淡氷雪胸
故應同氣求	入夢梅花風
起來手封植	庭除留芳叢
他年須鼎鼐[5]	佳實垂玲瓏[6]

---

2 晉陽: 지금의 경상남도 晋州 지역이다.

3 通亭: 姜淮伯의 호. 공민왕 6년(1357)~태종 2년(1402). 자 伯父, 본관 晋州. 우왕 2년(1376) 문과에 급제하여 簽書司事를 역임하고, 1388년에는 밀직사로 明에 다녀왔으며, 이조판서 등을 역임하였다. 공양왕 때 왕에게 상소하여 漢陽遷都를 중지하도록 하였으며, 政堂文學兼大司憲이 되었다. 공양왕 4년(1392) 정몽주가 살해된 뒤 晋陽에 유배되었다가, 조선 건국 후 태조 7년(1398) 동북면도순문사가 되었다. 문집에 『通亭集』이 있다.

4 飯後句: 푸대접을 받으며 어렵게 공부한 것을 이른다. 唐代의 王播가 가난했을 때에 揚州 惠昭寺의 木蘭院에 寓居하면서 중의 齋食을 얻어먹고 지냈었는데, 중들이 그를 싫어하여 그가 오기 전에 밥을 먹어 버리곤 했다. 20여 년 뒤에 그가 高官이 되어 그 절을 찾아가 보니, 옛날에 題했던 詩가 들을 모두 푸른 깁[碧紗]으로 덮여있었다. 그가 느낀 바가 있어 시를 지었는데, "당에 오르면 벌써 이곳저곳 흩어져 있어, 스님들 밥 먹고 종 치는 게 부끄러웠네. 이십 년 동안 얼굴에 먼지 가득 오가다가, 지금에야 푸른 깁에 싸인 시를 얻었구나. [上堂已了各東西, 慙愧闍黎飯後鐘. 二十年來塵撲面, 如今始得碧紗籠.]" 하였다.

5 須鼎鼐: 재상의 역할을 비유한다. 殷나라 高宗이 傅說을 재상으로 삼으면서 "단술을 만들면 네가 누룩이 되고 국을 조화하면 네가 鹽梅가 되어 달라" [若作酒醴, 爾惟麴蘗, 若作和羹, 爾惟鹽梅. 하였다.] 하였다.《書經 說命下》

6 他年~玲瓏: 나무가 잘 자라 열매를 무성하게 맺을 것을 기대하는 것이면서, 젊은 시절 이 나무를 심은 강회백이 장차 賢臣이 될 것을 암시한다. 『新增東國輿地勝覽』 卷30 경상도 진주목 조항에 "姜淮伯이 과거하기 전에 이 절에서 글을 읽으면서 매화 한 그루를 손수 심었다. 그 뒤 벼슬이 정당문학에 이르렀으므로, 그 매화나무를 政堂梅라 하였다."고 하였다.

2

대붕은 이미 구만리를 날아
예전처럼 남쪽의 큰 바다에서 날개 치네.
인간 세상에서 위망位望이 높으셨고
절 안에는 매화는 무성해라.
백성들 공을 사랑하고 공경하여
부형父兄을 받들듯이 모셨지.
그러므로 손수 심으신 것 마주하며
감상할 뿐 어루만지지 못하네.
이로 인해 정당政堂이라 부르고는
감탄하며 만 사람의 입에 오르내리네.

大鵬已九萬　依舊南溟翻
人間位望崇　寺裏梅花繁
邦人愛敬公　如承父兄尊
所以對手植　可賞不可捫
因呼曰政堂　嘖嘖萬口喧

3

천문天門에서 우연히 날개가 부러져
시골 마을에 귀양 왔네.
솥 안의 음식물 조미하듯 나라 다스리던 손으로
장사長沙 땅에 가 복조부鵩鳥賦를 지었지.
때때로 붓을 던져 일어나
구름 너머 전인의 발자취 찾으니
매형梅兄이 웃으며 맞이하며
이전과 다름없는 모습

서로 보며 둘 다 물리지 않으니
상쾌함은 이미 가을의 저녁
시를 남기니 글자마다 맑아
모두 매화의 품격이 있네.
지금에도 전송되고 있거니
비단 등엔 금빛이며 푸른 빛 비치네.

天門偶折翼[7]　　謫墮在鄉曲
聊將調鼎手　　賦就長沙鵩[8]
有時擲筆起　　雲外尋前躅
梅兄笑而迎　　依然舊面目
相看兩不厭　　蕭灑已秋夕
留詩字字淸　　盡是梅花格
至今傳誦之　　紗籠映金碧

4
선생을 뵐 수가 없나니
전형典形은 자손에 남아있네.
가업을 이어받은 용휴씨用休氏
이마를 보니 성姓이 원袁임을 알겠네.
집을 지음에 선조의 명예 실추하지 않으니
또렷한 평천장平泉莊 같은 모습

7 天門句: 뜻을 이루지 못함을 뜻한다. 陶侃이 꿈에 여덟 날개가 나와 날아서 하늘에 올라갔는데, 천문이 아홉 개인 것을 보고는 이미 여덟째 문까지 올라갔으나 마지막 문만 들어가지 못하고 문지기의 막대기에 맞아 땅에 떨어져 그 왼쪽 날개가 부러졌다고 한다.《晉書 陶侃傳》
8 長沙鵩: 漢나라 賈誼가 長沙로 좌천되었을 때 스스로 불우함을 탄식하며 「鵩鳥賦」를 지었다.

옛 절에 핀 매화를 찾으니
안타깝게도 무너진 담만 남아있네.
줄줄 몇 줄기 눈물 흘리니
마음을 아는 한 노스님
얼음 언 벼랑을 향하여
달밤의 혼을 부르네.
손으로 한 줌의 흙을 떠서는
재배하며 외로운 뿌리를 편하게 하네.
죽지 않은 천지의 마음은
눈 속에서도 따뜻한 봄기운을 내네.
바람 부니 향기는 멀리 퍼지고
해 더할수록 가지 무성하리니
이로부터 알겠네, 위빈渭濱가의 늙은 이
집에 붉은 잎 가득하리라는 것을
아아 나의 태어남 진실로 늦었거니
옛날을 그리며 맑은 향기 품네.

先生不可見　　典形留子孫
箕裘用休[9]氏　　見額知姓袁
堂搆不墜先　　歷歷平泉園[10]
古寺訪梅花　　惜哉空頹垣

---

9 用休: 姜龜孫의 자. 문종 32년(1450)~중종 1년(1505). 본관 진주. 蔭補로 軍器寺主簿가 됨. 성종 10년(1479) 별시문과에 병과로 급제하였으며, 司宰監正 등을 지내고 1485년 상주목사가 되었음. 이후 도승지, 경기도관찰사가 되었고 戊午史禍가 일어나자 대사헌으로 있으면서 金馹孫 등을 가볍게 벌하도록 주장하였다. 1505년 우의정에 올라 登極使로 명나라에 가던 도중 평안도에서 병으로 죽었다.

10 平泉園: 唐나라 李德裕의 遊息하던 別莊으로, 낙양과의 거리가 30리 인데 화초와 나무, 누대 등이 마치 仙府와 같았다고 한다.

泫然淚數行　知心一老髡
乃向氷霜崖　招來月夜魂
手揷一杯土　再拜安孤根
不死天地心　雪裏生春溫
風飄香遠播　歲益枝柯繁
從知渭濱叟[11]　赫葉門戶蕃
嗟余生苦晩　望古懷淸芬

5
개탄스럽게도 통정通亭 선생은 미칠 수 없으나
진산군晉山君【이름은 희맹希孟이다】은 섬길 수 있네.
나를 후생後生이라 말하지 않고
나와 언제나 글을 논하네.
매화시를 즐겨 지으니
상자에는 언제나 온화한 기운
지금에 이미 옛일이라
탄식하며 구름만 어루만질 뿐
당당한 상주 목사【용휴用休이다】
청고함은 내려오는 향기를 입었네.
글자 어루만지며 오히려 편안하니
경내에 화기가 맴도네.
손에 매화 시권詩卷을 쥐고서
나에게 시를 지으라 하니
또한 알겠네 매신梅神과
해마다 몹시 정이 도타움을

11 渭濱叟: 강태공을 이른다. 周나라 文王이 훌륭한 신하를 얻을 꿈을 꾸고, 사냥을 가서 渭水에서 낚시질하고 있는 姜太公을 만났다고 한다.《史記 卷32 齊太公世家》

나 또한 성벽이 있어
매화나무 대나무와 함께 있기를 좋아하네.
코끝의 흙 깎아냄에 상대가 없다면
괜히 도끼를 휘둘러서는 안되는 법

通亭慨莫及	得事晉山君[12]【諱希孟】
不謂我後生	與我常論文
愛作梅花詩	箱篋常氤氳
只今事已往	嘆息空撫雲
堂堂尙州牧【用休】	凊古襲 餘薰
撫字尙寧靜	闔境和氣醺
手把梅花卷	要我題詩云
也知與梅神	世世偏殷勤
我亦性有癖	喜與梅竹群
斲鼻若無質	不應虛運斤[13]

---

12 晉山君: 姜希孟. 세종 6년(1424)~성종 14년(1483). 본관 진주. 자 景醇. 호 私淑齋·雲松居士·菊塢·萬松岡. 지돈령부사 碩德의 아들로, 仁順府尹이었고 화가였던 希顔의 동생. 세종 29년(1447) 별시문과에 장원급제. 예조판서. 형조판서등을 역임. 예종 즉위년(1468)에 晉山君에 봉해짐.

13 斲鼻~運斤: 아무리 좋은 솜씨도 상대를 제대로 만나지 못하면 발휘하지 못한다는 뜻이다. 郢 땅의 사람이 코끝에다 파리 날개처럼 작은 흙덩이를 묻혀 놓고는, 匠石에게 도끼를 휘두르게 하면 장석은 도끼를 휘둘러 흙만 교묘하게 떼어 내곤 하였다고 한다. 그런데 그 친구가 죽은 뒤에는 "나의 짝이 죽었다. [臣之質死.]" 하면서 그 기술을 다시는 발휘하지 않았다고 한다.《莊子 徐无鬼》

여주에서 붓 가는 대로 쓰다

驪州卽事

한밤중 벽사甓寺의 문 앞에서 배를 젓고
새벽녘 여주의 강가에서 누대에 의지하네.
물결이 아침 해에 부딪히니 붉은 안개 피어오르고
서리가 큰 숲에 떨어지니 가을이 되었네.
천고千古의 강산에 승경은 남아있고
한 동이 술 앞에 앉은 주인과 손, 더욱 풍류로워라.
술에 취해 멋대로 누우니 강물은 푸른데
저물녘 섬에 배 대어야 하는 것도 알지 못하네.

甓寺[1]門前夜棹舟　　驪州江上曉憑樓
波衝初日蒸紅霧　　霜落長林作素秋
千古江山留勝槩　　一尊賓主更風流
酒中倒臥江心綠　　不覺前程暮繫洲

1 甓寺: 驪州에 있는 神勒寺를 이른다. 신륵사 지역의 사람들이 벽절이라고 부르는데, 절의 탑을 벽돌로 쌓은 것에서 유래한다.

홍치 4년(1491, 성종 22) 여름에 부친의 상을 마치고 얼마 되지 않아 호군護軍에 배수되었으나 병으로 수행할 수 없었다. 중추에 비로소 한양에 돌아갈 무렵, 여주驪州에 이르렀는데 삼가 조서를 보니 성균관 대사성에 천배遷拜한다는 것이었다. 느낌이 있어 지었다

弘治四年夏, 闋父服, 未幾, 拜護軍[1], 因病未得. 至仲秋, 始歸京, 到驪州, 伏見宣麻, 遷拜成均大司成, 有懷賦云

스스로 부끄럽구나, 살아오면서 성상의 은혜 그르침이
학이 수레에 탔다고 손가락질 하는 이 얼마나 많을까.
남은 슬픔에 고아孤兒의 눈물 멈추지 않는데
너그러운 은혜로 병든 -원문 빠짐- 혼을 연이어 부르셨네.
흰 머리는 가을 지나 더욱 짧음을 알겠고
붉은 마음에 해 비치니 온전히 몽매하지 않네.
지금의 시대, 인재 기르기가 쉽다고 들은 듯하니
태학太學에 제생諸生들 온통 가득함에랴.

自愧生來誤主恩　　幾多人指鶴乘軒[2]
餘哀未霽孤兒淚　　優渥連招病□[3]魂
白髮經秋知更短　　丹心照日未全惛
似聞陶鑄[4]今時易　　太學諸生盡是蕃

---

1 護軍: 조선시대 五衛 소속의 정4품의 관직이다. 조선 전기에는 오위의 實職으로, 태조 1년(1392)에 12인의 정원을 두었다가 명종 때 8인을 감하였다.

2 乘軒: 분에 넘치는 은혜를 받았음을 이른다. 春秋시대 衛懿公이 鶴을 매우 좋아하여 대부의 관작을 주어 軒車에 태웠다.《左傳 閔公2年》

3 판독불가자

4 陶鑄: 인재를 기름을 이른다. 흙으로 질그릇의 형상을 만들거나, 무쇠를 녹여 부어서 무쇠 그릇을 만드는 것에 비유한다.

광진에서 흥나는 대로
廣津漫興

잔잔하고 정갈한 채 파도도 일지 않더니
광나루 강어귀엔 해가 막 기울어가네.
저물녘에 도리어 어촌漁村에서 묵으니
달빛 어린 강 건너엔 온통 흰 모래

鏡面無塵水不波　　廣津江口日初斜
黃昏却傍漁村宿　　月色江南是白沙

도중에 연강淵江 가에서 노닐다 우연히 읊다

道游淵江[1]邊偶吟

물 맑고 옅은 곳에 배를 대고
앉아서는 강과 하늘을 기뻐하네.
소반 안에 생선과 채소 차려있으나
참으로 좋은 것은 시장에서 멀리 있는 것
지극한 맛은 본디 담박하고
지극한 즐거움은 원래 자연스럽거니
일어나 우주의 사이에 서서
긴 바람 앞에서 한 번 휘파람을 부네.
내일 아침이면 성상을 뵈올 일 있거니
다시금 강물 따라 내려가는 배에 오르네.

泊舟水淸淺　露坐愛江天
盤中魚菜俱　所貴遠市廛
至味固淡泊　至樂元自然
起立宇宙間　一嘯長風前
明朝有朝請　復上下江船

---

1 淵江: 북한강을 지역에 따라 달리 부르던 이름이다.

두모포에 이르러 배를 대고 감회가 있어
到泊豆毛浦[1]有懷

세 해 동안 문서더미 속에서 지내고
두 해 동안 상복喪服 입고 있었지.
세상의 일 사람의 늙음을 재촉하니
이 흰 머리의 노인이 되었네.
부끄럽구나 저 갈매기와 해오라기 무리여
응당 나의 몰골 보며 비웃겠지.
오늘 아침 성 아래에 배를 대니
수레에 이는 붉은 먼지에 점점 가까워지네.
진실로 세속을 벗어나기 어려움을 알겠거니
머리 숙이며 조롱 안으로 들어가네.

三年簿書裏　　再朞衰絰中
世故迫人老　　成此白頭翁
愧彼鷗鷺群　　應笑我形容
今朝泊城下　　漸近車塵紅
固知不免俗　　俛首入樊籠

1 豆毛浦: 지금의 서울 옥수동 일대이다. 남한강과 북한강이 합해서 서쪽으로 흐르다가 廣州 경계에 이르러서 渡迷遷津이 되고, 廣津이 되고 또 松波 · 삼전도 · 楮子島 · 뚝섬 · 豆毛浦가 된다.

두모포의 인가에서 묵다
宿豆毛浦人家

푸른 벼랑에 띠 집을 지었으니
높이 솟은 집은 새가 날아오르는 듯
평상은 잔도棧道처럼 기우뚱하지만
여러 사람이 앉을 만하네.
위로는 하나의 하늘이 있고
아래로는 하나의 물이 있거니
그 사이에 어떤 물건도 없고
취해 누운 나만이 있을 뿐
조그마한 창 남쪽으로 열려있어
별과 달 뜬 밤에 참으로 좋으리.
가을바람에 취몽醉夢이 깨일 때
일어나 앉아 함께 할 이 누구인가.

緣崖着茅舍　　危構如鳥翥
柵床欹若棧　　可供數人座
一天在其上　　一水在其下
中間無箇物　　只容我醉臥
小牕向南開　　正宜星月夜
秋風醉夢醒　　起坐誰與者

경주도 종사관 판교로 부임하는 동시에 안동에 부모님을 뵈러 가는 이【굉】를 전송하며

送慶州道從事官李判校【浤[1]】兼省親安東

서북쪽의 궁궐을 생각하며
종사관은 동남쪽을 향하네.
나라 위한 대계이니 어찌 쉴 수 있으랴.
백성의 마음 감당하지 못하는 듯하네.
오직 그대 여러 직임 경험했으니
일에 대해서는 능숙하게 잘 알리라.
이번에 가는 일 가장 중요하니
응당 거듭 생각해야 하리.
하얗고 하얀 가는 길의 눈
희고 흰 고향의 구름
잔치 자리엔 봄바람 따뜻하고
잔에 담긴 축수의 술에 취기 오르리.
신라新羅의 옛터 남아있어
노인들 전에 들은 이야기 말하리니
만일 당시의 부윤府尹을 묻거든
벌써 흰 머리칼 무성하다 하게나.

九重軫西北　　從事指東南
國計休何得　　民情若不堪

1 浤: 李浤. 세종 22년(1440)~중종 11년(1516). 본관 固城. 자 深源. 호 歸來亭. 현감 增의 아들. 성종 11년(1480)식년문과에 병과로 급제하여, 사헌부집의·상주목사 등을 역임한 뒤, 1504년 갑자사화에 金宏弼 당으로 몰려 관직이 삭탈됨.

惟君多歷踐　　於事飽嘗諳
此去最關緊　　應須念再三
皚皚客路雪　　白白故山雲
席面春風暖　　杯心壽酒醺
新羅餘舊址　　故老說前聞
若問當時尹　　如今已白紛

첨지 정【난손】 부인 노씨 만시

鄭僉知【蘭孫[1]】夫人盧氏輓

옥천玉川의 노씨盧氏 집안의 딸
봉도蓬島의 정후鄭侯의 집
두 성씨 아교阿膠를 붙인 듯 합하여
한 평생 금슬이 조화를 이루었지.
여러 아들들은 조정의 귀한 몸
많은 손자들, 당堂 아래에 늘어서있네.
봉鳳새 날아가자 황凰새 따라가니
생전의 영예와 지금의 애통함을 많은 사람들 이야기하네.

玉川盧氏女　　蓬島鄭侯[2]家
二姓添膠合　　一生琴瑟和
朝端諸子貴　　堂下衆孫羅
鳳翥凰隨去　　哀榮萬口譁

1 蘭孫: 鄭蘭孫. 『조선왕조실록』의 기록을 보면 성종 3년(1472)~연산군 6년(1500)에 걸쳐 기록이 보임. 양산군수, 사섬시정, 우통례 등을 지냈음. 1500년에 나이가 70이 된 이를 아뢰라는 왕의 명에 護軍 鄭蘭孫의 이름이 들어 있는 기록이 보인다. 『新增東國輿地勝覽』 제21권 「慶尙道」 「慶州府」에도, "병술년(1466, 세조 12) 봄 정월에 정부윤이 임기가 차서 소환되고, 和城 崔善復 공이 이어 부윤이 되었으며, 2월에는 楊通判이 체직되고 鄭蘭孫이 이어 통판이 되었다"는 기록도 보인다.

2 蓬島鄭侯: 東萊 鄭氏를 일컫는다.

영안도에 사명을 받들어 가는 판관 소경파를 전송하며
送蘇判官景坡奉使永安[1]

팔월이라 가을바람 거세지고
단풍 숲은 말에 비쳐 아롱지네.
맑은 서리 철령에 불어오고
성근 싸라기 함관에 내리네.
육진六鎭에는 깃발이 가득하고
삼항三行은 쪽머리처럼 솟았네.
오고 가는 길 모두 몇 리인가.
취했다 깼다 하는 사이에 세월 지나리.

八月秋風緊　　枫林映馬斑
清霜吹鐵嶺[2]　疏霰灑函關
六鎭[3]鬧旗幟　三行高髻鬟
往還都幾里　　日月醉醒間

---

1 永安: 함경도의 옛 이름이다.
2 鐵嶺: 강원도 淮陽郡과 함경남도 高山郡의 경계에 있는 큰 재이다.
3 六鎭: 世宗때 金宗瑞를 시켜 女眞族을 몰아내고 開拓하여 설치한 咸鏡道 北邊의 여섯 鎭으로, 慶源・慶興・富寧・穩城・鍾城・會寧이다.

동짓날의 감회를 적어 제공들에게 부쳐 화답시를 구하다
至日感懷, 寄諸公求和

한평생 온갖 일, 늙음에 상심하거니
이 한 몸 병이 많아 앙상하게 야위었네.
문을 닫고 여러 날 탕약湯藥을 마주하고
베개에 엎드린 채, 긴긴 밤 벽의 등불 바라보네.
가관葭管의 재는 양기陽氣를 따라 흩어지고
초궁椒宮의 실은 태양을 따라 더하게 되리.
지난해 물시계소리 들으며 조정에서 하례할 때
기억나네 기夔 · 룡龍이 함께 꿇어앉고 일어나던 일을

萬事百年傷老矣　　一身多病瘦稜稜
閉門連日對鑪藥　　伏枕長宵看壁燈
葭管灰[1]隨陽氣散　　椒宮線逐日華增[2]
去年曉漏明廷賀　　憶着夔龍[3]共跪興

---

1 葭管灰: '가관'은 갈대의 얇은 막을 태워 그 재를 채워 넣은 律管에다 넣어 두면 그 절후에 맞춰 재가 날아간다.

2 椒宮句: '초궁'은 왕후가 거처하는 집이다. 이는 날짜가 지남에 따라 조금씩 더 많아지는 것을 비유한다. 『唐書』「律曆志」에 "궁중에서 女功으로 해가 길고 짧은 것을 측정하였는데, 冬至가 지나면 실 한 가닥[一線] 만큼의 여공이 늘었다." 하였다.

3 夔龍: 舜의 어진 신하인 夔와 龍 두 사람으로, 기는 樂官이고 용은 諫官이었다.

신정新正을 하례하려 연경에 가는 하남군 정효숙을 전송하며
送河南君鄭孝叔[1]賀正赴燕京

1

이른 때에 공업功業으로 능연각凌煙閣에 올랐더니

우뚝한 금대金臺의 연燕나라에 다시 들어가네.

눈으로는 삼천 가지 주周나라 예약을 보고

가슴에는 백이百二의 험한 우禹임금의 산천을 삼키리.

넘실거리는 옥하玉河엔 은혜의 물결 아득하고

우뚝한 금전金殿에는 태양빛이 빛나리라.

옥백玉帛을 가지고 조견朝見하는 발길 붐비리니

천자의 질문에 전대專對할 이 누구인가.

早將勳業上凌煙[2]　矗矗金臺[3]再入燕

眼閱三千周禮樂　胸呑百二[4]禹山川

玉河[5]滉瀁恩波闊　金殿嵬峨化日懸

玉帛朝正應雜沓　明廷奏對果誰專

---

1 孝叔: 鄭崇祖의 자. 세종 24년(1442)~연산군 9년(1503). 본관 河東. 호 三省齋. 아버지는 영의정 麟趾. 세조 4년(1458) 음보로 通禮門奉禮郎이 되고, 그 뒤 사섬시주부·宗親府副典籤·공조좌랑·한성부소윤·지사간원사에 올랐다. 성종 2년(1471) 河南君에 봉해졌다.

2 凌煙: 凌煙閣으로, 당나라 때 공신들의 畫像을 보관하던 곳이다.

3 金臺: 전국시대에 燕昭王이 齊나라에 원수를 갚고자 인재를 청하기 위하여 臺를 쌓고 그 위에 黃金을 얹어 두었다고 한다.

4 百二: 군사 2만 명으로 100 만 명을 당해 내기에 충분하다는 말. 秦나라 지형의 險固함을 표현한 말이나 이후 일반적으로 험고한 지세를 표현하게 되었다.《史記 卷8 高祖本紀》

5 玉河: 연경에 있는 강 이름이다.

2

우리 안의 원숭이, 새장 속의 새 같은 신세에 글에 갇힌 죄수러니
낙척한 채 무심히 원유遠遊 시를 짓네.
지난 해 술자리 벌였던 천사관天使館
젊은 시절 말을 타고 갔던 제왕의 땅
마음으로 사랑하거니 어찌 이별 감당하랴.
함께 따르고자 하나 갈 수가 없네.
만일 행인行人 왕王 선비를 만나거든
홍애자洪厓子 지금은 온통 흰머리 되었다 하시게.

檻猿籠鳥更書囚	潦倒無心賦遠遊
往歲杯盤天使館[6]	少年鞍馬帝王州
心乎愛矣那堪別	欲往從之不自由
若見行人王措大[7]	洪厓今已雪渾頭

6 天使館: 황해도 풍천에 있는 궁실로, 옛날 중국의 사신이 머물렀으므로 이렇게 이름 하였다.《新增東國輿地勝覽 卷43 黃海道 豐川都護府》

7 措大: 가난한 선비를 이르는 말이다.

박 둔옹이 일을 마치고 경사로 돌아감을 전송하다
送別朴屯翁竣事還京

해 저물 무렵 매서운 바람, 해진 갖옷을 뚫는데
임금을 뵈러 돌아가는 길 한창 아득하네.
산중의 옛 벗들 해골로 바뀌었고
말 타고 오가며 보낸 세월 -두 자 빠짐- 사라졌네.
사해四海에 내 마음을 아는 이 몇이나 될까.
석 잔 술로 이별하니 더욱 시름겨울 뿐
성상의 좌우에 자리 비었다 들었거니
서둘러 사자의 수레 내달려야 하리라.

歲暮尖風徹弊貂　　朝天歸路正迢迢
山中故舊頭顱換　　馬上光陰□□[1]消
四海知心能有幾　　三杯分手轉無聊
冕旒左右聞虛座　　應急驅馳使者軺

1 판독불가자

수한당시 병서
壽閒堂詩 竝序

전 훈련도정 박사형朴思亨은 옛날의 명장이다. 원숭이처럼 긴 팔과 호랑이 같은 머리모습에다 마음의 웅대함은 만 명의 장부와도 맞먹을 정도였는데, 일찍이 두 번이나 무과에 급제하여 동東·서西 양 국경에 오갔다. 적을 만날 때마다 나아갈 줄 만 알고 물러날 줄 모를 정도로 용맹하여 남들보다 뛰어난 공이 많았으나 끝내 후侯가 되지 못했으니 어찌 명命이 아니겠는가. 만년晩年에 부모님이 연로하여 벼슬을 그만두고 돌아가 봉양하니 향리에서 효성스럽다고 칭송했다. 집에서 노년을 보내는데, 집은 상주尙州의 서쪽 오 리 쯤에 있으니 전원과 천택川澤의 아름다움과 꿩과 토끼를 사냥하는 즐거움이 있었다. 나이는 백 살을 바라보면서도 튼튼하기는 소년장부 같아서, 술을 마셨다하면 몇 말에 이르고 호랑이처럼 고기를 먹으니, 그 기운을 보자면 백 살을 넘어 한참을 더 살 것처럼 보였다. 홍치弘治 갑인년(1494, 성종 25)에 새로 집을 지었는데 집이 이루어지자 붉게 칠하고 나서 향리 사람들을 모아 즐겼다. 나에게 당堂의 이름을 지어주기를 청하므로, 이에 이름 하기를 수한壽閒이라고 하고 시로 잇는다.

前訓鍊都正朴公思亨[1], 舊名將也. 猿臂虎頭, 心雄萬夫, 嘗再捷武科, 出入東西兩界. 每見敵, 知進不知退, 多先登之功, 竟不侯, 豈非命耶. 晩年, 以親老解官歸養, 鄕里, 稱孝焉. 因老于家, 家在尙州之西十五里許, 有田園川澤之樂, 雉兎弋獵之娛. 年俯期頤, 健如少年壯夫, 飮酒至數斗, 啗肉如虎, 窺其氣, 逝將度百歲而有餘年矣. 弘治甲

---

1 思亨: 朴思亨. 생몰년 미상 『조선왕조실록』의 기록을 보면 세조 1년(1455)~성종 6년(1475)까지의 기록이 보이는데, 司正·金海都護府使·平安道助戰節制使 등을 역임하였다.

寅歲, 新築室成, 旣丹雘, 集鄕里以樂之. 請余名其堂, 乃名之曰壽
閒, 系以詩.

동서의 양 국경을 넘나들던 백전의 영웅
지금은 한 집에서 팔순의 노인 되었네.
당년當年에 양친 봉양할 때, 모두 효자라 칭송했고
반세半世 동안 분주히 오가며 한껏 충성을 바쳤지.
취해서는 팔뚝 위의 매를 날려 토끼를 뒤 쫓고
한가할 땐 말을 타고 나는 기러기 주살질하네.
술동이엔 술이 있고, 소반엔 고기가 가득
신세身世가 수역壽域의 가운데에서 끝이 없으리라.

兩界曾過百戰雄　　一堂今作八旬翁
當年甘旨皆稱孝　　半世奔馳足效忠
醉去臂鷹追走兎　　閒來跨馬弋飛鴻
罇中有酒盤餘肉　　身世悠悠壽域[2]中

2 壽域: 仁壽의 지역으로, 태평성대를 이른다.

동부승지 권지경을 축하하다

賀同副承旨權支卿[1]

1

어젯밤 규성이 태미원太微垣에 가깝더니
이른 새벽 내상內相이 조견朝見할 옷을 입었네.
응당 여덟 가지 빛 가운데 황색이 떠 있으리니
새로운 기夔와 룡龍 같은 신하 궁궐에 들어가네.

昨夜奎星近太微[2]　　朝來內相[3]正朝衣
也應八彩浮黃色　　新得夔龍入瑣闈

2

옥玉을 차고 거듭 온 옛 주서注書
승정원의 높은 곳이 바로 신선의 거처라네.
과분한 은혜입어 나 또한 유력遊歷했거니
고개 들어 멀리 보면 꿈속의 일만 같소.

玉佩重來舊注書[4]　　銀臺[5]高處是仙居

---

1 支卿: 權柱의 자. 세조 3년(1457)~연산군 11년(1505). 본관 安東. 호 花山. 邇의 아들. 1480년 親試文科에 갑과로 급제. 홍문관부제학·승정원우부승지·우승지·충청도관찰사 등을 역임. 폐비 윤씨의 사사 때에 사약을 받들고 간 일로 인해 사사됨.

2 奎星句: 五帝의 자리 등을 상징한다. 奎星은 文章을 주관하고 壁星은 文書를 주관한다고 한다. 文運이 열리었음을 뜻한다.

3 內相: 唐나라 陸贄를 이른다. 그는 德宗 때 한림학사로서 왕의 두터운 신임을 받았는데, 국가의 중대사를 결정할 때면 반드시 참여했으므로 당시에 그를 內相이라고 불렀다고 한다.

4 注書: 조선시대 승정원의 정7품 관직. 특히 『承政院日記』의 기록을 담당하여 청요

誤恩我亦曾遊歷　　　矯首遙瞻夢寐如

직의 하나로 여겨졌다.

5 銀臺: 승정원의 별칭이다.

사간원의 관리들이 소격동에 노니는 그림에 쓰다
題諫院遊昭格洞[1]圖

청명한 시대에 아무런 일도 없어
간원懇願은 한가롭기만 하네.
벽제辟除하는 소리는 연하煙霞의 밖
음악 소리는 산수山水의 사이
맑은 술에는 붉고 푸른 빛이 떠있고
빽빽한 자리, 졸졸 흐르는 물에 비치네.
해 지도록 머물러 마시며
황혼이 되어도 돌아가려하지 않네.

治朝無箇事　　諫院有餘閒
呵喝煙霞表　　宮商山水間
清罇浮紫翠　　密席映潺湲
落日留連飮　　黃昏未肯還

1 昭格洞: 昭格署가 있는 洞이다. 태조 5년(1396)에 한양으로 천도할 때 지금의 서울 삼청동에 소격전과 삼청전을 새로 설치했다.

귀향하여 부모님을 뵙는 윤 동지를 기념하는 시축에 쓰다
題尹同知歸養詩軸

1

어머님 곁 잠시 떠난 것 안타까워 하더니
벼슬길에서의 이런 저런 생각에 허리둘레 줄었지.
정원 안엔 새로 난 죽순이 벌써 자랐을 텐데
몸은 아직도 전에 꿰매 주신 옷 입고 있네.
물가에서 근본에 보답하는 수달의 제사 보고
숲에서 보은하는 새가 날아가는 것 바라보았지.
백운령白雲嶺 위에 언제나 서 계실 터인데
날마다 구름 보며 한 번 돌아가는 시를 지었지.

珍重慈顔惜暫違　宦遊心事減腰圍
園中已長新生筍　身上猶餘舊線衣
報本水頭看獺祭[1]　反哺林下見烏飛
白雲嶺上長時起　日日看雲一賦歸

2

지척에 계신 성상의 위엄 감히 어기지 않더니
황금빛 대帶가 이미 허리를 둘렀네.
자친慈親께서는 다만 관복 입은 것 기뻐하시고
효자는 언제나 채색 옷 입고 춤출 것을 생각했네.
한수漢水 북쪽의 풍광, 유상遊賞이 다했는데
호남湖南 땅의 달밤에 몽혼이 날아갔지.

---

1 獺祭: 수달이 물고기를 잡으면 언제나 물가에 진열해 놓는데, 마치 제사에 제수품을 놓는 것과 비슷하다고 한다.

순임금과 문왕의 지치至治도 모두 효에서 나왔거니
증자와 민자건 같은 이 귀향생각에 돌아감을 허락하셨네.

咫尺天威不敢違	黃金上帶已成圍
慈親但喜紆朱紱	孝子長懷舞彩衣[2]
漢北風光遊賞歇	湖南月夜夢魂飛
舜文至治都因孝	曾閔思歸許遣歸

2 孝子句: 春秋시대 楚나라의 老萊子가 일흔의 나이에 색동옷을 입고 춤을 추어 부모님을 기쁘게 해드렸다고 한다.

함종군 어【세겸】 대부인 박씨 만시
魚咸從君【世謙[1]】大夫人朴氏輓

부인은 장수와 귀함을 누리셔야 하는데
인세人世의 삶, 이러한 것에 어이하랴.
두 아들의 공명은 위대하고
여러 손자들 문門에 가득하네.
살아생전 몹시 행복을 누리셨고
사후에는 한창 빛을 발하리니
덕을 사모하는 이들 와서 곡을 하는데
비석을 바라보며 나도 만시를 짓네.

夫人壽而貴　　人世此如何
二子功名大　　諸孫門戶多
生前偏福慶　　死後正光華
戀德人來哭　　看碑我欲歌

---

1 世謙: 魚世謙. 세종 12년(1430)~연산군 6년(1500). 본관 咸從. 자 子益. 호 西川. 판중추부사 孝瞻의 아들. 1456년(세조 2)에 식년문과에 병과로 급제. 형조판서·경기도관찰사·좌참찬·좌찬성·좌의정 등을 역임.

이방형에게 부치다
寄李邦衡[1]

한참을 우주의 사이에서 휘파람 부노니
만사萬事는 동東으로 흘러가는 내와 같네.
양천陽川에는 이미 옛날의 무덤 있는데
광천廣川에 다시 새로운 무덤이 생겼네.
슬프도다 유兪와 황黃이여
또한 유림의 신선神仙이 되었네.
요행히 늙고 쇠한 이 몸
구차하게 완악한 성품 보존하였네.
한 해 지나도 고인 얼굴 보지 못하고
남북으로 멀리 깃발만 나부끼고 있네.
편지로 안부를 물으시니
그로 인해 순선巡宣을 잘 함을 알겠네.
더위가 한창 기승을 부리고 있으니
기거할 때에 더욱 몸조심 하시게나.

長嘯宇宙間　　萬事東逝川
陽川已舊隴　　廣川復新阡
悲哉兪與黃　　亦是儒林仙
幸然衰病軀　　苟得頑性全
隔年故人面　　南北遙旌懸

1 邦衡: 李克均의 자. 세종 19년(1437)~연산군 10년(1504). 본관 廣州. 자 邦衡. 우의정 仁孫의 아들이다. 세조 2년(1456) 식년문과에 정과로 급제. 예종 1년(1469) 전라도관찰사·강원도관찰사·대사헌·형조판서·이조판서를 역임하였다. 갑자사화 때 조카 世佐와 함께 연루되어 사사되었다.

尺素枉問訊　　因知好巡宣[2]
天方暑氣酷　　動履更愼旃

2 巡宣: 두루 다스린다는 뜻으로, 지방관이 됨을 이른다. 『詩經』「大雅·江漢」에 "왕께서 召虎를 명하사, 와서 정사를 두루 펴라 하시다. [王命召虎, 來旬來宣.]" 하였다.

근체시 칠언율시 네 수. 조숙분이 백씨를 따라 황경에 가는 것을 전송하다

近體四律. 送曹叔奮[1]隨伯氏[2]赴京

1

계절은 꾀꼬리의 울음소리 들릴 때
짐을 꾸려 새벽녘 성城 서쪽을 나서네.
봄 다 지나가 말 머리에 산꽃은 지고
비둘기 너머 하늘 맑은데, 보리밭은 펼쳐 있네.
구관舊館은 묵었던 나그네 기쁘게 맞이하고
선교仙橋에는 전에 적었던 글 변함 없으리.
이른 새벽 압록강 가에서 말을 타고
저물녘이면 곽외郭隗의 금대金臺에 오르리라.

節序初聞黃鳥啼　　縢粧曉出國城西
馬頭春盡山花落　　鳩外天晴隴麥齊
舊館喜迎曾宿客　　仙橋[3]不改昔年題
平明上馬鴨江上　　郭隗金臺[4]向晩躋

---

1 叔奮: 曺伸의 자. 본관 昌寧. 호 適庵. 문장이 뛰어나고, 특히 시를 잘 지었으며, 어학에도 능해 성종 10년(1479) 通信使 申叔舟를 따라 일본에 건너가 文名을 날렸음. 중종의 명으로 『二倫行實圖』를 편찬하고, 만년에는 金山에 은거하며 풍류로 세월을 보냄. 저서에 『適庵詩稿二』, 『謏聞瑣錄』, 『適庵詩稿』 등이 있음. 권3에 대마도에 갈 때 준 「適庵賦」가 있음.

2 伯氏: 매계 조위를 이른다.

3 仙橋: 漢나라의 문장가 司馬相如가 고향인 成都를 지나다가 昇仙橋 다리 기둥에 "높은 수레와 사마를 타지 못하면 다시는 이 다리를 지나지 않겠다. [不乘高車駟馬不過此橋.]" 하였다.

4 郭隗金臺: 전국시대에 燕나라 昭王이 인재를 부르기 위해 쌓았다는 金臺이다.

2

형과 아우 서쪽으로 가 함께 감상하리니
조후曹侯의 풍운일랑 둘 다 엿보기 어려우리.
고皐, 승乘과 함께 가며 -원문 빠짐-
함께 육기陸機와 육운陸運의 영역에 들어가도 특별하다 할 것 없으리.
비바람 몰아치는 밤, 책상에서의 소자蘇子의 이야기
연못가에 봄풀 돋아난다는 혜련惠連의 시
옥당玉堂의 학사들 얼마나 되는지
응당 다시 담장에서 붓을 떨어뜨리리라.

伯仲征西共賞之　　曹侯風韻兩難窺
同行皐乘□□[5]訖,　　共入機雲[6]未必奇
風雨夜床蘇子話[7]　　池塘春草惠連詩[8]
玉堂學士知多少　　應復堵墻落筆時

3

대명궁大明宮에서 의상을 드리우고 팔짱을 끼고 다스리시니
옥백玉帛을 바치고 거서車書를 쓰는 것, 사해가 다름없네.
예악禮樂 백년에 주周 왕실이 흥성하고
의관衣冠 일대에 한나라 융성해라.
지금 황제의 사랑 누가 제일인가
예로부터 문풍은 우리 동방을 말했지.

---

5 판독불가자
6 機雲: 西晉시대의 문장가인 陸機와 陸雲 형제의 합칭이다.
7 蘇子: 蘇軾을 가리킨다.
8 池塘句: '惠連'은 중국 南朝 宋나라 謝惠連을 이른다. "봄풀 돋아난다는[池塘春草]" 시는 "池塘生春草" 구절을 말하는 것으로 보이는데 이것은 謝靈雲이 지은 것이다.

오늘의 입은 은혜 얼마인지 알겠거니
한 몸의 앞뒤에 오색구름 가득하리.

衣裳垂拱大明宮[9]　　玉帛車書四海同[10]
禮樂百年周室盛　　衣冠一代漢家隆
如今皇眷誰能右　　自古文風說我東
今日所蒙知幾許　　一身前後五雲中

9 大明宮: 唐太宗이 처음 세운 宮殿 이름으로, 大闕을 이른다.

10 玉帛句: '옥백'은 제후 또는 외국 사신이 천자에게 바치는 물건이다. '車書를 함께 쓴다'는 것은 천하가 통일된 것을 이른다. 『中庸』에 "지금 천하에 수레는 바퀴의 궤도가 똑같으며, 글은 문자가 똑같다. [今天下, 車同軌, 書同文.]" 하였다.

조태허 대부인 유씨 만시
曺大虛大夫人柳氏輓

유씨柳氏의 가문, 가계家系가 면면함이여
부인의 복덕 누가 견줄 만 하랴.
세 번 이사 간 맹모孟母의 가르침을 받더니
여덟 말의 재주 가진 조씨 가문에 출가했네.
효를 다하니 맛있는 음식 언제나 넉넉했고
은전을 미루어 봉증하심은 하늘로부터 왔지.
오직 탄식할 만한 것은 백수를 더하지 못하여
아랑阿郎이 상대上台에 오름을 보지 못하신 것이네.

柳氏綿綿系遠哉　　夫人福德有誰偕
曾緣孟母三遷教　　做出曺家八斗才[1]
致孝肥甘隨地足　　推恩封贈自天來
唯嗟壽未期頤過　　不見阿郎到上台

1 八斗才: 詩文의 재주가 대단히 풍부함을 이른다. 謝靈運이 천하 사람의 재주가 모두 一石인데, 曹植이 혼자 八斗를 얻었다고 했다.

입춘
立春

1

동군東君은 또한 사랑할 만한 사람
밤사이에 천하의 봄을 다 불러 오게 했네.
추위 다하고 따뜻함 생기니 사람의 기상 높아지고
껍질 벗고 싹이 움트니 사물에 생기가 도네.
많고 많은 토우土牛들 풍년의 조짐 드러내고
날고 나는 채색 제비들, 좋은 철을 기억하네.
사방의 문 활짝 열고 상서로움 받아들이는데
금색 은색의 춘번과 채승 -원문 빠짐-

東君[1]也是可憐人　一夜喚回天下春
寒盡暄生人氣象　句萌甲坼物精神
土牛[2]濈濈呈豐歲　綵燕飛飛記令辰[3]
大闢四門迎慶瑞　金銀幡勝[4]□[5]臣隣

2

연꽃피는 태액지太液池에 물 푸르러지고

---

1 東君: 봄을 맡은 동쪽의 신이다.
2 土牛: 흙으로 만든 소이다. 고대 農曆 12월에 토우를 내어 陰氣를 제거했다. 뒤에 입춘 때에 토우를 만들어 農耕을 권하였다.
3 綵燕: 비단에 금은으로 제비[燕] 등의 형상을 만든 것으로, 古代 立春日에 만들었던 장식물이다.
4 金銀幡勝: '금번'은 金箔을 입혀서 제작한 幡勝을 가리킨다. '번승'은 곧 立春日에 봄이 온 것을 경축하는 의미로 머리에 꽂았던 채색 造花로, 옛날 풍속에 입춘 때마다 대궐에서 여러 朝官들에게 이것을 하사했다고 한다.
5 판독불가자

상림원의 꽃과 나무에 푸른 봄 찾아왔네.
장추궁長秋宮 안엔 아직 물시계 소리 들리는데
벌써 금 쟁반에 새로운 채소 담아 바쳤네.

太液[6]芙蓉初綠水　上林花木又靑春
長秋宮[7]裏猶殘漏　已進金盤菜把新

3
땅 아래에서 남몰래 돌고 돌더니
조금씩 조금씩 봄기운 드러났지.
보게나 바람과 해 함께 하여
온갖 풀 한꺼번에 새로워 진 것을

地底潛回斡　微微漏洩春
看看風日倂　百卉一時新

6 太液: 太液池로, 唐代의 大明宮안에 있던 연못의 이름이다.
7 長秋宮: 後漢 明德馬皇后가 거처했던 궁으로, 황후의 궁전이다.

단오
端午

1

일 년 중 5월 5일 따스한 때에
남풍 불어와 순임금의 음악에 들어가네.
술에 창포를 띄어 계절에 응하고
소반에 각서角黍를 담아 신선을 대접하네.
난을 끊이고 덕에 목욕하니 마음의 근원 깨끗하고
쑥을 모아 인민人民을 치료하니 나라의 복 계속되리.
비웃을 만하네 초나라 왕 그릇되어 질투하여
지금까지도 멱라수의 배들 다투어 건너게 하니

一年重五艷陽天　　風送南薰入舜絃
酒泛菖蒲酬節序　　盤將角黍[1]餌神仙
湯蘭浴德心源潔　　蓄艾醫民國祚延
堪笑楚王讒妬誤　　至今競渡汨羅船

2

공상公桑에 봄 농사 마치자
아름다운 계절 또 단오날
아래로 드리운 나무의 가지 무성하고
메뚜기처럼 경복慶福이 창대하리.

---

1 角黍: 음식의 이름으로, 粽子라고도 함. 대나무 잎이나 갈대 잎으로 쌀을 싼 다음 쪄서 익히는데, 모양이 三角이며, 찰진 기장을 사용하였다. 『風土記』에 "端午에 줄잎[菰葉]으로 찹쌀을 싸서 먹는 것은 옛날 汨羅水에서 屈原의 혼을 위로하던 풍속이다." 하였다.

초위椒闈에서 새로 목욕을 마치고
계관桂館에서 다시 향을 사르네.
무엇으로 긴긴 낮을 보내리.
바느질을 하며 구장복九章服을 짓네.
왕모는 요지瑤池에서 보내는 세월 더디고
반도蟠桃는 지금 다시 열매가 주렁주렁
축수의 술잔에 또 포화주蒲花酒를 올리니
바로 훈향熏香어린 목욕을 마치고 나올 때

公桑春事了	佳節又端陽
樛木[2]枝柯暢	螽斯[3]福慶昌
椒闈[4]新罷浴	桂館[5]更燒香
何以消長日	紉箴補九章[6]
王母瑤池歲月遲	蟠桃今復子離離
壽觴又進蒲花酒	正是蘭湯浴出時

3
오월에 다시 오일이 되니
좋은 철로는 이때가 제일이네.
인간세상, 더위에 시름겨운데
궁궐의 나무 시원함을 만드네.

---

2 樛木: 후비의 훌륭한 덕을 비유한다.『詩經』「周南·樛木에 "남쪽의 휘휘 늘어진 나뭇가지, 칡덩굴이 의지하고 얽혀 있구나. [南有樛木, 葛藟纍之.]" 하였다.
3 螽斯: 후비의 자손이 많음을 비유한다.《詩經 國風·周南》
4 椒闈: 대궐 안 后妃의 처소이다.
5 桂館: 漢나라 宮館의 이름이다.
6 九章: 아홉 가지 무늬가 있는 천자의 옷이다.

五月重逢五　　良辰此最良
人間愁熱惱　　宮樹産淸涼

느낌이 있어

有感

쓸쓸한 나그네 거처에 궁수窮愁가 모이고
노쇠한 이 한 몸에 백 가지 병 몰려드네.
한낮을 셋으로 한다면, 둘은 누워 보내고
한가한 밤 여러 시각 중에 한 시각이나 자는지.
서로 친하고 가까운 이는 창을 진 무리들
오지도 가지도 않는 이는 부절을 가진 관리
내가 사람을 멀리하는 것 아니라 사람 스스로 멀리 여기거니
다행히도 나에게는 푸른 하늘이 있음을 아네.

蕭條旅次窮愁集　　衰老單身百病纏
長日三分二分臥　　閒宵幾刻一刻眠
相親相近荷戈輩　　莫往莫來持節員
我不遠人人自遠　　幸然知我有蒼天

감사 민사효 만시
輓閔監司士孝[1]

그대와 더불어 남산 안개 속에 몸을 숨겼고
나와 함께 그대 마음 북궐의 구름에 달려있었지.
가장 친하고도 사이좋은 이
어찌 알았으랴 생生과 사死가 이렇게 갈릴 줄을
마음 상한 달밤에 부질없이 피리소리 듣거니
코 위의 진흙, 다시 어떤 이가 도끼 휘두르랴.
하늘이 홀로 오당吾黨의 선비에 무정하단 말
숙강叔強과 형중衡仲도 그렇게 말했었지.

共君身隱南山霧　　與我心懸北闕雲
最是相親相近好　　那知一死一生分
傷心夜月空聞笛　　斲鼻何人更運斤[2]
天獨無情吾黨士　　叔强[3]衡仲亦云云

---

1 士孝: 閔師騫의 자. 본관 驪興. 아버지는 閔解. 성종 8년(1477) 親試 丙科 1위, 예종 1년(1469) 己丑 進士試. 參判을 역임.

2 斲鼻句: 아무리 좋은 솜씨도 상대를 제대로 만나지 못하면 발휘하지 못한다는 뜻이다. 郢 땅의 사람이 코끝에다 파리 날개처럼 작은 흙덩이를 묻혀 놓고는, 匠石에게 도끼를 휘두르게 하면 장석은 도끼를 휘둘러 흙만 교묘하게 떼어 내곤 하였다고 한다. 그런데 그 친구가 죽은 뒤에는 "나의 짝이 죽었다. [臣之質死.]" 하면서 그 기술을 다시는 발휘하지 않았다고 한다.《莊子 徐无鬼》

3 叔强·衡仲: 權健(세조 4, 1458~연산군 7, 1501)과 李均(문종 2, 1452~연산군 7, 1501)을 일컬음.

시詩

간장검干將劍. 고시이다

干將[1]. 古詩

천지가 기운을 토해내어 만고萬古에 장대한데
어느 때에 칼끝으로 거두어 들였나.
노해서는 일어나 주왕周王의 창이 되고
기뻐해서는 흩어져 긴 문장의 광염이 되었네.
이때에 공용功用이 있는 듯 없는 듯
은연중에 세상 변화에 맞추어 함께 했네.
봄가을 비바람에 한낮이 어둑하더니
두우斗牛간에 머리 돌리자 자기紫氣가 드물었네.
오도吳都의 훌륭한 장인인 남편과 아내
조화가 손에 들어와 신들린 듯 했네.
화로가 열리니 천지간의 해와 달 임하고
힘써 풍뢰風雷를 다하여 강철에 불어대네.
머리카락 한 번 던지자 쌍검이 이루어지니
암칼은 막야鏌鋣, 숫칼은 간장干將
오왕吳王은 지휘하며 초楚·월越을 향하니
유월의 초목이 맑은 서리를 슬퍼하네.
당시의 패업霸業은 회동淮東의 지역
신물神物은 도리어 흩어져 어느 곳에 숨었나.
하늘에선 두우斗牛의 사이에서 빛이 비추고

1 干將: 춘추시대 吳나라 干將이란 사람이 칼을 만들 때 鐵汁이 흘러내리지 않자, 그의 아내 莫邪가 爐神을 불러 철집이 흐르도록 한 후에 칼 두 개를 만들어 한 개는 干將劍, 한 개는 莫邪劍이라고 했다고 한다.

땅에서는 풍성豐城의 옥 터에 묻혀있었네.
사람에게는 영호英豪의 기운이 되니
몇 년이나 오히려 참된 빛 감추고 있었나.
사물은 진실로 만남이 있고, 만남엔 때가 있나니
대동大東의 성주聖主께서 지금 보위에 계시네.
해악海岳의 온갖 신령 와서는 머리를 조아리고
신하들은 칼과 패옥을 차고 나아오네.
이때에 신검에 기氣가 또한 들어오니
성무를 은밀히 도와 태평성대에 오르게 하네.
성상께서 즉위하신지 어언 30년
태평하고 화목하며 문물이 창성하네.
보검을 주조하여 무공武功을 드러내라 하시니
간장이 화로의 중앙에서 솟아나왔네.
어루만지며 연화검 같은 칼날 시험해보고는
살펴보며 다시 거북 등의 문양 본 듯 놀라네.
명장明匠은 감탄하며 곧 바로 올리니
갑 속에선 교룡이 울고 상床에는 우레가 치네.
오히려 태평시대인데 장차 어디에 쓰랴.
공훈 있는 이에게 주어 스스로 방비케 할 뿐
차고서는 연평진에 가지 말지니
허리춤에서 용이 날아가는 일 있을까 두렵네.

乾坤噫氣壯萬古　　何時收斂入劍鋩
怒去起作周王戈　　喜來散爲文焰長
是時功用若有無　　隱然與世同弛張[2]

2 弛張: 세상과 더불어 융통성 있게 변화함을 이른다. 『禮記』「雜記」에 "한번 팽팽이

春秋風雨白日暗　回首斗間希紫光[3]
吳都良匠夫與妻　造化入手神無方[4]
鑪開天地日月臨　力盡風雷吹眞鋼
瓜髮一投雙劍成　雌爲鏌鋣雄干將
吳王指揮向楚越　六月草木悲淸霜
當時霸業與淮東　神物却散何處藏
在天定射斗牛墟　在地定埋豐獄[5]傍
在人定作英豪氣　幾年尙蟄眞光芒
物固有遇遇有時　大東聖主今當陽
海岳萬靈來稽首　風雲劍佩爭趨蹌
此時神劍氣亦入　密贊聖武躋時康
龍飛至今十三春　泰和雍熙文物昌
命鑄寶劍象武功　干將躍出爐中央
摩挲初試蓮花鍔　點檢更驚龜文章
良工咨嗟輒獻之　蛟螭吼甲雷殷床
猶屬太平將底用　賜與勳庸聊自防
愼勿佩向延平津[6]　腰間怕有龍騰驤

당기고 한번 느슨하게 늦춤은 문무의 도이다. [一張一弛, 文武之道也.]" 하였다.

3 斗間希紫光: 斗牛 사이에 紫氣가 드묾을 이른다. 雷煥이 晉나라 武帝 때 하늘의 斗牛 사이에 紫氣가 서려 있는 것을 보고, 그 분야에 속하는 豫章의 豐城縣에서 龍泉과 太阿의 두 검을 발굴했다고 한다.

4 神無方: 『周易』「繫辭」에 "신은 방소가 없고, 역은 형체가 없다. [神無方, 易無體.]" 하였다.

5 豐獄: 龍泉·太阿 두 名劍이 묻혀 있던 豐城縣의 옛 獄 터이다.

6 愼勿句: 晉나라 雷煥이 龍泉과 太阿의 두 명검을 얻어 하나는 자기가 차고 하나는 張華에게 주었는데, 뒤에 장화가 伏誅되면서 그 칼도 없어졌고, 뇌환의 칼은 아들이 차고 다녔는데 延平津에 이르렀을 때 칼이 갑자기 물속으로 뛰어들면서 없어졌던 장화의 칼과 합하여 두 마리의 용으로 변한 뒤 사라졌다고 한다.《晉書 張華傳》

고산군에서 짓다 짧은 서문도 있다
在高山作 幷小序

임진년(1472년, 성종 3) 여름, 왕명을 받아 죄안을 심리하러 호남에 갔는데 죄수가 고산의 옥獄에 있었다. 내가 가서는 갑자기 폐부肺腑의 병이 생겨, 기거하고 먹고 마시는 일을 제 때에 할 수 없었다. 서둘러 의원을 구하였지만 고을이 또한 외지고 작은 곳이라 의원을 어찌 쉬이 얻을 수 있었겠는가. 누워 일어나지 못한지 삼사일이 되었는데 몹시 무료하였다. 현縣의 수령 진옹鎭翁 남정南鼎은 나의 친한 벗이다. 학문이 넓고 들은 것도 많은데다 정신을 기르고 양생養生하는 방법에 대해서도 약간 알고 있었다. 하루는 나에게 말하기를 "장부臟腑에 병이 생기는 것은 마음이 수고롭기 때문이니, 이 병은 여기에 원인이 있지 않겠는가?" 하고는 옛 의술을 찾아 태화탕太和湯을 만들어 주었다. 내가 기뻐하여 시를 짓고 스스로 위로하여 말하기를

壬辰夏, 承差鞫囚去湖南, 囚在高山獄中. 余往, 忽有肺腑之疾, 起居飲食, 不能以時. 方求醫之急, 縣且僻小, 醫豈易得也. 臥不起數四日, 甚無聊. 縣守南鎭翁鼎[1], 吾親朋人也, 學博而聞多, 且少解頤神養生之門戶. 一日, 語余云, 臟腑病生, 由役心志, 此病無乃坐是耶. 因摭古醫方, 授以太和湯. 余喜而詩之, 以自慰云.

마음 수고롭고 지혜에 사역하니 어찌 상함 없으랴.
병든 채 옛날을 후회하며 좌망坐忘을 배우네.
삼십 가지 약재 내 스스로 가지고 있거니

1 鼎: 南鼎. 본관 固城. 아버지는 南允寶. 세조 12년(1466) 丙戌 重試 三等 7위. 承文院博士를 역임. 『朝鮮王朝實錄』 성종 7년(1476) 12월 9일(戊寅)조에 高山縣監 南鼎이 軍器를 삼가 看守하지 않았다는 이유로 파직시키는 기록이 보임.

지금부터 헤아려 태화탕을 복용하리라.

勞心役智豈無傷　　病悔從前學坐忘
三十藥材吾自有　　從今擬服太和湯

[원주]

생각함에 사악함이 없고, 좋은 일을 행하고, 마음을 속이지 않고, 방편을 행하고, 본분을 지키고, – 세 글자가 빠짐 – 교활하게 속이는 것을 없애고, 성실에 힘쓰고, 천도를 따르고, 명命의 짧음을 알고, 마음을 맑게 하고 욕심을 적게 하며, 인내하고 부드러이 하며, 겸허하고 화평하게 하고 만족을 알며, 청렴하고 삼가며 인을 마음에 두고, 검소하고 중정中正한 도를 가지며, 살생을 경계하고 성냄을 경계하며, 포악함을 경계하고 탐욕스러움을 경계하며, 신독愼獨을 하고 기미를 알며, 보애保愛하고 명리에 담담하며, 고요함을 지키고 묵묵히 안정되게 한다. 이상은 서른 가지 맛인데 깨물어 씹어 먹는 것이 마지막이 된다. 심화心火 한 근, 신수腎水 두 주발을 약한 불에 달여 오 푼이 되면 때에 관계없이 따뜻하게 복용한다

思無邪, 行好事, 莫欺心, 行方便, 守本分, –三字缺– 除狡詐, 務誠實, 順天道, 知命限, 淸心寡慾, 忍耐柔順, 謙和知足, 廉謹存仁, 節儉處中, 戒殺戒怒, 戒暴戒貪, 愼獨知機, 保愛恬退, 守靜陰騭. 右三十味, 咬咀爲末. 用心火一斤, 腎水二椀, 慢火煎至五分, 不拘時候溫服

당시唐詩에 차운하다
次唐音韻

티끌 세상에 오가던 것 기억하노니
머리 돌리니 십 년의 세월
가장 정사情思가 없다더니
그러한 뜬 구름도 한가롭지 않구려.

紅塵記往還　　回首十年間
最是無情思　　浮雲亦未閒

고산루에 쓰다
題高山樓

빼어난 이 곳, 절로 하늘이 이루었나니
누대 위에 올라서자 지상紙上의 이름을 모두 잊었네.
바람은 푸른 그늘의 깊은 곳에서 울려대고
계곡 물 소나기 따라 요란스레 흘러가네.
땅에는 운무雲霧가 많아 산은 늘 어둡고
하늘이 연못에 들어오니 밤에도 밝아라.
아름다운 모임은 본디 계속되기 어렵나니
주인은 다시 일어나 술잔을 거듭 돌리네.

一區形勝自天成　　樓上都忘紙上名
風向綠陰深處響　　溪從急雨過時鳴
地多雲霧山長暗　　天入池塘夜又明
佳會固知難滾滾　　主人再起酒重行

무안 현감 권평중【렬】에 부치다
寄務安縣監權平仲[1]【捩】

한수漢水 북쪽에서 이별에 마음 상했었는데
호남의 땅에서 또 그댈 만나지 못하는구려.
고달픈 몸은 백발을 재촉하고
폐병에 걸려 황봉술도 겁나네.
우환일랑 그대 지금 배부르고
공명에는 내 이미 게으르네.
서로 손 잡고 필경 어디에 처하랴.
영남에서 각기 농사를 지어야 하리.

漢北曾傷別　　湖南又未逢
身勞催白髮　　肺病怯黃封[2]
憂患君今飽　　功名我已慵
相携竟何處　　嶺外各爲農

1 平仲: 權捩. 본관 安東. 아버지는 權偲. 세조 11년(1465) 乙酉 春塘臺試 丁科 12위. 輔德을 역임

2 黃封: 술 이름이다. 원래 宋代에 만들어진 술로 누런 비단이나 누런 종이로 입구를 봉했기 때문에 황봉이라 이름하였으나 이후에는 널리 술의 뜻으로 쓰였다.

이 수사에게 부치다
寄李水使

호남 땅의 나그네 되어
늙음과 병, 참으로 견디기 어렵네.
술은 가까이하지 못하고
오직 약물만 반가울 뿐
친구의 얼굴 보지도 못했거니
어느 날에 함께 이야기 나눌까.
본래부터 마음 통하는 이
그 모습 꿈속에서나 보려나.

湖南爲客日　衰病苦難堪
不與杯盤近　惟將藥餌甘
故人違面目　何日共論談
意氣生來合　音容夢裏參

삼례역에서 아사 김자윤【수손】에게 부치다
參禮驛, 寄亞使金子胤[1]【首孫】

헤어지기는 쉽고 만나기는 어려우니
멀리 바라보며 몇 차례 탄식만 했었지.
날 저문 우정郵亭에 오가는 이도 없는데
하늘가득 쌀쌀한 비, 그댄 푸른 산 너머에

別時容易見時難　相望唯應數息間
日暮郵亭人寂寂　一天涼雨隔青山

1 子胤: 金首孫의 자. 본관 禮安. 아버지는 金新. 세조 2년(1456) 式年試 丁科4. 참판을 역임.

동헌의 시에 차운하다

次東軒韻

천년된 이 땅의 경관 보며
오고가기를 자재로이 하네.
다락이 높아 태양을 손으로 맞고
바다 가까워 양후陽侯에게 읍을 하네.
아득히 바라보면 하늘은 들에 닿아있고
그리움에 마음 상해 나그네는 누대에 기대네.
평소에 가졌던 장부丈夫의 큰 뜻
서검書劍을 가지고 또 원유遠遊를 하네.

雲物千年地　　來尋去自由
軒高賓日馭　　海近揖陽侯[1]
縱目天臨野　　傷懷客倚樓
平生四方志　　書劍[2]又遐遊

---

1 陽侯: 고대 전설 중의 파도의 신이다.

2 書劍: 문관이나 무관이 되는 것으로, 글을 읽어 관리가 되고 칼을 잡고 從軍하는 것이다.

김자윤에게 부치다
寄金子胤

1
벼슬길 풍파 속에서 어려움 함께 했거니
지난 몇 해의 올곧은 말과 꼿꼿한 절조
구름 날리고 비 뿌릴 때 남북으로 헤어져
몇 번이나 하늘가에서 먼 산을 바라보았나.

宦海風波與共難　　危言直節去年間
雲飛雨散分南北　　幾度天邊望遠山

2
인생살이 만나고 헤어지는 것 뭐가 그리 어려운지
지척의 사이에서도 세상사에 바쁘기만 하네.
바라만 볼 뿐 참으로 마주할 날도 없는데
사군使君은 지금 금성산錦城山을 향하는구려.

人生離合一何難　　馬跡車塵咫尺間
相望苦無相對日　　使君今向錦城山[1]

3
옛날 대단臺端에서 직언하는 것 좋아하더니
지금은 문서더미 속에서 헤매고 있네.
어느 때에 군은君恩에 다 보답하고서
돌아가 띠집 쓸며 푸른 산에 누울까.

---

1 錦城山: 지금의 전라도 羅州의 鎭山이다.

昔日臺端[2]好語難　　如今汨沒簿書間
何時報答君恩了　　歸掃茅廬臥碧山

2 臺端: 御史臺 안의 시어사들을 통틀어 이르는 말이다.

고산현에서 붓 가는 대로 쓰다
高山縣卽事

은하수 떨어지듯 비 내리고
땅속의 우레 내달려 강물 흐르네.
소매 속에는 시내의 구름 가득하고
패牌 사이엔 들의 안개가 자욱
양부兩部의 개구리 곡조가 높고
외로운 마을의 절구질, 그 소리 젖어있네.
병든 몸에 베개 높이 해야 하거니
머리 돌려 고향 땅만 바라볼 뿐

雨傾銀漢落　　江動地雷[1]奔
袖裏溪雲滿　　牌間野霧昏
調高蛙兩部[2]　　聲濕杵孤村
病骨須高枕　　回頭向故園

---

1 地雷: 『周易』 復卦 象辭에 "우레가 땅속에 있는 것이 복이다.[雷在地中, 復.]" 하였다.

2 蛙兩部: 兩部는 본디 立部와 坐部의 양부로 나누어 연주하는 악기 연주이다. 南齊 때 孔稚珪가 뜰의 잡초 속에 있는 개구리의 울음소리를 양부의 음악 연주로 삼았다고 한다.

감회
感懷

지난해에 모령茅嶺을 넘고
올해에는 한강을 건넜네.
그림자만 위로하는 이 몸은 천 리 길 먼 곳
사람을 엿보는 달은 이 한 창문에
고향은 하늘 밖 먼 곳에 있고
성궐城闕은 꿈속에 쌍으로 있네.
누구에 의지하여 회포를 풀까.
긴 깃대와도 같은 큰 붓뿐이라네.

去歲踰茅嶺　今年渡漢江
弔影身千里　窺人月一牕
鄕關天外遠　城闕夢中雙
憑誰遣懷抱　巨筆似長杠

고산의 등불 아래에서

高山燈下

비 내리는 밤 객사의 푸른 등불
잠 못 이루고 홀로 앉아 가을 벌레소리 듣고 있네.
이때의 말없음 그대는 아는지
내 집은 조령 너머 서쪽 고개 동쪽에 있다네.

客舍青燈夜雨中　不眠孤坐聽寒蟲
此時無語君知否　家在嶺南西嶺東

고산의 길 위에서 읊다
高山路上吟

열흘 동안의 평야 생활 물빛도 짙은데
강가의 나무들은 반쯤 기울어 있네.
푸르게 가는 물결 일으키며 벼들은 밭이랑에 일렁이고
하얗게 푸른 산에 내리니 빗줄기는 도롱이에 가득
먼 봉우리에 닿아 있는 하늘에 눈길 가져가보니
바람은 넓은 들을 따라 읊조림에 들어오네.
아름다운 경치 실컷 보며 머물러 감상하려는데
바람 같은 갈기의 말, 북처럼 빨리 달림에 어이하랴.

十日平郊水色多　　緣江樹木半攲斜
靑搖細浪禾吹畝　　白立蒼山雨滿蓑
天接遙岑來睥睨　　風從大野入吟哦
貪看絶致要留賞　　奈此風騣快擲梭[1]

1 快擲梭: 매우 빠른 것을 뜻한다. '척사'는 베를 짤 때 북을 이쪽저쪽으로 던지는 것을 이른다.

고산 동헌의 시에 차운하다
次高山東軒韻

안개와 노을 어린 깊은 골짜기
멀리 말을 타고 와서 노니네.
난간 밖으로는 산 빛을 마주하고
문 앞에는 시내가 흐르네.
금서琴書를 벗삼는 고요한 낮이 좋고
농사짓는 그윽한 마을 감상할 만하네.
우습구나 조천朝天하는 나그네
술동이 열고는 또 잠시 머무름이

煙霞深洞府　　鞍馬遠來遊
檻外面山色　　門前臨水流
琴書[1]憐晝靜　　禾稼賞村幽
堪笑朝天客　　開罇又小留

1 琴書: 거문고와 책으로, 文人雅士의 淸高한 삶에 함께 하는 물건이다.

고산 밤의 감회
高山夜懷

뜰 지나며 시례詩禮의 가르침 받던 때 언제였던가.
그늘진 처마, 무성한 나무 성근 격자창을 가리우네.
벼슬살이에 몇 해 동안 혼정신성昏定晨省을 비웠나.
서른 해에 머리털만 희끗희끗 해졌네.

詩禮何時過鯉庭　　蔭簷深樹掩疏欞
宦途幾載晨昏曠　　三十年來鬢髮星

고산에서 김자윤에게 부치다
高山寄金子胤

한해의 아름다운 철 남주南州에서 보내거니
천리의 호산湖山은 멋진 유람에 들어오네.
그 옛날 가장 생각나는 곳
저물녘에 주렴 걷어 올리던 예양강의 누대

一年佳節過南州　千里湖山入勝遊
最是他年回首處　珠簾暮捲汭陽樓[1]

1 汭陽: 지금의 전라남도 장성에 있던 강이다. 遂寧川 이라고도 하는데, 迦智山에서 나와 부의 북쪽 2리를 지나 돌아 동쪽으로 흐르고, 또한 서남쪽으로 흘러 省巖에 이르러 강진현의 구십포와 합하여 바다로 흘러 들어간다.《新增東國輿地勝覽 卷37 全羅道 長興都護府》

무안 동헌의 시에 차운하다
次務安東軒韻

산과 바다 사이의 우뚝한 성
이 한 몸 천지간에 몇 년을 살았던가.
누대 있는 아름다운 곳 오직 마셔야 하거니
지상紙上의 공명일랑 본시 헛된 것이라네.

兀兀高城嶺海頭　　一身天地幾春秋
樓臺勝處唯須飮　　紙上功名本是浮

잔을 잡은 두 손이 몹시도 가볍거니
달을 보는 두 눈동자, 갑절이나 밝네.
여기에 하늘의 바람 청하여 침상에 불게 하니
한 번의 맑은 시흥詩興 가눌 수가 없어라.

當杯兩手自知輕　　得月雙眸覺倍明
更倩天風吹枕簟　　一番吟興不勝淸

남문루의 시에 차운하다
次南門樓[1]韻

천년을 이어온 문물은 한漢나라나 다름없고
백 척의 높은 성은 산언덕을 향하네.
아득한 산과 바다, 구름은 북으로 가는데
끝없는 강가의 하늘에 해는 서녘으로 기우네.
바람은 먼 흥취를 끄니 실처럼 기다랗고
비는 새 시를 재촉하니 어지럽기는 삼과도 같네.
만 리 길 노님에 고향 편지도 끊겼나니
높은 곳에 오르자 흰 머리에 바람이 불어오네.

民物千年是漢家　　城高百尺向山阿
嶺海茫茫雲北去　　江天渺渺日西斜
風牽遠興長如縷　　雨促新詩亂似痲
萬里羈遊鄉信斷　　登臨高處鬢吹華

1 南門樓: 전라도 무안현에 있는 누정으로 南樓라고도 한다.《新增東國輿地勝覽 卷36 全羅道 務安縣》

고부 장교천長橋川 가에서 최 군수와 이별하다
古阜長橋川[1]邊, 別崔郡守

피리 가락엔 푸른 산의 소리 있고
잔속에는 밝은 해가 비치네.
바라만 보며 헤어지지 못하니
헤어지면 눈물이 옷깃을 적실까봐

笛裏青山響　　杯心白日臨
相看不能別　　別恐淚沾襟

1 長橋川: 전라도 고부에 있었던 시내 이름이다.

보성에 도착하여 이 수사에게 부치다
到寶城, 寄李水使

1

말 위에서 석 달을 보내고 나니
나그네 마음 한없이 시름겹네.
가는 곳마다 만나는 이 얼마인가.
그대만큼 취향이 향기로운 이 없다네.

馬上光陰三閱月　　客中懷抱九回腸
逢人到處知多少　　未有如君臭味香

2

저물녘 청산에 그림자 질 때 채찍을 휘두르고
버들 아래 시원한 바람 불 때, 부절을 쥐었네.
누대 위에 달 뜬 밤, 몇 곳이던가.
그대 생각하며 부질없이 거문고를 어루만지네.

麾鞭落日青山影　　建節淸風細柳陰
幾處樓臺明月夜　　憶君虛撫一張琴

순천에서 취중에 감사의 시에 차운하다
順天, 醉次監司韻

1

백 일 동안 주연酒宴을 내내 여셨으니
화신花神도 사군使君의 내방을 경하慶賀하네.
사군이 이르는 곳 화기和氣가 퍼지는데
봄바람 잡아두고 나그네와 함께 하네.

百日三行一倂開　　花神應慶使君來[1]
使君到處敷和氣　　留住春風與客偕

2

누대가 강산의 좋은 곳에 열려있는데
나그네는 인물까지 성대한 시절에 왔네.
취한 채 천지를 보노라니 바로 호리병 속
진세塵世에선 평생 이것을 함께 하지 못하지.

樓向江山好處開　　客於人物盛時來
醉看天地正壺裏　　塵世平生此不偕

1 花神: 꽃을 맡아 보는 神, 또는 꽃의 精髓이다.

강진에서 하 장원의 시에 차운하다
康津, 次河狀元韻

십년의 한양 생활 풍파를 겪었는데
천리 길 호남의 땅, 꽃이 술에 어리네.
세상의 취산聚散일랑 낙엽과도 같은 것
권하는 한 잔 술, 그대 많다 사양 말게나.

十年京洛困風波　　千里湖南酒映花
聚散人間似風葉　　一杯相屬不辭多

말 위에서의 감흥
馬上感興

날랜 말 타고 가는 남녘의 길
따뜻한 바람 불어오는 오월의 날
검은 구름은 먹물을 뿌린 듯
갑작스런 비는 짐짓 시를 재촉하네.
나는 기러기, 산에 베일까 의심하고
돌아오는 배 안에선 언덕이 옮겨 가는 듯
도롱이 걸치고 대삿갓 쓰고서
나 또한 고기그물 손질하리라.

快馬南天路　　薰風五月時
黑雲如潑墨　　白雨故催詩
飛鷺山疑割　　歸舟岸欲移
蓑衣兼箬笠　　吾亦理漁絲

익산에서 남진옹에게 부치다
益山, 寄南鎭翁[1]

호남湖南 땅 천리를 보았거니
영남嶺南을 그리는 십년의 마음
젊을 때의 마음은 변함없는데
어느 때나 고향에서 함께 할까.

湖南千里面　　嶺外十年心
少壯同懷抱　　何時共舊林

1 鎭翁: 南鼎. 본관 固城이며 아버지는 南允寶. 세조 12년(1466) 丙戌 重試 三等 7위. 承文院博士역임. 『朝鮮王朝實錄』 성종 7년(1476) 12월 9일(戊寅)조에 高山縣監 南鼎이 軍器를 삼가 看守하지 않아 파직시키는 기록이 있음.

보성에서 낙안으로 가는 도중에 감흥이 있어
自寶城向樂安途中感興

이 한 몸, 고향은 멀기만 한데
두 눈에는 바닷가 하늘이 아득하네.
산 기운, 사람의 뼈를 서늘하게 하는데
솔바람은 말발굽 소리를 흩어지게 하네.
배 언저리엔 한가한 들의 새들
대 숲 속엔 촌닭들 싸우는 소리
십리 길, 시 읊으며 지나노라니
해는 마을의 서쪽으로 기울어가네.

一身鄕國遠　雙眼海天迷
山氣涼人骨　松風散馬蹄
舟邊閒野鳥　竹裏鬪村雞
十里吟哦過　閭閻日自西

은진 동헌의 시에 차운하다
次恩津東軒韻

1

이 몸 언제나 역로驛路에 있거니
가는 곳마다 곧 임금님 은혜
길가 고을에서 즐기는 한 통의 술
맑은 바람은 한 난간에 불어오네.

此身常驛路　　隨處卽君恩
尊酒道傍縣　　淸風自一軒

2

부모님의 사랑 저버리지 않았고
외로운 신하로 우로雨露같은 은혜 받았지.
한 몸에 두 가지 일의 생각
해 저무는 때에 홀로 난간에 기대네.

不負萱春愛[1]　　其孤雨露恩
一身雙役慮　　斜日獨憑軒

1 萱春: 부모의 代稱이다.

익산루에 쓰다

題益山樓

송림松林의 서쪽, 죽림竹林의 동쪽
우뚝한 누대 높이 이어져 호기灝氣에 통하네.
밤 되자 술동이에 가득한 창해의 달
언제나 소매에 가득한 대왕의 바람
푸른 산의 흰 탑 있는 곳, 나그네 지나가고
지는 해 퇴락한 성城에 지난 일 부질없어라.
흥을 타니 도리어 신선이 된 듯한데
연단鍊丹의 공 닦지 못한 것 부끄러울 뿐

松林西畔竹林東　　傑搆高連灝氣通[1]
入夜盈罇滄海月　　長時滿袖大王風
青山白塔征人過[2]　　落日殘城往事空
乘興却疑身羽化　　只慙曾乏鍊丹功[3]

---

1 灝氣: 천지의 正大하고 剛直한 기운이다.
2 青山白塔: 지금의 전북 익산시 왕궁면 일대에 백제 시대의 탑과 유적지가 남아 있다.
3 鍊丹: 수도하는 자가 丹藥을 달구는 것이다.

용안현 동헌에 쓰다

題龍安[1]東軒

태평한 시절이라 성곽도 무너져있고
오래된 고을이라 나무그늘도 깊네.
닭과 개는 연기 나는 둑 안에 있고
아이들은 대숲 안에서 이야기를 하네.
새 연꽃은 수면水面을 단장하고
늘어진 버들은 사람의 마음을 괴롭게 하네.
흠뻑 취한 채 다른 일 없거니
불어오는 바람에 다시 속절없이 읊조리네.

時平城郭廢　　縣古樹陰深
雞犬藏煙塢　　兒童語竹林
新荷粧水面　　垂柳惱人心
一醉無餘事　　臨風復浪吟

1 龍安: 지금의 전라북도 익산시에 있음. 동쪽으로 礪山郡 경계에 이르기까지 16리, 남쪽으로 益山郡의 경계에 이르기까지 12리 거리에 있었음.《新增東國輿地勝覽 卷34 全羅道 龍安縣》

금구현의 별실에 쓰다

題金溝縣[1]別室

북쪽의 나그네 남쪽 고을에 노니니
남녘의 바람 북당北堂에 가득하네.
대숲 그늘은 대자리에 비스듬히 걸치고
처마의 그림자, 연못 안에 떨어지네.
발 걷고는 산의 푸르름 나눠 갖는데
창문을 열자 서늘한 빗기운 몰려오네.
타향이지만 몹시도 빼어난 경관에
돌아가는 길의 지루함 알지 못 하겠네.

北客遊南郡　　南薰滿北堂
竹陰斜枕簟　　簷影落池塘
捲箔山分翠　　開牕雨送涼
他鄕殊絶勝　　歸路不知長

1 金溝縣: 지금의 전라북도 김제시 지역에 있었다.

고부 훈도에게 주다
贈古阜訓導

1

우연히 처음 알게 된 이
반갑기는 전부터 알던 이 같네.
민락정民樂亭에는 술동이 앞의 달
교천橋川은 피리 가락 속의 봄
담론을 할 때면 흔연히 알맞음이 있고
의기意氣는 신령스럽지 않음이 없네.
어느 곳의 강산이 빼어난가.
거듭 만나 술 한 잔 돌리세.

偶然初識面　　歡若昔相親
民樂[1]罇前月　　橋川[2]笛裏春
談論欣有適　　意氣不無神
何處江山勝　　重逢酒一巡

2

반생을 살아온 유생, 풍운風韻이 적었거니
한 가지의 꽃 파리하여 봄 이루지 못함일세.
차가운 밤, 주렴은 맑기가 물과 같은데
때때로 한가로이 잠자며 멀리 있는 이를 꿈꾸리.

---

1 民樂亭: 고부 客館 서쪽 봉우리에 있는데, 옛 이름은 北樓이다.《新增東國輿地勝覽 卷33 全羅道 古阜》

2 橋川: 古阜 지역에 있었던 長橋川이다.

半世儒冠風韻少　　　一枝花瘦不成春
夜寒簾幕淸如水　　　時復閒眠夢遠人

익산 동헌에 쓰다
題益山東軒

1

고금의 인간세상, 몇 번이나 흥망을 거듭했나.
산천의 성곽에서 뚜렷이 볼 수 있다네.
왕궁王宮의 곁에는 우뚝 솟은 탑
천 년 동안 전해오며 옛 도읍이라 불리네.

今古人間幾毀成　　山川城郭見分明
王宮側畔亭亭塔[1]　　千載流傳喚舊京

[원주]
이상은 기준箕準의 고적을 읊은 것이다
右詠箕準古蹟[2]

2

귀양 와서는 바닷가 하늘 동쪽에 편히 누우셨거니
바람과 달, 강과 산은 시권詩卷 속에 남았네.
대숲 속의 띠 집, 미주美酒보다 나으니
세상의 먼지와 흙, 신발을 붉게 덮는다네.

---

1 王宮句: 현재 전라북도 익산시 왕궁면에 있는 미륵사지 탑을 이른 듯하다.
2 箕準古蹟: 전라도 益山에 箕準城이 있는데 석축으로 둘레 3,900척이 된다. 箕準은 기자 조선 최후의 왕인데 燕의 衛滿이 망명하여 와서 신하가 되고자 하자, 그를 신용하여 博士의 벼슬까지 주었다. 그러나 위만은 계교를 써서 준왕을 내쫓고 스스로 왕이 되었다. 나라를 잃은 준왕은 宮人을 거느리고 남쪽으로 달아나 金馬郡에 자리 잡고 韓王이라 칭하였다.《東史綱目》

謫來高臥海天東　　風月江山詩卷中
竹裏茅齋過白酒　　人間塵土沒靴紅

[원주]

이상은 양촌陽村을 생각한 것이다.
右懷陽村[3]

3

만사일랑 아득히 하늘에 맡기나니
이 한 몸 남북으로 바람처럼 오갈 뿐
아름답구나, 오늘 밤 동헌東軒의 달
내일은 어느 곳의 누대에서 잠들까.

萬事悠悠付老天　　一身南北任飄然
可憐今夜東軒月　　明日樓臺何處眠

[원주]

이상은 자신을 읊은 것이다.
右自詠

---

3 陽村: 權近. 공민왕 1년(1352)~태종 9년(1409). 고려말 조선 초기의 문신·학자. 본관은 안동. 초명은 晉, 자는 可遠, 호는 陽村. 溥의 증손이다.

우연히 읊다
偶吟

나는 군자 같은 대나무를 사랑하는데
그 누가 대부송大夫松을 심어 두었나.
한결같이 맑은 의미로
천년의 의용儀容을 함께 하네.

我憐君子竹　　誰植大夫松[1]
一般淸意味　　千載共儀容

1 大夫松: 秦始皇이 봉선을 행하러 泰山에 올라갔다가 폭풍우를 만나자 나무 아래에서 쉬고는 그 나무를 五大夫에 봉했다.《史記 秦始皇本紀》

태인 동헌의 시에 차운하다
次泰仁東軒韻

말을 타고 가는 호산湖山의 길
누대에 오르니 태인이 멀리 보이네.
산과 들, 병풍처럼 널찍하고
안개어린 나무는 그림처럼 새롭네.
흥 무르익자 술동이 앞에 날은 저물고
시詩에 미치니 취중醉中의 봄일세.
멀리 노님에 가는 곳마다 좋으니
하늘과 땅은 본래 나의 몸이라네.

鞍馬湖山路　　樓臺入泰仁
山川屛障活　　煙樹畫圖新
興熟罇前暮　　詩狂醉裏春
遠遊隨處好　　天地本吾身

진위역에 이르러 벽에 있는 시에 차운하다
到振威[1]驛, 次壁上韻

평소에 다닌 곳, 몇 개의 장정長亭인가.
이른 곳의 황계荒雞는 한밤중에 울어대네.
이리 저리 떠도는 나그네 스스로 비웃노니
근래에는 삼 개월 동안 또 먼 길을 다녔다네.

平生着脚幾長亭[2]　　到處荒雞[3]夜半鳴
自笑東西南北客　　邇來三月又脩程

---

1 振威: 경기도 양성현, 충청도 직산현, 水原府, 龍仁縣과 경계에 있던 縣이다.
2 長亭: 옛날 길 10리마다 설치하여 여행자들이 머물러 쉬게 하던 곳으로, 城 가까이 사는 자들은 주로 送別의 장소로 삼았다.
3 荒雞: 三更 이전에 우는 닭으로 옛날에는 상서롭지 못한 징조로 여겼다.

서호西湖의 국수鞠囚를 나눠 맡은 김공량【중연】에게 장난으로 주다

戲贈金公亮[1]【仲演】分司西湖鞫囚

들으니 대단臺端에 물의가 분분할 때
억울한 죄 풀어주는 고수로 그대를 꼽았다지.
공무를 다 마치고 아무 일 없을 때
응당 술자리 향해 기생 자운紫雲을 물어야 하리.

聞道臺端[2]物議紛　平反高手獨推君
簿書了後身無事　應向三行問紫雲[3]

1 公亮: 金仲演. 생몰년 미상. 자 公亮. 本貫 安東. 아버지는 金自行. 세조 12년(1466) 高城春試 3等1위. 교리, 열서 등을 역임.

2 臺端: 御史臺 안의 侍御史들을 통틀어 이르는 말이다.

3 紫雲: 唐나라 司徒 李愿의 집에 있던 名妓이다.

무안 군수 권평중에게 부치다
寄務安守權平仲[1]

남방에 홀로 그대의 정성政聲이 아름답거니
북극의 조관들 물론物論이 무성하네.
게다가 이 마음 가지고 한 걸음 더 나아가니
부르는 글 머지않아 하늘 끝에 내려가리.

南方君獨政聲佳　　北極[2]班行物論多
更把此心加一步　　徵書近欲下天涯

---

1 平仲: 權捩. 본관 安東, 아버지는 權偲. 세조 11년(1465) 乙酉 春塘臺試 丁科 12위, 輔德을 역임.
2 北極: 임금이 있는 곳을 말한다. 『論語』「爲政」에 "북극성이 자리를 잡고 있음에 뭇별들이 그에게로 향한다. [北辰居其所, 而衆星共之.]" 하였다.

초가 정자에서 김계창【세번】의 시에 차운하다
茅亭, 次金季昌[1]【世蕃】韻

변변찮은 녹봉이 늙음을 재촉하는데
여가를 만나 이곳에서 실컷 구경하네.
저물 무렵 산들은 점점이 흩어져 있고
발 걷어 올리자 눈발은 펄펄 날리네.
자리에 가득한 사람들 예전과 다름없고
동이를 여니 흥은 무르익으려 하네.
아름다운 기약 다시 하기 어려우니
달을 불러 장차 셋의 사귐 이루리라.

寸廩驅人老　　餘閒此勝探
日斜山點點　　簾捲雪毵毵
滿座人如舊　　開罇興欲酣
佳期苦難又　　邀月且成三

1 金季昌: ?~성종 12년(1481). 본관 창원. 자는 世蕃. 세조 8년(1462) 將仕郎으로서 문과에 을과로 급제. 예문관응교·도승지·이조참판 등을 역임.

호남 아사 김자윤에게 부치다

寄湖南亞使金子胤[1]

경성京城의 세모歲暮엔 언제나 눈 내리는데
교화를 펴는 남방南方은 벌써 봄이 되었네.
노닐던 곳에 머리 돌리니 해는 또 바뀌는데
바닷가의 구름과 나무, 사람을 한창 시름겹게 하네.

長安歲暮天長雪　　宣化南方已是春
回首曾遊年又換　　海天雲樹正愁人

1 子胤: 金首孫의 자. 본관 禮安. 아버지는 金新. 세조 2년(1456) 式年試 丁科4. 참판을 역임.

희윤에게 주다

贈希尹

한해도 벌써 가을이 다하려 하는데
살다보니 귀밑털이 희끗희끗 해지네.
높은 곳에 오르는 날, 술을 물으려 하는데
울타리 아래엔 벌써 국화꽃 피었다네.

歲律秋將暮　　人生鬢欲華
登高問酒處　　籬下已黃花

유희명의 동교東郊 시에 차운하여 박백인에게 부치다
次柳希明[1]東郊韻, 寄朴伯仁[2]

가을바람 부는 강가에 장두전杖頭錢 가지고 가며
술자리에서 시 지을 때면 벌주罰酒가 바삐 오가네.
지쳐 흰 모래에 누워선 풀을 자리 삼고서
취한 채 술잔 놓고서 청어를 내오라하네.
푸른 하늘에 달 부르기 참으로 좋거니
지는 해에 어찌 꼭 징을 원망하랴.
길거리의 붉은 먼지, 말의 몸을 덮는데
그대 분분한 세상사에 얽매이지 않음이 대단하네.

秋風江上杖錢[3]行　　覓句罇前亂罰觥
倦臥白沙仍藉草　　醉抛綠蟻且需鯖
青天正好邀飛鏡　　落日何須怨墮鉦
街路紅塵深沒馬　　多君不被世紛嬰

---

1 希明: 柳洵의 자. 세종 23년(1441)~중종 12년(1517). 본관 文化. 호 老圃堂. 세마 思恭의 아들. 세조 8년(1462) 拔英試에 합격, 예문관에 들어갔음. 성종이 즉위하자 홍문관부제학으로 經筵侍講官으로 활약하였으며 특히 시문에 능해 성종의 총애를 받음.

2 伯仁: 朴孝元의 자. 생몰년 미상. 본관 比安. 대사헌 瑞生의 손자로, 璟의 아들. 세조 11년(1465) 식년문과에 급제하여 예종 1년(1469) 예문관수찬지제교 겸 경연검토관으로서 춘추관기사관이 되었음.

3 杖頭錢: 杖頭百錢의 준말로, 술을 사 먹을 돈이다. 晉나라의 阮脩가 외출할 때면 항상 지팡이 끝에다 돈 1백 전을 걸어가지고 나가 주점에서 혼자 술을 마셨다고 한다.

박백인에게 주다
贈朴伯仁

1

해마다 내일이 바로 중양절重陽節이라
동쪽 울타리에서 따고 따는 향기로운 국화
용산에서 모자 떨어진 일 참으로 아름답거니
그대와 어느 곳에서 한 잔 술에 취할까.

年年明日是重陽　　采采東籬菊有香
落帽龍山[1]眞勝事　　與君何處醉壺觴

2

상림의 화목花木에 또 가을볕 들어
다시 산수유를 따려니 옛 향기 어려있네.
슬프게도 선왕의 궁검弓劍이 멀어졌거니
해마다 오늘이면 술잔을 들지 못 한다네.

上林[2]花木又秋陽　　還把茱萸[3]帶舊香
惆悵先王弓劍遠[4]　　每年今日不臨觴

---

1 落帽龍山: 晉나라 때 孟嘉가 征西將軍 桓溫의 參軍이 되었을 때, 중양절에 龍山의 酒宴에서 바람에 모자가 날아간 줄도 모른 채 풍류를 즐겼다.《晉書 孟嘉傳》
2 上林: 秦漢시대 때 長安에 있었던 황제의 정원으로, 대궐을 뜻한다.
3 把茱萸: 중양절에 산수유 열매를 허리주머니에 차고 국화 술을 마시면서 재앙을 쫓던 풍속이 있었다.
4 先王弓劍遠: 선왕의 昇遐를 이른다. 黃帝가 龍을 타고 하늘로 올라갈 때 群臣들이 잡고 올라가려다가 떨어진 弓劍과 용의 수염만 안고 통곡했다고 한다.《史記 封禪書》

[원주]

이 날이 세조의 기일이기 때문에 이렇게 말한 것이다.
是日, 世祖忌日故云.

희윤이 차운시를 보내와서 그 시에 차운하여 보내어 사례하다
希尹次韻來, 因用其韻寄謝

눈 내린 뒤의 띠 집 추위가 더해
병 앓는 마음에 얼굴이 여위어 갔네.
시를 받아보니 문득 지기知己를 만난 듯
일어나 앉아 향 사르며 눈 씻고 바라보네.

雪後茅廬覺倍寒　　病中心緒欲凋顔
詩來忽若見知己　　起坐焚香洗眼看

초가집에서 붓 가는 대로 쓰다
茅廬卽事

초옥 몇 칸의 집에 한 그루 푸른 소나무
퇴근 무렵 그림자 마주하며 남산 안으로 들어가네.
여기에 찾아오는 벼슬아치들도 없으니
비로소 알겠네, 가난함이 절로 하나의 한가로움임을

一箇靑松草數間　　朝回對影入南山
更無冠蓋來相過　　始覺家貧自一閒

감회를 읊다
詠懷

비바람이 오히려 이와 같으니
봄추위에 도리桃李를 어이하랴.
나그네 마음 한창 쓸쓸하여
우두커니 근심 속에 앉았네.
고요히 솔바람 소리 듣는데
찬 산의 푸른 빛 창지牕紙를 때리네.
괴로이 읊조리나 시 이루지 못하고
문득 문득 벼루에 물 더할 뿐
사람의 일에 신경 쓰지 않거니
성내지 않는데 또 무얼 기뻐하랴.
아이들이 친구가 되고
산새의 울음소리는 바로 음악소리
종남산은 지붕 위에 푸르고
흰 해는 안석을 비추네.
아무런 능력 없음, 참으로 맛이 있거니
낮잠 든 채, 해 넘어 가도 일어나지 않네.
인간사 비록 교유를 끊었지만
책 안에 군자君子가 많네.
까닭 없이 홀로 웃으며
또한 그 까닭 말하지 않네.
고기 음식 달지만 쓰기도 한 법
소찬은 담박하면서도 맛있네.
서산에 고사리 캐어먹던 이

지금까지도 죽지 않았나니
그 옛날 강호의 약속
조만간에 내 가리라.

風雨猶如此　春寒奈桃李
客懷正寥落　兀然坐愁裏
靜聽松濤喧　寒翠打牕紙
苦吟詩不成　等閒添硯水
了不管人事　不慍亦何喜
兒童當友朋　山鳥啼宮徵
終南[1]屋上青　白日照憑几
無能眞有味　午眠酉不起
人間雖交絶　卷中多君子
無端成獨笑　亦不道所以
肉食甘亦苦　齏鹽淡而旨
西山食薇者　至今云不死
江湖舊有約　朝夕且行矣

1 終南: 木覓山, 즉 서울의 남산을 가리킨다.

일본국의 산승 도은을 전송하다
送日本國中山僧道誾[1]

부상扶桑은 바다 건너 만 리의 길
사자의 외로운 배, 며칠의 거리인가.
봉래산 지날 때에 몸은 새와 같고
은하수 맞닿는 곳, 손은 별을 어루만지리.
우禹임금 모임에 거듭 참여하여 멀리 선물 가져오고
다시 요임금의 뜰에서 떨어진 명협蓂莢을 줍네.
상인上人의 돌아가는 마음 급한 것 진실로 알겠노니
봄바람 부는 옛집에 푸르른 포도 때문이리라.

扶桑[2]萬里隔滄溟　使者孤舟幾日程
蓬島[3]過時身似羽　銀河接處手摩星
重參禹會輸遐贐　更近堯階拾落蓂[4]
固識上人[5]歸思急　春風舊隱草龍[6]青

1 道誾: 『朝鮮王朝實錄』 세종 28년(1446) 12월26일 기사에 근거하면 對馬州의 宗貞盛이 僧 道誾 등을 사신으로 보내어 進香하였다.
2 扶桑: 해 뜨는 동쪽 바다 속에 있다는 전설의 나라로, 여기서는 일본을 의미한다.
3 蓬島: 蓬萊山으로, 東海 가운데 있다는 三神山의 하나이다.
4 蓂: 蓂莢으로, 堯임금 재위 때에 조정의 뜰에 난 상서로운 풀이다. 매달 초하룻날부터 하루에 한 잎씩 나서 자라고, 16일부터 그믐까지는 한 잎씩 떨어졌는데, 이것에 의하여 달력을 만들었다고 한다.
5 上人: 僧侶를 높이어 일컫는 말이다.
6 草龍: 葡萄를 이른다.

김계온 시의 운자를 써서 영안 절도사 막하에 가는 춘당 선생을 전송하며

用金季昷[1]韻, 送春塘[2]先生赴永安節度使幕下

변새에 지금부터 군율軍律의 공功이 있으리니
막하幕下의 재자才子 함양咸陽을 나선다네.
함관函關의 옛 고개엔 저물녘 누런 구름
두만강 긴 물길엔 펑펑 쏟아지는 눈
담소하는 고상한 때 조두刁斗 소리 고요하고
풍류 즐기는 높은 곳에 비단옷이 향기로우리.
변경의 일 틈이 나거든 찾아보시게나
내가 그 옛날 화당畫堂에 시를 남긴 일 있으니

塞上從今師律臧　　幕下才子出咸陽
函關古嶺黃雲暮　　豆滿長江白雪雱
談笑雅時刁斗靜[3]　　風流高處繡羅香
籌邊有暇須回首　　我昔留詩在畫堂

---

1 季昷: 金宗直의 자. 세종 13년(1431)~성종 23년(1492). 본관 선산. 호 佔畢齋. 밀양출신. 아버지는 사예 叔滋. 세조·성종대에 걸쳐 벼슬을 하면서 사림학자들로부터 존경받는 인물이 되었고, 당시 학자들의 정신적인 영수가 되었다.

2 春塘: 朴孟智의 호. 생몰년 미상. 본관 潘南. 호 春塘. 安敬의 아들. 단종 2년(1454) 식년문과에 병과로 급제. 세조가 여러 차례 영직으로 탁용하려 하였으나 관계를 떠나 咸陽에 은거하여 성리학에 몰두하였다. 訓導·교리·집의 등을 역임.

3 刁斗: 古代의 行軍用具로 斗形에 자루가 있으며 銅으로 만들었다. 낮에는 취사도구로 쓰고 밤에는 순찰을 돌 때 두드리는 용도로 사용하였다.

눈이 내린 뒤에 노희량【공필】, 희윤과 함께 -원문 빠짐- 을 찾아 갔으나 만나지 못하다. 이로 인해 책상 위의 『당시고취(唐詩鼓吹)』 1권을 취하여 각각 그 운에 차운하다

雪後, 與盧希亮[1]【公弼】希尹, 訪□[2]不見. 因取案上唐詩鼓吹一卷, 各次其韻

구천의 궁궐에 오색구름 깊은데
퇴근하고 돌아오니 해는 저물려 하네.
좋구나 거리에 날리는 흰 눈
다만 술 먹는데 황금을 써야 하리.
시인의 기격氣格은 석 잔을 마신 뒤
어사의 명성은 푸른 대나무 그늘 아래
오가는 이야기에 가장 그리운 것은
영남의 산림山林에서 긴긴 낮에 꿈꾸는 것

九天宮闕五雲深　衙罷歸來日欲沈
好是街衢飛白雪　直須罇俎費黃金
詩人氣格三杯後　御史風聲翠竹陰
四座談論思最遠　嶺南長日夢山林

1 希亮: 盧公弼의 자. 세종 27년(1445)~중종 11년(1516). 본관 파주. 호 菊逸齋. 영의정 思愼의 큰아들이다. 세조 8년(1462) 司馬試에 합격. 홍문관부제학·6조의 판서를 두루 역임하였다.

2 판독불가자

다음 날, 전날 저녁에 찾아갔던 자취를 뒤에 기술하여 부치다
翌日, 追述昨暮尋訪之迹, 奉寄

1

옥당에서 퇴근할 무렵 눈발이 날리니
나란히 말을 타고 시를 찾는 두 셋의 손
그대 집에 갔으나 그대 보이지 않고
한 떨기 솜대만 쪽처럼 푸르렀다오.

玉堂衙罷雪毿毿　　並馬尋詩客二三
到得君家君不見　　一叢綿竹[1]綠如藍

2

황혼 무렵 달빛이 청삼青衫을 비추니
흥이 다해 돌아가며 범조凡鳥라 쓰지 않았지.
눈 내림이 소금뿌리는 것 같다는 말 비로소 알겠거니
날리어 입 안에 들어올 때, 짠 맛 나지 않았다오.

黃昏月色照青衫　　興盡歸來更不凡[2]

---

1 綿竹: 洪萬選『山林經濟』卷2「養花」에 "담죽[澹竹]이 바로 솜대[綿竹]이다." 하였다.

2 興盡句: 보고픈 마음에 왔다가 만나지 못하고 돌아감을 이른다. 晉나라 때 王徽之가 눈 내리는 밤에 친구 戴安道를 생각하여, 배를 타고 剡溪의 戴安道의 집 문 앞까지 갔다가 만나보지도 않고 되돌아왔는데, 어떤 사람이 그 까닭을 묻자 "흥이 나서 왔다가 흥이 다하여 돌아가는데 꼭 安道를 볼 필요가 있으랴." 하였다.《世說新語 任誕》
魏나라 呂安과 嵇康은 서로 친한 사이였다. 어느 날 여안이 친구 혜강을 찾아갔는데 혜강은 없고 형 喜가 나와 맞이했다. 여안은 들어가지 않고 문 위에 '鳳'자를 쓰고 갔는데, 희가 그 뜻을 알지 못하고 좋아했다고 한다. '鳳'은 凡鳥, 즉 평범한

始識撒鹽[3]眞負雪　　飛來入口不曾鹹

3
밤 깊어 띠 집에 싸늘함 스며드니
잠 이루지 못함은 모두 그대 보고픈 탓
그대의 고의古意, 화답할 이 없음 알거니
오늘 아침에 다시 거문고 안고 갈까하네.

夜久茅齋冷欲侵　　不眠都是憶君心
知君古意無人和　　擬向今朝更抱琴

새란 뜻으로 혜강의 형 혜희를 풍자한 것이다.《世說新語 簡傲》

3 撒鹽: 눈이 내리는 것을 비유한다. 晉나라 때 謝安이 그 자질들이 함께하고 있을 때, 갑자기 눈이 펄펄 내리자 사안이 눈 내리는 모양이 무엇과 같은지 물었다고 한다. 이 때 謝朗이 "하늘에서 소금을 뿌리는 것에 비길 만합니다. [撒鹽空中差可擬.]" 하자, 질녀인 謝道韞은 "버들개지가 바람에 일어난다는 것만 못합니다. [未若柳絮因風起]" 하였다.《世說新語 言語》

영광 고사
靈光故事

풍류스런 인물에다 옛 산천
하루만 머물러도 그 값은 만전이나 되네.
나그네의 길, 누가 눈 내리는 것을 막고서
초장椒漿과 계주桂酒를 하늘에서 부으려 하나.

風流人物舊山川　　一日留連直萬錢
客路誰敎遮雨雪　　欲將椒桂[1]酹雲天

---

1 椒桂: 椒漿과 桂酒이다. '초장'은 山椒를 넣은 술이고, '계주'는 桂皮를 썰어 넣은 술로 모두 美酒이다.

밤에 자형을 그리워하다
夜懷自馨[1]

오늘 밤 까닭없이 연거푸 탄식을 하노니
자형의 풍모, 못 본지 어언 한 해
청산은 시 읊는 나의 어깨처럼 앙상히 솟아있고
흰 눈은 취한 그대의 모자처럼 비스듬히 내리네.
삼세동안 낭서郎署에 머물렀던 이 옛날에 있었다는 것 들었거니
한 시대의 조론朝論은 지금에 아름답게 여기네.
그리워도 말하지 못하니 이 마음 어떻게 억누르랴.
오랫동안 찬 등불 아래 앉아 있노라니 꽃은 다 저버렸네.

一夜無端起九嗟　　自馨風度隔年華
青山幷我詩肩聳　　白雪隨君醉帽斜
三世郎潛[2]聞古有　　一時朝論卽今嘉
有懷不語情何限　　坐久寒燈落盡花

1 自馨: 柳桂芬의 자. 태조 6년(1397)~?. 호 綠筠. 아버지는 柳承順. 단종 1년(1453) 癸酉 增廣試 丙科 3위. 吏曹正郎을 역임.

2 郎潛: 官運이 트이지 않은 불운함을 이른다. 漢나라의 顔駟가 文帝·景帝·武帝 등 3世를 역임하면서 不遇하여 늙도록 郎署에 머물렀다고 한다.《文選 思玄賦 주석》

순천에서 김자윤에게 주다
順天, 贈金子胤

누대에서의 술자리 날마다 즐거웠나니
풍류에다 빼어난 경관의 작은 강남
평생의 나의 회포 그대 알아주는데
둥근 달 비춘 것만 벌써 세 번이라네.

罇俎樓臺日日酣　　風流形勝小江南[1]
平生懷抱君知我　　照以氷輪又是三

---

1 小江南: 강남에 버금간다는 뜻으로, 전라도 순천을 이른다. 순천은 산과 물이 기이하고 고와 세상에서 小江南이라고 불렀다.《新增東國輿地勝覽 卷40 全羅道 順天都護府》

능성루 시에 차운하다
次綾城樓[1]韻

살아오면서 몹시 한가롭지 않은 것 스스로 비웃노니
십 년 동안 남북으로 오가며 벌써 쇠한 얼굴 되었네.
백 일 동안 핀 꽃은, 붉은 치마의 여인이 취한 모습인 듯
천 가닥 서 있는 대나무는 푸른 옥처럼 차갑네.
밤새 바람 불고 비 내릴 때, 사람은 대자리에 누워있고
시내와 산 있는 곳, 나그네는 몇 번이나 난간에 기댔나.
멀리 노닒에 회포가 배나 더하는데
이르는 곳의 누대마다 시야가 확 트였네.

自笑生來苦未閒　十年南北已衰顔
花開百日紅裙醉　竹立千竿碧玉寒
風雨終宵人臥簟　溪山幾度客憑欄
遠遊自覺增懷抱　到處樓臺眼界寬

1 綾城樓: 전라남도 능성 지역에 있던 누대인 듯하다.

동헌의 시에 차운하다
次東軒韻

1

서로 만나, 흰 머리에 새로 만난 사이 되지 않았거니
동이의 술 연이어 불러, 얼굴 가득한 봄기운
취한 뒤에 발 걷으니 산 빛이 가까운데
산 구름은 비를 끌고 비는 사람을 머물게 하네.

相逢不作白頭新[1]　　罇酒仍呼滿面春
醉後捲簾山色近　　山雲拖雨雨留人

2

산 빛은 세정世情의 새로움을 좇지 않아
봄 지나도 푸른 기운 또한 절로 봄일세.
두려운 것은 청산의 모습 때때로 변하여
벽 앞에서 그 모습 담는 시인 괴롭게 할까봐

山光不逐世情新　　春後青青亦自春
祇恐青山有時變　　壁間摸寫苦詩人

3

허리둘레 이미 줄고 귀밑머리 허연데
나그네 길 고향 봄 생각에 몹시도 마음 상해라.
고향 땅엔 때때로 흰 구름 일어나리니

---

1 白頭新: 백발이 되도록 오래 사귀었어도 서로 知己가 되지 못하면 새로 만난 사이나 다름없다는 뜻이다.

흰 구름은 도리어 구름 보는 이 바라보리라.

腰圍已減鬢髮新　　客路偏傷故苑春
故苑時時白雲起　　白雲還望望雲人

전주에 이르러 영숙에게 주다
到全州, 贈英叔

1
푸른 하늘 밝은 달, 화려한 집의 등불
마주하니 고상하기는 둘러앉은 스님들 같네.
하룻밤의 회포 펼쳐도 다함이 없는데
저물녘에 오른 남쪽 누대는 참으로 좋았소.

青天明月畫堂燈　　相對高如鼎坐僧
懷抱一宵開不盡　　南樓正好晚來登

2
많은 정情 스스로 -원문 빠짐- 꺾였지만
풍류의 마음 있는 것은 소년과 비슷하다네.
승지勝地에 들른 유자遊子를 맞이하는데
성남城南은 요사이 물빛이 하늘빛과도 같구려.

多情自覺□[1]摧盡　　只有風流似少年
勝地正邀遊子過　　城南近日水如天

3
세상의 경박한 이들 부질없이 떠들어대니
잠깐사이의 시끄러움 모기떼가 모인 듯
하루 종일 고상한 이야기에 정겨움 그치지 않으니
서늘한 밤 밝은 달 뜰 때, 다시 그대를 그리워하리.

---

1 판독불가자

世間輕薄謾紛紛　　一餉喧呼似聚蚊
竟日高談情未了　　涼宵明月更思君

4

노둔한 벼슬아치 분분한 세상사 좇으니
수레에 탄 병든 학, 산을 등에 진 모기나 다름없네.
지금부터 강호의 기약을 따르리니
청운의 길 활보하는 일일랑 그대에게 맡기리라.

駑劣簪紳逐世紛　　乘軒[2]病鶴負山蚊
從今擬赴江湖約　　飛步雲霄付與君

---

2 乘軒: 분에 넘치는 은혜를 받았음을 뜻한다. 春秋시대 衛懿公이 鶴을 매우 좋아하여 대부의 관작을 주어 軒車에 태웠다.《左傳 閔公2年》

언승과 이별하며 주다

贈別彦升[1]

날 저무는 진양晉陽의 집에서
함양 가는 너를 보낸다.
함양 가는 길 멀기도 하니
헤어짐의 이 순간 각자 잔을 비우자구나.

日暮晉陽邸　　送子歸咸陽
咸陽去路遠　　欲別各盡觴

1 彦升: 洪彦昇. 자 大曜. 본관 缶溪. 아버지는 홍귀달. 연산군 1년(1495) 乙卯增廣試 進士 三等 38위

박백인의 운에 차운하다
次朴伯仁[1]韻

1

꽃가지 흔들흔들, 버들은 휘늘어졌는데
봄빛 가득한 황성皇城엔 바람과 해도 더디네.
인물들 한 시대의 은택 속에 있는데
근신近臣은 몹시도 특별한 은총을 입었네.

花枝欲動柳絲垂　　春滿皇城風日遲
人物一時恩澤裏　　近臣偏得荷殊私

2

아침에 금전金殿이 열리자 붉은 곤룡포 드리우시니
향 사르는 연기 하늘하늘 푸른 구름은 더디네.
사신詞臣 가운데 가장 많은 은혜를 받는 이
조회 마치고 시를 짓는 것 마음대로 하지 않네.

金殿朝開紫袞垂　　香煙冉冉碧雲遲
詞臣最有承恩者　　朝罷裁詩不敢私

---

1 伯仁: 朴孝元. 생몰년 미상. 본관 比安. 자 伯仁. 대사헌 瑞生의 손자로, 琡의 아들. 세조 11년(1465) 식년문과에 급제하여 예종 1년(1469) 예문관수찬지제교 겸 경연검토관으로서 춘추관기사관이 되었음.

상주로 가는 박 판관을 전송하며

送朴判官之尙州

한양의 재주 있는 이 오래도록 그 이름 알았는데
올해에 낙양성洛陽城 수령으로 나갔네.
번화한 낙양은 주군州郡 가운데 으뜸
사군使君의 포부는 조정을 기울였지.
뱃속에는 경전과 사서 몇 –원문 빠짐– 권인가
소매 안의 칼날로 빠르게도 자르지.
남다른 은혜로 발탁되니 스스로 감격하고
성상께선 진정의 말씀으로 다시 친히 보내네.
소문 들은 고을 사람들, 가뭄에 비 바라듯 하고
성을 나서는 다섯 필 수레, 번갈아 발굽을 번쩍였지.
동문 밖 전별의 잔치에 경성京城이 텅 빌 정도
서로 헤어지는 자리엔 새로운 시가 많았네.
우리 그대 마음가짐 범상치 않거니
보좌하는 자리에 더구나 수령이 훌륭함에랴.
한 마디 말에 쌓인 원옥冤獄이 다 해결되고
위엄과 명찰明察에 간악한 이들 숨을 죽이리.
자연히 고을 안에 한 가지 일도 없으리니
백성들은 밭 갈고 우물 파며 풍년을 노래하고
한낮의 관아는 언제나 편안하며
뜰 가득한 푸른 풀, 공무公務도 한가하리.
문채 나는 풍류에 누대도 좋아
빈객을 맞이할 때 기쁨도 넉넉하겠지.
상주는 영남에서 가장 노닐만한 곳

치상治象도 다른 곳에 비해 더욱 뛰어나리.
부르는 글 머지않아 경성에서 내려가리니
고을 사람들 한 해 더 바랄까 염려되네.

漢陽才子久知名	今年出守洛陽城
洛陽繁華冠州郡	使君抱負傾朝廷
腹中經史幾□[1]卷	袖裏刀刃夬裁翦
擢拔殊恩自感激	丁寧天語復親遣
聞風闔境望雲霓[2]	出城五馬雙翻蹄
東門祖席空京都	相與贈別多新題
吾君立心非凡然	佐理況復主人賢
片言出口滯冤空	群姦脅息威明中
自然四境一事無	耕田鑿井歌時豐
官家白日常晏如	青草滿庭閒簿書
風流文采好樓臺	應接賓客歡有餘
商於嶺南最上游	治象[3]比他應殊尤
徵書不久下日邊	怕有州人借一年

1 판독불가자
2 望雲霓: 무도한 나라를 정벌하여 고통 받는 백성들을 구제하는 뜻으로 쓰이나, 여기에서는 조속한 부임을 바라는 백성들의 바램을 표현한 것이다.
3 治象: 古代에 政教法令을 적은 文字이다.

박백인의 시에 차운하다
次朴伯仁韻

1
십 년 동안 강호에서 마름캐던 일 기억하노니
장안에서 또 한 해의 봄을 보네.
만난 자리 술 있으니 모름지기 마시게나.
세상길 언제나 말 먼지에 덮여있으니

十載江湖憶采蘋　　長安又見一年春
相逢有酒唯須飮　　世路尋常沒馬塵

2
물가에는 새 버들 시냇가엔 마름
동풍은 버들에 불고 버들은 봄을 흔드네.
성城 안에 벌써 봄옷 만든 것을 보았거니
기수沂水 가에서 묵은 먼지를 털어야 하리.

渚有新蒲澗有蘋　　東風吹柳柳搖春
城中已見成春服　　沂上要須濯舊塵[1]

1 沂上句: 공자가 제자들에게 자신의 뜻을 말하라 하자, 曾點이 "따뜻한 봄날 봄옷이 마련되면 冠者 5, 6인과 동자 6, 7인과 함께 沂水에서 목욕하고 舞雩에서 바람 쐰 다음 노래하며 돌아오겠습니다." 하였다.《論語 先進》

정대 고정에게 부치다
寄高正台鼎

사관史官의 붓 막 거두고 말 머리 나란히 갈 때
성 가득한 봄비는 저물녘 처량했었지.
한가함을 틈타 고상시高常侍를 찾아가서는
가득한 잔 단숨에 비우고 곤드레 취하리라.

麟筆[1]初收馬首齊　　滿城春雨暮凄迷
乘閒爲訪高常侍[2]　　徑倒深杯醉似泥

---

1 麟筆: 史筆을 이른다.
2 高常侍: 당나라 때의 시인 高適을 이른다.

경연청에 아파 누워 춘추관에 있는 노희량에게 부치다

病臥經筵廳, 寄盧希亮[1]于春秋館

큰 바람이 천둥 치듯 불고
봄추위는 빈 집에 가득하네.
병든 몸에 외로운 신세 시름겨워
말없이 창가에 기대었네.
옥루玉漏 소리는 똑똑
때때로 내정內庭에서 들려오네.
사방 벽엔 오직 유경幽經 뿐
눈에 가득한 것은 남산의 푸르름
손꼽아 헤아리니 며칠인가.
흰 머리만 재촉할 뿐
풍류스럽기는 진晋의 유령劉伶
초췌하기는 초楚나라 못가의 깨어있던 이
그대 그리나 문 너머에 있나니
저무는 날 어둑함이 시름겹구려.

大風如雷霆　　春寒滿虛廳
病骨愁伶俜　　脈脈倚窓欞
玉漏聲丁丁　　時聞出內庭
四壁唯幽經　　滿眼南山青
屈指數階蓂　　鬢髮催星星

---

1 希亮: 盧公弼의 자. 세종 27년(1445)~중종 11년(1516). 본관 파주. 호 菊逸齋. 영의정 思愼의 큰아들이다. 세조 8년(1462) 司馬試에 합격하였고 1466년 춘시문과에 2등으로 급제. 홍문관전한·부제학을 거쳐 도승지·대사헌등을 역임. 갑자사화에 연좌되어 茂長으로 杖配되었다.

風流晉劉伶[2]　　憔悴楚澤醒[3]
思君隔門扃　　日暮愁冥冥

2 劉伶: 東晉때 竹林七賢의 한 사람으로 「酒德頌」을 지었다. 항상 술병을 들고 나가며 삽을 메고 따라오게 하면서, 자기가 죽으면 그 자리에 파묻으라고 하였다.《晉書 卷49 劉伶列傳》

3 楚澤醒: 楚나라 屈原이 放逐된 뒤 楚澤에서 노닐었던 것을 가리킨다.

유몽득의 「꽃을 보는 제군자에게 주다」 시에 차운하다
次劉夢得贈看花諸君子韻[1]

저물 무렵 말 타고 답청踏靑하러 와서는
강가에 노닐다가 술에 취해 돌아가네.
응당 비웃겠지 유인幽人이 가난과 병 속에서
창 너머 오직 한 그루 소나무를 심었음을

馬蹄斜日踏靑來　　江上遊人醉酒回
應笑幽人貧病裏　　隔窓唯有一松栽

1 劉夢~子韻: '유몽득'은 당나라의 시인 劉禹錫으로, 夢得은 그의 자이다. 그는 좌천을 당해 10년 동안 지방에 있다가 장안으로 돌아왔다. 그때 마침 玄都觀에 복숭아꽃이 만발해 있었다. 이것을 보고 그는, "현도관 안의 천 그루 복숭아, 다 유랑이 떠난 뒤에 심은 것이라네. [玄都觀裏桃千樹, 盡是劉郞去後栽.]" 하였다.

광산군 대부인 만시
光山君大夫人挽

1
덕을 쌓은 귀한 가문에 경복이 이어져
부인의 당 아래에 군현群賢들 늘어서있네.
칠십 구 년의 영광을 누리시다가
다시 남쪽으로 -원문 빠짐- 유선길을 떠나시네.

積德高門福慶緜　　夫人堂下列群賢
七十九年榮享了　　更將南□[1]去遊仙

2
붉은 명정 펄럭펄럭 달빛은 비스듬히 비치는데
성城을 나서며 곡하는 소리 멀리서 들려오네.
길 가는 이들이여 자세히 바라보소.
여기에 따르는 이들, 절반은 공경公卿이라오.

颾風丹旐月斜明　　時聽遙遙哭出城
寄與路人須細看　　此中行李半公卿

1 판독불가자

소동파의 시에 차운하다
次東坡韻

조용한 한 방에 하늘빛이 생겨나
흰 기운 처마에 이어져 밤기운 서늘하네.
밥상을 들어 올 땐, 오직 안자의 죽 달게 여기고
상床의 먼지 털 때에 영군令君의 향기 남아있어라.
다만 얻음이 있으면 따라서 잃는 것도 많거니
본래 작위함도 없는데 무슨 일로 바쁘랴.
꽃 졸고 버들 자고 봄 온통 취했는데
뉘 알랴 소나무와 잣나무 산언덕에 있음을

倏然一室發天光　　虛白連簷夜氣涼
擧案唯甘顔氏粥[1]　拂牀時有令君香[2]
只緣有得隨多失　　本是無爲底事忙
花睡柳眠春盡醉　　誰知松柏在山岡

---

1 擧案句: '거안'은 서로 공경하며 화목하게 사는 부부 생활을 이른다. 後漢 梁鴻의 妻 孟光이 음식상을 내올 때 그 상을 이마 위에까지 들어 올렸다. '顔氏'는 공자의 제자로, 공자가 그의 안빈낙도를 칭찬하였다.《後漢書 梁鴻傳》

2 令君香: 高雅한 人士의 풍채를 이른다. '영군'은 한나라 때 尙書令을 지낸 荀彧으로, 몸에 기이한 향기를 지녔다고 한다.

뜸을 뜨고 여러 날 누워있었는데 유희명이 사람을 보내 안부를 물어 왔기에 시로서 답하다

灸臥有日, 柳希明伻問, 詩以答之

꽃핀 시절에 병든 몸, 그리움 어이 감당하랴.
해질 무렵 문 닫은 채 단잠을 즐겼었지.
누가 심부름꾼을 보내 문 두드리게 했나.
홀로 자며 강담江潭을 꿈꾸다 문득 깨었다오.

花時抱病思何堪　　門掩斜陽睡正酣
誰遣皀衣來剝啄　　忽驚孤枕夢江潭

유희명에게 주다
贈柳希明

뜸을 뜨고 누운 지 꼬박 열흘, 꺼린 음식도 많았는데
소반 위에 놓인 한 점의 수정 같은 소금
시를 짓느라 넉넉히 새해의 야윔을 얻었거니
의관 갖추고 나아가려 하나 근력이 어떠할지.

灸臥彌旬食忌多　　盤中一點水晶鹺
作詩贏得新年瘦　　冠佩其如筋力何

등불 아래에서 당시를 읽다가 무원형武元衡의 「일출사환생日出事還生」 시에 차운하여 회포를 붙이다

燈下, 坐閱唐音, 次武伯蒼[1]日出事還生詩韻, 寓懷

어둑한 봄밤의 나그네 시름
환한 벽 등불 아래의 시권詩卷
스스로 몸을 위한 계책을 비웃노니
시나 읊조리며 이 삶을 보내리라.

客愁春夜暗　　詩卷壁燈明
自笑爲身計　　吟哦過此生

1 武伯蒼: 唐나라 憲宗 때 門下侍郎을 지낸 武元衡이다.

노희량이 초청하였는데 병 때문에 가지 못하고 시를 지어 주었다
盧希亮招之, 病不赴, 詩以贈之

봄날도 저무려 하는데
유자遊子의 마음 어떠한가.
꽃과 버들 황도皇都에 가득하여
집집마다 울긋불긋 펼쳐있네.
금당엔 감미로운 술 푸르고
즐길 일은 그대 집에 많네.
자리엔 시객詩客이 가득하고
문 밖엔 지음知音이 찾아오니
서로 어울려 긴 밤을 보내며
통하는 마음 다를 게 없구나.
나 같은 이 어떤 사람인가.
늘그막에 병을 앓고 있다네.
쇠한 모습에 꽃 보기도 겁나고
병든 몸의 넓적다리 나귀타기도 두렵네.
그대 부름에 가지도 못하고
간절한 그리움에 시만 읊조릴 뿐

青春行欲暮　　遊子意如何
花柳滿皇都　　家家紅綠羅
芳罇綠琴堂[1]　　娛樂君家多
席上詩客滿　　門外知音過

---

1 琴堂: 政務를 집행하는 곳이다. 孔子의 문인 宓子賤이 單父宰로 있을 때 堂 위에서 거문고만 타고 政務를 집행했는데도 고을이 잘 다스려졌다고 한다.

相將以永夕　　意氣諒無他
如我何如者　　老境懷沈痾
衰容看怕花　　病髀愁跨駝
招要未歸去　　苦思成吟哦

금천 노 찬성의 정자에서 이하李賀 시에 차운하다
衿川盧贊成亭, 次李長吉[1]韻

강가의 봄을 찾는 이 어디의 나그네인가.
흰 갈매기 나는 곳 인적도 드무네.
평평한 모래밭 해 비치니 눈보다 하얗고
방초芳草 위로 말 들어서니, 푸르름 끝이 없네.
버들 드리운 인가人家 서넛의 마을
밝은 달 아래 낚싯대 하나 쥔 어부
나의 몸도 남포의 구름 같거니
세상의 일 벌써 동東으로 흐르는 물에 맡겼네.
한 번 태어나 늦게서야 도道 들은 것 탄식하니
십 년 동안 헛되이 세상의 나그네 되었네.
취한 채 백 척의 강정江亭에 눕고 보니
오가는 행인行人들 조그만 개미처럼 보이네.

江上尋春何處客　白鷗邊頭少人迹
日照平沙白於雪　馬入芳草煙緜碧
垂柳人家三四里　一竿明月漁舟子
我亦身如南浦雲　世事已付東流水
還嗟一生晩聞道　十年虛作紅塵老
醉臥江亭高百尺　俯視行人螻蟻小

1 李長吉: 唐나라의 시인 李賀이다.

당시에 차운하다

次唐韻

서늘한 저물녘, 흥에 이끌려 요대에 오르니
한 폭의 단청이 두 눈 앞에 펼쳐 있네.
새는 날리는 꽃잎을 차며 병풍 속을 지나가고
바람은 아름다운 배에 불어 거울 속으로 오네.
아득한 모래밭, 강 위의 구름은 사라지고
먼 섬이 가라앉는 듯, 조수潮水는 밀려오네.
시를 남기려하나 시어詩語가 보잘 것 없어
부끄러운 마음에, 좋은 이곳을 고재高才에게 사양하려네.

晚涼牽興上瑤臺　　一幅丹靑兩眼開
鳥蹴飛花屛裏度　　風吹畫艦鏡中來
平沙不盡江雲捲　　遠島欲沈潮信回
我欲留詩詩語惡　　羞將勝地謝高才

강원 감사 박【건】을 전송하며
送江原監司朴【楗[1]】

동문東門에 가득한 고관들
시주詩酒로 떠나는 이 전송하네.
남풍은 불어와 백성들의 노여움 풀고
의기意氣는 옥 술잔에 가득하네.
사군使君은 참으로 나라의 그릇
마음가짐은 진정 유자儒者이지.
영嶺의 동서에 절월節鉞을 가지고 가서
사람들의 상하를 품평하리니
풍도는 탐욕스럽고 게으른 이들 일으키고
은혜로움, 홀아비와 과부를 먼저 생각하리.
문장은 다만 그 나머지의 일
풍물風物은 절로 아름다운 곳
땅 오래되어 산의 모습 뾰족하고
바다 넓으니 거울의 표면을 베낀 듯
남기는 시 의례 곱기도 하겠지만
마음 부치는 것, 도리어 깨끗하리라.
찾아 자문하는 곳마다
초목도 풍아風雅를 그리워하리니
훗날 사군의 명성 기억하며
감당나무 아래 초막草幕을 남겨두리라.

---

1 楗: 朴楗. 세종 16년(1434)~중종 4년(1509). 본관 密陽. 자 子啓. 靖難功臣 仲孫의 아들이다. 단종 1년(1453) 식년문과에 급제. 호조참판·함경도관찰사·판중추부사·의정부좌찬성등을 역임. 후에 密山府院君에 봉하여졌다.

東門盛冠蓋　　詩酒送鞍馬
南風吹解慍　　意氣滿瓊斝
使君眞國器　　懷抱是儒者
節鉞嶺東西　　品題人上下
風行起貪懶　　惠及先鰥寡
文章特餘事　　風物自容冶
地老山容瘦　　海闊鏡面寫
留題動流麗　　寄懷還蕭灑
咨詢隨處地　　草木懷風雅
他年記聲迹　　棠下[2]留茇舍

2 棠下: 棠陰의 교화를 뜻한다. 『詩經』 「召南·甘棠」에 "울창한 저 감당나무 가지, 베지 말고 자르지 말라. 소백께서 쉬시던 곳이니. [蔽芾甘棠, 勿翦勿伐, 召伯所茇.]" 하였다. 이 시는 훌륭한 政事를 편 召公의 덕을 추모하여 부른 것이다.

정월 그믐날 명을 받들어 충순당에서 『금귀집』을 썼다. 이날에 정사가 있었다. 이조 참판 배맹후가 이 당에 들어와 작은 칼을 주고 돌아갔는데, 내가 소매 안에 그것을 넣고 나왔다. 다음 날 시와 함께 돌려주었다

正月晦日, 承命書『金龜集』[1]于忠順堂[2]. 是日有政, 裵吏佐孟厚[3]入此堂, 遺小刀而還, 余袖之而出. 翌日, 詩以還之

어제는 조서 쓰는데 은혜를 나눔이 적어
꿈속에 들어서야 감히 편안할 수 있었네.
다스림의 효과 어찌 칼 팔아 소 사는 것 좇을 수 있으랴.
오늘 아침 시 적은 종이 잘라서는 도장 찍어 보내네.

黃麻昨日分恩少　　我得夢州敢自安
治效豈能追買犢[4]　　今朝翦取印章還

[원주]

이 날의 정사는 두 사람 뿐이었다. 그러므로 은혜를 나눔이 적다고 말했다
是日之政只二人, 故云分恩.

---

1 金龜集: 『朝鮮王朝實錄』 세종 16년(1434) 8월 16일에 "고려 고사를 기록한 『金龜集』 신·구 두 벌을 춘추관에 내린다." 하였다.

2 忠順堂: 景福宮 後苑에 있던 전각의 하나이다.

3 孟厚: 裵孟厚 세종 30년(1448)~성종 10년(1479). 본관 盆城. 자 載之. 縉의 아들이다. 세조 8년(1462)별시문과에 정과로 급제하여 예문관에 들어갔다. 1464년 對策에서 3등으로 뽑혔으며, 吏曹正郎·戶曹參議등을 역임.

4 買犢: 漢나라 때 龔遂가 渤海太守로 있을 때, 백성들에게 차고 다니던 刀劍을 팔아 소를 사서 농사에 힘쓰도록 했다고 한다.

안산 군수에게 부치다
寄安山郡守

강독을 마치면 때때로 그리운 이 있거니
어구御溝에 물 흐르고 버들은 실처럼 늘어졌네.
세간의 공도公道는 봄바람에 있나니
오히려 한관寒官을 향해 한결같이 불어주네.

講罷時時有所思　　御溝流水柳如絲
世間公道春風在　　猶向寒官一樣吹

주부 조[숙]에게 부치다
寄趙主簿[淑[1]]

1

거리의 버들은 누룩 실처럼 흔들리고
온기어린 바람은 얼굴 가득 불어오네.
이 한 봄에 가장 아름다운 곳
찬란한 꽃을 보니 슬픔이 이네.

街頭楊柳鞠塵絲　　風送微和滿面吹
最是一春佳絶處　　花開爛熳則堪悲

2

인후仁厚한 마을 가려 살지 않으면 어찌 지혜롭다 하리.
내 지금 근인近仁의 집으로 옮겨 왔다네.
인仁의 이치, 만물에 미쳐 감을 알아야하니
골짝 안에 봄바람 불어 나무는 꽃피려 하네.

擇不處仁焉得智　　我今移在近仁家
須知仁理及於物　　洞裏春風樹欲花

[원주]

이 달에 김갑눌의 집에 가서 묵었다. 근인近仁은 그의 자이다
是月, 移栖金甲訥[2]第, 近仁其字.

---

1 淑: 趙淑. 본관 白川. 아버지는 趙瑞安. 세조 12년(1466) 高城春試 三等 11위. 吏曹參議兼禮文 등을 역임.

2 金甲訥: 『朝鮮王朝實錄』 성종 21년(1490) 7월 7일(丁巳) 기사에 "吏曹와 兵曹에 傳旨하여, 琴孟諴·金淨·崔孝良·崔漢·兪湜·金致元 …… 金甲訥 등의 직첩을 돌려주게 하였다"는 기사가 보임. 이 이외에는 김갑눌에 대한 기록이 거의 보이지 않음.

정언 유【계분】에게 부치다
寄柳正言【桂芬[1]】

저물녘 푸른 구름 서로 만나는데
미인은 무슨 일로 기약을 저버렸나.
봄바람은 약속이 있는 듯
지난해의 가지에 불어오네.

日暮碧雲合[2]　　美人何負期
春風如有約　　吹動去年枝

1 桂芬: 柳桂芬. 태조 6년(1397)생. 자 自馨. 호 綠筠. 아버지는 柳承順. 단종 1년(1453) 癸酉 增廣試 丙科 3위. 吏曹正郎을 역임.

2 日暮句: 南朝 梁나라 시인 江淹 「惠休上人怨別」에 “해질 무렵 푸른 구름은 서로 만나는데, 아름다운 이 몹시도 오지않네. [日暮碧雲合, 佳人殊未來.]” 하였다.

함길도 평사 장경윤【말손】에게 부치다
寄咸吉道評事張景胤[1]【末孫】

1

그대 담소하며 적을 물리친다는 말 들었거니
고기 잡고 나무하러 감히 성지城池 가까이 못 온다네.
군문軍門에 밤낮으로 격문檄文도 없으니
취한 채 '푸른 하늘의 달에게 묻는' 시 쓰리라.

談笑聞君能却敵　　漁樵不敢近城池
轅門日夜無傳檄　　醉草青天問月詩[2]

2

세류細柳의 영營에서 또 한 해를 보내리니
장안長安엔 날 저물어 나무가 하늘에 닿는다네.
이 가운데 무한히 그리는 마음
조그만 계등溪藤으로도 다 전할 수 없구려.

細柳營門[3]又一年　　長安日暮樹連天
箇中無限相思意　　一尺溪藤[4]不盡傳

---

1 景胤: 張末孫의 자. 세종 13년(1431)~성종 17년(1486). 본관 仁同. 현감 安良의 아들이다. 세조 5년(1459) 식년문과에 병과 급제. 1463년 승문원박사를 거쳐 한성참군·사헌부감찰·함길도평사·해주목사에 임명되었으며, 1482년 延福君에 봉하였다.

2 青天問月詩: 唐나라 李白 「問月詩」에 "푸른 하늘의 저 달은 몇 번이나 왔나. 내 지금 술잔을 멈추고 한번 묻노라. [青天有月來幾時, 我今停杯一問之.]" 하였다.

3 細柳營門: 漢文帝 때 흉노가 변방을 침입하자 周亞夫로 하여금 細柳에 진을 치게 하였는데, 이 진영의 軍律이 매우 엄했다고 한다.《漢書 周亞夫傳》

4 溪藤: 浙江省 剡溪의 등나무 껍질로 만든 종이로, 가장 좋은 종이로 알려져 있다.

자형에게 부치다

寄自馨[1]

1

이월 장안에 봄도 반쯤 지나가는데
친구는 편지 통해 돌아온다 말하네.
이미 말술을 제부諸婦와 상의했나니
맑은 흥 날아와 미리 시에 들어가는구려.

二月長安春欲半	故人雙鯉報歸期
已將斗酒謀諸婦	淸興飛來預入詩

2

장안에서 또 봄이 지나가는 것 바라보며
허구한 날 홀로 서서 멀리 있는 이 그리네.
기러기 허공을 지나가나 사람은 오지 않고
흰 머리에 바람 불어와 더욱 허옇게 되네.

長安又見一年春	獨立多時憶遠人
雁過長空人不到	風吹華髮一番新

3

만사일랑 취한 채 알지 못함이 어떠한지.
퇴근길에 두릉의 옷 죄다 전당포에 맡기네.
비파를 타도 음音 아는 이 드물고

1 自馨: 柳桂芬의 자. 태조 6년(1397)생. 호 緣筠. 아버지는 柳承順. 단종 1년 (1453) 癸酉 增廣試 丙科 3위. 吏曹正郎을 역임.

높은 성 지는 해에 끝없는 그리움만

萬事何如醉不知　　朝回典盡杜陵[2]衣
琵琶撥得知音少　　落日高城無限思

4

익새처럼 뒤로 가는 나 부끄러워하지 않나니
규장奎章같은 그대의 문체는 별 빛을 움직였지.
십 년의 유락流落한 생활, 그대는 한하지 마소.
지금은 태평성대라 우로雨露의 은혜 넉넉하니

不愧年來鷁退飛[3]　　圭璋文采動星輝
十年流落君休恨　　聖代如今雨露肥

---

2 杜陵: 杜甫의 별호로, 杜陵布衣·杜陵野老·杜陵野客 등으로 자칭하였다.

3 鷁退飛: 나아가지 못하고 뒤로 물러남을 이른다. 『春秋』에 "여섯 마리 물새가 후퇴하여 날아 송나라 도읍을 지났다. [六鷁退飛, 過宋都.]" 하였다.

어떤 이의 출장出葬에 대한 만시
挽人出葬

덧없는 삶 흐르는 세월 만사가 끝이거니
새 울고 사람 흩어질 때, 노닐던 곳 생각하네.
해마다 봄이면 꽃과 풀 무성하겠지만
남은 아내에겐 온통 눈 가득한 시름이리라.

流水浮生萬事休　　鳥啼人散憶曾遊
年年花草春無數　　都是遺孀滿眼愁

우연히 읊다
偶吟

오늘이 어제가 아니거니
침상 언저리엔 빈 술동이만
풍정風情은 그래도 줄지 않아
전의展衣 두고도 넘실대는 술 생각뿐

今日非昨日　　牀頭但空罇
風情還不減　　展衣[1]看酒浪

---

1 展衣: 고대 世婦와 卿大夫 아내의 命服이다.

집의 권【맹희】의 대동강부벽루에 노니는 그림에 쓰다
題權執義【孟禧[1]】遊大同江浮碧樓[2]圖

막부에 봄바람 일어 득의하여 돌아왔으니
관서 땅 어느 곳인들 누대가 없으랴.
내 지금 당시의 흥興 묻고는
웃으며 단청 같은 한 폭 그림 펼쳐 들었네.

幕府春風得意回　　關西無處不樓臺
我今問却當時興　　笑把丹青一幅開

---

1 孟禧: 權孟禧. ?~성종 1년(1470). 본관 안동. 좌익공신 愷의 아들. 세조 11년(1465) 春榜에서 병과로 급제. 사헌부 집의·좌부승지·경기도관찰사를 역임. 성종 1년(1470) 영의정 龜城君 浚의 반역사건에 연루되어 능지처참되었다.

2 浮碧樓: 평양시 중구역 금수산 동쪽 淸流壁에 있는 누각으로, 원래 이름은 永明樓이다.

승정원의 문을 닫고 술동이를 열었는데, 성주 경저가 병조 참판 유【권】를 초청하여 좋은 강론의 자리를 가졌다. 나는 우부승지 손공직과 본원에서 숙직을 했다. 다음 날 우승지가 어제 저녁의 일을 뒤미처 써서 유공에게 부쳤다. 나도 그 운을 써서 시 두 편을 읊조리고 또 부쳤다

闔院開罇, 星州京邸, 邀兵曹參判柳【睠[1]】講好. 余與右副孫公直宿本院. 翌日, 右承旨追寫宿夕之事, 贈寄柳公. 余用其韻, 吟詩兩篇又寄云

1

승정원의 사람들 돌아간 뒤
해가 막 저물려 할 때
한 잔의 무사주無事酒에
두 편의 흥겨움에 지은 시
동창東窓에 달뜨는 것 바라보고
달발을 드리우지 않았다오.

銀臺人散後　天氣欲暮時
一杯無事酒　兩句引興詩
東窓看月上　不放藹簾垂

1 睠: 柳睠. 柳季聞의 아들로, 과거에 합격하여 벼슬이 병조 판서에 이르렀음. 『續東文選』제16권 序에 "成化 기원 6년(1470년, 성종 1)에 우리 殿下께서 왕위에 오르신 뒤부터 곧 經筵에 납시는데. 文城 柳睠明仲은 直提學이 되고……"라는 기록이 보임.

2

어느 곳에 신선의 모임 열렸나.
풍악소리는 밤에도 끝나지 않았네.
아름다운 이의 백저사白苧詞
맛난 술 담긴 황금의 잔
지는 해에 -원문 빠짐- 푸르고 푸른데
취한 채 말을 타고 돌아갔다네.

何處神仙會　　笙歌夜未回
佳人白苧詞[2]　　美酒黃金杯
落日□[3]蒼蒼　　騎馬醉歸來

2 白苧詞: 樂府 吳 舞曲의 이름이다.
3 판독불가자

승정원에서 승지 손경보의 시에 화운하다
在政院, 和孫承旨敬甫[1]韻

선생께서 수독守獨을 좋아하여
산림山林에 터를 잡으셨네..
그윽하고 그윽한 칠휴정七休亭
그 아래에 세 칸의 집
흰 구름은 섬돌에 가득하고
맑은 샘물 산골짝에 울리네.
산발한 채 맑은 바람 부는 곳에 누우니
오뉴월에도 피부에 소름이 돋네.
평생 범노范老처럼 천하의 일 근심 하셨고
날마다 동평東平처럼 선행을 하시네.
창생蒼生의 바람을 잘 간직하고서
성상을 보필하는 것 기쁘게 여기네.
성상의 명命 출납하느라 애쓰실 때
임천林泉은 절로 아침에서 저녁 되네.
그저 미록麋鹿같은 온순한 성품으로
문왕文王의 동산에서 노닐고 계시네.

先生嗜守獨　　卜居在林麓
幽幽七休亭　　下有三間屋
白雲滿庭除　　淸泉響山谷

---

1 敬甫: 孫舜孝의 자. 세종 9년(1427)~연산군 3년(1497). 본관 平海. 호 勿齋·七休居士. 아버지는 군수 密. 단종 1년(1453) 증광문과에 을과로, 세조 3년(1457)에는 감찰로 문과중시에 정과로 각각 급제하였다. 호조참판·형조참판을 지내면서 왕비 尹氏의 폐위를 반대하였다.

散髮臥淸風　　六月膚生粟
平生范老憂[2]　　日日東平樂[3]
浩繫蒼生望　　說喜君心沃
獻納勞喉舌　　林泉自昏旭
聊將麋鹿性　　游戲文王囿

---

2 平生句: '范老'는 北宋의 재상 范仲淹으로, 자는 希文이다. 「岳陽樓記」에 "천하의 근심을 먼저 근심하고, 천하의 즐거움을 뒤에 즐긴다. [先天下之憂而憂, 後天下之樂而樂.] 하였다.

3 日日句: '東平'은 後漢 光武帝의 여덟째 아들로 東平王에 봉해진 劉蒼이다. 天子가 한 번은 그에게 가장 즐거운 일이 무엇인가 하고 묻자 선행을 하는 것이 가장 즐겁다고 하였다.

우승지에게 장난으로 주다
戲贈右承旨

금전金殿의 서쪽에 석양夕陽 걸릴 때
은대銀臺 파하자 걸음 몹시 바빠라.
푸른 창 붉은 문 수양버들 가리운 집에
응당 애태우는 유인幽人이 있으리라.

金殿西頭掛夕陽　　銀臺衙罷馬蹄忙
綠窓朱戶垂楊掩　　應有幽人斷殺腸

주서 이국이가 사직을 하고 보낸 시에 화운하다
和李注書國耳辭職見寄

동화문의 붉은 먼지 신발을 뒤덮더니
절반 지난 부생浮生 온갖 일에 시달렸지.
천 리 길 돌아가고픈 마음 오래도록 달만 보았고
한 번 쇠한 머리털 거울 보기도 싫어라.
꿈속의 순채국과 농어회, 가을 기약 가깝더니
백관들 줄지어 가는 새벽, 일어나는 것 게을렀네.
부끄럽구나, 재주도 없이 사랑받고 있음이
그대 홀로 고인의 풍모 있음을 훌륭하게 여기네.

東華[1]塵土沒靴紅　　强半浮生百役中
千里歸心長見月　　一番衰鬢懶臨銅
蓴鱸[2]入夢秋期近　　鵷鷺[3]催班曉起慵
慙愧不才還冒寵　　多君獨有古人風

1 東華: 東華門으로, 百官이 入朝할 때에 출입하던 門이다.
2 蓴鱸: 순채국과 농어회로, 고향에 대한 그리움을 비유한다. 晉나라 張翰은 가을바람이 일자 고향의 산물인 순채국과 농어회가 생각나서 벼슬을 버리고 고향으로 갔다.
3 鵷鷺: 해오라기가 날아갈 때 차서가 있는데, 이것으로 조관들이 열을 지어 가는 모습을 비유한다.

김근인의 시에 차운하다
次金近仁韻

1

십 년 동안 검은 신 신고 홍진세상 다녔거니
견디기 힘든 노년의 마음으로 서풍西風 앞에 섰네.
동남쪽 아득히 바라보니 가을 하늘 넓기만 한데
기러기 돌아올 때 나의 한恨은 다함이 없어라.

十載烏靴[1]踏輭紅　　不堪衰白倚西風
東南極目秋天闊　　鴻雁歸時恨不窮

2

산 속이라 거마도 오가지 않는데
산은 절로 푸르고 해는 절로 기울어가네.
한 해도 다 할 무렵 좋은 일 더하니
마을마다 술잔에 국화가 비치네.

山中車馬絶經過　　山自蒼蒼日自斜
歲暮更添多少勝　　村村白酒映黃花

3

푸른 산 해 저물 때 성城 남쪽을 나서니
하늘가의 긴 강은 푸른빛을 거두었네.
밝은 달빛 아래 외로운 배, 어느 곳에 머무나.
작은 모래톱의 향그런 풀 푸른빛으로 흔들리네.

---

1 烏靴: 조정의 관원들이 신던 검은 가죽신이다.

青山日暮出城南　天際長江捲翠藍
明月孤舟何處泊　小洲芳草綠纖纖

4

술동이 앞에 두고 만난 서넛의 사람
풍류스럽고 고상하기는 옛 신선 같네.
달밤에 배를 타고 백 잔 술에 취해 누웠는데
꿈은 청운靑雲의 붉은 먼지 길에 깨이네.

罇酒相逢三四人　風流儒雅古仙眞
百杯醉臥舟中月　夢斷靑雲紫陌塵

5

달 지고 강물 잔잔하고 사공도 잠들었는데
성근 별은 물에 비친 하늘에 또렷하네.
황계黃鷄가 동이 터 옴을 알리니
일어나 금문金門 향해 옥채찍을 떨치네.

月落潮平舟子眠　殘星磊落水中天
黃雞報道東方白　起向金門[2]振玉鞭

2 金門: 漢나라 때 궁궐에 金馬門이 있었는데, 임금과 가까운 곳을 이른다.

경상도 도사 홍차산【자아】에게 부치다

寄慶尙都事洪次山【自阿】

오월五月이라 남방南方엔 초목도 무성하니
사군使君은 가는 곳마다 깊은 은혜 베푸네.
감당나무 그늘 아래 얼굴 가득 맑은 바람
앉아서 곡식 자라는 마을의 밥 짓는 연기 바라보리라.

五月南方草木蕃　　使君隨處布深恩
淸風滿面棠陰綠　　坐見人煙稻麥邨

칠휴 상공이 옥당의 국화 여러 뿌리를 가져다가 승정원 연꽃 항아리 아래에 심고 시를 지었다. 그 시에 차운하다

七休[1]取玉堂菊數本, 移栽銀臺蓮瓮底, 因有詩云云. 次其韻

홍문관에서 내 이미 십년을 보냈나니
가을 향기 캐고 캘 때 해마다 새로웠지.
오늘 봉지鳳池의 가에서 서로 만나니
그대 응당 시인 저버리지 않았음을 알겠네.

鑾坡[2]我已十年春　　采采秋香歲歲新
今日相逢鳳池[3]上　　知君應不負詩人

---

1 七休: 孫舜孝. 세종 9년(1427)~연산군 3년(1497). 본관 平海. 자 敬甫. 호 勿齋·七休居士. 아버지는 군수 密. 단종 1년(1453) 증광문과에 을과로, 세조 3년(1457)에는 감찰로서 문과중시에 정과로 각각 급제하였다. 호조참판·형조참판을 지내면서 왕비 尹氏의 폐위를 반대하였다.

2 鑾坡: 金鑾坡의 준말로, 우리나라에서는 홍문관을 뜻한다.

3 鳳池: 鳳凰池이니 궁중의 못으로, 중서성을 이른다.

우승지와 함께 밤에 승정원에서 숙직을 서다가 예문관 부제학 손영숙[비장]을 불러 남헌에 앉아 달을 감상하다

與右承旨夜直銀臺, 招藝文副提學孫永叔[1]【比長】, 坐南軒玩月

바람 불어 바다의 달 동쪽에 떠오르니
사람은 요대瑤臺의 제일층에 있네.
늦은 밤까지 앉아 잠 이루지 못하고
일어나 천지天地를 보니 얼음처럼 차갑네.

風吹海月正東昇　　人在瑤臺[2]第一層
坐到三更眠不得　　起看天地冷如氷

---

1 永叔: 孫比長의 자. 생몰년 미상. 본관 密陽. 자 永叔. 호 笠巖. 아버지는 현감 敏이다. 부안출신. 성종 7년(1476) 문과중시에 갑과로 급제, 예문관부제학·좌부승지·예문관부제학 등을 역임. 文名이 있었으며, 벼슬은 좌부승지에 이름.

2 瑤臺: 仙境을 이른다.

영흥 온천에 목욕하러 가는 첨추 박[시형]을 전송하며

送朴僉樞【始亨[1]】沐永興溫泉

천년 풍패豐沛의 땅에
가는 길 초록이 우거져 있으리.
철령鐵嶺에는 푸르고 흰 구름
은계銀溪는 깊고 옅은 물
쌍성雙城의 사람, 눈 비비며 바라보고
사월의 새들은 시끄럽게 지저귀리.
지금 그곳에 이李 방백이 있거니
한 조각 마음 서로 통할 만 하리.

千年豐沛[2]地　　去路綠陰陰
鐵嶺雲靑白　　銀溪[3]水淺深
雙城[4]人刮目　　四月鳥繁音
有李今方伯　　相看一片心

---

1 始亨: 朴始亨. 자는 祖謙, 본관 江陵. 아버지는 朴中信. 세조 5년(1459) 己卯 式年試 丙科 2위. 『성소부부고』 제17권 「文部」 14 “墓表” 承政院右承旨 朴公 墓表에 “공의 휘는 始亨이요, 자는 祖謙이요, 관직은 右承宣에 이르렀으며 일찍 돌아갔다. 지금 그의 자손 30여 인이 北村에 살며 그의 묘가 그 안에 있다 한다”라는 내용이 있다.

2 豐沛: 沛縣의 豐邑으로 漢高祖의 고향인데, 帝王의 고향을 일컫는 말이다. 여기에서는 태조 이성계의 先代와 관련하여 언급한 것이다.

3 銀溪: 강원도 회양에 있던 고을이다.

4 雙城: 지금의 永興이다.

예문관 옛 동료에게 부치다
寄藝文舊僚

지난 해 취한 채 오동잎에 시 쓸 때
자리 가득한 유선儒仙들과 술잔을 기울였지.
생각하노니 오늘 봉황지鳳凰池의 가에선
얼마나 많은 시필試筆이 푸른 가지를 에워싸고 있을까.

去年桐葉醉題詩　　滿座儒仙共酒巵
今日鳳凰池上憶　　幾多詩筆繞靑枝

진간재의 「휴일상마休日上馬」 시에 차운하여 김계온에게 부치다

次陳簡齋[1]「休日上馬」詩韻, 寄金季昷

한낮에도 집 보이지 않고
소나무 그늘만 좁은 길 가리고 있네.
오늘 아침 다행히 휴가를 얻어
또한 아픈 곳 치료함을 기뻐하네.
성근 처마 푸른 나무에 가려있지만
텅 빈 방엔 푸른 하늘이 비치네.
흰 머리칼 서늘한 바람에 날리는데
동물들은 이 마음처럼 조용하네.
한 해에 사계절이 있지만
오늘이 가장 좋음을 알겠네.
그리워도 함께 말하지 못하고
시 이루어도 읊어보지 못하네.

白日不見家　　松陰沒蹊逕
今朝幸休暇　　且喜醫疾病
疏簷綠樹遮　　虛室青天映
華髮涼風搖　　群動此心靜
一年四時俱　　自知今日勝
有懷無與語　　詩成不成詠

1 陳簡齋: 宋代의 시인 陳與義로 자는 去非, 호는 簡齋이다. 上舍甲科에 등용되었고, 紹興[南宋高宗의 연호, 1131~1162] 중엽에는 여러 번 승진하여 翰林學士知制誥가 되었다가 參知政事가 되었다.

사월 들어 비 오지 않는 날이 여러 날이었는데 10일에 아침비가 내려 비가 자못 넉넉했다. 성상께서 매우 기뻐하시며 내관 안중경에게 명하여 승정원에 술을 하사하시고 각각 희우喜雨시를 지어 바치도록 하셨다

四月來, 不雨者有日, 初十日朝雨, 雨頗洽. 上喜甚, 命內官安重敬賜酒承政院, 仍命各製喜雨詩以進

성주聖主께서 애쓰신지 일곱 여덟 해
황천皇天의 보응하심 어찌 그리 분명한지
근래에 열흘 동안 가뭄을 경계하시더니
오늘 아침 우리 공전公田과 사전私田에 비 내렸네.
도성 사람이나 야인이나 모두 뛸 듯이 기뻐하고
대동大東의 초목은 어여쁨을 다투네.
신臣은 지금 은택에 취해 누웠거니
붓을 적셔 기記를 적어 소선蘇仙의 뒤를 따르네.

聖主憂勤七八年　　皇天報應何昭然
邇來十日戒陽愆　　今朝雨我公[1]私田
都人野人喜欲顚　　大東草木爭嬋姸
臣今醉臥雨露邊　　染毫作記追蘇仙[2]

---

1 雨我公: 농사지을 땅에 비가 흡족하게 내렸음을 뜻한다. 『詩經 「小雅·大田」에 "우리 공전에 비 내리고, 드디어 우리 사전에도 미치네. [雨我公田, 遂及我私.]" 하였다.

2 染毫句: 소식은 1062년에 진희량이 태수로 있던 부풍 고을에 봉상부 판관으로 부임한 뒤 정자를 짓고 『喜雨亭記』를 지었다.

남원 부사 김자윤에게 보내다

寄南原府使金子胤

남원은 옛적 이름난 고을이니
산천은 천하에 알려졌다네.
백성들 순박하여 애써 가르치지 않아도 되고
토질이 기름지니 어찌 거름칠 필요 있으리.
부사께선 평소부터 넉넉하게 쌓아왔으니
손바닥 뒤집듯이 편안히 다스리리.
기쁨과 성냄 결코 드러내지 않으니
감격하여 모두들 분발하려 하겠네.
음악 소리에 맑은 운치 울려퍼지니
조화로운 기운이 절로 무르익누나.
아! 내게 오랜 인연 있는데
두 해나 소식이 끊겼네.
고개 들어 보면 장안은 가까운 곳
하늘의 은혜가 인색하다 어찌 말하리.

帶方[1]古名郡　山川天下聞
民醇不勞訓　土沃何假糞
使君富素蘊　臥理如掌運
了不露喜慍　感激各思奮
絃歌吐淸韻　自然和氣醞
嗟余有宿分　兩歲隔音問
矯首長安近　天恩詎云靳

---

1 帶方: 남원의 옛 이름이다.

서 상국의 막부로 부임하는 종사 이【세우】와 이【인석】을 전송하며
送從事李【世佑[1]】· 李【仁錫[2]】, 赴徐相國[3]幕府

기러기 울고 새벽 서리 오는 계절
온 산 나무는 모두 잎이 지누나.
이야말로 고향 생각 나는 때인데
고향 가는 나그네를 또 보내게 되는구나.
가다 가다 우리 고향 지나다 보면
산 속 오래된 집 있을 것이네.
그 집 계신 분 또한 늙으셨는데
지금 편히 계시는지 어떠하신지.

雁聲曉霜日　衆山皆落木
正是憶鄉時　復送歸鄉客
行行過我鄉　山中有老屋
屋老人亦老　如今果安樂

---

1 李世佑: 세종 31년(1449)~?. 자는 仲彦. 본관은 廣州. 아버지는 세종 때의 집현전 학사 李克堪, 어머니는 崔德露의 딸. 성종 6년(1475) 문과에 급제하였으며 관직은 경기 감사에 이르렀다. 당대에 문한을 맡고 있는 서거정·이승소가 연로해지자, 이들의 뒤를 이을 인물, 특히 경서에 밝은 인물로 지목되었다. 『성종실록』 14년 3월 8일(庚子) 기사 참조.

2 李仁錫: 세조~성종대. 세조 12년(1466) 과거 시험의 落卷을 재검토해서 추가로 선발을 했는데 이 때 초시에서 낙방했던 이인석이 선발되었다는 내용이 있다. 또한 『예종실록』에는 '성품이 아름답고, 명리에 구애되지 않으며, 귀양을 가게 되었을 때에도 담소자약하는 태도를 보였다'는 기록도 있다. 『예종실록』 1년 4월 27일(경진) 기사 참조.

3 徐相國: 徐居正. 서거정이 쓴 「後觀魚臺賦」 小序에 보면 이세우·이인석과 함께 관어대에 올랐다는 내용이 나온다. 『사가시집』 권1, 「後觀魚臺賦」 참조.

숙직하며 이옥여에게 회포를 써서 보이다
直廬書懷, 示李玉如[1]

밤 깊어 물시계 소리도 그친 때
일어나 앉아 한 줄기 등불 밝히네.
창을 사이에 두고 한 마디 말없이
그저 마음에 작은 정성만.

夜闌淸漏罷　　起坐一燈明
隔窓不相語　　只應懷寸誠

1 李玉如: 李瓊仝의 자. 玉如는 玉汝라고도 쓴다. 서거정·김종직의 문집에 이옥여와 시를 주고 받은 기록이 많으니 이들과 교유가 깊었던 인물이다.

어떤 이에게
贈人

이별한 뒤 그토록 꿈에 보이더니만
만나는 것마저 꿈 속뿐이라.
세상만사 꿈 아닌 것 없으니
명리와 영욕이 다 부질없지.
그대의 얼굴 여전한 걸 보노라니
부귀와 높은 벼슬 있어 뭐하겠는가.
하늘님 사물 내심에 형상이 제각각이니
이 한 몸의 변화 또한 정한 분수 없다네.
꿈 속에서 훨얼훨 나비가 되었다가
깨어나면 장자莊子는 여전히 그대로였지.
복조鵩鳥가 집에 와도 개의할 것 없으며
새가 사람이 된들 괴이할 것 무엇이겠소.
본래 이운 것이 없다면 가득참이 어찌 있을까
결국에 성취함은 잃는 데서 말미암는 것이라.
만고의 세월 모든 사물 꿰뚫어 보았노라니
영화와 쇠락, 궁함과 영달함이 그 얼마런가.
술잔이나 들어서 막힌 가슴에 들이 붓노니
머리 위엔 찬란하게 해가 떠 있구나.

別後長勞夢　　相逢亦夢中
世間萬事無非夢　　得喪榮辱等是空
看君面目渾依舊　　富貴軒冕亦何有
天工造物紛萬殊　　一身變化應無數
夢中蘧蘧作蝴蝶　　覺來未害是莊叟

鵩集于舍[1]無足介　化而爲人亦何怪
本若無虧焉有盈　到頭有成由於敗
洞觀萬古與萬物　幾多榮枯與窮達
但將深杯澆磊磈　頭上分明有白日

1 鵩集于舍: 불길함, 특히 죽음을 암시한다. 賈誼가 집에 복조가 날아든 것을 보고 죽을 것을 예감하며 「鵩賦」를 지었다.

동지同知 김자윤 만시

輓金同知子胤

조정 메운 사람 중에 유독 맑고 참되었으니
마음에 한 점 먼지라곤 없으셨지.
그대 떠난 후 이 세상에 무엇이 남았을까
휘영청 밝은 달만 가을 하늘에 걸려 있다오.

滿朝人物獨淸眞　　心上都無一點塵
身後人間有甚物　　一輪明月掛秋旻

매화 그림에 쓴 시
畵梅詩

서호西湖는 어찌 그리 적막해졌나
동각東閣에는 이미 이끼가 앉았네.
나부산羅浮山의 꿈을 다시 꿀 수도 없고
막고야藐姑射의 중매도 기대하기 어렵네.
그림으로 그려낼 솜씨가 그래도 있었으니
조화옹께 길러줌이 어찌 없다 하리오.
철석鐵石같던 마음은 그대로이고
얼음처럼 맑은 모습 피어났네.
천지가 생육함을 양보하였고
우로가 재배함을 사양하였네.
한 폭 매화 그림이 봄 소식을 전해주노니
옥율玉律의 재도 초봄임을 알려주누나.
때를 따라 가장 깊은 곳에서 피어
모든 꽃의 으뜸이라 불리운다네.
오래된 줄기 가슴을 열며 나오고
맑은 향기는 손에 닿자 풍겨 오네.
서늘한 대나무 울타리 마을이며
깨끗하고 야트막한 어촌의 모퉁이로다.
처사處士의 모습은 메말랐으며
고인高人의 머리털은 새하얗구나.
비경飛瓊 선녀가 달빛 정자에 오신 것같고
농옥弄玉이 바람 부는 정자에 서있는 듯하네.
복숭아, 오얏꽃은 짝하기에 부끄러울 것이요

소나무와 대나무만은 모시고 따르게 하네.
회랑에 훨훨 눈송이 휘날리는 듯하고
땅엔 점점 옥구슬이 부서지는 것 같네.
꽃들의 윗자리 홀로 차지했으니
한 점 티끌이라곤 없네.
멀리 가는 역사驛使 따라 떠난다면은
낙매곡落梅曲 부는 젓대 소리 슬플세라.
뼈대가 참으로 천진天眞 그대로이니
검고 누런 겉모습 무슨 소용이리오..
옮겨 심기로는 술 옆이 제격이거니
그림자와 어울려 술잔을 기울이리라.
눈송이 큰 것은 자리[席]만하니
찻잔은 우레가 울리는 듯하네.
창에 기대어 찬찬히 바라 보다가
달빛 받으며 함께 배회하네.
시 지을 흥취 솟아남에 즐거우나
부賦 지을 재주 없음이 부끄럽구나.

西湖何寂寞[1]　　東閣已莓苔[2]
不復羅浮夢[3]　　難憑姑射[4]媒

---

1 西湖句: '서호'는 宋나라 隱士 林逋가 서호의 집을 짓고 20여년을 매화와 학을 처자로 삼아 살던 곳이다. 매화를 사랑하던 임포가 떠난 이후, 그만큼 매화를 아낄 사람이 없었음을 표현한 듯하다.《宋史 卷457 隱逸上 林逋 조항》

2 東閣句: 梁나라 때 何遜은 매화를 매우 사랑하여, 자신의 東閣을 개방하고 문하의 사람들을 초빙하여 매화를 감상했다. 특히 楊州 관아의 매화나무를 몹시 사랑하여, 양주의 관리를 자청하기도 했다.

3 羅浮夢: 매화를 이른다. 隋나라 趙師雄이 나부산 아래에서 한 여인을 만나 술을 마시며 이야기를 나누었는데, 그것이 큰 매화나무 아래에서 꾼 꿈이었다고 한다.

丹青猶有手　造化豈無胎
鐵石心腸在　氷霜顔面開
乾坤讓生育　雨露謝栽培
一幅傳春信　初陽記律灰[5]
時從九地[6]底　呼作百花魁
老榦排胸出　淸香入手來
凄涼竹籬塢　淸淺水村隈
處士形容槁　高人鬢髮皚
飛瓊臨月觀[7]　弄玉立風臺[8]
桃李羞將伴　松筠只許陪
飄廊霏雪粉　點地碎瓊瑰
獨點群芳表　都無一點埃
將來驛使[9]遠　吹落笛聲哀[10]

---

4 藐姑射: 매화의 아름다운 모습을 비유한다. 『莊子』 「逍遙遊」에 "막고야산의 神人은 살결은 氷雪같고, 자태는 처녀와 같으며, 얼음과 이슬을 마시며, 구름을 타고 용을 몰아 사해의 밖으로 노닌다." 하였다.

5 初陽句: '초양'은, 동지가 되면 一陽이 처음으로 생긴다고 하여 동지에서 입춘 이전의 시간, 혹은 초봄을 이른다. '律灰'는 灰律이라고도 하는데 중국 고대에 갈대의 재를 十二律의 玉管 안에 넣어두고 매달 절기가 되면 해당 율관 안의 재가 절로 날아가는 것으로 계절을 확인하던 것을 말한다.

6 九地: 가장 깊고 비밀스러운 뜻을 품고 있는, 가장 깊은 땅속이다. 동지가 되면 하늘이 봄기운을 재촉하여 九地 깊은 땅 속에서 우레가 울려 微陽이 처음으로 생동하는 '一陽始生'의 상태가 된다.

7 飛瓊句: '비경'은 仙女의 이름으로, 눈이나 옥련화 같은 흰색의 사물이 흩날리는 모양을 형용하는 말이다. '月觀'은 月榭로, 달을 감상하는 누대이다.

8 弄玉句: '농옥'은 퉁소를 잘 불던 여인으로, 鳳台를 지어 거처하였으며 뒤에 봉황을 타고 天仙이 되어 갔다고 한다.

9 驛使: 驛使梅花의 준말로, 벗들 사이의 안부와 그리움을 표현한다. 後魏 때 陸凱가 長安에 있는 벗 范曄에게 매화 한 가지를 꺾어 보내며 贈花詩를 지어 보내며 "매화 꽃 꺾다 역마 탄 사자를 만나, 隴頭에 있는 사람에게 보내오. 강남에는 없는 것이니, 가지 하나에 봄을 부치네. [人折花逢驛使, 寄與隴頭人. 江南無所有, 聊寄一枝春.]" 하였다.

10 吹落句: 젓대는 胡笳의 하나인 羌笛이니 서강의 곡조에 落梅花가 있다. 李白 「吹笛詩」에 "황학루에서 옥피리 부니, 오월 江城에 매화가 떨어지네. [黃鶴樓中吹玉笛,

骨骼誠眞矣　　驪黃[11]安用哉
移根宜近酒　　和影且斟杯
雪片大如席[12]　　茶甌鳴似雷
倚窓看仔細　　承月共徘徊
喜觸裁詩興　　慙非作賦才[13]

[원주]

무술년(1478, 성종 9) 오월 어느 날, 임금의 명을 받아 쓰다.
戊戌五月日, 奉敎撰.

江城五月落梅花.]" 하였는데, 이것이 落梅花曲으로 악부시에 수록되었다.

11 驪黃: 牝牡驪黃의 준말로, 사물의 겉모습이나 표면적인 현상을 이르는데, 이러한 현상만을 가지고서는 진정한 내면이나 본질을 알 수 없다는 뜻이다. 九方皐가 秦穆公을 위해 말을 구하여 얻어 놓고 하는 말이 '牝而黃'이라 하여 사람을 시켜서 가보게 하니 '牡而驪'였다. 그래서 그것을 가져와보니 과연 천하의 명마였다고 한다.《列子 說符》

12 雪片句: 매화를 눈송이에 비유한 것이다. 李白 「北風行」에 "연산의 눈송이가 자리만하니, 조각조각 날려서 헌원대에 떨어지네. [燕山雪花大如席, 片片吹落軒轅臺.]" 하였다.

13 慙非句: '賦'는 唐나라 廣平公 宋璟이 지은 「梅花賦」를 이른다. 그는 강직하여 성품으로 '廣平鐵腸'으로 알려졌지만, 그가 지은 매화부는 한편으로 참으로 말이 풍부하고 맑고 아름다워 매화를 읊은 대표적인 작품으로 전해진다.

황해도 감사 이번중을 보내며
送黃海監司李蕃仲

지방관은 예로부터 맡을 사람 중요했나니
조정에 늘어선 중신重臣 중에 가려뽑았네.
세상 맑게 할 그대에게 황해도를 맡기셨으니
은혜로운 정치는 또 성대한 봄날 같으리.
고개에 비내리니 매실은 익어가고
마을에선 불을 지펴 보리밥을 짓는구나.
남풍 훈훈하게 불어 백성의 노여움을 푸노니
교화를 베풂에 참으로 아름다운 시절이로다.

分陝[1]古難人　　朝班輟重臣
澄淸屬黃海　　棠茇[2]又靑春
嶺雨酸梅子　　村煙飯麥仁
南薰[3]方解慍　　宣化正佳辰

---

1 分陝: 지방관으로 임명되어 부임지로 가는 것이다. 周公 旦과 召公 奭이 陝지역을 동서로 나누어 다스렸었다.

2 棠茇: 惠政을 뜻한다. 周나라 召公 奭이 鄕邑을 巡行하며 감당나무 아래에서 決獄政事를 행하니 제후로부터 백성에 이르기까지 모두가 직분을 잃지 않고 자기에게 마땅한 곳을 얻었다. 뒤에 소공이 세상을 떠나게 되자, 그가 앉아 있던 감당나무를 보며 사모하며 차마 그 나무를 베지 못하고 「甘棠」 시를 지었다.

3 南薰: '南熏'이라고도 하는데 「南風歌」를 이른다. 「남풍가」는 舜임금이 오현금을 타며 부른 노래로 시대의 태평함을 상징한다. 홍귀달은 「남풍가」 중에 "南風之薰兮, 可以解吾民之慍兮."라는 구절을 끌어와 썼다.

서북땅에 가 있는 이에게
寄西北人

몇달째 장맛비에 먹구름이 안 걷히니
진흙창에 수레들 그 얼마나 넘어졌는가.
삼천 리 서쪽으로 떠나간 내 친구는
어디메 마을에서 풀자리 깔고 누웠으려나.

連月霪霾暗不開　　幾多泥陷見車摧
故人西去三千里　　何處村煙藉草萊

칠월 어느날, 서북땅에 가 있는 이에게
七月日, 寄西北人

처량했던 지난 일들 찾아볼 길이 없고
귀밑머리에 이젠 흰머리가 자꾸만 생기는구나.
한창 시절엔 풍상風霜의 고통을 어찌 헤아릴까만
마른 나무에 우로雨露가 도리어 흠뻑 적셔지누나.
후원의 버들잎 뚫는 재주 있는 이만이 나의 벗이니
계단 앞 달빛 아래 누워서 그대 함께 시를 읊었지.
세상의 영욕일랑 잠깐 사이 일이거니
지난 일 말하려니 눈물 먼저 옷섶에 가득하네.

往事凄涼不可尋　只今雙鬢二毛侵
芳年豈料風霜苦　枯木還沾雨露深
後苑穿楊[1]唯我件　前階臥月共君吟
世間榮辱須臾事　欲說前言淚滿襟

1 穿楊: 재예가 아주 뛰어난 것을 이른다. 楚나라 사람 養由基가 활을 잘 쏘아 百步 밖에서 버들잎을 뚫었다.

정불건에게
寄丁不騫

전달 28일에 용만龍灣에 도착하더니
이달 초2일엔 골산鶻山을 향해가네.
학야鶴野와 연산燕山은 끝도 없는데
압록강 건너 한강엔 어느 때나 돌아올오네.
집은 꿈에서뿐, 아내와 아이들이 외로울텐데
몇달 간 잘 돌봐 줄 것 그대에게 약속한다네.

前月廿八到龍灣[1]　　今月初二指鶻山[2]
鶴野燕山[3]望不極　　鴨江漢水何時還
家在夢中妻子孤　　保君別護數月間

1 龍灣: 義州의 이칭이다.
2 鶻山: 松鶻山으로, 압록강을 건너 20여 리쯤 가면 九連城이 있는데 그곳에 있다.
3 鶴野燕山: '학야'는 요동벌판을 이른다. 漢나라 遼東의 丁令威가 靈虛山에서 仙術을 배워 학으로 변하여 자기 고향에 돌아와 華表柱에 앉았다고 한다. 그 화표주의 흔적이 新遼東 지역에 있어 사행길에 요동을 지나는 사람들은 정령위의 고사를 떠올리고 이를 시로 짓고는 하였다. '연산'은 연산산맥이니 중국 天津에서부터 동남쪽으로 뻗어내려 바다에까지 이른다.

정불건에게
寄丁不騫

천자께 조회하고 만리 길 돌아와서
채색옷 입고 춤추러 북당으로 가네.
가을 바람에 말발굽도 가벼우리니
밝은 달 아래 어느 곳에 머무시는가.
술 익고 닭 살찐
낭천狼川 흰구름 어디메쯤일까.

朝天萬里回　　舞綵北堂去[1]
秋風馬蹄輕　　明月宿何處
酒熟黃雞肥　　狼川[2]白雲下

1 舞綵句: '무채'는 춘추시대 老萊子가 채색옷을 입고 춤을 추며 어버이를 기쁘게 해드렸고 한다. '북당'은 萱堂과 같은 말로 어머니가 계신 곳, 어머니를 비유한다.
2 狼川: 關東 지역에 속하는 고을 이름이다.

안변의 별관에 쓰다
題安邊別館

객이 부질없이 대나무를 읊조리나니
꽃은 지고 봄도 이미 스러지네.
산에 날 저물어 청천 구름 어울어지니
주렴을 걷고 때때로 누워 보고 있노라.

客來空詠竹　　花落已春殘
山晩碧雲合[1]　　捲簾時臥看

1 山晩句: 하늘의 구름도 서로 어울어지는데 그리운 사람은 오지 않는다는 원망과 안타까움을 표현한 것이다. 江淹 「效惠休別怨」에 "日暮碧雲合, 佳人殊未來." 하였다.

회포를 읊어 노희량께 드리다
詠懷, 奉贈盧希亮

어지럽고 바쁜 세상 기댈 것이 못되노니
이 평생 그대와 나는 참으로 가까웠었지.
이런 밤에 좋은 만남 없을 수가 없으니
달빛 오동에 닿으니 일기一氣가 맑네.

世上紛紛未足憑　　平生君我最相能
今宵不可無良會　　月到梧桐一氣澄[1]

---

1 月到句: 홍귀달과 노공필 두 사람의 만남이 빚어내는 온화한 마음과 사귐의 경지를 비유한다. 宋나라 邵雍 「月到梧桐上吟」에 "달은 오동나무에 이르고, 바람은 버드나무 가로 불어오네. 뜰 깊고 사람 없어 고요하니, 이 풍경 뉘와 더불어 이야기할고. [月到梧桐上, 風來楊柳邊. 院深人復靜, 此景共誰言.]" 하였는데, 하늘의 달빛처럼 맑고 봄바람처럼 온화한 성인의 마음의 경지를 비유한 것이다.

강남곡

江南曲[1]

연잎옷에 연잎배를 타고
밝은 달 아래 마름 따고 돌아가네.
목란배 노 젓자 물결 출렁이더니
원앙이 깜짝 놀라 날아가 버렸네.
원앙이 날아가다 떠나지를 못하고
가다가 다시 와서 서로들 기대었네.

荷衣蓮葉舟　　月明採菱歸
搖蕩木蘭橈　　驚起鴛鴦飛
鴛鴦飛不去　　去復相因依

1 江南曲: 樂府 「相和曲」의 명칭이며 「江南可采蓮」이라고도 하는데, 강남에서 연밥을 따는 경물을 묘사한 노래이다. 주로 白描의 기법을 사용하는데 그림에서 濃墨이나 채색을 사용하지 않고 먹으로 선만을 굵게 그려내는 것처럼, 말을 하듯이 평이하고 담박하게 情景을 그려낸다.

김근인의 시에 차운함
次金近仁[1]韻[2]

1

기러기 벗하여 남쪽으로 가는 가련한 처지
문득 강과 하늘 끌어다 술잔에 가져 오네.
은일함에 삼경三逕의 노인은 어떠하신가
풍류에는 또한 사명四明의 광객이 있지.

自憐身伴雁隨陽　　却攙江天入酒觴
隱逸何如三逕[3]老　　風流還有四明狂[4]

2

일년 중에 좋은 시절 중양절을 맞으니

---

1 金近仁: 金甲訥. 본관은 선산. 吉城의 태수를 지냈다.(서거정, 「次韻吉城金太守. 二首○甲訥」, 『四佳詩集』 권21). 그가 珍原 수령으로 나갈 때 홍귀달이 지은 「送金近仁甲訥 宰珍原」이 『虛白亭集』 속집 권2에 수록되어 있어 두 사람 사이의 교분이 있었음을 확인케 해 준다.

2 次金句: 『續東文選』 卷9에 丁壽崑이 金甲訥에 차운하여 지은 「次金近仁甲訥重九韻」이 수록되어 있는데 운자가 '陽·觴·狂'으로 같은 것으로 보아 홍귀달과 정수곤, 그리고 김갑눌이 함께 차운했던 시로 보인다. 정수곤이 쓴 원시는 "도연명이 죽은 뒤에 중양절 몇 번이나 지났던가, 문득 노란 국화를 술잔에 띄워보네. 날 저물어 서풍 불자 모자가 떨어지니, 좌중에는 맹가의 미치광이가 또 있다네. [淵明死後幾重陽, 却把黃花泛羽觴. 日暮西風吹帽落, 坐中還有孟嘉狂.]" 하여 김갑눌의 뛰어난 詩作 솜씨를 칭찬하였다.

3 三逕: 三徑이라고도 하는데 중국 前漢의 蔣詡가 고향으로 돌아가 가시나무로 대문을 막고, 집 안에 오솔길 세 개를 만들어 두고 밖으로 나가지 않으며 은거했던 일에서 나온 말로 隱者가 사는 집을 상징한다.

4 四明狂: 唐나라 시인 賀知章을 이른다. 그는 성격이 放曠하고, 談說을 즐기고, 만년으로 갈수록 縱誕해져 자호를 四明狂客이라 하였다. 만년에 귀향하여 道士가 되었으나 오래지 않아 세상을 떠났다.《舊唐書 文苑傳 賀知章 조항》

동쪽 울타리 바라보며 국화주를 마시네.
백년 세월 참으로 달리는 망아지와 같나니
환군桓君은 사공謝公의 광기를 피하지 마시라.

一年佳節過重陽　　還向東籬飮菊觴
百歲光陰眞駟隙[5]　　桓君休避謝公狂[6]

5 駟隙: 過隙白駒의 준말로, 틈새로 흰 망아지가 휙 스쳐 지나가듯이 세월은 빨리 흐르고 인생은 짧음을 비유한다. 『莊子』「知北遊」에 "人生天地之間, 若白駒之過郤, 忽然而已."라 하였다.

6 桓君句: 才士의 灑脫한 경지를 비유한다. 晉나라 孟嘉가 桓溫의 참모로서 9월 9일 중양절에 환온과 龍山에 갔을 때 바람에 모자가 날려 떨어졌으나 맹가가 그것을 모른 채 화장실에 간 사이 孫盛으로 하여금 이를 놀리는 시를 짓게 하였는데 그때 맹가의 답시가 참으로 아름답고 유려하였다.《晉書 孟嘉傳》

정 불건에게
寄丁不騫

만리길 조회하러 떠났던 사신이
봄바람에 의기양양 돌아오누나.
천지는 원래 넉넉하게 포용하니
그대 포부도 더욱 크고 넓어졌으리.
우로雨露에 온몸이 젖었으며
계산溪山은 붓에 담겨 왔으리.
만날 날이 얼마 남지 않았으리니
그대 기다리며 병든 눈을 비비네.

萬里朝正使　　春風得意回
乾坤元納納　　懷抱更恢恢
雨露渾身濕　　溪山入筆來
相逢應不遠　　病眼爲君揩

벗에게
寄友人

한강은 그 얼마나 넓고 넓은지
마음을 트이게 할 만도 하지.
산천은 예나 지금 그대로이니
맑아도 비가 와도 오묘하고 좋구나.
어제는 비바람에 어둡더니
오늘 아침엔 태양이 찬란하네.
한번 가면 속세 먼지 씻어내고
다시 가면 번뇌를 털어 버리지.
오고감에 번거롭다 꺼리지 말지니
이 즐거움 진실로 이른 것도 아니네.
그대는 보았는가, 속세에서는
거마가 사람을 늙게 하는 것.

漢江何浩浩　　可以豁懷抱
山川古猶今　　晴雨奇復好
昨日風雨暗　　今朝白日暠
一行洗塵汚　　再行遣懊惱
往來不憚煩　　行樂苦不早
君看塵土中　　車馬[1]令人老

1 車馬: 말과 수레를 타고 분주하게 다니는 삶, 관리로서의 분주한 일상, 부귀영화를 위해 분주하게 치달리는 속세의 삶을 뜻한다.

문경 팔영

聞慶八詠[1]

주흘산의 신사 主屹神祠

하늘을 받들며 북두성을 높이고
땅에서 솟아올라 남쪽을 누르네.
밭과 우물 평지에 펼쳐져 있으니
아름답도다, 이것이 너의 공로일지라.

擎天尊北斗　　拔地鎭南中
耕鑿滿平地[2]　　休哉時乃功

관갑의 사다리길 弗[3]岬棧道[4]

실낱같이 험한 산길 위태로운데
누가 촉땅의 장관에 든다 했는가.

---

1 聞慶八詠: 경북 문경 지역의 여덟 군데 승경을 읊은 시이다. 홍귀달 외에 조선초기의 尹祥·金宗直·徐巨正 등의 작품이 남아 있다. 세 사람의 작품 모두 동일한 운자를 쓰고 있는데, 다만 김종직의 시에만 次韻했다는 사실이 시의 제목에 밝혀져 있다. 윤상의 작품은 표제가 김종직·홍귀달과 조금 달라서 제1수 「主屹山靈」, 제3수 「窓外梧桐」, 제4수 「庭中楊柳」, 제5수 「蒼壁丹楓」, 제6수 「陰崖白雪」이다. 서거정의 작품은 표제어의 순서가 다르다.

2 耕鑿句: 평평한 땅에 안정되게 삶을 사는 것이 주흘산 신사의 공로라는 뜻이다. 「擊壤歌」에 "日出而作, 日入而息, 鑿井而飮, 耕田而食, 帝力於我何有哉?" 하였다.

3 弗: 원문은 '弗岬'인데, 『新增東國輿地勝覽』 경북 문경현의 형승조에는 '串岬'이라 되어 있고, '관갑'으로 통용되고 있다.

4 弗岬棧道: 『新增東國輿地勝覽』 경북 문경현 형승조에 "串岬이 가장 험하여 벼랑에 의지해서 사다릿길을 만들었다." 하였다.

순식간에 발 헛딛기 십상이거니
말 더디 간다 다그치지 말지라.

鳥道危如線　誰云入蜀奇
須臾便失足　莫遣馬行遲

난간 밖의 오동나무 軒外梧桐

꼭 오십줄 거문고여야 할 것 아니니
궁상각치우 소리 가지가지마다 울려나네.
가을밤 빗소리마저 들려 오노니
시 읊어 그리운 이에게 부치네.

不須絃五十[5]　宮徵響枝枝
又聽秋宵雨　題詩寄所思

문 앞의 버드나무 門前楊柳

비 속에 이내 수심은 한이 없는데
바람에 흔들흔들 흥이 넘치네.

---

5 絃五十: 五十絃은 太帝가 素女로 하여금 연주하게 했던 큰 거문고이다. 그 소리가 참으로 비통하여, 태제가 이를 쪼개어 二十五絃으로 만들게 했다. 이로 인해 '破瑟'은 참으로 비통한 곡조를 형용하는 말로 쓰인다. 여기에서는 그렇듯 비통한 곡조를 울려 내는 오십줄 거문고가 아니어도, 오동나무에서 울려 나는 소리가 비오는 가을밤의 고독한 마음을 더하게 한다는 것을 표현한 것이다.

만만 갈래 문 앞의 버드나무
다정하기 너만한 것 없으리로다.

雨垂愁無限　　　風舞興有餘
萬萬門前樹　　　多情摠不如

온 골짝의 단풍 萬壑丹楓

선인仙人이 연단鍊丹을 마친 뒤에
남은 그 빛 흩어져 골짜기가 되었구나.
내 도원으로 가려 하거니
신선이 없다 하진 못하네.

洪厓[6]鍊丹罷　　餘彩散成區
我欲桃源去　　神仙未必無

천 길 절벽에 쌓인 눈 千崖積雪

하룻밤 온 산에 눈 내리더니
은하수가 옥계玉溪로 떨어졌구나.
일어나 보니 새하얀 천지
주렴 걷자 마음 온통 아득해지네.

6 洪厓: 洪崖로, 전설 속 仙人의 이름인데, 여기서는 작자 자신을 이른다.

一夜千山雪　　　銀河墮玉溪
起看天地白　　　簾捲意都迷

오정사 종소리 烏井霜鐘[7]

오래된 절 스님이 이제 공양 드시는가
멀리서 예불 올리고 들려오는구나.
종소리로 멀고 가까움을 알거니
한참이나 있다가 구름을 뚫고서 오네.

古寺僧初飯　　　遙應禮佛回
鐘聲知近遠　　　良久透雲來

용담폭포 龍潭瀑布

향로봉 오래된 폭포 한 줄기
새로 쓴 조악한 시 멀리 씻어버리네.
세번 거듭 적선謫仙의 시 읊조리자니
귀신 울리는 소리 듣고 있는 듯하네.

香鑪[8]一派古　　　長洗惡詩新

---

7 霜鍾: 종소리나 종을 뜻한다. 豊山에 九鍾이 있는데 서리가 내리면 종이 울린다고 하였다.《山海經 中山經》

8 香鑪: 廬山 폭포가 있는 향로봉이다. 李白 「望廬山瀑布水」에서 시상을 가져온 듯하다. '향로봉 폭포 한 줄기'는 용담폭포의 기세를 중국 여산 향로봉의 폭포에

三復謫仙詠　　如聞泣鬼神[9]

비유하는 말이면서 동시에 이백이 이를 두고 지은 「望廬山瀑布水」를 상징한다.

9 泣鬼神: 杜甫가 李白의 시를 평가하며 한 말이다. 두보 「寄李十二白二十韻」을 지으며 이백에 대하여 "붓 들어 쓰면 비바람을 놀라게 하고, 시를 지으면 귀신을 울렸네. [筆落驚風雨, 詩成泣鬼神.]" 하였다.

부기 - 차운시【점필재】
附次韻【佔畢齋】

주흘산의 신사 主屹神祠

하늘의 외로운 구름 한줌에 잡힐 듯하고
웅대한 고을은 남쪽에 있네.
송백이 어우러진 신령한 신사에서
제수 차려 놓고 풍년을 기도하네.

孤雲天一握　　雄鎭火維中
松柏靈宮裏　　椒醬賽歲功

관갑의 사다리길 串岬棧道

험하고 좁은 길 구름 위에 걸려 있으니
시내와 산은 이렇게도 기이하구나.
굼뜬 말도 날랜 걸음 자랑하더니
여기에 와선 엉금엉금 하는구나.

閣道縈雲表　　谿山乃爾奇
駑駘誇疾步　　行到此間遲

난간 밖 오동나무 軒外梧桐

빽빽한 일만 홀의 오동잎이요
휘늘어진 일천 열매의 가지로다.
일찍이 봉황이 머물렀던 곳이니
밝은 달이 고상한 생각을 일으키네.

密密萬圭葉[1]　離離千乳枝
曾經鳳凰宿　明月起遐思

문 앞의 버드나무 門前楊柳

가지를 하늘거림은 동풍이 분 뒤요
버들솜 날림은 곡우의 끝자락이라.
가느다란 가지는 이별하는 마음을 휘젓나니
이슬 젖은 잎새 더구나 미인 눈썹같음임에랴.

弄線條風後　飛綿穀雨餘
腰肢攪離恨　露葉況眉如

---

1 萬圭葉: '만개 홀의 잎'은 오동나무 잎을 말한다. 홀은 천자가 제후를 封할 때 내려 주는 것인데, 周나라 成王이 어릴 때 오동나무 잎을 오려서 홀을 만든 다음 동생 叔虞를 봉해 주었다. 훗날 성완은 천자가 된 뒤에 "천자는 희롱하는 말이 없다." 하면서 숙우를 실제 제후에 봉했다.

온 골짜의 단풍 萬壑丹楓

서리 귀신이 붉은 붓을 휘두르더니
바위 골짝이 온통 신선의 땅 되었네.
석양에 까마귀가 그림자를 드리우니
단풍 골짝 병풍이 없으면 안 되겠구나.

青姨[2]弄丹筆　巖谷盡神區
落日鴉翻影　屏風不可無

천 길 절벽에 쌓인 눈 千崖積雪

밤새도록 구름이 달을 가리우더니
온산 계속에 눈이 가득하여라.
나그네는 추위에 손가락이 떨어져 나갈 듯
갈림길에선 매번 길을 잃어 버리곤 하네.

一夜雲籠月　千山雪漲溪
行人寒墮指　歧路每多迷

오정사 종소리 烏井霜鍾

사찰에선 연화루가 때를 알려줘

---

2 青姨: 전설 속에서 서리를 관장한다고 전해오는 神女인 青女를 말한다.《淮南子 天文訓》

아침 저녁이 가고 다시 돌아오네.
종소리는 그렇듯이 조리가 있어
구름 밖에서 바람 따라 오누나.

寶刹蓮花漏[3]　　晨昏往復回
鯨音自條理　　雲外逐風來

용담폭포 龍潭瀑布

태초부터 깊은 굴을 이루었나니
폭포 한 줄기는 새롭기도 하여라.
으슥하게 깊은 곳 기괴한 짐승이 있어
천둥 같은 소리로 신명의 위엄 보이네.

太始成嵌竇　　飛流一派新
幽陰有奇畜　　雷電助威神

---

3 蓮花漏: 연꽃잎을 띄워 만든 물시계. 晉나라 때 慧遠法師의 제자 慧要가 산중에 時計가 없음을 염려하여 물 위에다 12개의 연잎을 세워서 물결을 따라 회전하게 하여 12개 시간을 정했다.

벗에게 부치다
寄故人

살구꽃 다 지고나니 버들개지 어지러운데
관동으로 가는 나그네 마음이 아득하네.
옛친구는 꿈에서나 볼 뿐 만날 수가 없으니
저문 날 내 그림자 위로하며 누대에 올랐네.
상림桑林의 비둘기가 비를 부르니 봄날 강물 불어나고
물가에 바람 불더니 잉어 두 마리가 떠올랐구나.
아이 불러 잉어 갈라 편지 꺼내라 하니
한 줄 다 읽기도 전에 마음의 눈 트이네.
아득하고 넓은 사해 모두가 형제이지만
진중陳重, 뇌의雷義 같은 의기는 드물지.
스승은 마땅히 옛사람 중에 찾아야 하는데
지금 사람들 나를 허여하여 일찍부터 따르네.
사람들 속에서 잠자코 말은 하지 않았지만은
마음으론 언제나 함께 배회하였지.
답장 한 장 쓰려니 말이 이리도 짧아
몸 돌려 서쪽으로 험한 산만 보네.

杏花淨盡楊花亂　關東行客心悠哉
故人可夢不可見　落日弔影登樓臺
桑鳩喚雨春水生[1]　水風吹呈雙鯉來[2]
呼童斫鯉出素書　一行未下心眼開

1 桑鳩句: 桑林의 봄날에 비둘기가 화기롭게 지저귀며 비를 부르는 것이다.
2 雙鯉來: 벗이 보내는 온 편지를 뜻한다.

茫茫四海皆兄弟　　意氣少有陳與雷[3]
先生當求古人中　　今人許我曾追陪
衆中脈脈雖不言　　情境故故參徘徊
還書一紙語苦短　　側身西望山崔崔

3 陳與雷: 東漢 시대 陳重과 雷義를 이른다. 이 두 사람은 벗으로 사귀며 함께 『魯詩』·『顔氏春秋』 등을 배웠으며 서로를 존중하고 겸양하며 틈 없이 친밀하여 膠漆처럼 친밀하게 지냈다.

죽산에서 일찍 떠나며
竹山早發

또 연창관(延昌館)에 드니
남은 생애 피로함을 문득 느끼네.
벽에 등불 켜고 일찍 일어났는데
처마엔 안개 서려 해돋이가 더디네.
태수(太守)는 석 잔의 술을 마시고
나그네는 다섯 글자 시를 짓네.
마음속엔 무한한 생각이어니
말 위에 있을 때는 아무 말 않네.

又宿延昌館[1]　　殘生轉覺羸
壁燈人起早　　簷霧日升遲
太守三杯酒[2]　　行人五字詩
心中無限事　　馬上不言時

---

1 延昌館: 경기도 죽산현에 있는 객관이다.

2 三杯酒: 시문을 수창하는 자리에서, 이별하는 자리에서 그 시름을 달래기 위해, 일찍 여정을 떠나며 추위를 녹이기 위해, 분분한 시름을 잊어버리고 삶의 큰 도를 깨닫는 경지를 표현한다.

양지의 새 동헌에 쓰다
題陽智新軒

우뚝하게 솟은 길 옆의 관청이요
분주하게 말 타고 가는 사람이라.
시내와 산을 두 눈에 담고
남북으로 평생을 떠도는 몸.
적막한 고을은 오래 되었고
산뜻한 동헌은 새로 지었네.
시 지으며 세월을 붙잡노라니
때는 홍치弘治 10년 봄이로구나.

兀兀路旁縣　紛紛馬上人
溪山雙箇眼　南北百年身
寥落閭閻舊　鮮明館宇新
題詩留歲月　弘治十[1]青春

1 1497, 연산군 3.

11월 1일 낙생역에 유숙하며

十一月一日, 宿樂生驛

한평생을 길 위에서 보내었는데
오늘밤 다시 우정郵亭에 들었네.
머리털 짧은데다 열에 셋이 희었고
등불 환히 밝히니 한 점 푸른빛이라.
추위 더위 속 계절 가는 데 놀라고
맑거나 비오거나 새벽별을 기다렸네.
황계黃鷄 소리 우두커니 듣고 있자니
조회 와 궁궐에서 문안 인사 올리는 듯.

一生常道路　今夜復郵亭[1]
髮短三分白　燈明一點靑
寒暄驚至月　晴雨候明星[2]
佇聽黃雞[3]唱　朝來禮闕庭

---

1 郵亭: 주로 문서를 보내고 받는 일을 하던 역참이다.

2 晴雨句: '明星'은 金星이라고도 하니 새벽별을 말한다. 길 위에서 세월을 보내며 비가 오나 맑으나 이른 새벽이면 길을 떠난다는 말이다.

3 黃雞: 이른 시간에 우는 닭으로, 세월의 빠름을 비유한다. 唐나라 白居易 「醉歌」에 "황계는 새벽을 재촉하며 축시에 울고, 백일은 해를 재촉하여 유시에 넘어가누나. [黃鷄催曉丑時鳴, 白日催年酉時沒.]" 하였다.

남산을 바라보다가
望南山

천천령穿川嶺에 올라가
종남산終南山을 바라보노라.
삼각산三角山이 북으로 우뚝 솟았고
쌍궐雙闕이 그 사이에 편안히 있네.
거룩한 군주께서 남면南面하시고
엄숙하고 공경한 용안龍顔을 보이신다네.
백관百官은 원로鵷鷺처럼 줄을 지었고
날이 밝기도 전에 청반淸班들이 늘어서 있네.
내일 새벽이 되면 종소리 따라
나 또한 패환 소리 쩔렁이겠지.

言登穿川嶺[1]　一望終南山
三峯[2]峙其北　雙闕安中間
聖上正南面　肅穆開天顔
百官序鵷鷺[3]　未明排淸班
明晨趁鐘聲　我亦鏘佩環

---

1 穿川嶺: 경기도 광주에 있다. 天臨山이라고도 하며 남산 烽燧의 제2 봉우리이다. 《新增東國輿地勝覽 卷3》
2 三峯: 남산 북쪽의 三角山을 이른다.
3 百官句: 관료들이 질서 있게 줄지어 늘어서 있는 모습을 비유한다. '鵷鷺'는 원추리와 해오라기인데 날아다닐 때 열을 지어 질서가 있다.

판부사가 여주에서 오셨기에 삼가 올리다
奉呈判府事[1]之行來自驪州

1

허연 머리 붉은 마음 우리 두 사람
같은 때에 지우 입고 정사政事를 함께 했지.
나그네 길 어긋나 서로를 놓친다 해도
조정에서 마음으로 다시 만남에 꺼릴 것이 없으리.

白首丹心兩箇人　　同時際遇共樞勻[2]
縱然客路嗟相失　　未害朝堂更會神

2

나는 이미 돌아와 궁궐에 절하였으니
한 병 술로 이제 돌아오는 그대를 맞으려 하네.
어쩌다가 대간의 탄핵을 받았기에
문 닫아 걸고 지난날 어긋남을 깊이 생각한다네.

我已歸來拜太微　　一壺今欲迓君歸
無端却被臺綱駁[3]　　閉戶深思曩日違

---

1 判府事: 홍귀달 연보 등에 보이는 교유 관계를 근거하면 이 시의 판부사는 손순효로 추정된다. 孫舜孝. 1427(세종 9)~1497(연산군 3). 자 敬甫, 호 勿齋·七休居士. 본관 平海. 아버지는 군수 密, 旌善郡事 趙溫寶의 딸이다. 단종 1년(1453) 증광문과에 을과로 급제하였다. 승정원 승지·강원도 관찰사·호조와 형조의 참찬, 경상도 관찰사, 판중추부사 등을 지냈다. 고령으로 사퇴를 청하였으나 허락받지 못하고 왕으로부터 궤장을 하사받았다. 이때 손순효가 받은 御書軸에 홍귀달이 글을 써주었다.

2 樞勻: 각각 국가의 중요한 政務·議政으로, 이를 맡는 중요한 관직을 뜻한다.

3 臺綱駁: 홍귀달은 생애 동안 두 번의 탄핵을 받았다. 성종 24년(1493) 56세 때,

북경으로 가는 사신에 임명되었는데 평소 앓고 있던 風痹가 도져 사신의 자리를 사양하다가 대간의 탄핵을 받아 남산으로 물러났다. 연산군 3년(1498) 61세 때 무오사화가 일어났다. 이때 홍귀달은 문형의 직분에 있으면서도 김일손이 쓴 사초를 보고서도 고하지 않았다는 이유로 탄핵을 받고 좌천되었다. 이때에는 『성종실록』의 수찬이 끝나지 않았다는 이유로 곧 복직되고 예전대로 문형의 직분도 다시 맡았다.

회포를 써서 권숙강에게 부치다
書懷, 寄權叔强

1

중원 서쪽 바라보며 진선眞仙을 찾아 가노니
북두성 남쪽에서 한 사람을 보았네.
피눈물 흘린 3년 동안 그 마음 다하지 않았으니
대나무 여위고 소나무 파리하며 옥에는 먼지가 앉았네.

中原西望訪仙眞　　北斗之南[1]見一人
血盡三年[2]情不盡　　竹癯松瘦玉生塵

2

우연히 만났다가 바로 서로 동으로 떠나니
만났다 흩어지는 인간사 본시 허망한 것.
지척의 성城 안에서도 외려 만날 수가 없으니
곽공이 눈 속에서 울며 솔바람을 맞고 있구나.

偶然相對卽西東　　聚散人間本是空
咫尺城中還不見　　郭公啼雪入松風[3]

---

1 北斗之南: 斗南이라고도 하는데, 천하를 말한다.
2 血盡三年: 3년간 시묘살이를 하며 보였던 효성을 뜻한다. 權健은 어머니 상을 당하여 충북 中原의 西面 介峴에서 3년간 시묘살이를 하였다.《虛白亭集 卷2 朴孝子詩卷後序》
3 郭公句: 宦海의 부질없음을 알면서도 결단을 내리지 못하는 자신을 곽공에 비유한 것이다. '곽공'은 春秋시대의 善人으로, 우유부단한 성품으로 정치적인 결단을 내리지 못했던 인물이다.

음성에서 두통을 앓았는데 나흘을 누워 있으니 그제서야 나았다. 시로 그 고통을 기록하고 아울러 조물주에게 원통함을 송사한다

陰城, 患頭風, 臥四日始愈. 詩以記其苦, 兼訟冤于造物

머리는 다 벗겨져 빗질도 안 되건만
어찌하여 여전히 병에는 걸리는 건가.
내 지난 몇 해 전부터
풍독風毒이 뼈마디에 치고 들어 왔거니.
날마다 말 위에서 고생을 하며
추운가 하면 갑자기 열이 오르곤 했네.
진땀 나서 땀구멍이 넓어지더니
한기寒氣가 빈곳으로 들어왔던 것.
처음에는 왼쪽의 치통齒痛인가 싶더니
점점 더 퍼져 머릿골까지 아프네.
어떤 때는 망치로 얻어맞는 듯하다
또 칼로 찌르는 듯하네.
턱과 뺨은 퉁퉁 부어올랐고
목구멍은 묶인 듯 꽉 닫혔네.
배가 고픈들 어찌 곡기를 넘기랴
입 다문 채 혀만 놀릴 뿐.
아프고 괴로워 참을 수가 없으니
겨우겨우 며칠을 보냈네.
산 속이라 약도 없어서
송염松鹽 써서 붙여 놓았지.
역리易理는 진실로 변화가 무궁하거니
인사人事도 바뀌어 고통이 멈추었다네.

저녁 해가 삼간三竿에서 떨어지니
땀 흘러 머리털까지 다 젖었더라.
문득 마음과 정신 깨끗해지고
불길 같던 아픔이 순식간에 사라졌구나.
죽었다가 생기를 얻은 듯하고
갇혔다가 풀려난 듯하네.
아프던 때 문득 생각해 보면
얼굴 찡그려지고 말로 형용 못하지.
사람이라면 모두 육신을 갖고
잉태됨도 모두 다 조물주의 힘.
어찌하면 조물주의 희롱에서 벗어날까
나만은 가혹하고 매섭게 당하였구나.
두통일랑 위에서 말하였거니
손은 풍기風氣 있어 붓잡기도 어려워라.
눈에는 꽃이 날아 다녀 글을 못보고
이는 다 빠져서 아래턱이 훤히 뚫렸네.
사모紗帽 가득 귀밑머린 실올을 부는 듯하고
옷깃까지 늘어진 머리털은 눈처럼 하얗다네.
조물주께선 나를 어찌 저버리시어
나에게 그리도 질투를 보이셨을까.
내 말을 믿지 못할까 하여
이를 늘어놓아 증거로 삼는도다.

頭禿不受櫛　　如何猶受疾
我自宿昔年　　風毒侵支節[1]
日來馬上勞　　乍寒忽生熱
汗出豁毛孔　　寒來入虛室

始驚左車疼　漸延及頭骨
或如椎擊撞　復似劍刺裂
輔頰腫而高　中關緊如結
腹空何能穀　口噤但搖舌
苦苦不可耐　寸寸度數日
山中無藥餌　但用松鹽熨
易理固窮變　人事換苦歇
落日下三竿[2]　渙汗漬毛髮
便却心神清　熾焰暫消滅
如死復生氣　如囚初得脫
却思當痛時　噸蹙不堪說
人間衆形骸　胚胎皆造物
詎逃造物弄　我獨受酷烈
頭風如上云　手風亦妨筆
眼花不照書　齒齷欲南豁
滿帽鬢吹絲　垂領髮白雪
造物我何負　於我苦見嫉
恐我言不信　列此以爲質

1 風毒句: 홍귀달이 風痺를 앓았던 것을 말한다. 명나라 사신으로 선발되었을 때에도 풍비 때문에 사양하다가 대간의 탄핵을 받아 관직에서 물러났다.
2 三竿: 해가 세 길이나 떠올랐다는 말로 날이 밝아 해가 높이 떴음을 르는데, 여기서는 세 길이나 높이 떠올랐던 해가 이제 저문다는 의미이다.

찾아보기

|인명|

|지명|

|서명|

허백정집 원문 차례

허백정집 1

虛白亭集 序文

虛白亭集 卷1 詩

허백정집 2

虛白亭集 卷2 詩

| 序

|疏

虛白亭集 卷3 碑誌

祭文

雜著

虛白亭集 跋文

허백정집 3

虛白亭集 續集 卷1 詩

025 臨風臺, 與友人同和 臺在虎溪上. 大寺山, 有先生茅亭遺址. 出『咸寧誌』
026 與成同知時佐【俊】, 遊靑鶴洞, 右副承旨金季昷宗直, 適枉臨空還. 翼朝, 詩以寄謝
027 茅廬卽事
028 次連山東軒韻
029 過松鶻山, 馬上偶吟
030 題刑曹郎賞蓮圖
031 閒中卽事
032 濟川亭觀水. 奉敎撰
033 題驄馬契軸
034 次大同江韻
035 贈朴同年屯翁
036 寄丁不騫 壽崑 ○時不騫寓於他, 故詩以邀還.
037 附次韻
038 謝友人贈丁香一封
039 次浮碧樓韻
040 送安子珍【琛】出鎭合浦
041 輓人
042 送梁都事, 賀還忠淸觀察幕府
044 輓安副正彭命
045 送楊州牧使權侯【仁孫】赴任
046 輓李藩仲【封】
047 題金知樞【永濡】所藏二王圖
049 送李侯【元成】宰金溝
051 送李侯【順命】赴任咸安
053 題林上舍【陽舒】園池
054 權叔强【健】獻壽後設宴會, 翼日追賦錄奉
056 送曺大虛【偉】觀察湖西
060 送蘇景坡【斯軾】赴任通川
061 送尹內乘【湯老】點馬嶺南

虛白亭集 續集 卷2 詩

300 次朴艮甫韻
301 次權時甫【得經】和朴艮甫韻
302 次朴艮甫韻
304 次朴艮甫韻
305 輓全部將
306 次朴艮甫韻
307 弘治四年秋, 自嶺南還京家. 家在木覓之麓青鶴洞之傍, 至則前上將沈侯肩, 新卜居于隣矣. 自是日與之往還, 越明年正月日, 侯袖諸公松菊詠一紙來示余, 乃侯舊居城南時諸公來賞所作耳. 沈曰: "子亦文人也, 盍續之." 余曰: "詩須因所見作, 庶不失實, 此非菊時, 且此地無有菊, 吾何見敢詩之也." 侯曰: "且因今所見作可也, 吾索詩耳, 不必泥於物也." 余曰: "然則吾當云云." 詩曰.
309 送許府尹【諴】赴任慶州
312 贈李國耳 竝序
313 寄咸鏡北兵使
314 送都承旨安善卿【潤德】觀察嶺南
316 諫院契軸
317 送江原使相權【侹】
318 走筆贈人
320 送李都事仲匀【宗準】赴嶺南監司幕下
322 自歎
323 題義禁府郎廳契軸
324 寄金海府使洪【漢忠】
325 次沈【克孝】韻
326 端午日, 李國耳邀我于其胤正郎第, 病不能赴, 二絶句以謝復云
327 送金判官赴任穩城
328 暮春日, 與仲素訪韓兵使, 卽事
329 北征都元帥歸朝歌. 奉呈東門迎席.
332 和李次公【淑瑊】韻
335 謝綱目廳堂上郎廳來訪
336 贈別權咸興【仁孫】
337 送金近仁【甲訥】宰珍原
338 感懷贈李衡仲
339 題柏節契文軸

詩

허백정집 4

虛白亭集 續集 卷3 詩

052 初六日早行, 馬上口占, 次書狀韻

053 過柳河偶吟

054 柳河邊漫成, 錄似書狀, 求和

055 到遼東館, 次書狀韻

056 宿遼東客館, 夜雨朝霽, 田家之慶, 行人亦喜, 賦詩示書狀, 求和

057 次書狀高平驛韻

058 次書狀到廣寧韻

059 發十三驛, 途中口占

061 杏山館書懷

062 向連山, 馬上次書狀口號

063 夜到曹家莊

064 在曹家莊, 聞寧遠衛大人領兵向長城, 候鞓子來屯形迹

065 發曹家莊, 西行至中右所少憩

066 宿東關驛卽事

067 山海關卽事

069 山海關遷安驛丞陳得, 來謁饋酒肴, 自言少時學醫, 友人因號橘泉. 蓋取蘇耽移橘井邊, 摘葉食之, 已疾疫義也. 因求詩以詠其扁, 乃戲題云

070 晨坐聞鵲

071 發山海關

072 楡關客館, 次高陽彦【缺】

075 次蘆峯口壁上韻

076 永平途中柳亭

077 過永平府

078 七家嶺

079 夜宿義豐驛

081 過玉田縣

082 日午到陽樊驛, 忽憶兒輩有作

083 次壁上華人韻

084 漁陽懷古

085 薊州城西途中

086 漁陽驛西道傍, 見喪冠女哭向新塚, 頗痛楚. 哀之而有作

088 過公樂驛

089 過三河縣

090 題夏店館

091 中原一路野田村巷, 多種楊柳, 最是勝觀. 每遇佳處, 輒卸鞍留憩, 或立馬吟賞, 徘徊而不忍去者不知其幾. 行至通州, 佳麗倍之, 前途且盡, 尤不能無情也. 生, 嶺外人也, 其土宜嘉植. 他日, 乞歸業樹藝, 當先封植此樹, 以當中原此日面目. 詩以示書狀, 誌不忘云

093 登通州驛門樓

095 六月一日, 發通州, 路上被雨, 馳入玉河館, 是夜又雨

097 到帝都書事. 十絶 五首入元集

100 玉河關卽事

101 古風.【三首】 書懷, 與書狀共之

105 感懷

106 初十日, 犯食忌脾傷, 右腋胸背皆疼, 終夜不得安枕, 向曉稍歇. 朝來起坐, 懷贈書狀共之

107 書事

108 次贈邵鎭韻

110 戲贈邵鎭

111 題樓濟之父偉父母祖父母寫眞圖卷軸

112 次國子監儒譚珪韻

113 通州驛館, 次安南使韻

114 次安南使阮偉挺夫韻

115 潞河驛, 書懷, 示書狀

116 七月十五日, 發北京, 冒雨到通州, 大雨河漲, 留二日. 向夏店, 水塞古道, 跋涉之難, 不可勝言. 至店時, 已昏黑, 勞悴亦不可堪. 翌日因留, 以待車徒之落後者. 追思旅況行李之苦, 作十不可. 記客中心事, 以留後日面目

124 路上, 逢謝恩使尹左相, 副使韓同知, 書狀金殷卿赴京, 各呈一律

127 聞永山府院君金公守溫亡, 有作

128 用大同江鄭知常韻, 悼李參贊塤

130 排律二十韻. 謝陽樊驛丞

133 義豐驛書事. 疊韻二十

135 七月廿六日, 發義豐驛, 過七家嶺, 至大灤河, 日已暮, 河水漲溢, 舟人已散, 不可渡矣. 不得已入河上石梯子鋪, 有鰥住, 西廊土埃溫且穩, 因寓宿, 遇我甚厚, 翌日將別, 贈茶一封, 感而作

138 灤河驛丞陳君, 其兄弟有六, 皆因姓而命之名曰謨, 曰言, 曰論, 曰詔, 曰誥, 曰諜, 所謂名實之相孚者也. 言, 灤河公也. 辛丑之秋七月, 余充千秋節進賀使赴

虛白亭集 續集 卷4 序

| 記

虛白亭集 續集 卷5 墓碑銘

| 年譜

虛白亭集 續集 卷6 附錄

虛白亭集 續集 跋文

역자별 번역부분 소개

김용철 : 1권 21쪽 ~ 2권 144쪽
김용태 : 2권 145쪽 ~ 2권 498쪽
김창호 : 2권 499쪽 ~ 3권 538쪽
김남이 : 3권 539쪽 ~ 4권 111쪽
부영근 : 4권 112쪽 ~ 4권 249쪽
김남이 : 4권 250쪽 ~ 4권 388쪽
부영근 : 4권 389쪽 ~ 4권 419쪽

초기사림파문집역주총서 3

허백정집 3

2014년 6월 27일 초판 1쇄 펴냄

저 자 홍귀달
역 자 김남이 부산대학교 한문학과 교수
김용철 부산대학교 점필재연구소 HK연구교수
김용태 성균관대학교 한문학과 교수
김창호 원광대학교 한문교육과 교수
부영근 대구한의대학교 한문학전공 겸임교수

발행인 김흥국
발행처 도서출판 점필재

등록 2013년 4월 12일 제2013-000111호
주소 서울특별시 성북구 보문동7가 11번지 2층(편집부)
전화 929-0804(편집), 922-2246(영업)
팩스 922-6990
메일 jpjbook@naver.com

ISBN 979-11-85736-04-4
979-11-85736-01-3 94810(세트)

정가 38,000원

이 도서의 국립중앙도서관 출판시도서목록(CIP)은 서지정보유통지원시스템 홈페이지(http://seoji.nl.go.kr)와 국가자료공동목록시스템(http://www.nl.go.kr/kolisnet)에서 이용하실 수 있습니다. (CIP제어번호: CIP2014017903)

* 이 책은 2007년 정부(교육과학기술부)의 재원으로 한국연구재단의 지원을 받아 수행된 연구임(KRF-322-A00077)